A ESPADA DOS REIS

Obras do autor publicadas pela Editora Record

1356
Azincourt
O condenado
Stonehenge
O forte
Tolos e mortais

Trilogia *As Crônicas de Artur*

O rei do inverno
O inimigo de Deus
Excalibur

Trilogia *A Busca do Graal*

O arqueiro
O andarilho
O herege

Série *As Aventuras de um Soldado nas Guerras Napoleônicas*

O tigre de Sharpe (Índia, 1799)
O triunfo de Sharpe (Índia, setembro de 1803)
A fortaleza de Sharpe (Índia, dezembro de 1803)
Sharpe em Trafalgar (Espanha, 1805)
A presa de Sharpe (Dinamarca, 1807)
Os fuzileiros de Sharpe (Espanha, janeiro de 1809)
A devastação de Sharpe (Portugal, maio de 1809)
A águia de Sharpe (Espanha, julho de 1809)
O ouro de Sharpe (Portugal, agosto de 1810)
A fuga de Sharpe (Portugal, setembro de 1810)
A fúria de Sharpe (Espanha, março de 1811)
A batalha de Sharpe (Espanha, maio de 1811)
A companhia de Sharpe (Espanha, janeiro a abril de 1812)
A espada de Sharpe (Espanha, junho e julho de 1812)
O inimigo de Sharpe (Espanha, dezembro de 1812)

Série *Crônicas Saxônicas*

O último reino
O cavaleiro da morte
Os senhores do norte
A canção da espada
Terra em chamas
Morte dos reis
O guerreiro pagão
O trono vazio
Guerreiros da tempestade
O Portador do Fogo
A guerra do lobo
A espada dos reis
O senhor da guerra

Série *As Crônicas de Starbuck*

Rebelde
Traidor
Inimigo
Herói

BERNARD CORNWELL
A ESPADA DOS REIS

Tradução de
Alves Calado

3ª edição

EDITORA RECORD
RIO DE JANEIRO • SÃO PAULO
2023

EDITORA-EXECUTIVA Renata Pettengill	**CAPA** Marcelo Martinez
SUBGERENTE EDITORIAL Mariana Ferreira	**IMAGEM DE CAPA** Ilustração de Kako
ASSISTENTE EDITORIAL Pedro de Lima	**DIAGRAMAÇÃO** Beatriz Carvalho
AUXILIAR EDITORIAL Juliana Brandt	**TÍTULO ORIGINAL** *Sword of Kings*

CIP-BRASIL. CATALOGAÇÃO NA PUBLICAÇÃO
SINDICATO NACIONAL DOS EDITORES DE LIVROS, RJ

C835e
3ª ed.

Cornwell, Bernard, 1944-
A espada dos reis / Bernard Cornwell; tradução de Alves Calado. – 3ª ed. – Rio de Janeiro: Record, 2023.

(Crônicas Saxônicas; 12)

Tradução de: Sword of Kings
Sequência de: A guerra do lobo
Continua com: O senhor da guerra
ISBN 978-85-01-11936-0

1. Ficção inglesa. I. Calado, Alves. II. Título. III. Série.

CDD: 823
CDU: 82-3(410.1)

20-64980

Camila Donis Hartmann – Bibliotecária – CRB-7/6472

Copyright © Bernard Cornwell, 2019

Texto revisado segundo o novo Acordo Ortográfico da Língua Portuguesa.

Todos os direitos reservados. Proibida a reprodução, no todo ou em parte, através de quaisquer meios. Os direitos morais do autor foram assegurados.

Direitos exclusivos de publicação em língua portuguesa somente para o Brasil adquiridos pela
EDITORA RECORD LTDA.
Rua Argentina, 171 – Rio de Janeiro, RJ – 20921-380 – Tel.: (21) 2585-2000, que se reserva a propriedade literária desta tradução.

Impresso no Brasil

ISBN 978-85-01-11936-0

Seja um leitor preferencial Record.
Cadastre-se no site www.record.com.br e receba informações sobre nossos lançamentos e nossas promoções.

Atendimento e venda direta ao leitor:
sac@record.com.br

A espada dos reis é dedicado a
Suzanne Pollak.

NOTA DE TRADUÇÃO

Como em toda a série, mantive a grafia original de muitas palavras e até deixei de traduzir algumas, porque o autor as usa intencionalmente num sentido arcaico, como Yule (que hoje em dia indica as festas natalinas, mas originalmente, e no livro, é um ritual pagão) ou burh (burgo). Várias foram explicadas nos volumes anteriores. Além disso, mantive, como no original, algumas denominações sociais, como "earl" (atualmente traduzido como "conde", mas o próprio autor o especifica como um título dinamarquês — mais tarde equiparado ao de conde, usado na Europa continental), "thegn", "reeve", "ealdorman" e outros, que são explicados na série de livros. Por outro lado, traduzi "lord" sempre como "senhor", jamais como "lorde", que remete à monarquia inglesa posterior e não à estrutura medieval. "Hall" foi traduzido ora como "castelo", ora como "salão". "Britain" foi traduzido como "Britânia" (opção igualmente aceita, embora pouco usada) para não confundir com a Bretanha, no norte da França (Brittany).

SUMÁRIO

MAPA   9

TOPÔNIMOS   11

PRIMEIRA PARTE   13
Uma missão inútil

SEGUNDA PARTE   129
Cidade das trevas

TERCEIRA PARTE   221
O campo de cevada

QUARTA PARTE   299
Bafo de Serpente

NOTA HISTÓRICA   375

MAPA

TOPÔNIMOS

A GRAFIA DOS TOPÔNIMOS na Inglaterra anglo-saxã era incerta, sem nenhuma consistência ou concordância, nem mesmo quanto ao nome em si. Assim, Londres era grafado como Lundonia, Lundenberg, Lundenne, Lundene, Lundenwic, Lundenceaster e Lundres. Sem dúvida alguns leitores preferirão outras versões dos nomes listados abaixo, mas em geral empreguei a grafia que estivesse citada no *Oxford Dictionary of English Place-Names* ou no *Cambridge Dictionary of English Place-Names* para os anos mais próximos ou contidos no reinado de Alfredo, de 871 a 899 d.C., mas nem mesmo essa solução é à prova de erro. A ilha de Hayling, em 956, era grafada tanto como Heilincigae quanto como Hæglingaiggæ. E eu próprio não fui consistente; preferi a grafia moderna Nortúmbria a Norðhymbralond para evitar a sugestão de que as fronteiras do antigo reino coincidiam com as do condado moderno. De modo que a lista, como as grafias em si, é resultado de um capricho.

ANDEFERA	Andover, Wiltshire
BASENGAS	Basing, Hampshire
BEBBANBURG	Bamburgh, Northumberland
BEAMFLEOT	Benfleet, Northumberland
CANINGA	Ilha Canvey, Essex
CEASTER	Chester, Cheshire
CELMERESBURH	Chelmsford, Essex
CENT	Kent
CESTRENHUNT	Cheshunt, Hertfordshire
CIPPANHAMM	Chippenham, Wiltshire
COLNECEASTER	Colchester, Essex
CONTWARABURG	Canterbury, Kent
CYNINGESTUN	Kingston upon Thames, Surrey
CREPELGATE	Cripplegate, Londres
DUMNOC	Dunwich, Suffolk
EAST SEAX	Essex

ELENTONE	Maidenhead, Berkshire
EOFERWIC	York, Yorkshire (nome saxão)
FÆFRESHAM	Faversham, Kent
FARNEA, ILHAS	Ilhas Farne, Northumberland
FEARNHAMME	Farnham, Surrey
FERENTONE	Farndon, Cheshire
FLEOT, RIO	Rio Fleet, Londres
FUGHELNESS	Foulness, Essex
GLEAWECESTRE	Gloucester, Gloucestershire
GRIMESBI	Grimsby, Lincolnshire
HAMPTONSCIR	Hampshire
HEAHBURH	Castelo Whitley, Aston, Cúmbria (nome fictício)
HEOROTFORDA	Hertford, Hertfordshire
HUMBRE, RIO	Rio Humber
JORVIK	York, Yorkshire (nome dinamarquês)
LIGAN, RIO	Rio Lea
LINDCOLNE	Lincoln, Lincolnshire
LINDISFARENA	Lindsfarne, Nortúmbria
LUDD, PORTÃO DE	Ludgate, Londres
LUPIAE	Lecce, Itália
LUNDENE	Londres
MAMECEASTER	Manchester
ORA	Oare, Kent
SCEAPIG	Ilha de Sheppey, Kent
SÃO CUTHBERT, CAVERNA DE	Caverna de Cuddy, Holburn, Northumberland
STRATH CLOTA	Reino no sudoeste da Escócia
SUÐGEWEORK	Southwark, Londres
SWALWAN, ESTREITO DE	The Swale, Estuário do Tâmisa
TEMES, RIO	Rio Tâmisa
TOTEHAM	Tottenham, Grande Londres
TUEDE, RIO	Rio Tweed
WEALA, RIACHO	Walbrook, Londres
WERLAMECEASTER	St. Albans, Hertfordshire
WESTMYNSTER	Westminster, Londres
WICUMUN	High Wycombe, Buckinghamshire
WILTUNSCIR	Wiltshire
WINTANCEASTER	Winchester, Hampshire

PRIMEIRA PARTE

Uma missão inútil

UM

O *Gydene* ESTAVA DESAPARECIDO.

Não era o primeiro dos meus barcos a sumir. O mar violento é vasto e as embarcações são pequenas, e o *Gydene* — cujo nome significa simplesmente "deusa" — era menor que a maioria. Foi construído em Grimesbi, junto ao rio Humbre, e recebeu o nome de *Haligwæter*. Foi usado para pesca durante um ano antes que eu o comprasse. E, como eu não queria nenhum barco chamado *Água Benta* na minha frota, paguei um xelim a uma virgem para que mijasse na sentina, mudei o nome para *Gydene* e o entreguei aos pescadores de Bebbanburg. Eles lançavam as redes bem longe da costa, e, quando o *Gydene* não voltou num dia de vento forte e céu cinzento, em que as ondas quebravam brancas e altas nas pedras das ilhas Farnea, presumimos que tivesse naufragado e dado ao pequeno povoado de Bebbanburg seis viúvas e quase o triplo de órfãos. Talvez eu devesse ter deixado o nome em paz. Todo marinheiro sabe que se arrisca o destino ao mudar o nome de um barco, mas também sabe que o mijo de uma virgem previne esse destino. No entanto, os deuses podem ser tão cruéis quanto o mar.

Então Egil Skallagrimmrson veio da terra que eu havia lhe concedido, uma terra que formava a fronteira do meu território com o reino de Constantin da Escócia. Veio pelo mar, como sempre, e havia um cadáver no bojo do *Banamaðr*, seu barco-serpente, e explicou:

— Foi levado para terra firme no Tuede. É seu, não é?

— No Tuede? — perguntei.

— Na margem sul. Encontrei o sujeito num banco de areia. As gaivotas acharam primeiro.

— Dá para ver.

— Ele era um dos seus, não era?

— Era.

O nome do morto era Haggar Bentson, pescador, capitão do *Gydene*, um sujeito grande, com uma enorme afeição por cerveja, cheio de cicatrizes depois de muitas brigas, um valentão que espancava a esposa e um bom marujo.

— Não se afogou, não é? — observou Egil.

— Pois é.

— E não foi morto pelas gaivotas. — Egil parecia achar isso divertido.

— É. Não foi morto pelas gaivotas.

Em vez disso, Haggar tinha sido retalhado até a morte. Seu cadáver estava nu e branco feito um peixe, a não ser pelas mãos e pelo que restava do rosto. Grandes feridas foram abertas na barriga, no peito e nas coxas; os cortes violentos lavados pelo mar.

Egil encostou uma bota num ferimento enorme que rasgava o peito de Haggar do ombro ao esterno.

— Eu diria que esse foi o golpe de machado que o matou — sugeriu. — Mas antes alguém cortou fora as bolas dele.

— Eu notei isso.

Egil se inclinou sobre o cadáver e forçou o maxilar inferior de Haggar para baixo. Egil Skallagrimmrson era um sujeito forte, mesmo assim precisou se esforçar para abrir a boca de Haggar. O osso estalou, e Egil se endireitou.

— Arrancaram os dentes também — avisou.

— E os olhos.

— Podem ter sido as gaivotas. Elas adoram um olho.

— Mas deixaram a língua. Pobre homem.

— Que jeito miserável de morrer — concordou Egil, depois se virou para olhar para a entrada do porto. — Só consigo pensar em dois motivos para torturar alguém antes de matar.

— Dois?

A espada dos reis

— Para se divertir? Talvez ele tenha insultado os sujeitos. — Egil deu de ombros. — O outro é para fazer com que ele fale. Por que outro motivo iam deixar a língua?

— Quem? Os escoceses?

Egil voltou a olhar para o corpo mutilado.

— Ele deve ter irritado alguém, mas os escoceses têm andado quietos. Não parece que foram eles. — Deu de ombros. — Pode ser alguma questão pessoal. Outro pescador que ele deixou com raiva?

— Não apareceu nenhum outro corpo? — perguntei. Havia seis homens e dois rapazes na tripulação do *Gydene*. — Nem destroços?

— Até agora só esse pobre coitado. Mas os outros ainda podem estar boiando por aí.

Não havia muito mais a dizer ou fazer. Se não foram os escoceses que capturaram o *Gydene*, presumi que tivesse sido um saqueador norueguês ou um navio frísio usando o clima do início do verão para enriquecer às custas dos arenques, dos bacalhaus e dos hadoques pescados pelo *Gydene*. Quem quer que tenha sido o responsável, o *Gydene* estava desaparecido, e eu suspeitava que os tripulantes sobreviventes tivessem sido postos nos bancos de remos de quem o havia capturado. E essa suspeita se transformou em quase certeza quando, dois dias depois de Egil me trazer o cadáver, o próprio *Gydene* chegou a terra firme ao norte de Lindisfarena. Era um casco sem mastro, que mal conseguia boiar enquanto as ondas o lançavam na praia. Não apareceram mais corpos, apenas o que restou do barco, que deixamos na areia, certos de que as tempestades de outono iriam despedaçá-lo.

Uma semana depois de o *Gydene* ter aparecido quebrado em terra firme, outro barco pesqueiro sumiu, este num dia sem vento, dos mais calmos que os deuses já fizeram. A embarcação perdida se chamava *Swealve*, e, como Haggar, seu mestre gostava de lançar as redes longe, no mar aberto, e fiquei sabendo do desaparecimento do *Andorinha* quando três viúvas chegaram a Bebbanburg, trazidas pelo padre da aldeia, um sujeito banguela chamado Gadd. Ele balançou a cabeça.

— Aconteceu... — começou.

Uma missão inútil

— Aconteceu o quê? — perguntei, resistindo à tentação de imitar o sibilar do padre por causa da falta de dentes.

O padre Gadd estava nervoso, e não era de surpreender. Ouvi dizer que o sujeito fazia sermões lamentando que o senhor de sua aldeia fosse pagão, mas, agora que ele estava cara a cara com esse pagão, a coragem havia desaparecido.

— Bolgar Haruldson, senhor. Ele é o...

— Eu sei quem é Bolgar — interrompi. Era outro pescador.

— Ele viu dois barcos no horizonte, senhor. No dia em que o *Swealve* sumiu.

— Existem muitos barcos, barcos mercantes. Seria estranho se ele não visse nenhum.

— Bolgar disse que eles foram para o norte, depois para o sul.

O idiota nervoso não estava fazendo muito sentido, mas no fim entendi o que ele queria dizer. O *Swealve* tinha navegado para o mar. E Bolgar, um homem experiente, viu onde ele desapareceu além do horizonte. Depois viu o calcês de dois barcos seguindo para o *Swealve*, parando durante um tempo e depois voltando. O *Swealve* estava depois da linha do horizonte, e o único sinal visível do seu encontro com as embarcações misteriosas eram os mastros indo para o norte, parando e depois indo para o sul, e esse não parecia o movimento de um navio mercante.

— Você devia ter trazido Bolgar — falei, depois dei prata às três viúvas e dois *pennies* ao padre por me trazer a notícia.

— Que notícia? — perguntou Finan naquela tarde.

Estávamos sentados no banco fora do salão de Bebbanburg, olhando por cima das fortificações do leste para o reflexo enrugado da lua no mar vasto. De dentro do salão vinha o som de homens cantando, gargalhando. Eram meus guerreiros, todos menos os vinte que vigiavam de cima dos nossos muros altos. Um vento fraco vindo do leste trazia maresia. Era uma noite calma, e as terras de Bebbanburg estavam em paz desde que atravessamos as colinas e derrotamos Sköll em sua fortaleza no alto um ano antes. Depois daquele combate terrível, achamos que os noruegueses tinham sido derrotados e que a região ocidental da Nortúmbria estava dominada. Mas viajantes traziam notícias do outro lado dos desfiladeiros altos de que os nórdicos continuavam vindo, com seus barcos-dragão chegando ao nosso litoral oeste, seus guerrei-

18

A espada dos reis

ros encontrando terras. Mas nenhum norueguês se dizia rei, como Sköll fez, e nenhum atravessava as colinas para incomodar os pastos de Bebbanburg. Portanto, havia uma espécie de paz. Constantin de Alba, que alguns homens chamam de Escócia, estava em guerra com os noruegueses de Strath Clota, comandados por um rei chamado Owain. Owain nos deixava em paz, e Constantin queria a paz conosco até conseguir derrotar os noruegueses de Owain. Era o que meu pai chamava de "paz escocesa", o que significava que ocorriam invasões constantes e violentas para roubar gado. Mas sempre há invasões para roubar gado, e nós sempre retaliamos penetrando nos vales escoceses para trazer os animais de volta. Roubamos a mesma quantidade que eles, e seria muito mais simples se não houvesse ataques, mas em tempos de paz os jovens precisam aprender o ofício da guerra.

— A notícia é que tem saqueadores lá. — Acenei a cabeça para o mar. — E eles pegaram dois barcos nossos.

— Sempre tem saqueadores.

— Eu não gosto desses.

Finan, meu amigo mais próximo, um irlandês que lutava com a paixão da sua raça e a habilidade dos deuses, gargalhou.

— Sentiu um fedor?

Confirmei. Há momentos em que o conhecimento surge do nada, de um sentimento, de um odor que não pode ser cheirado, de um medo sem motivo. Os deuses nos protegem e nos fazem sentir aquela comichão repentina nos nervos, a certeza de que uma paisagem inocente esconde matadores.

— Por que iam torturar Haggar? — perguntei.

— Porque ele era um desgraçado mau, claro.

— Era mesmo — concordei. — Mas a coisa parece pior que isso.

— E o que o senhor vai fazer?

— Sair para caçar, é claro.

Finan gargalhou.

— Está entediado?

Não falei nada, o que o fez rir de novo.

— O senhor está entediado — acusou —, e só quer uma desculpa para brincar com o *Spearhafoc*.

E era verdade. Eu queria levar o *Spearhafoc* para o mar, por isso começaria uma caçada.

O *Spearhafoc* recebeu esse nome por causa dos pequenos gaviões que faziam ninho nos bosques esparsos de Bebbanburg. E, como aqueles gaviões, era um barco caçador. Comprido, com o bordo livre baixo à meia-nau e uma proa desafiadora com a escultura de uma cabeça de gavião. Seus bancos acomodavam quarenta remadores. Foi construído por dois irmãos frísios que fugiram de seu reino e montaram um estaleiro nas margens do Humbre, onde fizeram o *Spearhafoc* usando bom carvalho e freixo da Mércia. Formaram o casco pregando onze pranchas longas em cada flanco da estrutura, depois ergueram um mastro de madeira macia de pinheiro da Nortúmbria, preso com cabos e sustentando uma verga de onde a vela pendia orgulhosa. Orgulhosa porque exibia meu símbolo, o símbolo de Bebbanburg, a cabeça de um lobo rosnando. O lobo e o gavião, ambos caçadores e selvagens. Até mesmo Egil Skallagrimmrson que, como a maioria dos noruegueses, desprezava as embarcações e os marinheiros saxões, aprovou de má vontade o *Spearhafoc*, dizendo:

— Se bem que, claro, ele não é de fato saxão, não é? Ele é frísio.

Saxão ou não, o *Spearhafoc* deslizou para fora do estreito canal do porto de Bebbanburg num alvorecer enevoado de verão. Há uma semana eu recebi a notícia do *Swealve*, havia uma semana que meus pescadores não se afastavam muito da costa. No litoral acima e abaixo, em todos os portos de Bebbanburg, havia medo. E assim o *Spearhafoc* partiu em busca de vingança. A maré estava subindo. Não ventava, e meus remadores eram fortes e bons, impulsionando o navio contra a correnteza e deixando uma esteira cada vez mais larga. Os únicos ruídos eram os rangidos dos remos nos toletes, a água batendo no casco, as ondas fracas na praia e os guinchos desolados das gaivotas acima da grande fortaleza de Bebbanburg.

Quarenta homens puxavam os remos compridos, outros vinte estavam agachados entre os bancos ou na plataforma da proa. Todos usavam cota de malha e estavam com suas armas, embora as lanças, os machados e as espadas dos remadores estivessem amontoados à meia-nau, junto com as pilhas de escudos. Finan e eu estávamos no pequeno convés do capitão.

— Deve ventar mais tarde — sugeriu ele.

— Talvez sim, talvez não — grunhi.

Finan jamais se sentiu confortável no mar e jamais entendeu meu amor pelos navios, e só me acompanhou naquele dia por causa da perspectiva de combate.

— Embora seja provável que quem quer que tenha matado Haggar já tenha ido embora há muito tempo — resmungou enquanto saíamos do canal do porto.

— Verdade.

— Então estamos perdendo tempo.

— Sem dúvida. — O *Spearhafoc* estava levantando a proa nas ondas longas e mal-humoradas, fazendo Finan agarrar o cadaste de popa para se equilibrar.

— Senta e bebe um pouco de cerveja.

Remamos para o sol nascente. À medida que o dia esquentava, um vento fraco surgia do oeste, uma brisa suficiente para deixar minha tripulação içar a verga até o topo do mastro e abrir a vela com a cabeça de lobo. Os remadores descansaram agradecidos enquanto o *Spearhafoc* cortava o mar que ondulava preguiçosamente. A terra estava perdida na névoa atrás de nós. Havia junto às ilhas Farnea duas pequenas embarcações de pesca, mas, depois de adentrarmos mais o oceano, não vimos mastros nem cascos, e parecíamos estar sozinhos num mundo enorme. Na maior parte do tempo eu podia deixar a esparrela roçar na água enquanto o barco nos levava devagar para o leste, com vento suficiente apenas para enfunar a vela pesada. A maioria dos meus homens dormia enquanto o sol subia cada vez mais.

Tempo de sonho. Era assim que eu pensava que devia ter sido Ginnunga-gap, o vazio entre a fornalha do céu e o gelo abaixo, o vazio em que o mundo foi feito. Navegávamos num ermo cinza-azulado em que meus pensamentos perambulavam lentos como o navio. Finan estava dormindo. De tempos em tempos a vela desenfunava quando o vento diminuía, depois enfunava outra vez com uma pancada seca do retorno da brisa. A única prova de que estávamos nos movendo era a ondulação suave da esteira do *Spearhafoc*.

E naquele vazio eu pensava em reis e na morte, porque Eduardo ainda vivia. Eduardo, que se intitulava *Anglorum Saxonum Rex*, rei dos anglos e dos saxões. Ele era rei de Wessex, da Mércia e da Ânglia Oriental, e ainda vivia.

21

Uma missão inútil

Havia ficado doente, tinha se recuperado, ficara doente de novo, então os boatos diziam que estava morrendo, mas Eduardo ainda vivia. E eu tinha jurado matar dois homens quando ele morresse. Tinha feito essa promessa e não imaginava como cumpri-la.

Porque para cumpri-la precisaria deixar a Nortúmbria e penetrar fundo em Wessex. E em Wessex eu era Uhtred, o Pagão; Uhtred, o Sem Deus; Uhtred, o Traiçoeiro; Uhtred Ealdordeofol, que significa Chefe dos Demônios. E mais comumente era chamado de Uhtredærwe, que simplesmente significa Uhtred, o Maligno. Em Wessex, eu tinha inimigos poderosos e poucos amigos, o que me dava três opções: poderia invadir com um pequeno exército, que inevitavelmente seria derrotado; poderia ir com uns poucos homens e correr o risco de ser descoberto; ou poderia violar o juramento. As duas primeiras opções levariam à minha morte, a terceira envergonharia um homem que tinha deixado de cumprir com sua palavra, a vergonha de ser um perjuro.

Eadith, minha esposa, não tinha dúvida do que eu deveria fazer.

— Viole o juramento — disse certa vez irritada. Estávamos deitados no nosso aposento atrás do grande salão de Bebbanburg e eu olhava para os caibros às sombras, escurecidos pela fumaça e pela noite, e não falei nada. — Deixe que eles matem uns aos outros — insistiu. — É uma briga dos sulistas, não nossa. Aqui estamos em segurança. — E tinha razão, estávamos seguros em Bebbanburg, mesmo assim sua exigência me deixou com raiva. Os deuses tomam nota de nossas promessas, e quebrá-las é arriscar ser alvo de sua fúria. — Você morreria por causa de um juramento idiota? — Eadith também estava com raiva. — É isso que você quer?

Eu queria viver, mas queria viver sem a mancha da desonra que marcava os perjuros.

O *Spearhafoc* afastou minha mente desse dilema acelerando sob um vento mais forte, e eu voltei a segurar firme a esparrela, sentindo a vibração da água subir pela longa haste de freixo. Pelo menos essa opção era simples. Estranhos mataram meus homens, e nós estávamos em busca de vingança atravessando um mar agitado pelo vento que refletia uma miríade de raios de sol.

— Já chegamos? — perguntou Finan.

— Eu achei que o senhor estava dormindo.

— Cochilando. — Finan grunhiu, sentou-se e olhou em volta. — Tem um barco lá.

— Onde?

— Lá. — Ele apontou para o norte. Nunca conheci ninguém com a visão mais afiada que Finan. Ele podia estar envelhecendo como eu, mas sua vista continuava aguçada como sempre. — Só um mastro, sem vela.

Olhei para a névoa e não vi nada. Depois pensei ter visto um leve movimento contra o céu pálido, uma linha trêmula como um risco de carvão. Um mastro? Em seguida o perdi de vista, procurei, encontrei de novo e virei o navio para o norte. A vela protestou até que puxamos o pano de estibordo. O *Spearhafoc* se inclinou de novo com a brisa e a água se agitou nos flancos. Meus homens se mexeram, acordados pela vivacidade súbita do barco e se viraram para olhar o navio distante.

— Não está com vela — observou Finan.

— Está indo contra o vento, por isso estão remando. Provavelmente um barco mercante. — Eu mal tinha terminado a frase quando o pequeno risco no horizonte enevoado desapareceu, substituído por uma vela recém-solta. Fiquei observando, o borrão da grande vela quadrada era muito mais fácil de ser percebido que o mastro. — Está virando na nossa direção.

— É o *Banamaðr* — avisou Finan.

Eu ri.

— Você está chutando!

— Não. Ele tem uma águia na vela. É Egil.

— Você consegue enxergar isso?

— O senhor não?

Nossos dois navios passaram a ir um na direção do outro, e em pouco tempo pude ver com clareza o verdugo caiado, destacando-se das pranchas mais escuras da parte inferior do casco. Também conseguia ver a grande silhueta preta de uma águia de asas abertas na vela e a cabeça de águia na proa alta. Finan estava certo, era o *Banamaðr*, um nome que significava "matador". O navio de Egil.

Enquanto o *Banamaðr* se aproximava, recolhi minha vela e deixei o *Spearhafoc* balançar nas ondas mais agitadas. Era um sinal para Egil de que ele poderia ficar ao nosso lado, e vi seu navio fazendo uma curva na nossa direção. Era menor que o *Spearhafoc*, mas igualmente esguio, uma embarcação de ataque construída pelos frísios que era a alegria de Egil porque, como quase todo norueguês, ele se sentia mais feliz no mar. Fiquei observando as ondas formando espumas brancas na quilha do *Banamaðr*. Ele continuou girando, a grande verga baixou, e os homens puxaram a vela para dentro, depois viraram a verga com a vela dobrada no sentido da popa para a proa. Então, com a doçura que qualquer marinheiro desejaria, aproximou-se do nosso flanco de estibordo. Um homem na proa do *Banamaðr* lançou um cabo, um segundo cabo voou na minha direção vindo da popa. Egil estava gritando para a tripulação pendurar o pano da vela ou capas no verdugo caiado para que nossas madeiras não se chocassem nem se arranhassem. Ele riu para mim.

— Está fazendo o que eu estou pensando?

— Perdendo tempo — gritei em resposta.

— Talvez não.

— E você?

— Procurando os desgraçados que pegaram os seus navios, é claro. Posso subir a bordo?

— Pode vir!

Egil esperou enquanto avaliava as ondas, depois saltou. Era um norueguês, um pagão, um poeta, um marinheiro e um guerreiro. Alto como eu, e com cabelo loiro comprido e rebelde. Tinha barba raspada, o queixo afiado como a proa de um barco-dragão, olhos profundos, nariz curvo feito a lâmina de um machado, e uma boca que sorria com frequência. Os homens o seguiam de boa vontade; as mulheres, de mais boa vontade ainda. Fazia apenas um ano que eu o conhecia, mas havia passado a gostar dele e a confiar nele. Egil tinha idade para ser meu filho e havia me trazido setenta guerreiros noruegueses que juraram aliança em troca da terra que eu lhes concedi na margem sul do Tuede.

— Devíamos ir para o sul — disse ele de repente.

— Para o sul? — perguntei.

Egil assentiu para Finan.

— Bom dia, senhor. — Ele sempre chamava Finan de "senhor", para diversão dos dois. Voltou a olhar para mim. — O senhor não está perdendo tempo. Encontramos um mercador escocês indo para o norte e ele nos disse que havia quatro embarcações lá. — Egil apontou para o sul. — Em mar aberto, longe o bastante para não serem vistas da terra firme. Quatro embarcações saxãs, só esperando. Uma delas o parou, exigiu três xelins de taxa, e, como ele não pôde pagar, roubou a carga inteira.

— Queriam cobrar uma taxa dele!

— Em seu nome.

— Em meu nome — falei baixo, com raiva.

— Eu estava voltando para contar. — Egil olhou para o *Banamaðr*, onde uns quarenta guerreiros esperavam. — Não tenho homens suficientes para atacar quatro navios, mas nós dois poderíamos causar algum estrago, não é?

— Quantos homens nos barcos? — Finan tinha se levantado e parecia ansioso.

— O que parou o escocês tinha quarenta. O escocês disse que outros dois eram mais ou menos do mesmo tamanho, e que o último era menor.

— Poderíamos causar algum estrago — falei, com desejo de vingança.

Enquanto escutava, Finan observava a tripulação de Egil. Três homens estavam tirando a cabeça de águia da proa. Colocaram a pesada peça de madeira no pequeno convés de proa e, em seguida, ajudaram os outros que desamarravam a vela.

— O que eles estão fazendo? — perguntou.

Egil se virou para o *Banamaðr*.

— Se os canalhas virem um barco com uma águia na vela vão saber que somos um navio guerreiro. Se virem minha águia vão saber que sou eu. Por isso estou virando a vela ao contrário. — Ele riu. — Nosso navio é pequeno, eles vão achar que é uma presa fácil.

Entendi o que ele sugeria.

— Então devo ir atrás de você?

— Remando. Se o senhor estiver com a vela içada, eles vão saber do que se trata cedo demais. Vamos atraí-los usando o *Banamaðr* como isca, então o senhor pode me ajudar a acabar com eles.

Uma missão inútil

— Ajudar? — repeti com escárnio, o que o fez dar uma gargalhada.

— Mas quem são eles? — perguntou Finan.

Essa era a pergunta que me incomodava enquanto remávamos para o sul. Egil tinha voltado ao seu barco e, com a vela exibindo uma frente lisa, avançava bem adiante de nós. Apesar de sua sugestão, o *Spearhafoc* também estava usando a vela, mas ia quase um quilômetro atrás do *Banamaðr*. Eu não queria meus homens cansados de tanto remar se precisassem lutar, por isso tínhamos concordado que Egil viraria o *Banamaðr* se visse as três embarcações. Ele giraria e fingiria fugir para o litoral, atraindo o inimigo para nossa emboscada. Pelo menos era o que esperávamos. Eu baixaria nossa vela quando ele girasse, de modo que o inimigo não visse a grande cabeça de lobo e achasse que éramos apenas outro barco mercante que seria uma presa fácil. Havíamos tirado a cabeça de gavião da prova. Os grandes símbolos entalhados estavam lá para aplacar os deuses, amedrontar inimigos e espantar maus espíritos, mas o costume dizia que eles podiam ser removidos em águas seguras. Por isso, em vez de serem pregados ou chanfrados na proa, podiam ser facilmente desmontados.

— Quatro barcos — disse Finan, categórico. — Saxões.

— E sendo espertos — falei.

— Espertos? Acha esperto cutucar o senhor com vara curta?

— Eles atacam embarcações de Bebbanburg, mas as outras eles só importunam. Quanto tempo vai levar até o rei Constantin ouvir dizer que Uhtred de Bebbanburg está confiscando cargas escocesas?

— Provavelmente já ouviu.

— Então quanto tempo vai levar até os escoceses decidirem nos punir? Constantin pode estar lutando contra Owain de Strath Clota, mas ainda tem navios que pode mandar para o nosso litoral. — Olhei para o *Banamaðr*, que girava suavemente impelido pelo vento oeste, deixando uma esteira branca. Para um barco pequeno ele era rápido e ágil. — Alguém quer colocar a gente numa briga com os escoceses.

— E não só com os escoceses.

— Não só com os escoceses — concordei.

Barcos da Escócia, da Änglia Oriental, da Frísia e de todas as terras vikings passavam pelo nosso litoral. Até barcos de Essex. E nunca cobrei taxas dessas cargas. Eu achava que não era da minha conta se um escocês passasse pelo meu litoral com uma embarcação cheia de peles ou cerâmica. Certo, se um navio atracasse num dos meus portos, eu cobraria uma taxa, mas era o que todo mundo fazia. No entanto, agora uma pequena frota havia chegado às minhas águas e estava cobrando taxas em meu nome, e eu achava que sabia de onde essa flotilha tinha vindo. E, se estivesse certo, os quatro barcos tinham vindo do sul, das terras de Eduardo, *Anglorum Saxonum Rex*.

O *Spearhafoc* mergulhou a proa numa grande onda, espalhando espuma branca pelo convés. O *Banamaðr* também caturrava, impelido por um vento oeste mais forte, os dois seguindo para o sul caçando os barcos que mataram meus arrendatários. E, se eu estivesse certo em relação a esses navios, tinha nas mãos uma vendeta.

Uma vendeta era uma guerra entre duas famílias, cada uma jurando destruir a outra. Minha primeira foi contra Kjartan, o Cruel, que matou toda a casa de Ragnar, o dinamarquês que me adotou como filho. Eu apreciei aquela contenda e a encerrei matando Kjartan e o filho. Mas essa nova vendeta era contra um inimigo muito mais perigoso. Um inimigo que vivia longe, ao sul, na Wessex de Eduardo, onde podia arregimentar um exército de guerreiros treinados. E para matá-los eu precisaria ir até lá, onde esse exército esperava para me matar.

Finan interrompeu meus pensamentos.

— Ele está virando!

O *Banamaðr* estava mesmo virando. Vi sua vela baixar, vi a luz do fim da manhã refletida na pá dos remos sendo postos para fora. Vi os remos compridos mergulhando e puxando, e vi o *Banamaðr* lutando para seguir para oeste, como se buscasse a segurança de algum porto na Nortúmbria.

Pelo jeito a vendeta tinha chegado até mim.

Eu gostava de Æthelhelm, o Velho. Ele foi o ealdorman mais rico de Wessex, senhor de muitas propriedades, homem afável e até generoso. Mas morreu como meu inimigo e prisioneiro.

Não o matei. Aprisionei-o quando ele lutou contra mim, depois o tratei com a honra que sua posição merecia. Mas então ele pegou uma doença que provocava suores. E, apesar de termos feito sangrias, apesar de termos pagado aos nossos padres cristãos que rezassem por ele, e apesar de o termos enrolado em peles e lhe dado as ervas que as mulheres disseram que poderiam curá-lo, ele morreu. Seu filho, Æthelhelm, o Jovem, espalhou a mentira de que eu matei seu pai e jurou vingança. Jurou uma vendeta contra mim.

Contudo, eu considerava Æthelhelm, o Velho, um amigo antes de sua filha mais velha se casar com o rei Eduardo de Wessex e lhe dar um filho. Esse filho, Ælfweard, neto de Æthelhelm, tornou-se o ætheling. O príncipe herdeiro Ælfweard! Uma criança petulante e mimada que se tornou um rapaz azedo, carrancudo e egoísta, cruel e vaidoso. Mas Ælfweard não era o filho mais velho de Eduardo. Æthelstan era; além disso, Æthelstan era meu amigo.

E por que Æthelstan não era o ætheling? Porque Æthelhelm espalhou o boato falso de que Æthelstan era bastardo, de que Eduardo nunca se casou com a mãe dele. Assim, Æthelstan foi exilado na Mércia, onde o conheci e passei a admirá-lo. O menino cresceu e se tornou um guerreiro, um homem justo, e o único defeito que eu encontrava nele era a fidelidade passional ao seu deus cristão.

E agora Eduardo estava doente. Os homens sabiam que ele morreria logo. E, quando ele morresse, haveria uma luta entre os apoiadores de Æthelhelm, o Jovem, que queriam Ælfweard no trono, e os que sabiam que Æthelstan seria um rei melhor. Wessex e Mércia, juntos numa união instável, seriam devastados pela batalha. Por isso Æthelstan pediu que eu fizesse um juramento. Jurei que depois da morte do rei Eduardo mataria Æthelhelm, acabando com seu poder sobre os nobres que deveriam se reunir no Witan para confirmar o novo rei.

Por isso eu precisaria ir a Wessex, onde meus inimigos eram numerosos. Porque eu tinha feito um juramento.

E não tinha dúvida de que Æthelhelm havia mandado os barcos para o norte com o objetivo de me enfraquecer, me distrair e, com alguma sorte, me matar.

* * *

Os quatro barcos surgiram na névoa de verão. Balançavam de um lado para o outro no mar veranil, mas, quando aparecemos, eles içaram as velas e se viraram para nos perseguir.

O *Banamaðr* tinha baixado a vela de modo que, enquanto fingia fugir para o oeste, os quatro navios não vissem a águia preta, agora voltada para trás. E, assim que vimos o *Banamaðr* girar, também baixamos nossa vela para que o inimigo não visse a cabeça de lobo de Bebbanburg.

— Agora remem! — gritou Finan para os bancos. — Remem!

A névoa de verão estava se dissipando. Pude enxergar as velas distantes enfunando ao vento forte e vi que eles estavam se aproximando de Egil, que só usava três remadores de cada lado. Se mostrasse mais remos revelaria que sua embarcação não era um barco mercante, e, sim, um barco-serpente apinhado de homens. Por um instante me perguntei se deveria seguir seu exemplo, então decidi que era pouco provável os quatro navios distantes temerem um único barco de guerra. Eles estavam em maior número, e eu não tinha dúvida de que aqueles homens foram enviados para me matar se tivessem a oportunidade.

Por isso eu lhes daria essa oportunidade.

Mas será que a aproveitariam? O mais urgente era que estavam se aproximando do *Banamaðr*, impelidos pelo vento forte, e eu decidi me revelar, gritando para minha tripulação içar a grande vela outra vez. A visão da cabeça de lobo poderia fazer o inimigo hesitar, mas não há dúvida de que eles pensariam que poderiam vencer a luta, mesmo contra Uhtredærwe.

A vela se agitou enquanto subia, enfunou-se com o vento e em seguida foi presa no lugar. O *Spearhafoc* se inclinou para o mar enquanto sua velocidade aumentava. Os remos foram puxados para dentro e os remadores vestiram suas cotas de malha e pegaram escudos e armas.

— Descansem enquanto podem! — gritei para eles.

O mar estava salpicado de branco, a crista das ondas sopradas virando espuma. A proa do *Spearhafoc* baixava, encharcando o convés, depois subia antes de mergulhar na próxima onda. A esparrela pesava nas minhas mãos, precisando de toda a força para ser puxada ou empurrada, sacudindo-se com a velocidade. Eu continuava navegando para o sul, para enfrentar os quatro barcos, desafiá-los. E agora Egil fazia o mesmo. Dois navios contra quatro.

Uma missão inútil

—O senhor acha que aqueles barcos são de Æthelhelm? — perguntou Finan.

—De quem mais seriam?

—Ele não vai estar em nenhum deles.

Dei uma risada.

—Ele está seguro em casa, em Wiltunscir. Ele contratou esses filhos da mãe.

Agora os filhos da mãe estavam em linha, espalhados no nosso caminho. Três das embarcações pareciam mais ou menos do tamanho do *Spearhafoc*. A quarta, mais a leste, era menor, mais ou menos como o *Banamaðr*. Esse navio, ao nos ver seguindo rapidamente para o sul, foi ficando para trás, como se relutasse em entrar numa batalha. Ainda estávamos longe, mas me pareceu que o barco menor tinha pouquíssimos tripulantes.

Diferentemente dos três maiores, que vinham na nossa direção.

—Eles estão bem tripulados — comentou Finan com calma.

—O escocês de Egil disse que havia uns quarenta homens no barco que o fez parar.

—Acho que é mais que isso.

—Vamos descobrir.

—E eles têm arqueiros.

—Têm?

—Dá para ver.

—Nós temos escudos — falei. — E arqueiros gostam de barcos parados, não caturrando feito um potro chucro.

Roric, meu serviçal, trouxe meu elmo. Não o elmo orgulhoso com o lobo de prata agachado na crista, e sim um elmo prático que pertencera ao meu pai e que estava sempre a bordo do *Spearhafoc*. As placas laterais enferrujaram e foram substituídas por couro fervido. Enfiei o elmo na cabeça e Roric amarrou as peças laterais, de modo que o inimigo não veria nada além dos meus olhos.

Três dos barcos não tinham nenhum símbolo nas velas, mas o que estava mais a oeste, mais perto do litoral da Nortúmbria, ainda fora do campo de visão, tinha uma cobra enroscada que, como nosso lobo, provavelmente era tecida com lã. O pano enorme era reforçado com cordas que formavam um padrão em losangos através do qual era possível ver a cobra preta. Pude ver uma onda se quebrando branca na proa.

Egil tinha virado o *Banamaðr* de modo que, em vez de fingir uma fuga desajeitada para os portos do litoral nortumbriano, agora navegava para o sul ao lado do *Spearhafoc*. Como eu, ele havia içado a vela, e, quando chegamos perto, a tripulação estava acabando de firmá-la. Pus as mãos em concha e gritei por cima da água agitada:

— Estou indo para o segundo! — Apontei para o barco mais próximo da embarcação com a cobra na vela. Egil fez que sim com a cabeça, mostrando que tinha escutado. — Mas vou atacar o da cobra! — Apontei de novo. — Você também!

— Eu também! — Ele estava rindo, o cabelo loiro escapando por baixo do elmo.

O inimigo havia entrado em formação de linha para que pudesse abordar um dos nossos navios com dois dos seus. Se esse plano desse certo, eles poderiam nos atacar pelos dois lados ao mesmo tempo, e a espada agiria com celeridade, severidade e sanguinolência. Deixei pensarem que isso funcionaria saindo ligeiramente do vento, seguindo para o segundo barco pelo oeste, e vi os outros dois, maiores, mudarem ligeiramente de direção, indo para onde achavam que encontraríamos sua linha. Ainda estavam bem espalhados, a uma distância de pelo menos quatro ou cinco navios entre cada um deles, mas a linha foi se encolhendo. O navio menor, mais lento que os outros, ficou para trás.

A embarcação de Egil, mais lenta que a minha porque era mais curta, tinha se retardado, e eu ordenei que afrouxassem o pano de estibordo para diminuir a velocidade do *Spearhafoc*. Depois me virei e acenei para Egil, apontando para estibordo, indicando que deveria se aproximar por esse flanco. Ele entendeu, e lentamente o *Banamaðr* se esgueirou até chegar à minha direita. Entraríamos juntos na batalha, mas não onde o inimigo esperava.

— Meu Deus! — exclamou Finan. — Aquele desgraçado enorme tem um monte de homens!

— Qual desgraçado enorme?

— O do meio. Setenta homens? Oitenta?

— Quantos no desgraçado da cobra?

— Talvez quarenta, cinquenta?

— O suficiente para amedrontar um mercante — comentei.

— Eles não parecem com medo de nós. — Os três barcos maiores ainda vinham para nós, confiantes porque estavam em maior número. — Toma cuidado com aquele desgraçado enorme — disse Finan, apontando para o barco do meio, o da tripulação maior.

Encarei o navio, que tinha uma cruz caiada presa na proa.

— Não importa quantos eles tenham. Eles acreditam que só temos quarenta homens.

— Acreditam? — Finan pareceu achar divertida a minha confiança.

— Eles torturaram Haggar. O que Haggar pode ter contado? Eles devem ter perguntado com que frequência nossos barcos vão para o mar e quantos homens existem na tripulação. O que ele diria?

— Que o senhor mantém dois barcos de guerra no porto, que o *Spearhafoc* é o maior e costuma ter quarenta tripulantes, mas às vezes menos que isso.

— Exatamente.

— E que geralmente é Berg quem leva o navio para o mar.

Berg era o irmão mais novo de Egil. Eu salvei a vida dele numa praia galesa muitos anos antes, e desde então ele passou a me servir bem e fielmente. Berg se sentiu desapontado por ter ficado para trás nessa viagem, mas, com Finan e eu no mar, ele era o melhor homem para comandar o restante da guarnição em Bebbanburg. Em geral eu deixaria meu filho no comando, mas ele estava nas colinas centrais da Nortúmbria resolvendo uma disputa entre dois dos meus arrendatários.

— Eles acham que temos uns quarenta homens — falei. — E vão achar que o *Banamaðr* tem uns trinta. — Gargalhei, em seguida toquei o punho de Bafo de Serpente, minha espada, antes de gritar para Egil: — Vire agora! — Forcei a esparrela para barlavento, e o *Spearhafoc* mergulhou a proa enquanto girava. — Apertem a vela! — gritei. A armadilha foi acionada, e agora a cobra descobriria como o lobo e a águia lutavam.

Eu tinha firmado bem a vela do *Spearhafoc* para acelerá-lo outra vez. Ele era mais rápido que os barcos inimigos. Dava para ver as algas densas no fundo do navio-cobra sempre que ele subia numa onda. Era lento. Nós secávamos nossos navios na maré vazante e raspávamos os cascos baixos, o que nos mantinha rápidos. Virei-me outra vez para o *Banamaðr*.

— Eu pretendo afundar o desgraçado — gritei. — Depois vou para o leste, atrás do segundo!

Egil acenou, e presumi que tivesse escutado. Não que isso importasse. O *Spearhafoc* estava avançando, o mais perto da velocidade do vento a que eu ousava levá-lo, mas ele abria seu caminho rápido, com a quilha rompendo o mar formando espuma branca. Agora a embarcação era tão mortal quanto seu nome, e logo Egil perceberia o que eu planejava.

— O senhor vai abalroar? — perguntou Finan.

— Se puder, e quero você na proa. Se eu não acertar, você vai ter que subir a bordo e matar o capitão. Depois jogar fora a esparrela.

Finan foi para a frente, gritando para alguns homens acompanhá-lo. Estávamos chegando perto do navio-cobra, o suficiente para vermos um grupo de homens na proa e as lanças que eles empunhavam. Seus elmos refletiam a luz. Um deles se agarrava ao estai do traquete, outro sopesava a lança. Havia um grupo de arqueiros no centro do barco, com as flechas já nas cordas.

— Beornoth! — gritei. — Folcbald! Venham cá! Tragam seus escudos! — Beornoth era um homem impassível, confiável, saxão, e Folcbald era um frísio enorme, um dos meus guerreiros mais fortes. — Vocês vão me proteger. Estão vendo aqueles arqueiros? Eles vão mirar em mim.

O capitão ficava no lugar mais vulnerável de uma embarcação. A maioria dos meus homens estava agachada no bojo do *Spearhafoc* atrás de escudos erguidos. Finan tinha ido para a proa, onde, junto com seis homens, também formava uma barreira de escudos, mas eu precisava ficar de pé segurando a esparrela. As flechas logo viriam, estávamos deixando um rastro de espuma nas ondas altas e suficientemente próximos a ponto de eu enxergar a cabeça dos pregos no casco do navio-cobra. Olhei para a esquerda. Os outros três navios inimigos viram para onde íamos e se viraram para ajudar, mas essa virada significava que agora iam direto contra o vento, e suas velas se aplainavam nos mastros. Homens corriam para baixar as velas e enfiar os remos nos buracos, mas eram lentos e seus navios estavam sendo empurrados para trás e caturravam intensamente nas ondas cada vez mais altas.

33

Uma missão inútil

— Agora! — vociferou Beornoth, e ergueu o escudo. Ele tinha visto os arqueiros disparando.

Umas dez flechas acertaram a vela, outras passaram voando e mergulharam no mar. Eu conseguia ouvir as ondas rugindo, a canção do vento no cordame, depois empurrei a esparrela, pondo toda a força na grande haste, e vi o navio-cobra se virando para nós, coisa que seu capitão devia ter feito um pouco antes, mas agora era tarde demais. Estávamos perto e nos aproximando rápido.

— Lanças! — gritou Finan da proa.

— Segurem-se! — berrei.

Uma flecha resvalou na borda de ferro no alto do escudo de Folcbald, uma ponta de lança riscou o convés junto aos meus pés, então o *Spearhafoc* adernou na curva e uma rajada de vento afundou sua amurada. Cambaleei. Uma flecha acertou com força o cadaste. Então o *Spearhafoc* se recuperou, a vela protestando enquanto virávamos contra o vento, a água escorrendo dos embornais, e acima do barulho do mar e do uivo do vento escutei o grito de assombro dos inimigos.

— Segurem-se firme! — gritei para minha tripulação.

E abalroamos.

Fomos jogados com violência para a frente quando o navio parou com um solavanco. Houve um barulho alto de madeira rachando, gritos de medo, água agitada, xingamentos. O brandal atrás de mim se retesou assustadoramente. Por um instante achei que nosso mastro ia cair sobre a proa, mas o couro de foca torcido resistiu, apesar de vibrar feito uma corda de harpa. Beornoth e Folcbald caíram. O *Spearhafoc* tinha subido no casco do navio-cobra e agora recuava com um som de algo raspando. Tínhamos virado contra o vento para abalroar o inimigo, e eu havia ficado preocupado achando que perderíamos impulso e iríamos acertá-lo com menos força do que se fôssemos a favor do vento. Mas o peso e a velocidade do *Spearhafoc* foram suficientes para despedaçar o casco do navio-cobra. Agora nossa vela estava comprimida contra o mastro e nos empurrava para trás, mas parecia que a proa estava agarrada ao casco do inimigo, porque os navios permaneceram juntos, e o *Spearhafoc* girava lentamente para bombordo. Para meu espanto, nossa proa começou a baixar. Então ouvi um estalo alto, e o *Spearhafoc* estremeceu, um som de algo se rasgando, e o navio se ajeitou de repente. Sua proa tinha ficado presa nas tábuas quebradas do casco do navio-cobra, mas se soltou.

O navio-cobra estava afundando. Nós o havíamos atingido com a proa, a parte mais forte do casco do *Spearhafoc*, e tínhamos despedaçado seu bordo livre com tanta facilidade como se fosse uma casca de ovo. A água entrava, o navio se inclinava, e o bojo, repleto de pedras de lastro, era inundado rapidamente. A tripulação, que usava cota de malha, estava condenada, a não ser pelos poucos que conseguiram se agarrar ao nosso navio. Enquanto isso, éramos empurrados para trás, na direção dos outros barcos inimigos que, com os remos finalmente na água, tentavam nos alcançar. Estávamos à deriva. Gritei para os homens prenderem o pano de bombordo da vela e afrouxar o de estibordo. À minha direita o navio-cobra estava de lado num turbilhão de água branca, cercado por destroços. Em seguida, sumiu. A última coisa que vi foi um pequeno estandarte triangular na ponta do mastro inclinado.

Empurrei a esparrela, rezando para o *Spearhafoc* abrir espaço suficiente para a grande pá agir, mas o barco ainda estava lento. Nossos prisioneiros — eram cinco — foram puxados a bordo, e Finan mandou alguns homens tirarem suas cotas de malha, seus elmos e seus cintos da espada.

— Cuidado com a retaguarda, senhor! — gritou Folcbald, receoso.

O navio inimigo mais próximo, o que tinha a cruz caiada na proa alta, estava se aproximando. Era grande como o *Spearhafoc* e parecia muito mais pesado. Sua tripulação era maior que a do navio-cobra, agora condenada, mas o comandante tinha colocado apenas vinte e quatro homens nos remos, uma dúzia de cada lado, porque queria que o restante estivesse pronto para abordar o *Spearhafoc*. Havia guerreiros com elmo na proa e outros apinhados na parte central. Eram pelo menos setenta, pensei. Talvez mais. As primeiras flechas voaram, e a maioria passou alto, acertando a vela, mas uma passou perto de mim. Instintivamente me certifiquei de que Bafo de Serpente estava à cintura e gritei por Roric. Ele gritou em resposta:

— Senhor?

— Esteja com meu escudo preparado!

O navio com a cruz na proa vinha pesadamente na nossa direção, e estávamos sendo empurrados na direção dele. Não vinha rápido porque remava

35

Uma missão inútil

contra o vento, era pesado e tinha poucos remadores, por isso duvidava que pudesse nos afundar como tínhamos afundado o navio-cobra, mas a altura da sua proa permitiria que seus guerreiros saltassem no nosso bojo largo.

Então o *Banamaðr* cruzou de súbito à nossa frente. Ia favor do vento, e vi Egil empurrar sua esparrela para virá-lo para o navio com a cruz na proa. O capitão da embarcação inimiga percebeu o norueguês chegando e, ainda que o *Banamaðr* tivesse metade do seu tamanho, provavelmente temeu ser abalroado porque gritou para seus remadores de bombordo reverterem as remadas, girando para receber de frente a ameaça de Egil. Agora ele estava perto de nós, muito perto! Empurrei a esparrela, mas não houve resistência, o que significava que o *Spearhafoc* estava morto na água e ainda sendo empurrado pelo vento na direção do inimigo. Soltei a esparrela e peguei meu escudo com Roric.

— Preparem-se! — gritei.

Desembainhei Ferrão de Vespa, meu seax, e a lâmina curta sibilou ao sair da bainha forrada de pele de carneiro. Ondas se agitavam entre nossos navios. A embarcação inimiga tinha se virado para Egil e agora ia se chocar de lado com a nossa. Sua tripulação, armada e com cota de malha, estava pronta para saltar. Vi meia dúzia de arqueiros erguendo os arcos, e de repente houve caos no bojo do navio com a cruz na proa quando o *Banamaðr* deslizou a bombordo dele, despedaçando os remos. O cabo dos remos foi empurrado com força na barriga dos remadores. O navio pareceu estremecer, os arqueiros cambalearam e suas flechas voaram loucas. Egil soltou sua vela para voar livremente ao vento enquanto girava para deslizar a proa na popa do inimigo. Ele tinha homens que portavam machados com o fio alongado para baixo, prontos para enganchar na outra embarcação. A proa do *Banamaðr* resvalou no quarto de popa do inimigo, os dois barcos deram um solavanco, os machados baixaram para juntar os dois cascos, e vi os primeiros noruegueses pularem gritando na popa do navio da cruz.

Então abalroamos a embarcação inimiga. O *Spearhafoc* se chocou primeiro com os remos de estibordo do outro barco, que foram despedaçados e estilhaçados, mas também o mantiveram afastado por um instante. Um homem enorme, gritando, saltou para o *Spearhafoc*, mas seu barco deu um solavanco

36

A espada dos reis

quando ele se preparava para pular e seu berro desafiador se transformou num grito de desespero quando ele caiu entre as embarcações. Ele sacudiu as mãos tentando agarrar nossa amurada, mas um dos meus homens as chutou e ele desapareceu, puxado para baixo pelo peso da armadura. O vento empurrou nossa popa de encontro ao inimigo, e eu pulei na plataforma da esparrela dele, seguido por Folcbald e Beornoth. Os violentos noruegueses de Egil já haviam matado o capitão e agora lutavam no meio do barco, e eu gritei para meus homens me seguirem. Pulei da plataforma. Um menino, que não passava de uma criança, gritou aterrorizado. Chutei-o para baixo de um banco de remador e rosnei para que ficasse ali.

— Tem outro desgraçado vindo! — gritou do *Spearhafoc* Oswi, um sujeito que já foi meu serviçal e se tornou um lutador ansioso e feroz.

Vi que a última das embarcações grandes do inimigo vinha resgatar o barco que tínhamos abordado. Thorolf, irmão de Egil, havia ficado no *Banamaðr* com apenas três homens, mas agora eles soltaram o navio e deixaram que o vento o levasse para fora do caminho do barco que se aproximava. Mais dos meus homens saltaram a bordo para se juntar a mim, porém havia pouco espaço para lutarmos. O bojo amplo do barco estava apinhado de guerreiros, os noruegueses avançando e pressionando de banco em banco, sua parede de escudos se estendendo por toda a largura do grande navio. A tripulação inimiga estava presa ali, entre os ferozes atacantes de Egil e os homens de Finan, que tinham conseguido chegar à plataforma da proa e golpeavam com lanças de cima para baixo. Então nosso desafio seria derrotar o terceiro barco, que vinha impelido por remos. Subi de volta na plataforma da esparrela.

O navio que se aproximava, como aquele em que lutávamos, tinha uma cruz alta na proa. Era uma cruz preta, de madeira coberta com piche, e atrás dela estavam apinhados guerreiros com armas e elmos. Era uma embarcação pesada e lenta. Um homem na proa gritava instruções para o capitão, apontando para o norte. Lentamente o navio se virou para lá, e vi os homens na proa erguendo os escudos. Eles planejavam nos abordar pela popa e atacar os homens de Egil por trás. Os remadores a estibordo puxaram os remos longos pelos buracos, e o grande barco deslizou lentamente até nós. Os remadores pegaram escudos e desembainharam espadas. Notei que os escudos não eram

37

Uma missão inútil

pintados, sem cruz ou qualquer outro símbolo. Se aqueles homens foram mandados por Æthelhelm, e eu tinha cada vez mais certeza disso, obviamente receberam ordens de escondê-lo.

— Parede de escudos! — gritei. — E se segurem!

Devia haver uma dúzia de homens comigo na plataforma da esparrela. Não havia espaço para mais ninguém, embora os inimigos, cuja proa era mais alta que a nossa popa, planejassem se juntar a nós. Olhei pela abertura da largura de um dedo entre meu escudo e o de Folcbald e vi a grande proa a menos de um metro. Uma onda a levantou. Depois ela baixou com força e se chocou conosco, despedaçando o verdugo. Em seguida, a proa escura do inimigo desceu raspando nossa popa enquanto eu cambaleava com o impacto. Vislumbrei um homem saltando para mim, com o machado erguido. Levantei o escudo e senti o tremor quando a lâmina do machado se enterrou na tábua de salgueiro.

Quase toda luta a bordo de um navio é uma confusão de homens muito apinhados. Numa batalha até mesmo a parede de escudos mais disciplinada tende a se espalhar à medida que os homens tentam abrir espaço para as armas, mas num navio não há espaço para isso. Só existe o bafo fedorento de um inimigo tentando matar você, a pressão de homens e aço, os gritos das vítimas perfuradas por lâminas, o fedor de sangue nos embornais e o aperto da morte num convés aos solavancos.

Por isso eu tinha desembainhado Ferrão de Vespa. É uma espada curta, pouco mais longa que o meu antebraço, mas no aperto da morte não há espaço para brandir uma espada longa. Porém não houve nenhum aperto. O navio tinha nos abalroado, quebrado o verdugo, mas, quando mais inimigos se preparavam para saltar sobre nós, uma onda o levantou e o empurrou para trás. Não o levou para longe, o equivalente a apenas um passo em terra, mas os primeiros homens a saltar se desequilibraram quando os barcos começaram a se afastar. O homem do machado, com a lâmina ainda enterrada no meu escudo, caiu esparramado no convés. Folcbald, à minha direita, golpeou com seu seax, e o sujeito berrou feito uma criança quando a lâmina perfurou a malha, quebrou costelas e se enterrou nos pulmões. Chutei o rosto dele, cravei Ferrão de Vespa em sua barba densa e vi o sangue se espalhar pelas tábuas desbotadas da embarcação.

A espada dos reis

— Tem mais vindo! — gritou Beornoth atrás de mim.

Puxei Ferrão de Vespa para o lado, alargando o talho sangrento no pescoço do sujeito do machado, depois ergui o escudo e me agachei um pouco. Vi a proa escura se aproximar novamente, vi quando ela acertou nosso casco outra vez, então alguma coisa pesada bateu no meu escudo. Não pude ver o que era, mas havia sangue pingando da borda de ferro.

— Acertei! — gritou Beornoth.

Ele estava logo atrás de mim. E, como a maioria dos homens da segunda fileira, empunhava uma lança de cabo de freixo apontada para a proa alta do navio inimigo. Os homens que pulassem sobre nós se arriscavam a ser empalados naquelas pontas compridas. Outra onda subiu e afastou os barcos outra vez, e o homem agonizante escorregou do meu escudo enquanto Beornoth soltava a ponta da lança. O sujeito ainda se mexia, e Ferrão de Vespa golpeou de novo. O convés estava vermelho, vermelho e escorregadio. Outro inimigo, com o rosto contorcido de fúria, deu um salto enorme, batendo com o escudo para romper nossa linha, mas Beornoth se jogou nas minhas costas. O escudo do sujeito se chocou com o meu, e ele cambaleou para trás, indo de encontro à amurada. Ele estocou com um seax, passando pelo meu escudo, sua boca desdentada se abrindo num grito de fúria silenciosa, mas a ponta da espada apenas resvalou na minha cota de malha, e eu o empurrei com o escudo, e o sujeito xingou ao ser forçado a recuar. Então o empurrei com o escudo outra vez, e ele caiu gritando entre os navios.

O vento nos empurrou de volta para o grande navio inimigo. Sua proa era cerca de um metro mais alta que a popa onde estávamos. Cinco homens tinham conseguido pular no nosso barco, e todos eles estavam mortos. E agora, naquela proa alta, os inimigos tentavam nos matar com golpes de lanças. As estocadas eram inúteis, atingindo apenas nossos escudos. Consegui ouvir um homem os encorajando.

— Eles são pagãos! Realizem a obra de Deus! Subam a bordo do barco deles e matem todos!

Mas eles não tinham coragem para subir a bordo do nosso navio. Para isso precisariam pular para as lanças que os aguardavam, e em vez disso vi homens indo para o centro do seu navio, por onde seria mais fácil atravessar

Uma missão inútil

até onde estávamos, só que os guerreiros de Egil tinham terminado sua matança e agora esperavam a próxima luta.

— Beornoth! — De alguma forma consegui dar um passo atrás, abrindo caminho pela segunda fileira. — Fique aqui, mantenha esses desgraçados ocupados. — Deixei seis homens para ajudá-lo, então levei o restante para o centro do navio coberto de sangue. — Oswi! Folcbald! Vamos atravessar! Todos vocês! Venham!

O vento e o mar estavam fazendo com que girássemos, de modo que a qualquer momento os dois navios ficariam lado a lado. Os inimigos esperavam na parte central da embarcação. Tinham uma parede de escudos, o que me revelou que não queriam subir a bordo do nosso navio, por isso nos desafiavam a pular a bordo do seu barco e morrer sobre seus escudos. Não gritavam, pareciam com medo, e um inimigo com medo já está meio derrotado.

— Bebbanburg! — gritei, subi num banco de remador, corri e pulei.

O homem que gritou dizendo que éramos pagãos continuava berrando:

— Matem todos eles! Matem todos eles!

Estava na alta plataforma da proa, onde uma dúzia de homens ainda estocava Beornoth e seus companheiros com suas lanças inúteis. O restante da tripulação, e eu duvidava que fossem mais de quarenta, estava virado para nós na parte central do navio escuro. O homem à minha frente, um rapaz de olhos aterrorizados, elmo de couro e escudo meio lascado, recuou quando eu pousei.

— Quer morrer? — rosnei para ele. — Largue o escudo, menino, e viva.

Em vez disso, ergueu o escudo e me empurrou com ele. E gritou, apesar de não ter sido ferido. Recebi seu escudo com o meu, virei o meu de modo que o dele também se virou, e isso abriu seu corpo para a estocada mortal de Ferrão de Vespa, que acertou a parte inferior da barriga dele. Puxei a espada para cima, estripando-o como um salmão gordo. Folcbald estava à minha direita, Oswi à esquerda, e nós três rompemos a fina parede de escudos passando por cima de homens agonizantes, escorregando em sangue. Então escutei Finan gritar:

— Dominei a popa deles!

Um homem veio pela minha direita, Folcbald fez com que tropeçasse, a ponta de Ferrão de Vespa passou pelos seus olhos, e ele ainda gritava quando

40

A espada dos reis

Folcbald o empurrou na água. Virei-me e vi que Finan e seus homens estavam na plataforma da esparrela. Estavam jogando os mortos na água e, até onde eu sabia, os vivos também. Agora os inimigos se dividiam em dois grupos, alguns na proa e o restante entre meus homens e os de Finan, aos quais se juntavam os ansiosos guerreiros de Egil. O próprio Egil, com sua espada, Víbora, vermelha até o punho, abria caminho entre os bancos dos remadores. Homens se encolhiam para se afastar de sua fúria norueguesa.

— Larguem as armas!

— Matem todos! — gritava o homem na proa. — Deus está do nosso lado! Não podemos ser derrotados!

— O senhor pode morrer — vociferou Oswi.

Eu estava com vinte homens. Deixei dez para nos proteger dos que estavam na nossa retaguarda e levei o restante para a proa. Formamos uma parede de escudos e avançamos lentamente, atrapalhados pelos bancos dos remadores e pelos remos abandonados. Batíamos nos escudos com as espadas, gritávamos insultos, éramos a morte se aproximando, e os inimigos já não aguentavam mais. Eles largaram os escudos e as armas e se ajoelharam em submissão. Mais dos meus homens subiram a bordo, seguidos pelos noruegueses de Egil. Um berro revelou que um homem morreu atrás de mim, mas foi o último grito de uma tripulação derrotada. Olhei para a direita e vi que o quarto navio, o menor, tinha enfunado sua vela e seguia a toda para o sul. Fugindo.

— Esta luta acabou — gritei para os inimigos agora apinhados abaixo da cruz que adornava a proa da embarcação. — Não morram a troco de nada. — Tínhamos afundado um barco e capturado dois. — Larguem os escudos! — gritei enquanto avançava. — Acabou!

Escudos retiniram no convés. Lanças e espadas foram largadas. A batalha estava terminada, exceto por um guerreiro que nos desafiava, apenas um. Era jovem, alto, tinha barba loira e espessa e olhos ferozes. Estava de pé na proa, empunhando uma espada longa e um escudo simples.

— Deus está do nosso lado — gritou. — Deus não vai nos abandonar! Deus nunca falha! — Ele bateu no escudo com a espada. — Peguem suas armas e matem-nos!

Nenhum dos seus companheiros se mexeu. Sabiam que estavam derrotados. Agora a única esperança era que os deixássemos viver. O rapaz, que tinha

Uma missão inútil

uma corrente de prata e um crucifixo pendendo sobre a cota de malha, bateu com a espada uma última vez, percebeu que estava sozinho e, para minha perplexidade, pulou da plataforma da proa e deu dois passos na minha direção.

— Você é Uhtredærwe? — perguntou.

— Alguns homens me chamam assim — admiti, afável.

— Fui mandado para matá-lo.

— Você não é o primeiro com essa missão. Quem é você?

— O escolhido de Deus.

Seu rosto estava emoldurado pelo elmo, uma bela peça com acabamento em prata e encimada por uma cruz na crista estriada. Era bonito, alto e orgulhoso.

— O escolhido de Deus tem nome?

Joguei Ferrão de Vespa para Oswi e tirei Bafo de Serpente da bainha forrada com pele de carneiro. O escolhido de Deus parecia decidido a lutar e lutaria sozinho, o que significava que haveria espaço para Bafo de Serpente mostrar sua selvageria.

— Deus sabe o meu nome — reagiu o rapaz com altivez, então se virou e gritou: — Padre!

— Meu filho? — respondeu uma voz rouca. Era um padre que estava no meio dos lanceiros na proa da embarcação e, pela voz, soube que era o homem que antes encorajava a nossa matança.

— Se eu morrer aqui vou para o céu? — A pergunta do rapaz foi sincera.

— Você estará ao lado de Deus neste dia mesmo, meu filho. Você estará com os santos abençoados! Agora realize a obra de Deus!

O rapaz se ajoelhou por um instante. Fechou os olhos e fez um desajeitado sinal da cruz com a mão que empunhava a espada. Os homens de Egil, os meus homens e os inimigos sobreviventes observavam, e vi os cristãos da minha tripulação também fazendo o sinal da cruz. Estariam rezando por mim ou implorando o perdão porque tinham capturado embarcações com a cruz na proa?

— Não seja tolo, rapaz — falei.

— Eu não sou tolo — respondeu ele com orgulho enquanto se levantava. — Deus não escolhe tolos para realizar sua obra.

— E que obra é essa?

A espada dos reis

— Livrar a terra da sua maldade.

— Pela minha experiência, seu deus quase sempre escolhe os tolos.

— Então serei o tolo de Deus — declarou em tom de desafio. Algo retiniu de repente atrás dele, e ele se virou, assustado, então viu que outro dos seus companheiros tinha largado a lança e o escudo. — Você deveria ter mais fé — disse com desprezo ao sujeito, depois se virou para mim e atacou.

Ele era corajoso, claro. Corajoso e tolo. Ele sabia que ia morrer. Talvez não pelas minhas mãos. Mas, se conseguisse me matar, meus homens iriam destroçá-lo sem misericórdia, o que significava que esse tolo sabia que tinha apenas alguns minutos de vida. Mas acreditava que ganharia outra vida no tédio ensolarado do céu cristão. Ele poderia ter me matado se tivesse a habilidade de um grande guerreiro com espada e escudo, mas eu suspeitava que a raiz da sua fé não estava no ofício alcançado com esforço, e, sim, na crença de que seu deus estenderia a mão e lhe concederia a vitória, e essa crença tola o instigou a vir para cima de mim.

Enquanto ele rezava eu tirei a mão das alças de couro do escudo, e agora o segurava apenas pela alça externa. Ele deve ter percebido, mas não deu importância. Empunhei escudo e espada bem baixo, esperei até ele estar a apenas seis ou sete passos, então recuei o braço esquerdo e arremessei o escudo. Joguei-o baixo, com força, nos seus pés. O tolo tropeçou no escudo, e um movimento das ondas o fez cambalear para o lado, caindo esparramado no banco de um remador. Avancei e desferi um golpe em arco com Bafo de Serpente, cuja lâmina acertou a dele com um som seco, partindo-a. Dois terços da espada foram parar do outro lado do convés enquanto ele, desesperado, tentava estocar minha coxa com o cotoco. Eu me abaixei e segurei seu pulso com firmeza.

— Você está mesmo tão ansioso para morrer? — perguntei.

Ele tentou se soltar, depois me acertar com a borda de ferro do escudo, que bateu na minha coxa sem me ferir.

— Me dê outra espada — exigiu ele.

Eu ri disso.

— Responda, tolo. Você está mesmo tão ansioso para morrer?

— Deus ordenou que eu o matasse!

Uma missão inútil

— Ou quem mandou você me matar foi um padre que pingou veneno no seu ouvido?

Ele tentou me acertar com o escudo outra vez, por isso coloquei Bafo de Serpente no caminho.

— Deus ordenou — insistiu.

— Então seu deus pregado é tão tolo quanto você — falei severamente. — De onde você é, tolo?

Ele hesitou, mas apertei seu pulso e torci seu braço.

— Wessex — murmurou ele.

— Isso eu sei pelo sotaque. De onde em Wessex?

— Andefera — respondeu com relutância.

— E Andefera — falei — fica em Wiltunscir. — Ele assentiu. — Onde Æthelhelm é ealdorman — acrescentei, e o vi se encolher ao ouvir esse nome. — Largue a espada, rapaz.

Ele resistiu, mas, quando torci seu pulso outra vez, ele deixou a espada quebrada cair. A julgar pelo cabo adornado com um fio de ouro, era uma espada cara, mas havia se despedaçado com o golpe de Bafo de Serpente. Joguei o cabo para Oswi.

— Pegue esse tolo santo e o amarre ao mastro do *Spearhafoc*. Ele pode viver.

— Mas o *Spearhafoc* talvez não — comentou Finan secamente. — O barco está afundando.

Olhei por cima do navio que estava no meio do caminho e vi que Finan tinha razão.

O *Spearhafoc* estava afundando.

Duas tábuas do *Spearhafoc* se soltaram quando ele acertou a primeira embarcação inimiga, e a água jorrava para dentro da proa. Quando o alcancei, ele já estava com a proa baixa. Gerbruht, um frísio enorme, arrancou as pranchas do convés e mandou homens pegarem as pedras de lastro, que agora carregavam até a popa para equilibrar o barco.

— Podemos tapar o buraco, senhor! — gritou ele ao me ver. — Só está vazando de um lado.

— Você precisa de homens? — gritei.

— Vamos dar um jeito.

Egil tinha me acompanhado até a popa do *Spearhafoc*.

— Não vamos pegar aquele último — avisou ele, olhando para o menor navio inimigo, agora quase no horizonte ao sul.

— Espero salvar esse — falei, carrancudo.

Gerbruht podia se sentir otimista em relação a tapar os vazamentos do *Spearhafoc*, mas o vento estava ficando mais forte e as ondas aumentavam. Doze homens tiravam água do barco, alguns usando o elmo para isso.

— Mesmo assim podemos voltar para casa num desses barcos. — Assenti para os dois que tínhamos capturado.

— Eles são uns montes de bosta — comentou Egil. — Pesados demais!

— Podem ser úteis para cargas — sugeri.

— Melhor ainda como lenha.

Com as mãos embaixo da água no bojo, Gerbruht estava enfiando panos no buraco deixado pelas tábuas soltas, enquanto outros homens jogavam água por cima da amurada. Um dos barcos inimigos capturados também estava vazando, o da cruz caiada, danificado quando a última embarcação se juntou à batalha. Sua popa foi abalroada pelo barco maior e as tábuas racharam, provocando um vazamento na linha de água. Colocamos a maior parte dos prisioneiros nesse navio, depois de pegar suas armas, as cotas de malha, os escudos e os elmos. Pegamos a vela, que era nova e valiosa, e os poucos suprimentos, que eram escassos: um pouco de queijo duro feito pedra, um saco de pão úmido e dois barris de cerveja. Deixei apenas seis remos para eles e os soltei.

— O senhor vai deixá-los ir embora? — perguntou Egil, surpreso.

— Não quero ter de alimentar os filhos da mãe em Bebbanburg. E até onde eles podem ir? Não têm comida, nada para beber nem vela. Metade está ferida e o barco está fazendo água. Se tiverem algum tino, vão remar para terra firme.

— Contra o vento. — Egil achou a ideia divertida.

— E, quando chegarem à costa, não terão armas. Portanto, bem-vindos à Nortúmbria.

Tínhamos resgatado onze pescadores que tripulavam o *Gydene* e o *Swealve*, todos forçados a remar para os captores. Todos os prisioneiros que fizemos

45

Uma missão inútil

eram de Wessex ou da Ânglia Oriental, subordinados ao rei Eduardo, se ele ainda vivesse. Fiquei com uns dez para levar a Bebbanburg, inclusive o padre que tinha gritado de modo tão febril para seus homens nos trucidarem. Ele foi trazido a mim no *Spearhafoc*, que continuava com a proa baixa, mas os esforços de Gerbruht contiveram a maior parte do vazamento, e a mudança de boa parte do lastro para a popa havia estabilizado o casco.

O padre era jovem e atarracado, de rosto redondo, cabelo preto e expressão azeda. Havia algo familiar nele.

— Nós nos conhecemos? — perguntei.

— Graças a Deus, não.

Ele estava de pé logo abaixo da plataforma da esparrela, vigiado por um sorridente Beornoth. Tínhamos içado a vela e seguíamos para o norte, para casa, impelidos pelo vento oeste que soprava firme. A maior parte dos meus homens estava na embarcação grande que havíamos capturado; apenas uns poucos permaneciam no *Spearhafoc*, e esses poucos continuavam pondo água para fora. O rapaz que tinha jurado me matar foi amarrado ao mastro, de onde me encarava com fúria no olhar.

— Aquele jovem tolo é de Wessex — falei ao padre, indicando o rapaz com um aceno de cabeça —, mas você fala como um mércio.

— O reino de Cristo não tem limites.

— Diferente da minha misericórdia — reagi, e ele não disse nada. — Eu sou da Nortúmbria — continuei, ignorando seu desafio —, e na Nortúmbria sou ealdorman. Você vai me chamar de senhor. — Ele permaneceu em silêncio, apenas me olhou carrancudo. O *Spearhafoc* continuava lento, relutante em levantar a proa, mas estava navegando e indo para casa. O *Banamaðr* e a embarcação capturada nos faziam companhia, prontos para nos receber caso o *Spearhafoc* começasse a afundar, mas a cada minuto eu sentia que ele sobreviveria para ser arrastado para terra firme e consertado. — Você vai me chamar de senhor — repeti. — De onde você é?

— Do reino de Cristo.

Beornoth recuou a manzorra para dar um tapa no padre, mas fiz que não com a cabeça.

46

A espada dos reis

— Está vendo que nós corremos o risco de afundar? — perguntei ao padre, que, teimoso, permaneceu em silêncio. Eu duvidava que ele pudesse sentir que, longe de afundar, o *Spearhafoc* estava recuperando sua graça. — E, se afundarmos, vou amarrar você ao mastro junto com aquela criança tola. A não ser, é claro, que você diga o que quero saber. De onde você é?

— Eu nasci na Mércia — respondeu ele com relutância —, mas Deus decidiu me mandar para Wessex.

— Se ele continuar não me chamando de senhor — falei a Beornoth —, pode bater com a força que quiser. — Sorri para o padre. — Onde em Wessex?

— Wintanceaster — ele fez uma pausa, depois sentiu Beornoth se mexendo e acrescentou rapidamente: —, senhor.

— E o que um padre de Wintanceaster está fazendo num navio no litoral da Nortúmbria?

— Fomos mandados para matar você! — vociferou ele, e guinchou quando Beornoth deu um tapa na sua nuca.

— Tenha forças no Senhor, padre! — gritou o rapaz do mastro.

— Qual é o nome daquele idiota? — perguntei, achando a situação divertida.

O padre hesitou um instante, olhando de soslaio para o rapaz.

— Wistan, senhor.

— E qual é o seu nome?

— Padre Ceolnoth — e outra vez houve uma breve pausa antes que ele acrescentasse: —, senhor.

E então eu soube por que ele era familiar e por que me odiava. E isso me fez rir. Continuamos nos arrastando para casa.

Uma missão inútil

DOIS

LEVAMOS O *SPEARHAFOC* para casa. Não foi fácil. Gerbruht havia controlado o vazamento, mas ainda assim o casco esguio balançava nas ondas da tarde. Eu tinha uma dúzia de homens retirando a água e temia que a piora no tempo pudesse condenar o barco, mas o vento soprava gentilmente, firme para o oeste. O mar espumante se acalmou, e a vela do lobo do *Spearhafoc* nos carregou lentamente para o norte. Era fim de tarde quando chegamos às ilhas Farnea e passamos vacilantes entre elas e um céu a oeste que era uma fornalha de fogo selvagem riscado de vermelho, contra o qual as fortificações de Bebbanburg se delineavam em preto. Foi uma tripulação cansada que remou levando o barco sofrido pelo canal estreito até o porto de Bebbanburg. Encalhamos o *Spearhafoc* na costa, e de manhã eu reuniria parelhas de bois para arrastá-lo acima da linha de maré, onde a proa poderia ser consertada. O *Banamaðr* e o navio capturado nos seguiram pelo canal.

Tentei conversar com o padre Ceolnoth enquanto voltávamos para casa, mas ele se manteve carrancudo e inútil. Wistan, o rapaz que acreditava que seu deus queria a minha morte, permaneceu infeliz e igualmente inútil. Perguntei-lhes quem os havia mandado ao norte para me matar, mas nenhum dos dois quis responder. Eu soltei Wistan do mastro e lhe mostrei uma pilha de espadas capturadas.

— Pode pegar uma e tentar me matar de novo — falei.

Ele ficou vermelho quando meus homens gargalharam e insistiram em que aceitasse a oferta, mas ele não tentou realizar a obra de seu deus. Em vez disso, ficou sentado nos embornais até que Gerbruht o mandou ajudar a tirar água do casco.

— Quer viver, rapaz? Comece a tirar água!

— Seu pai é Ceolberht? — perguntei ao padre Ceolnoth.

Ele pareceu surpreso por eu saber, embora na verdade tivesse sido uma suposição.

— É, sim — respondeu, lacônico.

— Eu o conheci quando era pequeno.

— Ele me contou — o padre fez uma pausa, então acrescentou: —, senhor.

— Na época ele não gostava de mim, e acho que ainda não gosta.

— Nosso Deus nos ensina a perdoar — disse ele, mas no tom azedo que alguns padres cristãos usam quando são obrigados a admitir uma verdade desconfortável.

— E onde seu pai está agora?

Ele ficou em silêncio por um tempo, depois evidentemente concluiu que sua resposta não revelava nenhum segredo.

— Meu pai serve a Deus na catedral de Wintanceaster. Meu tio também.

— Fico feliz em saber que os dois estão vivos! — falei, mas não era verdade, porque eu não gostava de nenhum deles.

Eram gêmeos da Mércia, semelhantes como duas maçãs. Foram reféns junto comigo, capturados pelos dinamarqueses, e, enquanto Ceolnoth e Ceolberht se ressentiam desse destino, eu achei ótimo. Gostava dos dinamarqueses, mas os gêmeos eram cristãos fervorosos, filhos de um bispo, e aprenderam que todos os pagãos eram cria do diabo. Depois de serem libertados do cativeiro, ambos estudaram para ser padres e passaram a odiar o paganismo com paixão. O destino decretou que nossos caminhos se cruzassem com frequência, e eles sempre me desprezaram, chamando-me de inimigo da Igreja e coisa pior. E por fim respondi ao insulto arrancando com um chute a maior parte dos dentes do padre Ceolberht. Ceolnoth tinha uma semelhança notável com o pai, mas eu havia adivinhado que o banguela Ceolberht daria o nome do irmão ao filho. E deu mesmo.

— E o que o filho de um pai banguela está fazendo em águas da Nortúmbria?

— A obra de Deus — foi tudo que ele se dispôs a dizer.

— Torturando e matando pescadores? — perguntei, e para isso o padre não tinha resposta.

A espada dos reis

Aprisionamos os homens que pareciam os líderes dos navios derrotados, e naquela noite eles foram postos num estábulo vazio vigiado por meus homens, mas eu convidei o padre Ceolnoth e o infeliz Wistan para comer no grande salão. Não era um festim. A maior parte da guarnição havia comido mais cedo, por isso a refeição era apenas para os homens que tinham tripulado os navios. A única mulher presente, além das que serviam, era minha esposa, Eadith, e fiz o padre Ceolnoth se sentar à esquerda dela. Eu não gostava do padre, mas lhe concedi a dignidade do seu posto, gesto do qual me arrependi assim que ele ocupou o lugar no banco à mesa no estrado. Ele ergueu as mãos para os caibros escurecidos pela fumaça e começou a rezar numa voz alta e penetrante. Pediu que seu deus fizesse chover fogo sobre essa "fortaleza pestilenta", que a devastasse e que derrotasse as abominações que espreitavam dentro dos seus muros. Deixei-o arengar por um momento, então pedi que fizesse silêncio. E, quando ele simplesmente levantou a voz e implorou que seu deus nos lançasse na fossa do diabo, chamei Berg.

— Leve o desgraçado santo para a pocilga e o acorrente lá. Ele pode pregar para as porcas.

Berg arrastou o padre para fora do salão, e meus homens, até os cristãos, comemoraram. Notei que Wistan observava em silêncio e com tristeza. Ele me intrigava. Seu elmo e sua cota de malha, que agora pertenciam a mim, eram de qualidade e sugeriam que Wistan era de origem nobre. Também senti que, apesar de toda a sua tolice, ele era um rapaz sensato. Apontei para ele, falando com Eadith, minha esposa:

— Quando tivermos terminado, vamos levá-lo à capela.

— À capela?! — Ela pareceu surpresa.

— Ele provavelmente quer rezar.

— Simplesmente mate o pirralho — sugeriu Egil, animado.

— Eu acho que ele vai falar — expliquei.

Tínhamos descoberto muita coisa com os outros prisioneiros. A flotilha de quatro embarcações foi reunida em Dumnoc, na Ânglia Oriental, e era tripulada por uma mistura de homens daquele porto, de outros da Ânglia Oriental e de Wessex. A maioria de Wessex. Os homens eram bem pagos e receberam a oferta de uma recompensa caso conseguissem me matar. Ficamos

Uma missão inútil

sabendo que os líderes da flotilha eram o padre Ceolnoth, o jovem Wistan e um guerreiro saxão ocidental chamado Egbert. Eu nunca tinha ouvido falar de Egbert, mas os prisioneiros diziam que ele era um guerreiro famoso.

—Um homem grande, senhor — disse-me um deles —, maior até mesmo que o senhor! Com cicatrizes no rosto! — O prisioneiro estremeceu, lembrando-se com medo.

—Ele estava no barco que afundou?

Nós não tínhamos capturado ninguém parecido com a descrição de Egbert, por isso presumi que estivesse morto.

—Ele estava no *Hælubearn*, senhor, o barco pequeno.

Hælubearn significava "filho da cura", mas também era uma palavra que os cristãos usavam para se referir a si mesmos, e me perguntei se os quatro navios teriam nomes pios. Suspeitava que sim, porque outro prisioneiro, segurando uma cruz de madeira pendurada ao peito, disse que o padre Ceolnoth prometeu a todos que iriam para o céu, com os pecados perdoados, se conseguissem me trucidar.

—Por que Egbert estaria na embarcação menor? — perguntei em voz alta.

—Era a mais rápida, senhor — respondeu o primeiro prisioneiro. — Aqueles outros navios são horríveis de manobrar. O *Hælubearn* pode ser pequeno, mas é ágil.

—Ou seja, ele poderia escapar se houvesse problema — comentei com azedume, e os prisioneiros apenas assentiram.

Supus que não conseguiria informação nenhuma com o padre Ceolnoth, mas Wistan, pensei, era vulnerável à gentileza. Assim, quando terminamos a refeição, Eadith e eu levamos o rapaz até a capela de Bebbanburg, construída numa saliência de pedra mais baixa, ao lado do grande salão. É uma construção de madeira, como a maior parte da fortaleza, mas os meus homens cristãos tinham assentado um piso de lajotas que cobriram com tapetes. A capela não é grande, deve ter uns vinte passos de comprimento e uns dez de largura. Não há janelas, apenas um altar de madeira na extremidade leste, alguns banquinhos de ordenha e um banco grande encostado na parede oeste. Três paredes são cobertas com panos de lã simples que bloqueiam as correntes de ar, e no altar há uma cruz de prata, sempre polida, e duas velas grandes permanentemente acesas.

52

A espada dos reis

Wistan pareceu perplexo quando o levei para dentro. Nervoso, olhou de relance para Eadith que, como ele, usava uma cruz.

— Achamos que talvez você quisesse rezar — falei.

— É um espaço consagrado — garantiu Eadith ao rapaz.

— Também temos um padre — acrescentei. — É o padre Cuthbert. É nosso amigo e mora aqui na fortaleza. Ele é cego e velho, e em alguns dias não se sente bem e pede ao padre da aldeia que fique em seu lugar.

— Há uma igreja na aldeia — disse Eadith. — Você pode ir lá amanhã.

Agora Wistan estava completamente confuso. Disseram-lhe que eu era Uhtred, o Maligno, um pagão teimoso, inimigo da sua Igreja e matador de padres, mas agora eu estava lhe mostrando uma capela cristã dentro da minha fortaleza e falando com ele sobre padres cristãos. Ele me encarou, depois encarou Eadith, e não teve o que dizer.

Eu raramente andava com Bafo de Serpente quando estava dentro de Bebbanburg, mas tinha Ferrão de Vespa à cintura, então desembainhei a espada curta, virei-a de modo que o punho ficasse voltado para Wistan e passei a arma para ele por cima das lajotas.

— O seu deus diz que você deve me matar. Por que não faz isso?

— Senhor... — respondeu ele, e não disse mais nada.

— Você disse que foi mandado para livrar o mundo da minha maldade. Sabe que eles me chamam de Uhtredærwe?

— Sim, senhor — disse, pouco mais que um sussurro.

— Uhtred, o matador de padres?

Ele assentiu.

— Sim, senhor.

— Eu matei padres e monges.

— Não de propósito — interveio Eadith.

— Às vezes de propósito, mas geralmente com raiva. — Dei de ombros. — Diga o que mais você sabe sobre mim.

Wistan hesitou, depois encontrou a coragem.

— O senhor é um pagão e um líder guerreiro. É amigo dos pagãos e os encoraja! — Ele hesitou outra vez.

— Continue — pedi.

Uma missão inútil

— Os homens dizem que o senhor quer que Æthelstan seja rei de Wessex porque o enfeitiçou. Que vai usá-lo para tomar o trono.

— Só isso? — perguntei, achando divertido.

Antes ele não estava olhando para mim, mas agora ergueu os olhos para me encarar.

— Dizem que o senhor matou Æthelhelm, o Velho, e que forçou a filha dele a se casar com o seu filho. Que ela foi estuprada! Aqui na sua fortaleza. — Wistan estava com raiva no rosto e lágrimas nos olhos. Por um instante, achei que pegaria Ferrão de Vespa.

Então Eadith riu. Não falou nada, apenas gargalhou, e sua diversão aparente deixou Wistan intrigado. Eadith lançava para mim um olhar perplexo, e eu assenti. Ela sabia o que esse gesto significava, por isso saiu para a noite varrida pelo vento. A chama das velas se agitou loucamente quando Eadith abriu e fechou a porta, mas elas continuaram acesas. Era a única iluminação na pequena capela, por isso Wistan e eu conversávamos numa escuridão quase completa.

— É raro o dia em que não venta — falei em tom afável. — Vento e chuva, chuva e **ve**nto, o clima de Bebbanburg.

Ele não disse nada.

— Conte como eu matei o ealdorman Æthelhelm — pedi, ainda sentado junto à parede da capela.

— Como eu iria saber, senhor?

— Como os homens de Wessex dizem que ele morreu?

Ele não respondeu.

— Você é de Wessex?

— Sim, senhor — murmurou.

— Então conte o que os homens em Wessex dizem sobre a morte do ealdorman Æthelhelm.

— Dizem que ele foi envenenado, senhor.

Dei um meio-sorriso.

— Por um feiticeiro pagão?

Ele deu de ombros.

— O senhor saberia, não eu.

A espada dos reis

— Então, Wistan de Wessex, deixe-me dizer o que sei. Eu não matei o ealdorman Æthelhelm. Ele morreu de febre apesar de todo o cuidado que nós proporcionamos. Recebeu a extrema-unção da sua Igreja. Sua filha estava com ele quando morreu, e não foi estuprada nem obrigada a casar com meu filho.

Ele não disse nada. O reflexo da luz das grandes velas tremulava na lâmina de Ferrão de Vespa. O vento da noite chacoalhava a porta da capela e chiava no teto.

— Diga o que você sabe sobre o príncipe Æthelstan.

— Sei que ele é bastardo e que tomaria o trono de Ælfweard.

— Ælfweard, que é sobrinho do atual ealdorman Æthelhelm e segundo filho do rei Eduardo. Eduardo ainda vive?

— Sim, que Deus seja louvado.

— E Ælfweard é o segundo filho dele; ainda assim, você diz que ele deve ser rei, depois do pai.

— Ele é o ætheling, senhor.

— O filho mais velho é o ætheling.

— E, aos olhos de Deus, o filho mais velho do rei é Ælfweard — insistiu Wistan —, porque Æthelstan é bastardo.

— Bastardo — repeti.

— Sim, senhor — teimou ele.

— Amanhã vou apresentar você ao padre Cuthbert. Você vai gostar dele! Eu o mantenho em segurança nessa fortaleza. Sabe por quê? — Wistan fez que não. — Porque há muitos anos o padre Cuthbert foi tolo o bastante para casar o jovem príncipe Eduardo com uma bela moça de Cent, filha de um bispo. Essa moça morreu no parto, mas deixou dois filhos, Eadgyth e Æthelstan. Eu digo que o padre Cuthbert foi tolo porque Eduardo não tinha permissão do pai para se casar; mesmo assim o casamento foi consagrado por um padre numa igreja cristã. E desde então aqueles que desejam negar a verdadeira herança de Æthelstan estão tentando silenciar o padre Cuthbert. Desejam matá-lo, Wistan, para que a verdade jamais seja conhecida, e é por isso que eu o mantenho em segurança nessa fortaleza.

— Mas... — começou ele, e outra vez não tinha nada a dizer.

Uma missão inútil

Durante toda a sua vida, que eu supus ser algo em torno de 20 anos, todo mundo lhe disse em Wessex que Æthelstan era bastardo e que Ælfweard era o herdeiro legítimo do trono de Eduardo. Ele acreditou nessa mentira, acreditou que Æthelstan foi gerado numa prostituta, e agora eu estava destruindo essa crença. Ele acreditava em mim e não queria, por isso não disse nada.

— E você acredita que o seu deus o mandou para me matar? — perguntei.

Ele continuou sem dizer nada. Apenas encarou a espada aos seus pés.

Eu ri.

— Minha esposa é cristã, meu filho é cristão, meu amigo mais antigo e mais próximo é cristão e mais da metade dos meus homens é cristã. O seu deus não teria pedido a um deles para me matar em vez de mandar você? Por que mandar você lá de Wessex, quando aqui há uma centena de cristãos, ou mais, que pode acabar comigo? — Ele não se mexeu nem falou. — O pescador que você torturou e matou também era cristão.

Ele levou um susto e meneou a cabeça.

— Eu tentei impedir, mas Edgar...

Sua voz sumiu, mas eu notei a leve hesitação antes do nome Edgar.

— Edgar não é o nome verdadeiro, não é? Quem é ele?

Mas a porta da igreja foi aberta com um rangido antes que ele pudesse responder, e Eadith trouxe Ælswyth para a luz de velas agitadas pelo vento. Ælswyth parou assim que entrou, encarou Wistan e sorriu com enorme deleite.

Ælswyth é minha nora, filha do meu inimigo e irmã do filho dele, que me odeia tanto quanto o pai odiava. Seu pai, Æthelhelm, o Velho, planejava torná-la rainha, trocar sua beleza por algum trono da cristandade, mas meu filho a ganhou primeiro e desde então ela vivia em Bebbanburg. Olhar para ela era pensar que nenhuma jovem tão lânguida, pálida e magra sobreviveria aos invernos rigorosos e aos ventos brutais da Nortúmbria, quanto mais às agonias do parto; no entanto, Ælswyth deu a mim dois netos e apenas ela em toda a fortaleza parecia imune às dores, aos espirros, aos tremores e às tosses que marcavam nossos meses de inverno. Ælswyth parecia frágil, mas era forte como aço. Seu rosto, tão lindo, iluminou-se de alegria ao ver Wistan. Ælswyth tinha um sorriso capaz de derreter o coração de uma fera, mas Wistan não sorriu ao vê-la. Em vez disso, limitou-se a olhar para ela boquiaberto, estarrecido.

— Æthelwulf! — exclamou Eadith, e foi até ele de braços abertos.

— Æthelwulf! — repeti, divertindo-me. O nome significava "lobo nobre", e o rapaz que disse se chamar Wistan poderia parecer nobre, mas não parecia nem um pouco lupino.

Æthelwulf ficou ruborizado. Deixou que Ælswyth o abraçasse, depois olhou para mim sem graça.

— Eu sou Æthelwulf — admitiu, num tom que sugeria que eu reconheceria o nome.

— Meu irmão! — disse Ælswyth, alegre. — Meu irmão caçula!

Foi então que ela viu Ferrão de Vespa no chão e franziu a testa, olhando para mim em busca de uma explicação.

— Seu irmão foi mandado para me matar.

— Matar o senhor? — Ælswyth pareceu em choque.

— Como vingança pelo modo como tratamos você — continuei. — Você não foi estuprada e forçada a um casamento indesejado?

— Não! — protestou ela.

— E tudo isso depois de eu assassinar o seu pai — completei.

Ælswyth olhou para o irmão.

— Nosso pai morreu de febre! — declarou com ferocidade. — Eu estive com ele durante toda a doença. E ninguém me estuprou, ninguém me obrigou a casar. Eu adoro esse lugar!

Pobre Æthelwulf. Parecia que os alicerces da sua vida foram arrancados. Ele acreditava em Ælswyth, claro. Como poderia não acreditar? Havia alegria no rosto dela e entusiasmo na voz, ao passo que Æthelwulf parecia prestes a chorar.

— Vamos dormir — falei a Eadith, depois me virei para Ælswyth. — E vocês dois podem conversar.

— Nós vamos, sim! — disse Ælswyth.

— Vou mandar um serviçal para mostrar onde você pode dormir — avisei a Æthelwulf. — Mas você sabe que é prisioneiro aqui, certo?

Ele assentiu.

— Sim, senhor.

— Um prisioneiro de honra, mas, se tentar sair da fortaleza, isso vai mudar.

— Sim, senhor.

Uma missão inútil

Peguei Ferrão de Vespa, dei um tapinha no ombro do meu prisioneiro e fui para a cama. Tinha sido um longo dia.

Então Æthelhelm, o Jovem, tinha enviado o irmão caçula para me matar. Havia equipado uma frota, oferecido ouro à tripulação e colocado nos navios um padre detestável para inspirar uma fúria virtuosa em Æthelwulf. Æthelhelm sabia que era quase impossível me matar enquanto eu permanecesse dentro da fortaleza e que não podia mandar homens suficientes para me emboscar nas minhas terras sem que eles fossem descobertos e mortos por guerreiros da Nortúmbria. Por isso foi astuto. Mandou homens para me emboscar no oceano.

Æthelwulf era o líder da frota, mas Æthelhelm sabia que seu irmão, mesmo imbuído do ódio da família por mim, não era o mais implacável dos homens. Por isso mandou o padre Ceolnoth para encher a cabeça de Æthelwulf de tolices sagradas e o homem que eles chamavam de Edgar. Só que esse não era o nome de verdade. Æthelhelm não queria que ninguém soubesse quem enviou a flotilha nem que fizessem uma ligação entre a minha morte e suas ordens. Esperava que a culpa fosse colocada nos piratas ou em alguma embarcação norueguesa de passagem. Por isso ordenou que os líderes usassem nomes falsos. Æthelwulf se tornou Wistan, e fiquei sabendo que Edgar era na verdade Waormund.

Eu conhecia Waormund. Era um saxão ocidental enorme, um homem brutal, com rosto chato e uma cicatriz que ia da sobrancelha direita até o lado esquerdo da mandíbula. Eu me lembrava dos olhos dele, mortos como pedra. Em batalha, Waormund era um homem que se gostaria de ter ao lado porque ele conseguia ser terrivelmente violento. Também era um homem que adorava essa selvageria. Um sujeito forte, maior até que eu, e implacável. Era um guerreiro e, ainda que se pudesse querer sua ajuda em batalha, só um idiota desejaria ter Waormund como inimigo.

— Por que — perguntei a Æthelwulf no dia seguinte — Waormund estava no barco menor?

— Eu ordenei que ficasse naquele barco porque queria que ele fosse embora, senhor! Ele não é cristão.

A espada dos reis

— Ele é pagão?

— Ele é um animal feroz. Foi Waormund quem torturou os prisioneiros. Eu tentei impedi-lo.

— Mas o padre Ceolnoth o encorajou?

— Sim. — Consternado, Æthelwulf assentiu. Estávamos andando pelas fortificações de Bebbanburg voltadas para o mar. O sol reluzia num oceano vazio, e um vento fraco trazia o cheiro de algas e sal. — Eu tentei impedir Waormund. Ele amaldiçoou a mim e a Deus.

— Ele amaldiçoou o seu deus? — perguntei, achando divertido.

Æthelwulf fez o sinal da cruz.

— Eu disse que Deus não iria perdoar sua crueldade, e ele disse que Deus era muito mais cruel que os homens. Por isso ordenei que ele fosse para o *Hælubearn*, porque não suportava sua presença.

Dei mais alguns passos.

— Sei que seu irmão me odeia — falei —, mas por que mandar você para o norte, para me matar? Por que agora?

— Porque ele sabe que o senhor fez um juramento de matá-lo.

Essa resposta me abalou. Eu fiz mesmo esse juramento, mas pensava que era um segredo entre Æthelstan e eu, mas Æthelhelm sabia dele. Como? Não era de espantar que me quisesse morto antes que eu pudesse cumprir com o juramento.

O irmão do meu inimigo jurado olhou para mim, nervoso.

— É verdade, senhor?

— É, sim, mas não antes da morte do rei Eduardo.

Æthelwulf se encolheu quando contei essa verdade brutal.

— Mas por quê? Por que matar meu irmão?

— Você perguntou ao seu irmão por que ele queria me matar? — retruquei com raiva. — Não responda, eu sei por quê. Porque ele acredita que eu matei o seu pai e porque sou Uhtredærwe, o Pagão; Uhtred o Matador de Padres.

— Sim, senhor — confirmou em voz baixa.

— Seu irmão tentou matar Æthelstan e tentou me matar, e você pergunta por que eu quero matá-lo? — Ele não respondeu. — Diga: o que vai acontecer quando Eduardo morrer? — perguntei irritado.

Uma missão inútil

— Rezo para que ele esteja vivo. — Æthelwulf fez o sinal da cruz. — Quando saí, ele estava na Mércia, senhor, mas estava de cama. Os padres o visitaram.

— Para dar a extrema-unção?

— Foi o que disseram, senhor, mas ele já se recuperou em outras ocasiões.

— E o que acontece se ele não se recuperar?

Æthelwulf fez uma pausa, não querendo dar a resposta que sabia que eu não queria ouvir.

— Quando ele morrer, senhor — ele fez o sinal da cruz outra vez —, Ælfweard se torna rei de Wessex.

— E Ælfweard é seu sobrinho — falei —, e é um bostinha com a inteligência de um pardal. Mas, se ele virar rei, o seu irmão acha que pode controlá-lo, e acha que pode governar Wessex por meio de Ælfweard. Só há um problema, não é? Os pais de Æthelstan eram mesmo casados, o que significa que Æthelstan não é bastardo. Então, quando Eduardo morrer, haverá uma guerra civil. Saxões contra saxões, cristãos contra cristãos. Ælfweard contra Æthelstan. E muito tempo atrás jurei proteger Æthelstan. Às vezes desejo que não tivesse feito isso.

Ele parou, surpreso.

— Deseja mesmo, senhor?

— Sim.

E não dei mais explicações. Fiz com que ele me acompanhasse, andando pelo topo da fortificação comprida. É verdade que jurei proteger Æthelstan, mas cada vez mais não tinha certeza se gostava dele. Ele era devoto demais, parecido demais com o avô, e, eu também sabia, ambicioso demais. Não há nada de errado com a ambição. O avô de Æthelstan, o rei Alfredo, era um homem ambicioso. Æthelstan herdou os sonhos do avô, que implicavam unir os reinos da Britânia saxã. Wessex invadiu a Ânglia Oriental, engoliu a Mércia, e não era segredo que Wessex desejava governar a Nortúmbria, a minha Nortúmbria, o último reino britânico onde homens e mulheres eram livres para cultuar como quisessem. Æthelstan jurou jamais invadir a Nortúmbria enquanto eu vivesse, mas quanto tempo isso demoraria? Ninguém vive para sempre, e eu já era velho. E temia que, ao apoiar Æthelstan, estava condenando minha terra ao domínio de reis sulistas e seus bispos ganan-

60

A espada dos reis

ciosos. Mas eu fiz um juramento ao homem que tinha mais chance de fazer com que isso acontecesse.

Eu sou nortumbriano, e a Nortúmbria é o meu reino. Meu povo é de nortumbrianos. E os nortumbrianos são um povo duro, forte. Mas nosso reino é pequeno. Ao norte fica Alba, repleto de escoceses ambiciosos que nos atacam, insultam-nos e querem nossa terra. A oeste fica a Irlanda, lar de noruegueses que nunca estão satisfeitos com a terra que possuem e sempre querem mais. Os dinamarqueses estão inquietos do outro lado do mar a leste e jamais deixaram de reivindicar minha terra, onde tantos dinamarqueses já se estabeleceram. De modo que a leste, a oeste e ao norte temos inimigos, e somos um reino pequeno. E ao sul estão os saxões, povo que fala a nossa língua, e eles também querem a Nortúmbria.

Alfredo sempre acreditou que todas as pessoas que falam a língua inglesa deveriam viver no mesmo reino, um reino com o qual ele sonhou, um reino chamado Anglaterra. E o destino, essa cadela que controla nossa vida, quis que eu lutasse por Alfredo e por seu sonho. Matei dinamarqueses, matei noruegueses. E cada morte, cada golpe da espada, ampliou o domínio saxão. Eu sabia que a Nortúmbria não sobreviveria. Ela era pequena demais. Os escoceses queriam a terra, mas eles tinham outros inimigos; estavam lutando contra os noruegueses de Strath Clota e das ilhas, e esses inimigos distraíam o rei Constantin. Os noruegueses da Irlanda eram temíveis, mas era raro conseguirem concordar em ter um único líder, ainda que isso não impedisse seus navios com dragões na proa de atravessar o mar da Irlanda, trazendo guerreiros para se estabelecer no selvagem litoral oeste da Nortúmbria. Agora os dinamarqueses eram mais cautelosos com relação à Britânia, os saxões ficaram fortes demais, e assim os barcos dinamarqueses iam mais para o sul, em busca de presas mais fáceis. E os saxões ficavam mais fortes. Portanto, eu sabia que um dia a Nortúmbria iria cair, e na minha avaliação ela provavelmente cairia diante dos saxões. Eu não queria isso, mas lutar contra era o mesmo que desembainhar uma espada contra o destino. E, se esse destino era inexorável, e eu acreditava nisso, era melhor que Æthelstan herdasse Wessex. Ælfweard era meu inimigo. Sua família me odiava, e, se ele tomasse a Nortúmbria, traria todo o poder da Britânia saxã contra Bebbanburg. Æthelstan jurou me proteger, assim como eu jurei protegê-lo.

61

Uma missão inútil

— Ele está usando você! — foi o que Eadith me disse, com amargura, quando lhe confessei que jurei matar Æthelhelm, o Jovem, depois da morte do rei Eduardo.

— Æthelstan está me usando?

— É claro! E por que você o está ajudando? Ele não é seu amigo.

— Eu gosto um bocado dele.

— Mas ele gosta de você?

— Eu jurei protegê-lo.

— Homens e juramentos! Você acha que Æthelstan vai cumprir com o juramento? Acredita que ele não vai invadir a Nortúmbria?

— Não enquanto eu viver.

— Ele é uma raposa! É ambicioso! Quer ser rei de Wessex, rei da Mércia, rei da Ânglia Oriental, rei de tudo! E não se importa com quem nem com o que vá destruir para obter o que deseja. É claro que ele vai violar o juramento! Ele nunca se casou!

Eu a encarei.

— O que isso tem a ver?

Eadith pareceu frustrada.

— Ele não tem amor! — insistiu ela, e pareceu perplexa por eu não ter compreendido. — A mãe dele morreu no parto. — Ela fez o sinal da cruz. — Todo mundo sabe que o diabo marca esses bebês!

— Minha mãe morreu ao me dar à luz — retruquei.

— Você é diferente. Eu não confio nele. E, quando Eduardo morrer, você deve ficar aqui!

Essa foi sua palavra final, dita com amargura. Eadith era uma mulher forte e inteligente, e só um idiota ignora o conselho de uma mulher dessas. Mas sua raiva provocou fúria em mim. Eu sabia que ela estava certa, mas era teimoso, e seu ressentimento só me deixou mais decidido a cumprir com o juramento.

Finan concordou com Eadith.

— Se o senhor for para o sul, eu vou junto — disse o irlandês —, mas não deveríamos ir.

— Você quer que Æthelhelm viva?

— Eu gostaria de cutucar os olhos do sujeito enfiando Ladra de Alma no cu dele. — Finan se referia à sua espada. — Mas preferiria deixar esse prazer para Æthelstan.

— Eu fiz um juramento.

— O senhor é meu senhor, mas ainda assim é um completo idiota. Quando vamos partir?

— Assim que soubermos da morte de Eduardo.

Durante um ano esperei que um dos guerreiros de Æthelstan viesse do sul trazendo a notícia da morte de um rei, mas, três dias depois de ter falado pela primeira vez com Æthelwulf, um padre chegou. Ele me encontrou no porto de Bebbanburg, onde o *Spearhafoc*, recém-consertado, estava sendo colocado na água. Era um dia quente, e eu estava sem camisa. A princípio o padre não acreditou que eu era o senhor Uhtred, mas Æthelwulf, que estava comigo e vestido como nobre, garantiu que eu era de fato o ealdorman.

O padre me disse que o rei Eduardo ainda vivia.

— Que Deus seja louvado — acrescentou. Era jovem, estava cansado e com feridas da sela. Montava uma bela égua, que, como o cavaleiro, estava coberta de poeira e suor e exausta. O padre havia cavalgado sem parar.

— Você veio até aqui para me dizer que o rei continua vivo? — perguntei, irritado.

— Não, senhor, eu vim trazer uma mensagem.

Ouvi sua mensagem, e, no dia seguinte, ao alvorecer, parti para o sul.

Deixei Bebbanburg acompanhado por apenas cinco homens. Finan, claro, era um deles, e os outros quatro eram todos bons guerreiros, hábeis com a espada e leais. Deixei em Bebbanburg o padre que tinha levado a mensagem e disse ao meu filho, que havia retornado das colinas e comandaria a guarnição enquanto eu estivesse fora, que o vigiasse bem. Não queria que a notícia do padre se espalhasse. Além disso, dei instruções ao meu filho de que mantivesse Æthelwulf como prisioneiro de honra.

— Ele pode ser um tolo inocente — falei —, mesmo assim não quero que ele vá para o sul alertar ao irmão sobre a minha ida.

63

Uma missão inútil

— O irmão dele vai saber de qualquer jeito — disse Finan secamente. — Ele já sabe que o senhor jurou matá-lo.

E isso, pensei enquanto seguia pela longa estrada para Eoferwic, era estranho. Æthelstan e eu fizemos juramentos um ao outro e concordamos em mantê-los em segredo. Eu violei esse acordo contando a Eadith, Finan, meu filho e a mulher dele, mas confiava que todos o manteriam em segredo. Assim, se Æthelhelm sabia, Æthelstan devia ter contado a alguém que, por sua vez, contou a Æthelhelm sobre a ameaça. E isso sugeria a existência de espiões junto de Æthelstan. Isso não era surpresa. Na verdade, eu ficaria pasmo se Æthelhelm não tivesse homens na Mércia que lhe enviassem informações. Mas isso significava que meu inimigo estava alertado sobre a ameaça que eu representava.

Havia uma última pessoa a quem eu precisava contar meu juramento, e eu sabia que ele não ficaria feliz. Estava certo. Ele ficou furioso.

Sigtryggr foi meu genro e agora era rei da Nortúmbria. Era norueguês e devia seu trono a mim. O que significava, pensei mal-humorado, que eu era para Sigtryggr o que Æthelhelm era para Eduardo. Eu era seu nobre mais poderoso, que ele deveria apaziguar ou matar. Além disso, ele era meu amigo. No entanto, quando o encontrei no velho palácio romano de Eoferwic, ele entrou em fúria.

— Você prometeu matar Æthelhelm?

— Eu fiz um juramento.

— Por quê? — Não era uma pergunta. — Para proteger Æthelstan?

— Eu jurei protegê-lo. Fiz esse juramento há anos...

— E ele quer que você vá para o sul outra vez! — interrompeu Sigtryggr. — Para salvar Wessex do próprio caos! Para salvar Wessex! Foi isso que você fez no ano passado! Você salvou aquele desgraçado do Æthelstan. Nós precisávamos que ele estivesse morto! Mas não, você tinha de salvar a vida daquele escroto miserável! Você não vai. Eu proíbo.

— Æthelstan é seu cunhado — observei.

Diante disso, Sigtryggr pronunciou uma palavra e em seguida chutou uma mesa. Uma jarra romana de vidro azul caiu e se estilhaçou, fazendo um dos seus cães de caça ganir.

64

A espada dos reis

— Você não vai. Eu proíbo.

— O senhor viola seus juramentos, senhor rei?

Ele rosnou de novo, andou de um lado para o outro com raiva no piso de ladrilhos, depois se virou para mim outra vez e disse:

— Quando Eduardo morrer, os saxões vão começar a lutar entre si, não é?

— Isso provavelmente é verdade.

— Então deixe que lutem! Reze para que os desgraçados se matem uns aos outros! Não é da nossa conta. Enquanto eles estiverem lutando entre si, não poderão lutar contra nós!

— E, se Ælfweard vencer, vai nos atacar de qualquer modo.

— Você acha que Æthelstan não faria isso? Acha que ele não vai comandar um exército para atravessar nossa fronteira?

— Ele prometeu não fazer isso. Ao menos enquanto eu viver.

— E isso não vai demorar muito — comentou Sigtryggr, fazendo parecer uma ameaça.

— E o senhor é casado com a irmã gêmea dele — retruquei.

— Você acha que isso vai impedi-lo?

Sigtryggr me encarou, irritado. Primeiro ele havia se casado com a minha filha, que morreu defendendo Eoferwic; depois da morte dela, o rei Eduardo forçou o casamento entre Sigtryggr e Eadgyth, ameaçando uma invasão caso ele recusasse. E, ameaçado por outros inimigos, Sigtryggr aceitou. Eduardo disse que o casamento era um símbolo da paz entre os reinos saxões e a Nortúmbria reinada pelos noruegueses, mas só um idiota não reconheceria que o verdadeiro motivo para o casamento era colocar uma rainha cristã e saxã num reino inimigo. Se Sigtryggr morresse, seu filho, meu neto, seria jovem demais para governar, e os dinamarqueses e os noruegueses jamais aceitariam a devota Eadgyth como rainha. E no lugar dela colocariam um dos seus próprios no trono da Nortúmbria, dando assim aos reinos saxões um motivo para invadir a Nortúmbria. Eles alegariam estar vindo para restaurar Eadgyth ao seu lugar de direito. E, com isso, a Nortúmbria, o meu reino, seria engolido por Wessex.

Tudo isso era verdade. Mesmo assim, eu viajaria para o sul.

Fiz um juramento, não apenas a Æthelstan, mas a Æthelflaed, filha do rei Alfredo, que foi minha amante. Jurei proteger Æthelstan e jurei matar seus

Uma missão inútil

inimigos quando Eduardo morresse. E, se um homem viola um juramento, ele não tem honra. Podemos ter muita coisa na vida. Podemos nascer na riqueza, mas, quando morremos, vamos para a outra vida sem nada além da reputação, e um homem sem honra não tem reputação. Eu cumpriria com o juramento.

— Quantos homens você vai levar? — perguntou Sigtryggr.

— Só quarenta.

— Só quarenta! — ecoou, cheio de desdém. — E se Constantin da Escócia invadir?

— Ele não vai invadir. Está ocupado demais lutando contra Owain de Strath Clota.

— E os noruegueses do oeste?

— Nós os derrotamos no ano passado.

— Eles têm novos líderes, há mais navios chegando!

— Então vamos derrotá-los de novo no ano que vem.

Ele voltou a se sentar, e dois dos seus cães de caça foram pedir carinho.

— Meu irmão mais novo veio da Irlanda — comentou.

— Irmão? — Eu sabia que Sigtryggr tinha um irmão, mas ele raramente o mencionava e eu achava que ele tinha ficado na Irlanda.

— Guthfrith. — Ele disse o nome com azedume. — Ele espera que eu lhe dê roupa e comida.

Passei os olhos pela grande câmara onde homens nos observavam.

— Ele está aqui?

— Provavelmente num bordel. Então vocês vão para o sul?

Sigtryggr parecia velho, pensei, embora fosse mais jovem que eu. Seu rosto, que já foi bonito, sem um dos olhos, estava enrugado. O cabelo tinha ficado grisalho e ralo, a barba esparsa. Eu não vi sua nova rainha no palácio. Relatos diziam que ela passava boa parte do tempo num convento que havia estabelecido na cidade. Ela não deu nenhum filho a Sigtryggr.

— Vamos para o sul — confirmei.

— De onde vem os maiores problemas. Mas não vá por Lindcolne. — Ele soava infeliz.

— Não?

— Há informes sobre a peste lá.

A espada dos reis

Finan, de pé ao meu lado, fez o sinal da cruz.

— Vou evitar Lindcolne — falei, aumentando ligeiramente a voz. Havia mais de dez serviçais e guerreiros domésticos que podiam ouvir, e eu queria que escutassem o que eu disse. — Vamos pegar a estrada do oeste, passando por Mameceaster.

— Então volte logo. E volte vivo.

Ele foi sincero, embora a voz não parecesse. Partimos no dia seguinte.

Eu não pretendia ir para o sul por estrada nenhuma, mas queria que quem estivesse escutando na corte de Sigtryggr pudesse repetir as minhas palavras. Æthelhelm tinha espiões na corte do norueguês, e eu queria que ele estivesse vigiando as estradas romanas que levavam para o sul da Nortúmbria a Wessex.

Eu fui a cavalo até Eoferwic sabendo que era meu dever falar com Sigtryggr, mas, enquanto viajávamos, Berg levou o *Spearhafoc* pelo litoral até um pequeno porto na margem norte do Humbre, onde estaria nos esperando.

De manhã cedo, depois do encontro com Sigtryggr, e me sentindo azedo com a cerveja e o vinho da noite anterior, levei meus cinco homens para fora da cidade. Cavalgamos para o sul, mas, assim que ficamos fora do campo de visão de alguém nos muros de Eoferwic, viramos para o leste, e naquela tarde encontramos o *Spearhafoc* com uma tripulação de quarenta homens, ancorado na maré vazante. Na manhã seguinte, mandei seis homens levarem nossos cavalos de volta a Bebbanburg enquanto nós íamos para o mar com o *Spearhafoc*.

Æthelhelm ouviria dizer que estivemos em Eoferwic e que saímos da cidade pelo portão sul. Provavelmente presumiria que eu ia à Mércia me juntar a Æthelstan, mas ficaria perplexo ao saber que eu viajava com apenas cinco companheiros. Eu queria que ele ficasse nervoso e precisasse vigiar todos os lugares errados.

Enquanto isso, eu não tinha contado a ninguém o que estávamos fazendo. Nem a Eadith, nem ao meu filho, nem mesmo a Finan. Eadith e Finan esperavam que eu viajasse para o sul quando recebesse a notícia da morte de Eduardo. Mas, apesar de o rei continuar vivo, eu parti às pressas.

Uma missão inútil

— O que o padre falou? — perguntou Finan enquanto o *Spearhafoc* seguia para o sul impulsionado pelo vento de verão.

— Que eu precisava ir para o sul.

— E o que vamos fazer quando chegarmos lá?

— Eu gostaria de saber.

Ele riu.

— Quarenta de nós — disse, acenando com a cabeça para o bojo apinhado do *Spearhafoc* — invadindo Wessex?

— Mais de quarenta — falei, e fiquei em silêncio.

Encarei o mar brilhando ao sol que ficava para trás com a passagem do casco liso do *Spearhafoc*. Não poderíamos desejar um dia melhor. Tínhamos vento para nos impulsionar e um mar para nos carregar, e esse mar ondulava com uma luz ofuscante interrompida apenas pelas pequenas formações de espuma na crista das ondas. O clima devia ser um bom presságio, mas eu estava inquieto. Tinha começado essa viagem impulsivamente, aproveitando o que considerava ser uma oportunidade, mas agora as dúvidas me assolavam. Toquei o martelo de Tor pendurado no pescoço.

— O padre me trouxe uma mensagem de Eadgifu — expliquei a Finan.

Por um instante ele ficou perplexo, depois reconheceu o nome.

— Os peitos de lavanda!

Dei um meio-sorriso ao lembrar que contei a Finan que os seios de Eadgifu recendiam a lavanda. Eadith me disse que muitas mulheres faziam infusão de lavanda com lanolina e passavam entre os seios.

— Eadgifu tem peitos que cheiram a lavanda — confirmei para Finan. — E pediu a nossa ajuda.

Finan me encarou.

— Cristo na cruz! — disse por fim. — O que nós vamos fazer, em nome de Deus?

— Encontrar Eadgifu, claro.

Ele continuou me encarando.

— Por que nós?

— A quem mais ela pode pedir?

— A qualquer um!

Balancei a cabeça.

— Ela deve ter alguns amigos em Wessex, mas não tem nenhum na Mércia nem na Ânglia Oriental. Está desesperada.

— Mas por que pediu a ajuda do senhor?

— Porque sabe que eu sou o inimigo do inimigo dela.

— Æthelhelm.

— Que a odeia — falei.

Era fácil entender esse ódio. Eduardo conheceu Eadgifu enquanto ainda era casado com Ælflæd, irmã de Æthelhelm e mãe de Ælfweard. A mulher mais recente, mais jovem e mais bonita venceu a disputa, usurpando o lugar de Ælflæd na cama do rei e até mesmo convencendo Eduardo a nomeá-la rainha da Mércia. Para aprofundar o ódio de Æthelhelm, ela deu outros dois filhos a Eduardo, Edmundo e Eadred. Os dois eram pequenos, mas o mais velho, Edmundo, teria direito ao trono se, como alguns acreditavam, Æthelstan fosse ilegítimo e se, como muitos percebiam, Ælfweard fosse simplesmente idiota, cruel e indigno de confiança demais para ser o próximo rei. Æthelhelm entendia o perigo para o futuro do sobrinho, motivo pelo qual Eadgifu, desesperada, enviou o padre a Bebbanburg.

— Eadgifu sabe o que Æthelhelm está planejando para ela — contei a Finan.

— Sabe?

— Ela tem espiões, assim como ele, e ficou sabendo que, assim que Eduardo morrer, Æthelhelm planeja levá-la para fora de Wiltunscir. Ela será colocada num convento, e seus dois filhos serão criados na casa de Æthelhelm.

Finan olhou para além do mar de verão.

— Ou seja — disse, devagar —, os dois meninos terão o pescoço cortado.

— Ou então vão morrer de alguma doença conveniente, sim.

— E o que vamos fazer? Resgatá-la?

— Resgatá-la — concordei.

— Mas, Deus do céu, ela é protegida pelas tropas domésticas do rei! E Æthelhelm deve a estar vigiando feito um falcão.

— Ela já se resgatou. Foi para Cent com os filhos. Disse ao marido que ia rezar por ele na igreja de santa Bertha, embora, na verdade, queira reunir tropas para proteger a ela e aos meninos.

— Santo Deus. — Finan estava pasmo. — E os homens vão segui-la?

— Por que não seguiriam? Lembre-se de que o pai dela era Sigehelm. — Sigehelm foi ealdorman de Cent até ser morto lutando contra os dinamarqueses na Ânglia Oriental. Um homem rico, mas nem de longe tanto quanto Æthelhelm. E o filho de Sigehelm, Sigulf, herdou a riqueza junto com os guerreiros domésticos do pai. — Sigulf provavelmente tem trezentos homens.

— E Æthelhelm tem pelo menos o dobro disso! Além dos guerreiros do rei!

— E esses guerreiros devem estar vigiando Æthelstan na Mércia — falei. — Além disso, se Eadgifu e seu irmão marcharem contra Æthelhelm, outros vão segui-los. — Era uma pequena esperança, pensei, mas não era impossível.

Finan franziu a testa para mim.

— Achei que o juramento do senhor fosse a Æthelstan. Agora é a Peitos de Lavanda?

— Meu juramento é a Æthelstan.

— Mas Eadgifu vai esperar que o senhor torne o filho dela o próximo rei!

— Edmundo é novo demais — respondi com firmeza. — Ele é uma criança. O Witan jamais iria nomeá-lo rei; não até ter idade suficiente.

— E, quando esse momento chegar, Æthelstan estará no trono com filhos.

— Até lá eu estarei morto. — Toquei o martelo mais uma vez.

Finan deu uma risada triste.

— Então estamos viajando para nos juntarmos a uma rebelião de Cent?

— Para comandá-la. É a melhor chance que eu tenho de matar Æthelhelm.

— Por que não nos juntarmos a Æthelstan na Mércia?

— Porque, se os saxões ocidentais ouvirem dizer que Æthelstan está usando tropas nortumbrianas, vão considerar isso uma declaração de guerra por parte de Sigtryggr.

— Isso não vai importar se Æthelstan vencer!

— Mas ele tem menos homens que Æthelhelm, tem menos dinheiro que Æthelhelm. O melhor jeito de ajudá-lo a vencer é matando Æthelhelm.

Longe, a leste, havia a ponta de uma vela. Eu já a observava fazia algum tempo, mas agora vi que o navio distante viajava para o norte e não passaria perto de nós.

— O senhor e esses seus juramentos desgraçados — comentou Finan, afável.

A espada dos reis

— Concordo, mas lembre-se de que Æthelhelm tentou me matar. Portanto, com ou sem juramento, eu lhe devo uma morte.

Finan assentiu porque essa explicação fazia sentido para ele, mesmo acreditando que estávamos numa viagem para a loucura.

— E o sobrinho dele?

— Vamos matar Ælfweard também.

— O senhor fez um juramento de matá-lo também?

— Não — admiti, mas então toquei de novo no martelo. — Mas estou fazendo um agora. Eu vou matar aquele earsling junto com o tio.

Finan abriu um sorriso largo.

— Com a tripulação de um navio, é? Quarenta? Quarenta homens para matar o rei de Wessex e seu ealdorman mais poderoso?

— Quarenta homens e as tropas de Cent.

Finan gargalhou.

— Às vezes acho que o senhor foi tocado pela lua, mas Deus sabe que o senhor ainda não perdeu nenhuma vez.

Passamos as duas noites seguintes abrigados em rios da Ânglia Oriental. Não vimos ninguém, só uma paisagem de juncos. Na segunda noite, o vento se reanimou na escuridão. E o céu, que havia passado o dia inteiro límpido, nublou-se, escondendo as estrelas. Longe, a oeste, vi relâmpagos tremulando e ouvi o rugido de Tor na noite. O *Spearhafoc*, mesmo amarrado em segurança num porto, estremecia assolado pelo vento. A chuva respingava no convés, caindo mais forte enquanto o vento soprava. Poucos de nós dormimos.

O alvorecer trouxe nuvens baixas, chuva pesada e vento forte, mas considerei o clima suficientemente seguro para girarmos o barco, deixando o vento nos conduzir pelo rio. Içamos a vela pela metade, e o *Spearhafoc* se lançou à frente como um cão de caça solto da guia. A chuva vinha da popa, forte e inclinada pelo vento. A esparrela se curvava e rangia. Chamei Gerbruht, o grande frísio, para me ajudar. O *Spearhafoc* desafiava a maré montante, passando rápido por bancos de areia e juncos, e enfim saímos dos baixios da foz do rio e pudemos virar para o sul. Foi alarmante o tanto que o barco vergou sob o vento. Soltei o pano de bombordo e ele continuou rápido, abrindo caminho na água com a proa. Isso é loucura, pensei. A impaciência me impeliu para o mar quando qualquer marinheiro sensato ficaria no abrigo.

Uma missão inútil

— Para onde vamos, senhor? — gritou Gerbruht.

— Atravessar o estuário do Temes!

O vento ficou mais forte. Trovões ribombavam no oeste. O litoral era raso, encurtando as ondas que quebravam no casco e deixavam encharcada com água do mar a tripulação molhada de chuva. Os homens se agarravam aos bancos enquanto tiravam água do barco. Eles rezavam. Eu rezava. Eles rezavam para sobreviver, e eu pedia aos deuses que perdoassem minha estupidez de achar que um navio poderia sobreviver à fúria daquele vento. Estava escuro, o sol totalmente encoberto pelas nuvens agitadas, e não vimos nenhuma outra embarcação. Os marinheiros estavam deixando a tempestade passar, mas nós continuávamos seguindo para o sul atravessando a enorme foz do Temes.

A margem sul do estuário apareceu como um trecho de areia carrancudo onde a espuma batia, para além do qual havia florestas escuras em colinas baixas. Os trovões soaram mais próximos. O céu acima da distante Lundene estava preto como a noite, às vezes partido por um relâmpago serrilhado. A chuva caía forte, e eu procurava algum ponto de referência no litoral, qualquer coisa que reconhecesse. A esparrela, exigindo toda a minha força e a de Gerbruht, sacudia-se como uma coisa viva.

— Ali! — gritei para Gerbruht.

Eu tinha visto a ilha adiante, uma ilha de juncos e lama, e à esquerda dela ficava a ampla entrada do estreito de Swalwan. O *Spearhafoc* seguiu em frente, abrindo caminho para a segurança do canal.

— Eu tive um navio chamado *Middelniht*! — gritei para Gerbruht.

— Senhor? — perguntou ele, intrigado.

— Ele encalhou naquela ilha — gritei —, em Sceapig! E o *Middelniht* era um bom navio! Uma embarcação frísia! É um bom presságio.

Ele riu. A água pingava da sua barba.

— Espero que sim, senhor! — Ele não parecia confiante.

— É um bom presságio, Gerbruht! Acredite, logo estaremos em águas mais calmas!

Fomos em frente, o casco do barco sacudindo a cada onda que o atingia, mas enfim passamos pela ponta oeste da ilha, onde os juncos que serviam de marco eram achatados pelo vendaval, e, assim que entramos no canal, o mar se acalmou até se tornar apenas uma agitação maligna. Baixamos a vela encharcada, e os remos nos levaram pelo canal amplo entre a ilha de Sceapig e as terras de Cent. Dava para ver fazendas em Sceapig, com fumaça saindo pelos buracos nos tetos e sendo levada para oeste pelo vento. O canal se estreitou. O vento e a chuva continuavam fortes, mas aqui a água era abrigada e as margens do canal tinham domado as ondas matadoras de navios. Prosseguimos devagar, os remos subindo e descendo, e pensei em como os navios-dragão deviam ter se esgueirado por essa via aquática trazendo homens selvagens para saquear os campos férteis e as cidades de Cent e em como os aldeões devem ter ficado aterrorizados quando os barcos de guerra com cabeça de serpente na proa apareceram saindo da névoa do rio. Jamais me esqueço do padre Beocca, meu tutor na infância, juntando as mãos e rezando todas as noites: "Livrai-nos da fúria dos nórdicos, Senhor." Agora eu, um nortista, estava trazendo espadas, lanças e escudos para Cent.

O padre que levou até mim a mensagem de Eadgifu disse que, apesar de ter anunciado sua intenção religiosa de rezar no túmulo de santa Bertha em Contwaraburg, ela na verdade se refugiou numa cidadezinha chamada Fæfresham, onde havia um convento para o qual fazia doações.

— A rainha estará em segurança lá — disse o padre.

— Em segurança! Protegida por freiras?

— E por Deus, senhor — reprovou ele. — A rainha é protegida por Deus.

— Mas por que ela não foi para Contwaraburg?

Contwaraburg era uma cidade de tamanho considerável, tinha uma muralha forte e, presumi, homens para defendê-la.

— Contwaraburg fica no interior, senhor. — O padre quis dizer que, se o plano de Eadgifu fosse ameaçado pelo fracasso, se Æthelhelm o descobrisse e enviasse tropas, ela queria estar num local de onde pudesse escapar pelo mar. De onde pudesse atravessar até a Frankia, e Fæfresham ficava muito perto de um porto no estreito de Swalwan. Achei uma escolha prudente.

Remamos para o oeste, e vi os mastros de meia dúzia de embarcações acima dos tetos de palha encharcada de um povoado na margem sul do canal. Eu sabia que o povoado se chamava Ora e ficava pouca distância ao norte de Fæfresham. Eu naveguei com frequência por esse litoral com seus pântanos

Uma missão inútil

amplos, seus bancos de areia cheios pela maré e seus riachos escondidos, lutei contra dinamarqueses em suas margens e enterrei homens bons nos pastos do interior.

— Para o porto — avisei a Gerbruht, e viramos o *Spearhafoc*.

Minha tripulação cansada levou o barco para o porto raso de Ora. Enlameado, o porto estava mais para uma piada de mau gosto, com cais podres de cada lado de um pequeno canal de maré. Na margem oeste, onde os cais exibiam algum sinal de reparos sendo feitos, havia quatro navios mercantes atarracados, de bojo grande, cujo serviço normal era levar comida e forragem rio acima até Lundene. A água, apesar de protegida do vendaval, estava agitada e com ondas de cristas brancas, batendo irritadiça nas estacas e nos outros três barcos atracados na extremidade sul do porto. Eram barcos longos, de proa alta e esguios. Cada um tinha uma cruz na proa. Finan os viu e foi até a plataforma da esparrela, ao meu lado.

— De quem são aqueles barcos? — perguntou.

— Você me diz — pedi, perguntando-me se seriam os navios que Eadgifu mantinha caso precisasse fugir para se salvar.

— São navios guerreiros — disse Finan duramente. — Mas de quem?

— Saxões, com certeza. — A cruz na proa me dizia isso.

Havia construções nas duas margens do porto. Em sua maioria eram palhoças, provavelmente armazenando equipamentos de pescadores ou cargas esperando para serem embarcadas, mas algumas construções eram maiores e tinham fumaça saindo dos buracos no teto e seguindo para o leste. Uma dessas, a maior, ficava no centro dos cais a oeste e tinha um barril pendurado, como se fosse uma placa, acima de uma ampla varanda coberta de palha. Uma taverna, presumi, e, nesse momento, a porta da varanda foi aberta e surgiram dois homens que ficaram parados, olhando para nós. Então eu soube quem havia trazido os três barcos guerreiros para o porto.

Finan também soube e xingou baixinho.

Porque os dois homens usavam capas vermelhas opacas, e só um homem insistia para que seus guerreiros usassem capas vermelhas idênticas. Æthelhelm, o Velho, foi quem começou essa moda. E seu filho, meu inimigo, continuava com a tradição.

Então os homens de Æthelhelm chegaram antes de nós a essa parte de Cent

— O que vamos fazer? — perguntou Gerbruht.

— O que você acha? — vociferou Finan. — Matar os desgraçados.

Porque, quando rainhas pedem ajuda, guerreiros vão à guerra.

Uma missão inútil

Três

Encostamos o *Spearhafoc* num dos desembarcadouros do lado oeste. Os dois homens continuaram vigiando da taverna enquanto amarrávamos os cabos e depois, quando Gerbruht, Folcbald e eu desembarcamos. Folcbald, como Gerbruht, era frísio. E, como Folcbald, era um homem enorme, com a força de dois.

— Você sabe o que dizer? — perguntei a Gerbruht.

— É claro, senhor.

— Não me chame de senhor.

— Está bem, senhor.

A chuva golpeava nosso rosto enquanto andávamos até a taverna. Nós três usávamos cota de malha por baixo da capa encharcada, mas não tínhamos elmos nem espadas, apenas gorros de lã e as facas que qualquer marinheiro porta no cinto. Eu mancava, meio apoiado por Gerbruht. O chão estava enlameado, a chuva escorria da palha da taverna.

— Chega! Parem aí! — gritou o mais alto dos dois homens de capa vermelha quando nos aproximamos da porta. Paramos obedientemente. Os dois estavam embaixo da cobertura da varanda e pareciam se divertir por sermos obrigados a esperar sob a chuva forte. — O que vieram fazer aqui?

— Precisamos de abrigo, senhor — respondeu Gerbruht.

— Eu não sou nenhum senhor. E aqui os navios pagam para se abrigar.

O homem era alto, de rosto largo, com barba espessa, curta e quadrada. Usava cota de malha por baixo da capa vermelha, tinha uma cruz esmaltada no peito e uma espada longa à cintura. Parecia confiante e capaz.

— Claro, mestre — disse Gerbruht, humilde. — Pagamos ao mestre?

— É claro que pagam a mim. Eu sou o reeve da cidade. São três xelins. — Ele estendeu a mão.

Gerbruht não era o meu seguidor mais inteligente e ele apenas ficou boquiaberto, o que era a reação certa para aquela exigência ultrajante.

— Três xelins! — falei. — Em Lundene só pagamos um!

O homem deu um sorriso desagradável.

— Três xelins, vovô. Ou quer que meus homens revistem seu barco miserável e peguem o que quisermos?

— Claro que não, mestre. — Gerbruht recuperou a voz. — Pague a ele — ordenou a mim.

Peguei as moedas numa bolsa e as estendi para o homem.

— Traga aqui, velho idiota — exigiu o sujeito.

— Sim, mestre. — E atravessei uma poça mancando.

— E quem é você? — perguntou ele, pegando a prata da minha mão.

— O pai dele — respondi, indicando Gerbruht com um aceno de cabeça.

— Somos peregrinos da Frísia, mestre — explicou Gerbruht. — E meu pai busca a bênção das sandálias de são Gregório em Contwaraburg.

— É isso mesmo — confirmei. Eu havia escondido o meu amuleto do martelo debaixo da cota de malha, mas meus dois companheiros eram cristãos e usavam cruzes penduradas no pescoço. O vento golpeava a palha da caverna e sacudia o barril perigosamente. A chuva estava implacável.

— Malditos estrangeiros frísios — disse o homem alto, com suspeita. — E são peregrinos? Desde quando peregrinos usam malha?

— As roupas mais quentes que temos, mestre — respondeu Gerbruht.

— E há navios dinamarqueses no mar — acrescentei.

O homem sorriu de desdém.

— Você é velho demais para lutar com alguém, vovô, quanto mais enfrentar um barco dinamarquês! — Ele voltou a olhar para Gerbruht. — Vocês estão procurando sandálias sagradas? — perguntou, zombando.

— Um toque das sandálias de são Gregório cura os doentes, mestre — disse Gerbruht. — E meu pai sofre de gota nos pés.

— Vocês trouxeram um monte de peregrinos para curar os pés de um velho! — O homem continuava com suspeitas, indicando o *Spearhafoc*.

A espada dos reis

— São na maioria escravizados, mestre — disse Gerbruht. — E vamos vender alguns em Lundene.

O homem continuou olhando para o *Spearhafoc*, mas meus tripulantes estavam deitados nos bancos ou encolhidos embaixo da plataforma da esparrela. E, à luz fraca do dia e por causa da chuva forte, ele não conseguia saber se eram escravizados ou não.

— Vocês são traficantes de escravos?

— Somos — respondi.

— Então precisam pagar taxas alfandegárias! Quantos escravizados?

— Trinta, mestre — falei.

Ele fez uma pausa. Vi que estava se perguntando quanto ousaria pedir.

— Quinze xelins — disse por fim, estendendo a mão. Desta vez, eu simplesmente o encarei boquiaberto, e ele pôs uma das mãos no cabo da espada. — Quinze xelins — repetiu lentamente, como se suspeitasse que um frísio poderia não entendê-lo.

— Sim, mestre. — Contei cuidadosamente quinze xelins e os deixei na sua mão.

Ele riu, feliz por ter enganado estrangeiros.

— Tem alguma mulher interessante naquele barco?

— Vendemos as últimas três em Dumnoc, mestre — respondi.

— Que pena.

Seu companheiro deu uma risada e disse:

— Esperem alguns dias e talvez tenhamos uns dois meninos para vender a vocês.

— Quão jovens?

— Bebês.

— Não é da sua conta! — interrompeu o primeiro homem, obviamente com raiva por seu companheiro ter falado dos meninos.

— Nós pagamos bem por meninos pequenos — falei. — Eles podem ser chicoteados e treinados. Um menino gorducho e dócil pode render um bom preço! — Peguei uma moeda de ouro na bolsa e a joguei para o alto algumas vezes. Estava me esforçando ao máximo para imitar o sotaque frísio de Gerbruht e evidentemente tive sucesso, porque nenhum dos dois homens

Uma missão inútil

pareceu suspeitar de nada. — Os meninos pequenos vendem quase tão bem quanto as moças.

— Os meninos podem estar à venda ou não — disse o primeiro homem, relutante. — E, se vocês comprarem os dois, terão de vendê-los fora do reino. Não podem ser vendidos aqui. — Ele olhava para a moeda de ouro que eu coloquei de volta na bolsa, certificando-me de que ela tilintasse de encontro às outras.

— Qual é o seu nome, mestre? — perguntei num tom respeitoso.

— Wighelm.

— Eu sou Liudulf — falei, usando um nome frísio comum. — E desejamos abrigo, nada mais.

— Quanto tempo vão ficar, velho?

— Qual é a distância até Contwaraburg?

— Pouco mais de quinze quilômetros — respondeu ele. — Um homem pode andar até lá em uma manhã, mas você pode demorar uma semana. Como planeja chegar lá? Se arrastando?

Ele e o companheiro deram uma risada.

— Eu ficaria tempo suficiente para chegar a Contwaraburg e voltar — falei.

— E precisamos muito de abrigo, mestre — acrescentou Gerbruht atrás de mim.

— Use uma daquelas cabanas lá — disse Wighelm, indicando a outra margem do pequeno porto com um aceno de cabeça. — Mas certifique-se de que os seus malditos escravizados permaneçam acorrentados.

— Claro, mestre — falei. — E obrigado. Deus vai abençoar sua gentileza.

Wighelm zombou disso. Então ele e seu companheiro voltaram para a taverna. Vislumbrei homens sentados às mesas, em seguida a porta foi fechada com força e ouvi a barra baixando nos suportes.

— Ele era o reeve da cidade? — perguntou Folcbald enquanto voltávamos para o barco.

Não era uma pergunta idiota. Eu sabia que Æthelhelm tinha terras por todo o sul da Britânia e provavelmente era dono de partes de Cent, mas era bastante improvável que Eadgifu buscasse refúgio em algum lugar perto de uma propriedade dessas.

80

A espada dos reis

— O que ele é é um desgraçado mentiroso — falei. — E me deve dezoito xelins.

Presumi que Wighelm ou um dos seus homens estivesse vigiando da taverna enquanto levávamos o *Spearhafoc*, a remo, para o outro lado do canal, atracando junto a um embarcadouro meio apodrecido. Mandei a maioria dos meus tripulantes arrastar os pés enquanto saía da embarcação, fingindo estar acorrentados. Eles riram do ardil, mas a chuva estava tão pesada e o dia tão escuro que eu duvidava que alguém notasse o fingimento. Grande parte da tripulação precisou usar um depósito como abrigo porque não havia espaço na pequena cabana, onde um fogo feito com madeira trazida pelo mar ardia furiosamente. O dono da cabana, um homem grande chamado Kalf, era pescador. Ele e a mulher ficaram observando carrancudos enquanto eu e mais uns dez homens enchíamos seu cômodo.

— Vocês foram loucos de encarar o mar num tempo desses — disse ele por fim num inglês truncado.

— Os deuses nos protegeram — respondi em dinamarquês.

Seu rosto se animou.

— Vocês são dinamarqueses!

— Dinamarqueses, saxões, irlandeses, frísios, noruegueses e tudo que existe no meio do caminho. — Coloquei dois xelins num barril usado como mesa. Não fiquei surpreso por encontrar dinamarqueses ali. Eles invadiram essa parte de Cent anos antes e muitos ficaram, casaram com mulheres de Cent e adotaram o cristianismo. — Um desses — falei, indicando os xelins de prata — é por nos abrigar. O outro é para você abrir a boca.

— A boca? — Ele ficou intrigado.

— Para contar o que está acontecendo aqui — expliquei, tirando Bafo de Serpente e meu elmo de dentro da grande sacola de couro.

— Acontecendo? — Ele estava nervoso, observando enquanto eu afivelava a espada à cintura.

— Na cidade — falei, indicando o sul. Ora e seu pequeno porto ficavam a pouca distância a pé de Fæfresham, construída no terreno mais alto do interior. — E aqueles homens de capa vermelha, quantos são?

— Três tripulações.

81

Uma missão inútil

— Noventa homens?

— Mais ou menos isso, senhor. — Kalf tinha ouvido Berg me chamar de "senhor".

— Três tripulações — repeti. — Quantos estão aqui?

— Tem vinte e oito homens na taverna, senhor. — respondeu a mulher de Kalf com confiança. E, quando a sondei, ela assentiu. — Eu precisei cozinhar para os desgraçados, senhor. São vinte e oito.

Vinte e oito homens para vigiar os navios. Nossa história, de que éramos traficantes de escravos frísios, devia ter convencido Wighelm, caso contrário ele tentaria impedir que desembarcássemos. Ou talvez estivesse sendo cauteloso, sabendo que sua pequena força não poderia lutar contra minha tripulação muito maior, primeiro insistindo que desembarcássemos do outro lado do canal e depois mandando um mensageiro a Fæfresham, ao sul.

— Então o restante das tripulações está em Fæfresham? — perguntei a Kalf.

— Não sabemos, senhor.

— Então diga o que sabe.

Ele disse que duas semanas antes, na última lua cheia, chegou um navio de Lundene trazendo um grupo de mulheres, um menino, dois bebês e meia dúzia de homens. Eles foram para Fæfresham, pelo que ele sabia, e as mulheres e as crianças desapareceram dentro do convento. Quatro dos homens permaneceram na cidade. Os outros dois compraram cavalos e foram embora. Então, apenas três dias atrás, os três barcos com as tripulações usando capa vermelha chegaram ao porto, e a maioria dos recém-chegados foi para a cidade ao sul.

— Eles não disseram o que estão fazendo aqui, senhor.

— Eles não são bons! — disse a mulher.

— Nós também não — falei em tom soturno.

Tudo que eu podia fazer era imaginar o que aconteceu, ainda que isso não fosse difícil. Estava óbvio que Eadgifu fora traída, e Æthelhelm mandou homens para impedi-la. O padre que chegou a Bebbanburg me disse que ela fazia doações a um convento em Fæfresham. Æthelhelm deve ter presumido que ela fugiria para lá e mandou homens para montar uma armadilha.

— As mulheres e as crianças ainda estão em Fæfresham? — perguntei a Kalf.

— Não ouvimos nada sobre terem ido embora — respondeu, incerto.

A espada dos reis

— Mas ouviram dizer se os homens de capa vermelha invadiram o convento?

A mulher de Kalf fez o sinal da cruz e respondeu, séria:

— Se invadissem, teríamos ouvido dizer, senhor!

Então o rei ainda vivia, ou pelo menos a notícia da sua morte não havia chegado a Fæfresham. Era óbvio o que os homens de Æthelhelm vieram fazer em Cent, mas não ousariam pôr as mãos na rainha Eadgifu e seus filhos até terem certeza de que Eduardo estava morto. O rei já se recuperou em outras ocasiões, e, enquanto vivesse, possuía o poder do trono e haveria problema caso se recuperasse de novo e descobrisse que sua esposa foi detida pelos homens de Æthelhelm. Um trovão ribombou perto, e o vento pareceu sacudir a cabana.

— Há algum modo de chegar a Fæfresham sem sermos vistos da taverna do outro lado da água? — perguntei a Kalf.

Ele franziu a testa por um instante.

— Tem uma vala de drenagem mais atrás. — E apontou para o leste. — Siga por ela para o sul, senhor, e vai chegar a uns leitos cobertos de junco. Eles vão esconder vocês.

— E o canal? — perguntei. — Precisamos atravessá-lo para chegar à cidade?

— Tem uma ponte — respondeu a mulher de Kalf.

— E a ponte pode estar vigiada — falei, mas duvidava que algum guarda estivesse alerta nesse tempo horrível.

— Logo a maré vai baixar — garantiu Kalf. — O senhor pode vadear pelo canal.

— Não me diga que vamos voltar para essa chuva — reclamou Finan.

— Vamos voltar para essa chuva. Trinta de nós. Quer ficar vigiando o *Spearhafoc*?

— Eu quero ver o que o senhor está fazendo. Gosto de observar pessoas loucas.

— Vamos levar escudos? — perguntou Berg, mais sensatamente.

Pensei nisso. Precisávamos atravessar o canal, os escudos eram pesados e meu plano era voltar assim que chegássemos a outra margem e nos livrássemos de Wighelm e seus homens. Imaginei que o combate aconteceria dentro da

Uma missão inútil

taverna e não pretendia dar tempo para o inimigo se equipar para a batalha. Numa sala pequena os escudos grandes seriam um estorvo, e não uma ajuda.

— Sem escudos.

Era loucura. Não só sair na tempestade e vadear por uma vala transbordando de água mas simplesmente estar ali. Era uma desculpa fácil dizer que estava preso pelo juramento a Æthelstan, mas eu poderia ter cumprido com esse juramento simplesmente indo com um punhado de seguidores me juntar às forças de Æthelstan na Mércia. Em vez disso, ia vadear por uma vala cheia de lama encharcado até os ossos num reino que me considerava inimigo contando com uma rainha volúvel para permitir que eu cumprisse com o juramento.

O plano de Eadgifu fracassou. Se o que o padre me disse era verdade, ela veio para o sul reunir as forças do irmão Sigulf, o ealdorman de Cent, e, em vez disso, estava dentro de um convento cercado por inimigos. Esses inimigos esperariam o rei morrer antes de pegá-la, mas iriam pegá-la, então matariam seus dois filhos pequenos. Ela disse que ia fazer uma peregrinação a Contwaraburg, mas Æthelhelm, que estava perto do rei agonizante, enxergou através da mentira, mandou homens para encontrá-la e, eu suspeitava, despachou mais homens para convencer Sigulf de que qualquer tentativa de ajudar a irmã seria contraposta por uma força avassaladora. Portanto, Æthelhelm venceu.

Só que Æthelhelm não sabia que eu estava em Cent. Essa era uma pequena vantagem.

A vala levava para o sul. Durante um tempo vadeamos com a água na cintura, bem escondidos de Ora pelos juncos densos. Tropecei duas vezes em armadilhas de enguias, xinguei o clima, mas, depois de pouco menos de um quilômetro, a vala virou para o leste, desviando-se do terreno mais elevado, e pudemos sair da água suja e atravessar um pasto encharcado até vermos o canal. A trilha que ia do porto até Fæfresham ficava do outro lado da água. Ninguém se mexia por lá. À minha esquerda ficava Fæfresham, escondida atrás das árvores agitadas pelo vento e da chuva forte, e à minha direita, o porto, ainda escondido pela pequena elevação de terra que tínhamos acabado de cruzar.

Kalf disse que o canal podia ser vadeado na maré baixa, que ia chegar logo, mas a chuva fazia dezenas de valas transbordar e o canal corria rápido e

84

A espada dos reis

estava fundo. Relâmpagos rasgavam as nuvens escuras à nossa frente e trovões ribombavam pelas nuvens baixas.

— Espero que isso seja um sinal do seu deus — resmungou Finan. — Como diabos vamos atravessar isso?

— Senhor! — gritou Berg à minha esquerda. — Uma armadilha de peixes! — Ele estava apontando rio acima, onde a água se agitava e fazia espuma em volta de estacas de salgueiro.

— É assim que vamos atravessar — indiquei a Finan.

Era uma travessia difícil, molhada e traiçoeira. As estacas de salgueiro com redes não eram feitas para sustentar um homem, mas nos davam uma segurança precária enquanto nos esforçávamos para atravessar o canal. No ponto mais fundo, a água chegou ao meu peito e tentou me derrubar. Tropecei no meio do canal e teria afundado se Folcbald não tivesse me colocado de pé. Agradeci por nenhum de nós estar carregando um escudo pesado, com borda de ferro. O vento uivava. Já era fim de tarde, o sol escondido estava baixando, a chuva batia no nosso rosto, o trovão espocava lá em cima, e nós saímos da água, encharcados e com frio.

— Vamos naquela direção. — Apontei para a direita, para o norte.

A primeira coisa a fazer era recuperar os dezoito xelins e destruir os guardas dos barcos na taverna de Ora. Agora estávamos entre aqueles homens e Fæfresham. Era possível que Wighelm tivesse alertado a força maior na cidade sobre nossa chegada e que seus poucos homens recebessem reforços, mas eu duvidava disso. Um clima como esse persuadia os homens a ficar perto do fogo, então talvez Tor estivesse do meu lado. Nem bem pensei nisso quando houve uma trovoada ensurdecedora. O céu foi rasgado por uma luz serrilhada.

— Logo estaremos quentes — prometi aos meus homens.

Era uma caminhada curta até o porto. A trilha era elevada, sobre um aterro, e a água da inundação corria dos lados.

— Preciso de prisioneiros — avisei.

Puxei Bafo de Serpente até a metade e a deixei cair de volta na bainha forrada com pele de carneiro.

— Sabem o que essa tempestade significa? — Finan precisou gritar para ser ouvido acima do barulho do vento e da chuva.

Uma missão inútil

— Que Tor está do nosso lado!

— Quer dizer que o rei morreu!

Passei por cima de um buraco cheio de água.

— Não houve tempestade quando Alfredo morreu.

— Eduardo está morto! — insistiu Finan. — Ele deve ter morrido ontem!

— Vamos descobrir — falei, cético.

Então estávamos nos arredores da aldeia, a rua ladeada por pequenas choupanas. A taverna ficava à nossa frente. Tinha barracões ao fundo, provavelmente estábulos ou depósitos. O vento levava a fumaça do fogo para o leste, saindo pelo teto da taverna.

— Folcbald, fique com dois homens e não deixe ninguém escapar.

Kalf me disse que a taverna tinha apenas duas portas, uma na frente e outra nos fundos, mas homens poderiam escapar facilmente pelas janelas. A tarefa de Folcbald era impedir que qualquer fugitivo chegasse a Fæfresham. Eu via acima do telhado os mastros dos três barcos de Æthelhelm oscilando ao vento. Meu plano era bem simples: entrar pela porta dos fundos da taverna e dominar os homens que, eu presumia, estariam o mais encolhidos possível perto do fogo.

Estávamos a uns cinquenta passos da porta dos fundos da taverna quando um homem saiu. Ele se encolheu por causa da chuva, correu até um barracão e abriu a porta com dificuldade; no entanto, enquanto a abria, virou-se e nos viu. Por um instante ficou apenas olhando, depois correu de volta para dentro. Xinguei.

Gritei para meus homens se apressarem, mas estávamos com tanto frio, tão encharcados, que mal conseguimos andar um pouco mais rápido, tropeçando. E os homens de Wighelm, quentes e secos, reagiram depressa. Quatro apareceram primeiro, todos com escudo e lança. Mais homens vieram em seguida, sem dúvida xingando por serem obrigados a sair na tempestade, mas todos carregando escudos que exibiam a silhueta escura de um cervo saltando, o símbolo de Æthelhelm. Eu planejava uma batalha sangrenta na taverna, e em vez disso o inimigo estava formando uma parede de escudos entre os barracões. Eles nos encaravam com as lanças apontadas, e nós não tínhamos lança nenhuma. Eles estavam protegidos por escudos, e nós não tínhamos nenhum.

86

A espada dos reis

Paramos. Apesar da chuva intensa e do uivo do vento, pude ouvir o som dos escudos com bordas de ferro tocando uns nos outros. Pude ver Wighelm, alto e de barba preta, no centro da parede a apenas trinta passos de nós.

— Armadilha de lobo! — falei, depois virei à direita, chamando meus homens, e corri entre duas choupanas. Assim que Wighelm e seus lanceiros não conseguiam mais nos ver, virei-me para a direção de onde tínhamos vindo. Derrubamos uma cerca de madeira trazida pela maré, desviamo-nos de um monte de esterco e entramos em outro beco estreito entre duas cabanas. Assim que estávamos escondidos no beco, ergui uma das mãos.

Paramos, e nenhum dos meus homens fez qualquer barulho. Um cachorro uivou ali perto e um bebê chorou dentro de uma choupana. Desembainhamos as espadas. Esperamos. Eu sentia orgulho dos meus homens. Eles sabiam o que eu queria dizer ao falar em armadilha de lobo, e ninguém me questionou nem perguntou o que devia ser feito. Sabiam porque tínhamos treinado para isso. Guerras são vencidas não apenas nos campos de batalha mas também nos pátios de treinamento das fortalezas.

Os lobos são inimigos dos pastores. Os cães são amigos deles, mas os cães dos pastores raramente matam um lobo, apesar de poderem espantá-los. Nós caçamos lobos nas colinas da Nortúmbria e nossos cães de caça matam, mas os lobos nunca são derrotados. Eles voltam, atacam os rebanhos, deixam carcaças sangrentas espalhadas na grama. Eu ofereço uma recompensa às pessoas que trazem uma pele de lobo fresca e fedorenta, e pago isso com frequência, e ainda assim os lobos atacam os rebanhos. Eles podem ser intimidados, podem ser caçados, mas são inimigos espertos e sutis. Já vi rebanhos serem atacados regularmente, e nós percorremos as florestas e as colinas ao redor, cavalgamos com as afiadas lanças de caçar lobos, mandamos os cães procurarem e não encontramos nenhum traço de lobo. E no dia seguinte mais uma dúzia de ovelhas ou cordeiros é despedaçada. Quando isso acontece, podemos montar uma armadilha de lobos, o que significa que, em vez de procurá-los, nós os convidamos a nos procurar.

Meu pai gostava de usar um carneiro velho para a armadilha. Amarrávamos o bicho perto de onde a matilha realizou a última matança, depois esperávamos numa emboscada contra o vento. Eu preferia usar um porco, que era mais caro que um carneiro velho mas também mais eficaz. O porco guinchava protestando quando era amarrado, um som que parecia atrair os lobos, e guinchava mais alto ainda quando um lobo aparecia. Então soltávamos os cães, baixávamos as lanças e partíamos para matar. Vez ou outra perdíamos o porco, mas matávamos o lobo.

Eu não duvidava que meus homens eram melhores lutadores que as tropas de Wighelm, mas pedir a eles que atacassem uma parede de escudos sem escudos e sem machados para puxar os escudos dos inimigos nem lanças para enfiar nos espaços entre os escudos inimigos seria um convite à morte. Nós venceríamos, mas a um custo que eu não estava disposto a pagar. Precisava romper a parede de escudos de Wighelm, e precisava fazer isso sem deixar alguns dos meus homens serem estripados por suas lanças. Por isso esperamos.

Eu cometi um erro. Presumi que os homens de Wighelm estavam se abrigando da tempestade e que poderíamos nos aproximar da taverna sem ser vistos. Eu devia ter me esgueirado por trás das choupanas até estarmos mais perto, mas agora convidaria Wighelm a cometer um erro. A curiosidade iria destruí-lo, ou pelo menos era o que eu esperava. Ele nos viu chegando e formou sua parede de escudos, depois desaparecemos num beco. E não reaparecemos. Ele devia estar olhando para a tempestade, tentando enxergar através da chuva pesada, perguntando-se se tínhamos recuado para o sul. Não podia nos ignorar. Só porque sumimos não significava que tínhamos fugido. Ele precisava descobrir onde estávamos. Precisava saber se ainda impedíamos seu caminho para Fæfresham. Ele aguardou por um longo tempo, torcendo, nervoso, para que tivéssemos ido embora ou que pudesse ver alguma coisa que revelasse nossa posição. Mas não nos mexemos, não fizemos nenhum barulho, esperamos.

Chamei Oswi. Ele era jovem, ágil, esperto e violento. Foi meu serviçal antes de ter idade e habilidade suficientes para se juntar à parede de escudos.

— Vá por trás das cabanas — instruí, apontando para o sul. — Vá o mais longe que puder, apareça, olhe para eles, mostre a bunda e depois finja que está fugindo.

Ele riu, virou-se e desapareceu atrás da choupana ao sul. Finan estava deitado na esquina, olhando para a taverna através de alguns arbustos de urzes. Continuamos esperando. A chuva estava forte, respingando na rua, formando cascatas nos telhados e criando redemoinhos no vento. Trovões espocavam e se esvaíam. Puxei o amuleto do martelo, apertei-o, fechei os olhos brevemente e rezei a Tor que me preservasse.

— Eles estão vindo! — avisou Finan.

— Como? — Eu precisava saber se Wighelm tinha ficado na parede de escudos ou se estava correndo para nos pegar.

— Estão correndo! — gritou Finan. Então ele se arrastou para trás novamente, desaparecendo, levantou-se e limpou a lama da lâmina de Ladra de Alma. — Ou pelo menos tentando correr!

O insulto de Oswi parecia ter dado certo. Se Wighelm possuísse um fiapo de bom senso, teria mandado dois ou três homens explorarem a aldeia, mas ele manteve a parede de escudos e agora fazia seus homens correrem perseguindo Oswi que, pelo que presumia, estava fugindo com o restante de nós. Com isso, Wighelm rompeu sua própria parede de escudos e agora instigava seus homens pela rua no que imaginava ser uma perseguição.

E nós irrompemos beco afora, dando um grito de guerra que era tanto um protesto contra o frio e a chuva quanto um desafio aos homens de capa vermelha. Eles corriam com dificuldade pela rua enlameada, sofrendo por causa do tempo e, o melhor de tudo, espalhados. Nós os atingimos com a força da própria tempestade, e Tor deve ter ouvido minha prece, porque soltou uma trovoada que era como o martelo rachando o céu logo acima da nossa cabeça. Vi um rapaz se virar para mim com terror no rosto. Ele levantou o escudo que eu acertei com todo o meu peso, derrubando-o na lama. Alguém, que presumi ser Wighelm, gritava para os saxões ocidentais formarem a parede de escudos, mas era tarde demais. Berg passou por mim enquanto eu chutava o braço do rapaz que segurava a espada, e a penumbra do dia foi iluminada por um jato de sangue quando a lâmina selvagem de Berg cortou o pescoço dele. Berg continuou correndo, cortando os tendões dos jarretes de um homem corpulento que gritava incoerentemente. O sujeito berrou quando a espada de Berg passou pela parte de trás dos seus joelhos e em seguida guinchou quando Gerbruht cravou uma espada na sua barriga.

Eu estava correndo para Wighelm, que apontou a lança para mim. Ele parecia tão aterrorizado quanto seus homens. Empurrei a lança para o lado

89

Uma missão inútil

com minha espada, joguei o peso do meu corpo no seu escudo e o derrubei na lama. Chutei sua cabeça, parei acima dele e mantive Bafo de Serpente junto ao seu pescoço.

— Não se mexa! — rosnei.

Finan pegou a lança de Wighelm e, com a mão esquerda, fez com que mergulhasse no escudo de um homem alto, que estava meio agachado para receber o ataque de Folcbald. A lança acertou a borda inferior do escudo, empurrando-o para baixo, e a espada rápida de Finan passou, maligna, pelos olhos do sujeito. Folcbald acabou com o homem com um golpe dado com as duas mãos, que furou a cota de malha e subiu, rasgando da barriga até o esterno. O sulco cheio de água da rua ficou vermelho, a chuva caía pesado e respingava cor-de-rosa, e o vento uivava sobre o pântano, abafando os choros agonizantes.

Berg, que era, em geral, mortal numa luta, escorregou na lama. Caiu esparramado, tentando desesperadamente se afastar de um lanceiro de capa vermelha que, ao ver sua oportunidade, ergueu a lança para uma estocada fatal. Joguei Bafo de Serpente no sujeito, e a espada, girando na chuva, acertou o ombro dele. Não causou nenhum dano, mas o fez olhar para mim, e Vidarr Leifson saltou para agarrar o braço que segurava a lança, puxou-o e fez com que ele girasse, atraindo-o para a espada de Beornoth. Vendo que eu estava desarmado, Wighelm tentou acertar minha coxa com o escudo, mas coloquei a bota em cima do seu rosto e apertei sua cabeça na lama. Ele começou a sufocar. Não tirei a bota do lugar, abaixei-me e desembainhei sua espada.

Eu não precisava da espada de Wighelm porque a luta acabou rapidamente. Nosso ataque foi tão súbito e violento que os homens miseráveis de Wighelm não tiveram chance. Matamos seis deles e ferimos quatro. Os outros largaram escudos e armas e imploraram por misericórdia. Três fugiram por um beco, mas Oswi e Berg os caçaram e trouxeram de volta para a taverna, onde tiramos a cota de malha dos prisioneiros e os fizemos se sentar amontoados e molhados num canto do salão. Colocamos mais lenha no fogo. Mandei Berg e Gerbruht encontrarem um barco pequeno para atravessar o canal e trazer o *Spearhafoc* de volta com os homens que foram deixados vigiando-o. Vidarr Leifson e Beornoth foram mandados para vigiar a estrada de Fæfresham.

90

A espada dos reis

Oswi limpava Bafo de Serpente enquanto Finan se certificava de que nossos prisioneiros estivessem amarrados com cordas de couro de foca.

Eu poupei a vida de Wighelm. Afastei-o dos outros prisioneiros e o fiz se sentar num banco perto do fogo que cuspia fagulhas da madeira trazida pela maré.

— Solte as mãos dele — ordenei a Finan, depois estendi a mão. — Dezoito xelins para o vovô. — Ele pegou relutantemente as moedas na bolsa e colocou na palma da minha mão. — E agora o resto.

Ele cuspiu lama.

— O resto?

— O resto das suas moedas, idiota. Entregue tudo que você tem.

Ele desamarrou a bolsa e a entregou a mim.

— Quem é você? — perguntou.

— Já disse: Liudulf da Frísia. Acredite nisso e você é um idiota maior do que já o considero. — Houve uma trovoada, e o chiado da chuva na palha do teto ficou mais intenso. Deixei as moedas caírem da bolsa de Wighelm na minha mão e as entreguei a Finan. — Duvido que esses desgraçados tenham pagado ao taverneiro. Encontre-o e lhe dê isso. Em seguida, diga que precisamos de comida. Não para eles — olhei para os prisioneiros —, e, sim, para nós. — Voltei a olhar para Wighelm e tirei do cinto uma faca de lâmina curta. Sorri para ele e passei a lâmina pelo polegar, como se testasse o gume. — Agora você vai falar com o vovô — ordenei, e encostei a parte chata da lâmina em sua bochecha. Ele estremeceu.

Em seguida, falou, confirmando boa parte do que eu tinha suposto. A declaração de Eadgifu, de que ia viajar a Contwaraburg para rezar na igreja de santa Bertha, não enganou Æthelhelm nem por um segundo. Enquanto a rainha e seu pequeno séquito viajavam para o sul, os homens de Æthelhelm galopavam até Wiltunscir, onde reuniram uma tropa de seus guerreiros domésticos. Esses homens, por sua vez, foram até Lundene, onde Æthelhelm mantinha os navios que os trouxeram até este canal no litoral lamacento de Cent onde, como Æthelhelm presumiu, Eadgifu se abrigou.

— Quais são as suas ordens? — perguntei.

Wighelm deu de ombros.

Uma missão inútil

— Ficar aqui mantê-la aqui, esperar mais ordens.

— Ordens que vão vir quando o rei morrer?

— Acho que sim.

— Vocês não receberam ordem de ir a Contwaraburg? De mandar o irmão da rainha ficar quieto?

— Outros homens foram para lá.

— Que outros homens? Quem? E para fazer o quê?

— Dreogan. Ele levou cinquenta homens e não sei por que foi para lá.

— E Dreogan é...?

— Ele comanda cinquenta soldados do senhor Æthelhelm.

— E Waormund?

A menção a esse nome fez Wighelm estremecer. Ele fez o sinal da cruz.

— Waormund foi para a Ânglia Oriental. Mas por quê? Não sei.

— Você não gosta de Waormund?

— Ninguém gosta de Waormund — retrucou ele com azedume. — A não ser, talvez, o senhor Æthelhelm. Waormund é a fera do senhor Æthelhelm.

— Eu conheço a fera — falei em tom soturno, lembrando-me do guerreiro enorme, de olhos vazios, que era mais alto e mais forte que qualquer homem que eu já conheci, a não ser talvez Steapa, outro temível guerreiro saxão ocidental. Steapa foi escravizado, mas se tornou um dos guerreiros de maior confiança do rei Alfredo. Também foi meu inimigo, mas virou um amigo. — O senhor Steapa ainda vive?

Wighelm pareceu momentaneamente confuso diante da pergunta inesperada, mas assentiu.

— Está velho. Mas vive.

— Bom. E quem está em Fæfresham?

Outra vez Wighelm pareceu intrigado com a mudança súbita de assunto. Mas se recuperou.

— Eadgifu está lá...

— Eu sei disso! Quem comanda os homens lá?

— Eanwulf.

— E quantos homens ele tem?

— Uns cinquenta.

92

A espada dos reis

Virei-me para Immar Hergildson, um rapaz cuja vida eu salvei e que desde então me servia com dedicação.

— Amarre as mãos dele — ordenei.

— Sim, senhor.

— Senhor? — Wighelm repetiu a palavra, nervoso. — O senhor é...

— Um senhor — respondi com violência.

Houve uma trovoada, mas agora mais distante, levando a fúria de Tor para o mar turbulento. O vento ainda sacudia a taverna, porém com menos raiva.

— Acho que a tempestade está passando — disse Finan ao me trazer uma caneca de cerveja.

— Está — concordei. Em seguida, abri uma janela, fazendo as chamas tremularem. Lá fora estava quase escuro. — Mande alguém dizer a Vidarr e Beornoth que voltem.

Não havia chance de os homens da tropa de Eanwulf em Fæfresham virem para o norte no escuro, por isso a vigilância não era necessária.

— E amanhã? — perguntou Finan.

— Amanhã vamos salvar uma rainha.

Uma rainha cuja revolta débil contra Æthelhelm fracassou. E ela era minha melhor esperança de cumprir com o juramento de matar o senhor mais poderoso de Wessex e seu sobrinho que, se fosse verdadeira a premonição de Finan — de que a tempestade foi mandada para indicar a morte de um rei —, já era rei.

E viemos para garantir que seu reinado fosse breve.

Amanhã.

A tempestade se esgotou durante a noite, deixando árvores caídas, palha encharcada e pântano inundado. O alvorecer estava úmido e carrancudo, como se o clima tivesse vergonha da fúria do dia anterior. As nuvens estavam altas, as águas do canal haviam se assentado, e o vento vinha em espasmos.

Eu precisava decidir o que fazer com os prisioneiros. Meu primeiro pensamento foi colocá-los numa cabana resistente no lado oeste do porto e deixar dois homens vigiando-os, mas os homens de Wighelm eram jovens, fortes,

Uma missão inútil

estavam amargos e sem dúvida descobririam algum jeito de sair de lá. E a última coisa que eu desejava era ter guerreiros vingativos me seguindo para o sul até Fæfresham. Também não queria deixar nenhum homem para trás para vigiar os prisioneiros nem para proteger o *Spearhafoc*. Se íamos para Fæfresham, eu precisava de todos os meus homens.

— Mate os desgraçados — sugeriu Vidarr Leifson.

— Coloque-os na ilha — disse Finan, referindo-se a Sceapig.

— E se eles souberem nadar?

Ele deu de ombros.

— Não são muitos que sabem.

— Um barco de pesca poderia resgatá-los.

— Então faça o que Vidarr sugere — concluiu Finan, cansado das minhas dúvidas.

Havia risco em abandoná-los na ilha, mas não consegui pensar numa solução melhor, por isso os colocamos no *Spearhafoc*, remamos cerca de um quilômetro e meio para o leste pelo estreito de Swalwan e encontramos uma ilha de juncos que, a julgar pela linha de madeiras trazidas pela maré e amontoadas na margem, não ficava coberta de água na maré alta. Despimos totalmente os prisioneiros e os mandamos para a terra, fazendo-os carregar seus quatro feridos. Wighelm foi o último a ir.

— Vocês podem chegar a Sceapig com facilidade — falei. A ilha de juncos ficava à distância de apenas um disparo de flecha dos pântanos de Sceapig.

— Mas, se machucarem alguém de lá, eu vou descobrir e vou atrás de você, e, quando encontrá-lo, vou matar você lentamente. Entendeu?

Ele assentiu, carrancudo.

— Sim, senhor. — Agora ele sabia quem eu era e estava com medo.

— Todas essas pessoas — eu disse, indicando Sceapig e as terras do outro lado — estão sob minha proteção e eu sou Uhtredærwe! Quem sou eu?

— Uhtred de Bebbanburg, senhor — respondeu ele aterrorizado.

— Eu sou Uhtredærwe e meus inimigos morrem. Agora vá!

Já era meio-dia antes de voltarmos ao porto do canal e mais uma hora se passou antes de partirmos pela estrada do sul. Comemos uma refeição precária, de cozido de peixe e pão duro, limpamos as cotas de malha e as armas e vestimos as capas vermelhas características dos homens de Æthelhelm. Capturamos vinte e quatro escudos de Æthelhelm, todos pintados com o cervo saltando, e eu os dei aos meus homens. O restante iria para Fæfresham sem escudo. Meus pagãos, como eu, esconderam seus amuletos de martelo. Em termos ideais, eu mandaria dois homens fazerem um reconhecimento da cidade, mas é mais difícil explorar ruas e becos sem ser visto do que florestas e sebes, e eu temia que os homens pudessem ser capturados, interrogados com violência demais e com isso revelassem nossa presença. Melhor chegar a Fæfresham com força máxima, pensei, ainda que essa força tivesse apenas metade do tamanho do inimigo. Mandei Eadric, meu batedor mais inteligente, explorar os limites da cidade, mas ordenei que permanecesse escondido.

— Não seja capturado!

— Os desgraçados não vão sentir nem o meu cheiro, senhor.

O céu clareou enquanto andávamos para o sul. O vento diminuía, soprando de vez em quando para agitar nossas capas emprestadas. Havia calor ao sol que brilhava nos pastos inundados. Encontramos uma menina de 8 ou 9 anos levando três vacas para o norte. Ela se encolheu na beira da estrada quando passamos, parecendo com medo.

— Tempo melhor hoje! — gritou Beornoth para ela, animado.

Mas a menina apenas estremeceu e continuou de cabeça baixa. Passamos por pomares onde árvores foram derrubadas pela tempestade e um tronco grosso foi rachado e queimado por um raio. Tremi ao ver um cisne morto, caído com o pescoço quebrado numa vala cheia de água. Não era um bom presságio, então eu ergui os olhos na esperança de ver um sinal melhor, mas só vi a retaguarda das nuvens esgarçadas da tempestade. Uma mulher estava cavando na horta de uma pequena choupana com teto de junco, mas, ao nos ver, ela entrou e ouvi a tranca batendo nos encaixes. Foi assim que as pessoas se comportaram ao ver as tropas romanas se aproximando? Ou os dinamarqueses? Fæfresham era um lugar nervoso, temeroso, uma cidade pequena apanhada outra vez na encruzilhada das ambições de homens poderosos.

Eu também estava nervoso. Se Wighelm me contou a verdade, os homens de Æthelhelm em Fæfresham estavam em maior número que os meus. Se estivessem alertas, se esperassem encrenca, seríamos dominados rapidamente.

Uma missão inútil

Eu pensei em usar as capas e escudos capturados como um meio de entrar na cidade sem levantar suspeitas, mas Eadric voltou dizendo que havia uma dúzia de lanceiros vigiando a estrada.

— E não são fedelhos preguiçosos. Estão bem atentos.

— Só doze homens?

— Com mais um monte de reforços, senhor — respondeu Eadric com ar soturno.

Tínhamos saído da estrada para nos esconder atrás da cerca de espinheiro de um pasto encharcado pela chuva. Se Eadric estivesse certo, um ataque aos doze guardas traria mais inimigos correndo, e eu poderia acabar numa luta difícil longe da segurança do *Spearhafoc*.

— Você consegue entrar na cidade? — perguntei a Eadric.

Ele fez que sim com a cabeça.

— Tem um monte de becos, senhor. — Eadric era um saxão de meia-idade capaz de andar pela floresta como um fantasma, mas tinha confiança de que poderia passar pelas sentinelas de Æthelhelm e usar a inteligência para não ser descoberto na cidade. — Sou velho, senhor, e eles não olham para os velhos como olham para os jovens.

Eadric descartou as armas, tirou a cota de malha e, parecendo um camponês, passou por uma abertura na cerca viva que nos abrigava. Esperamos. As últimas nuvens estavam se dissipando e a luz do sol oferecia um calor bem-vindo. A fumaça dos fogos para cozinhar de Fæfresham subia reta em vez de ser levada pelo vento. Eadric demorou bastante para voltar e eu comecei a temer que ele tivesse sido capturado. Finan também. Ele se sentou ao meu lado, inquieto, depois ficou imóvel quando um grupo de cavaleiros com capas vermelhas apareceu a leste. Eram pelo menos vinte. Por um momento achei que poderiam estar nos procurando e desembainhei um pouco Bafo de Serpente, mas então os cavaleiros se viraram de novo para a cidade.

— Só estão exercitando os cavalos — falei, aliviado.

— E eram cavalos bons — observou Finan. — Não eram pangarés baratos do campo.

— Com certeza eles têm cavalos bons aqui. É uma terra boa quando se sai dos pântanos.

A espada dos reis

— Mas os desgraçados vieram de navio. Ninguém disse a nós que eles tinham trazido cavalos.

— Então eles pegaram com as pessoas da cidade.

— Ou receberam reforços — sugeriu Finan, em tom de agouro. — A coisa parece feia, senhor. Deveríamos voltar.

Finan não era covarde. Sinto vergonha de sequer ter pensado isso. Claro que ele não era covarde! Estava entre os dois ou três homens mais corajosos que já conheci, era um espadachim com a velocidade de um relâmpago e uma habilidade mortal, mas naquele dia teve um instinto de perdição. Era um sentimento de pavor, uma certeza baseada em nada que ele pudesse ver ou ouvir, e mesmo assim era uma certeza. Ele dizia que os irlandeses tinham um conhecimento negado ao restante de nós, que podiam sentir o cheiro do destino. E eu sabia que, mesmo sendo cristão, ele acreditava que o mundo fervilhava com espíritos. E parecia que essas criaturas invisíveis falaram com ele. Na noite anterior ele tentou me convencer a embarcar no *Spearhafoc* e voltar para o norte. Disse que éramos muito poucos e que nossos inimigos eram numerosos demais.

— E eu vi o senhor morto — concluiu, parecendo lamentar falar algo assim.

— Morto?

— Nu, coberto de sangue, senhor, numa plantação de cevada. — Ele fez uma pausa, mas eu não falei nada. — Devíamos voltar para casa, senhor.

Fiquei tentado. E a visão ou o sonho de Finan quase me convenceu. Toquei o amuleto do martelo.

— Nós chegamos até aqui — falei —, mas preciso conversar com Eadgifu.

— Por quê, pelo amor de Deus?

Na ocasião, estávamos sentados num banco ao lado da lareira da taverna. À nossa volta os homens roncavam. O vento continuava sacudindo os postigos e a palha de junco. A chuva ainda caía pelo buraco do teto, fazendo o fogo chiar, mas a tempestade tinha ido para o mar e apenas seus resquícios perturbavam a noite.

— Porque foi isso que eu vim fazer — respondi com teimosia.

— E ela deveria reunir uma força de homens de Cent?

— Foi o que o padre me disse.

— E ela fez isso?

Suspirei.

— Você sabe a resposta tanto quanto eu.

— Então amanhã vamos para o interior? Não temos cavalos. O que acontece se formos isolados do porto?

Eu pensei em responder dizendo que precisava cumprir com meu juramento, mas estava claro que Finan tinha razão. Havia outros meios de cumprir com minha promessa a Æthelstan. Eu poderia ter me juntado a ele na Mércia, mas em vez disso optei por acreditar no padre e esperava comandar um bando de guerreiros rebeldes de Cent para atacar Æthelhelm partindo do interior de Wessex.

— Então eu sou um idiota — falei. — Mas amanhã vamos encontrar Eadgifu.

Finan ouviu a decisão na minha voz e a aceitou.

— É incrível o que um par de peitos perfumados levam um homem a fazer — disse. — E você deveria dormir.

E assim eu dormi, e agora me encontrava nos arredores de Fæfresham, Eadric estava desaparecido e meu amigo mais próximo se sentia condenado.

— Vamos esperar até o crepúsculo — falei. — Se Eadric não tiver retornado, vamos voltar ao *Spearhafoc*.

— Que Deus seja louvado.

Nem bem Finan fez o sinal da cruz, Eadric apareceu junto à cerca.

Trazia um pão e um pedaço de queijo.

— Isso me custou um xelim, senhor.

— Você entrou na cidade?

— E ela está apinhada dos desgraçados, senhor. Não é coisa boa. Outros sessenta homens chegaram ontem, logo antes da tempestade. Vieram de Lundene, todos com aquelas capas vermelhas idiotas. Vieram a cavalo. — Eu xinguei, e Finan fez o sinal da cruz. — A senhora ainda está no convento, senhor. Eles não tentaram arrancá-la de lá, pelo menos por enquanto. Não veio nenhuma notícia da morte do rei, sabe? Um xelim, senhor.

Dei dois.

— Como você descobriu tudo isso?

— Eu vi o padre! O padre Rædwulf. Um homem gentil. Me deu a bênção.

— Quem você disse que era?

— Contei a verdade, claro! Falei que íamos tentar salvar a senhora.

— E ele disse o quê?

— Que ia rezar por nós, senhor.

Então meus sonhos tolos chegaram ao fim. Aqui, na grama úmida atrás de uma cerca de espinheiros, a realidade me deu um tapa. A cidade estava atulhada de inimigos, tínhamos chegado tarde demais e eu havia fracassado.

— Você estava certo — falei pesarosamente para Finan.

— Eu sou irlandês, senhor, é claro que estava certo.

— Vamos voltar ao *Spearhafoc*. Queimar os três barcos de Æthelhelm no porto e retornar para o norte.

Uma vez meu pai me disse para fazer poucos juramentos. "Os juramentos nos cegam, rapaz, e você é idiota. Nasceu idiota. Você pula antes de pensar. Portanto, pense antes de fazer um juramento."

Eu fui idiota outra vez. Finan estava certo, Sigtryggr estava certo, Eadith estava certa e meu pai estava certo. Eu não tinha o que fazer aqui. A missão sem sentido havia terminado.

Embora não tivesse terminado.

Porque os cavaleiros vieram.

QUATRO

ERAM TRINTA E seis cavaleiros, todos com cota de malha, todos com escudo e metade carregando lanças longas. Vinham do leste, circulando abaixo da pequena elevação no pasto onde estávamos agachados, atrás da cerca de espinheiros. Nós os vimos, mas eles ainda não tinham nos visto.

Meu primeiro instinto foi desembainhar Bafo de Serpente e meu primeiro pensamento foi que os homens de Æthelhelm tinham visto Eadric e o seguiram desde a cidade. O segundo foi que tínhamos poucos escudos. Homens a pé, sem escudos, são carne fácil para cavaleiros. O terceiro foi que aqueles homens não estavam usando capas vermelhas e seus escudos não exibiam o cervo de Æthelhelm. Os escudos pareciam mostrar algum tipo de animal, mas a tinta estava desbotada e não reconheci o símbolo.

Então o líder dos cavaleiros nos viu e ergueu a mão para contê-los. Os cavalos se viraram para nós, os cascos grandes revirando o chão molhado e o transformando numa bagunça lamacenta.

— O que está pintado nos escudos? — perguntei a Finan.

— Alguns exibem uma cabeça de touro com chifres sangrentos, e os outros são espadas cruzadas.

— Então são homens de Cent — falei, sentindo-me aliviado.

Nesse momento os recém-chegados viram nossos escudos com o cervo saltando, viram nossas capas vermelhas e suas espadas deslizaram para fora da bainha, as esporas recuaram e as lanças foram apontadas.

— Baixem as armas! — gritei para meus homens. — Baixem os escudos!

— Os cavalos enormes subiam com dificuldade a encosta molhada, a ponta das lanças brilhava. Corri alguns passos na direção deles, parei e enfiei a ponta de Bafo de Serpente no chão. — Sem luta! — gritei para os cavaleiros que se aproximavam. Abri os braços para mostrar que não estava com armas nem escudo.

O cavaleiro da frente parou seu garanhão e levantou a espada para conter seus homens. Os cavalos bufaram e rasparam o pasto molhado com os cascos pesados. Desci a encosta suave enquanto o líder dos homens de Cent instigava a montaria até mim.

— Está se rendendo, velho? — perguntou.

— Quem é você? — perguntei.

— O homem que vai matá-lo se não se render.

Ele olhou para meus homens. Se não fosse a cruz de prata pendurada no pescoço e os símbolos nos escudos dos seus homens, eu poderia achar que era um dinamarquês ou um norueguês. Seu cabelo preto era muito comprido, escapando por baixo do belo elmo com acabamento em prata e batendo na cintura. A cota de malha estava polida, e os arreios e a sela eram cravejados com pequenas estrelas de prata. As botas altas e sujas de lama eram do couro mais fino e tinham longas esporas de prata. A espada, cuja ponta ele ainda voltava para mim, tinha delicados enfeites de ouro na cruzeta.

— Vai se render ou morrer?

— Estou perguntando quem é você — falei com aspereza.

Ele me olhou como se eu fosse um pedaço de esterco enquanto decidia se iria responder ou não. Por fim o fez, mas com uma risada de desprezo.

— Meu nome é Awyrgan de Contwaraburg. E você é...?

— Uhtred de Bebbanburg — respondi com a mesma arrogância, e essa resposta provocou uma reação satisfatória.

Awyrgan, cujo nome significava "amaldiçoado", e por isso presumi que ele próprio o tivesse escolhido, e não que tivesse sido batizado com ele, baixou a espada, apontando-a para a grama molhada, depois apenas me olhou, perplexo. Viu um guerreiro maltrapilho, de barba grisalha, coberto de lama e usando uma cota de malha velha e um elmo cheio de marcas. Encarei-o e vi um rapaz bonito, de olhos escuros, nariz longo e reto e queixo barbeado. Suspeitei que Awyrgan de Contwaraburg tivesse nascido privilegiado e que não conseguia imaginar uma vida sem isso.

A espada dos reis

— Senhor Uhtred de Bebbanburg — falei, enfatizando o "senhor".

— É verdade? — E ele acrescentou rapidamente: — Senhor.

— É verdade — vociferei.

— Ele é o senhor Uhtred — disse de repente um homem mais velho, que tinha avançado com o cavalo até chegar perto do garanhão de Awyrgan e agora me olhava com evidente aversão. Como Awyrgan, ele usava uma malha boa, montava um cavalo bom e empunhava uma espada fora da bainha que, eu conseguia ver, tinha um gume bem gasto. Sua barba curta era grisalha e o rosto duro era atravessado por duas cicatrizes. Presumi que fosse um soldado velho e experiente, com a tarefa de aconselhar o rapaz. — Lutei ao seu lado na Ânglia Oriental, senhor — disse, dirigindo-se a mim. Falava secamente.

— E você é?

— Swithun Swithunson — respondeu ele, ainda num tom nitidamente frio. — E o senhor está muito longe de casa. — Ele falou "senhor" com clara relutância.

— Fui convidado a vir aqui.

— Por...? — perguntou Awyrgan.

— Pela senhora Eadgifu.

— A rainha convidou o senhor? — Awyrgan pareceu atônito.

— Foi o que acabei de dizer.

Houve um silêncio constrangedor, então Awyrgan enfiou a espada na bainha comprida.

— O senhor é bem-vindo. — Ele podia ser arrogante, mas não era idiota. Seu cavalo balançou a cabeça e se moveu de lado, e ele o acalmou passando a mão enluvada no pescoço do animal.

— Alguma notícia do rei? — perguntou.

— Nenhuma.

— E da senhora?

— Pelo que sei — respondi —, ela ainda está no convento, mantida lá pelos homens de Æthelhelm, que agora são bem mais de uma centena. O que você espera fazer?

— Salvá-la, claro.

— Com trinta e seis homens?

103

Uma missão inútil

Awyrgan sorriu.

— O ealdorman Sigulf tem mais cento e cinquenta cavaleiros a leste.

Então o irmão de Eadgifu respondeu ao chamado da irmã. Eu tinha navegado para o sul pensando em me aliar aos homens de Cent para libertar Wessex do reinado de Ælfweard, mas, agora que estava cara a cara com dois líderes de Cent, minhas dúvidas aumentaram. Awyrgan era um jovem arrogante, e Swithun claramente me odiava. Finan tinha vindo para perto de mim, parando apenas um passo atrás, à minha direita. Ouvi quando ele resmungou, sinal de que desejava que eu abandonasse essa loucura, voltasse ao *Spearhafoc* e para casa.

— O que aconteceu com Dreogan? — perguntei.

— Dreogan? — respondeu Awyrgan, intrigado.

— Um dos homens do senhor Æthelhelm — expliquei. — Ele levou homens a Contwaraburg para convencer o ealdorman Sigulf a não sair da cama.

Awyrgan sorriu.

— Aqueles homens! Nós tiramos as cotas de malha deles, as armas e os cavalos. Presumo que o senhor Sigulf vá tirar a vida deles também, se causarem problemas.

— E o que o ealdorman Sigulf mandou vocês fazerem?

Awyrgan fez um gesto indicando o oeste.

— Impedir que os desgraçados escapem, senhor. Devemos bloquear a estrada para Lundene.

Ele fez com que isso parecesse fácil. Talvez fosse.

— Então façam isso — falei.

Awyrgan foi surpreendido pelo meu tom, que tinha sido áspero, mas assentiu para mim e sinalizou para os cavaleiros.

— O senhor vem conosco? — perguntou.

— Vocês não precisam de mim.

— Verdade, não precisamos — resmungou Swithun, em seguida esporeou o cavalo e se afastou. Os cavaleiros de Cent se mantiveram no terreno baixo, tentando não serem vistos da cidade, mas suspeitava que já fosse tarde demais, porque havia pouca cobertura nesse terreno baixo e molhado.

— Então vamos ajudá-los? — perguntou Finan.

A espada dos reis

Continuei encarando os cavaleiros.

— Parece uma pena vir tão longe e não sentir o cheiro dos peitos dela outra vez.

Finan recebeu essa brincadeira com desdém.

— Eles não ficaram felizes em nos ver. Então por que ajudá-los?

— Swithun não ficou feliz — concordei —, e isso não me surpreende. Ele se lembra de nós da Ânglia Oriental.

Cent sempre foi um condado agitado. Já foi um reino independente outrora, mas isso estava distante no passado, e agora fazia parte de Wessex, embora de vez em quando houvesse movimentos pela independência, e esse orgulho antigo levou o avô de Sigulf a ficar ao lado dos dinamarqueses da Ânglia Oriental pouco depois de Eduardo se tornar rei. Essa aliança não durou, eu forcei os homens de Cent a lutar por Wessex, envergonhando-os, mas eles jamais esqueceram a desgraça de sua quase traição. Agora Sigulf estava se rebelando outra vez para ajudar Edmundo, o filho mais velho da sua irmã, a herdar o trono de Wessex.

— Se nos juntarmos à luta deles — disse Finan —, estaremos lutando pelos meninos de Eadgifu.

Fiz que sim com a cabeça.

— É verdade.

— Pelo amor de Deus, por quê? Achei que o senhor apoiava Æthelstan!

— E apoio.

— Então...

— Três pessoas reivindicam o trono de Wessex — interrompi. — Ælfweard, Æthelstan e Edmundo. Não faz sentido que dois deles se juntem para derrotar o terceiro?

— E quando ele for derrotado? O que acontece com os dois?

Dei de ombros.

— O menino de Eadgifu é uma criancinha. O Witan jamais vai escolhê-lo.

— Então agora lutamos por Eadgifu?

Fiz uma longa pausa, depois balancei a cabeça.

— Não.

— Não?

105

Uma missão inútil

Por um momento não respondi. Em vez disso, estava pensando no presságio de Finan, em sua visão do meu cadáver nu em um campo de cevada, depois me lembrei do cisne morto que tinha visto caído na vala, com o pescoço partido. E achei que era um dos piores presságios possíveis. Nesse momento, ouvi batidas de asas e olhei para o céu, então avistei dois cisnes voando para o norte. Vá para o norte, vá para casa, vá agora.

Como eu fui idiota! Achar que poderia comandar uma rebelião de Cent contra Wessex? Derrotar Æthelhelm com um bando de homens de Cent e um punhado de nortumbrianos? Era orgulho, pensei, mero orgulho idiota. Eu era Uhtred de Bebbanburg. E um dos meus poetas, um dos homens que compõem canções para as noites de inverno no salão de Bebbanburg, sempre me chamava de Uhtred, o Invencível. Eu acreditava nele? Fui derrotado com frequência, mas um destino gentil sempre me deu a vingança. Mas todo homem sabe, ou deveria saber, que o destino é volúvel.

— Wyrd biõ ful aræd — eu disse para Finan. O destino é inexorável.

— E é uma puta, também — acrescentou ele. — Mas qual é o nosso destino agora?

— Evitar todas as plantações de cevada — respondi, despreocupado.

Ele não sorriu.

— Vamos para casa, senhor?

Assenti.

— Vamos voltar ao *Spearhafoc* e vamos para casa.

Ele me olhou quase com incredulidade, depois fez o sinal da cruz.

— Graças ao Cristo vivo!

E assim andamos de volta para o norte. Corvos ou raposas tinham destroçado o cadáver do cisne, espalhando penas em volta das costelas expostas. Toquei o martelo de Tor e agradeci em silêncio aos deuses por me mandarem seus sinais.

— Esses sonhos — disse Finan sem graça — nem sempre estão certos.

— Mas são um aviso.

— São, sim. — Continuamos andando. — E o que vai acontecer com Peitos de Lavanda agora? — Finan estava ansioso para não falar mais sobre sua premonição.

— Isso é com o irmão dela. Eu tentei, agora ele precisa fazer.

— Justo.

— E Awyrgan está vigiando a estrada errada.

— Está?

— Se os homens de Æthelhelm recuarem, provavelmente virão por esta estrada. Pelo menos alguns. Não vão querer perder os navios.

— E aquele earsling metido a besta não sabe que eles têm navios?

— Pelo jeito, não. E não pensei em dizer para ele.

— Então deixe o desgraçado metido a besta perder tempo — disse Finan, animado.

Era um fim de tarde no verão. As nuvens haviam se dispersado, o ar se aquecido e a luz do sol brilhava refletindo nas campinas e nos pântanos inundados.

— Desculpe — falei.

— Desculpe?

— Eu devia ter escutado você. Eadith. Sigtryggr.

Finan ficou constrangido com o meu pedido de desculpas.

— Juramentos — disse depois de alguns passos — pesam na nossa consciência.

— Pesam, mas eu devia ter ouvido mesmo assim. Desculpe. Vamos levar o navio para o norte e depois vou cavalgar para o sul para encontrar Æthelstan na Mércia.

— E eu vou com o senhor — disse Finan, entusiasmado. Em seguida, virou-se para olhar para trás. — Como será que Sigulf está se saindo?

Não havia som de batalha vindo de Fæfresham, mas era provável que já estivéssemos longe demais para escutar o choque das armas e os gritos dos feridos.

— Se Sigulf tiver algum tino, vai negociar antes de lutar.

— Ele tem tino?

— Não mais do que eu — falei com amargura. — Ele não tem reputação, que eu tenha ouvido dizer, e o pai dele era um idiota traiçoeiro. Mesmo assim está atacando Æthelhelm, e eu lhe desejo sorte, mas ele vai precisar de mais que uns duzentos homens para enfrentar a vingança de Æthelhelm.

Uma missão inútil

— E essa batalha não é sua, não é?

— Qualquer um que lute contra Æthelhelm está do meu lado. Mas vir para cá foi loucura.

— O senhor tentou — disse Finan, tentando me consolar. — Pode dizer a Æthelstan que tentou cumprir com o juramento.

— Mas fracassei.

Eu odeio o fracasso, e tinha fracassado.

Mas o destino é uma puta, e a puta ainda não havia terminado comigo.

Oswi foi o primeiro a ver os perseguidores. Ele gritou para mim de trás:

— Senhor!

Virei-me e vi cavaleiros se aproximando. Estavam bem atrás, mas eu conseguia ver as capas vermelhas. Finan, claro, enxergou melhor que eu.

— Vinte homens? — falou. — Talvez trinta. Com pressa.

Virei-me e olhei para o sul, perguntando-me se conseguiríamos chegar ao *Spearhafoc* antes que os cavaleiros nos alcançassem e concluí que não. Voltei a me virar. Minha preocupação era que o pequeno grupo de homens que se aproximava fosse apenas uma vanguarda, que uma horda de guerreiros de Æthelhelm viesse logo em seguida. Mas a estrada distante atrás dos cavaleiros a galope continuou vazia.

— Parede de escudos! — gritei. — Três fileiras! Capas vermelhas na frente!

Os cavaleiros veriam seus próprios homens barrando a estrada. Poderiam se perguntar o motivo, mas eu não duvidava que achariam que éramos aliados.

— Sigulf deve tê-los expulsado — comentei com Finan.

— E matado o restante? Duvido. Havia... — Ele parou de repente, olhando. — Eles estão com mulheres! — Agora eu conseguia ver isso. Atrás dos primeiros cavaleiros vinham quatro ou cinco outros, todos com capas cinzentas, a não ser um, de preto. Não tive certeza se eram mulheres, mas Finan teve. — É Peitos de Lavanda.

— É?

— Tem que ser.

Então os homens de Æthelhelm deviam ter decidido remover Eadgifu e suas mulheres antes que as forças de Cent chegassem ao centro da cidade. Agora vinham a meio-galope, seguindo para seus navios, sem dúvida contando com Wighelm e seus homens para servir como tripulantes. Mas Wighelm estava nu em algum lugar na ilha de Sceapig.

— Não pareçam ameaçadores! — avisei aos meus homens. — Coloquem os escudos no chão! Quero que eles pensem que somos amigos! — Virei-me para Finan. — Precisamos ser rápidos. Separe meia dúzia dos seus homens para pegar as rédeas das mulheres.

— E depois de salvá-la? O que vamos fazer com ela?

— Levar para Bebbanburg.

— Quanto antes, melhor — resmungou ele.

Os cavaleiros que se aproximavam estavam meio escondidos por um aglomerado de juncos alto e ainda não havia ninguém os seguindo desde a cidade. Fechei as peças laterais de couro do elmo para esconder o rosto.

— Berg — gritei. Berg estava na primeira fileira, era um dos homens com capa vermelha segurando o escudo com o cervo de Æthelhelm. — Quando eles chegarem perto, erga a mão! Faça com que pensem que temos uma mensagem!

— Sim, senhor.

Os cavaleiros emergiram dos juncos densos e vieram rapidamente na nossa direção.

— Primeira fila — gritei —, cuidem dos primeiros cavaleiros! — Eu tinha trinta homens em três fileiras. — Segunda fila! — Eu estava na segunda fila, achando que era menos provável me reconhecerem assim do que se estivesse na frente. — Vamos nos livrar dos cavaleiros que estão atrás das mulheres. Finan! Pegue as mulheres e depois vá para onde for necessário. — O que significava que ele reforçaria quem de nós precisasse de ajuda.

Agora eu conseguia ouvir os cascos e ver os torrões escuros de lama voando, lançados pelos cavalos que corriam. Um dos homens na frente se levantou um pouco nos estribos e gritou, mas o que ele disse se perdeu em meio ao som de cascos e arreios tilintando. Então Berg deu um passo à frente e levantou a mão. Os cavaleiros não tiveram escolha a não ser parar os animais.

— Wighelm! — gritou o homem da frente. — Volte!

— Ele está nos navios! — gritei em resposta.

— Saiam do caminho! — O homem foi obrigado a parar, e seus seguidores se amontoaram inseguros atrás dele. — Saiam do caminho! — gritou outra

Uma missão inútil

vez, com raiva. — Saiam do caminho e voltem para o porto! — Ele esporeou o cavalo direto para a minha primeira fileira, evidentemente esperando que abríssemos caminho.

— Agora! — gritei, então desembainhei Bafo de Serpente.

Berg bateu o escudo com força na cabeça do garanhão do homem da frente. O animal girou para o lado, escorregou na lama e caiu. O restante da minha primeira fila estava investindo contra os cavaleiros confusos, usando as lanças que capturamos dos homens de Wighelm para destroçar cavalos e homens. Animais aterrorizados empinaram, cavaleiros foram arrancados da sela. Berg puxou o homem que tinha gritado conosco de baixo do animal que se debatia no chão.

— Mantenha esse aí vivo! — gritei para ele.

Os inimigos, ao menos os que estavam mais perto de nós, não tiveram tempo nem mesmo de sacar as espadas, e meus homens foram rápidos e selvagens. As mulheres — agora eu via que eram mulheres — estavam aterrorizadas. Passei correndo por elas e encontrei um cavaleiro levantando a espada e esporeando o garanhão para vir até mim. Defleti sua espada para o lado usando Bafo de Serpente, então a cravei em sua axila. Senti a espada rasgar a cota de malha e raspar no osso, depois o sangue escorreu pela lâmina. Gerbruht passou por mim gritando em frísio. Dois cavaleiros conseguiram virar os animais e os esporeavam para voltar a Fæfresham.

— Deixe-os ir! — gritei para Oswi, que havia começado a correr atrás deles. Ele não iria alcançá-los e eu esperava estar no mar antes que chegasse qualquer ajuda da cidade.

O homem cujo ombro eu tinha ferido passou a espada para a outra mão e agora tentava me golpear desajeitadamente de cima da sela, mas, então, ele desapareceu de repente, puxado para baixo por Vidarr. Montei no seu cavalo, peguei as rédeas e bati os calcanhares nos flancos do animal.

— Senhora Eadgifu! — gritei, e uma das mulheres com capuz cinza se virou para mim. Reconheci o rosto pálido emoldurado pelo cabelo preto como penas de corvo. — Continue cavalgando! — gritei para ela. — Continue cavalgando! Temos um navio à espera. Vá! Beornoth!

— Senhor?

110

A espada dos reis

— Pegue um cavalo e proteja as damas! — Eu via que três das mulheres tinham crianças pequenas na sela. — Vá!

Alguns inimigos haviam saído da estrada e tentavam passar por nós, mas o terreno era pantanoso, estava encharcado e os cavalos tinham dificuldade. Os cavaleiros feriam com as esporas os pobres animais que relinchavam em protesto, mas não conseguiam se mexer. Uns seis homens de Finan os atacaram com lanças que tinham um alcance maior que as espadas dos cavaleiros. Dois inimigos simplesmente se jogaram da sela e foram cambaleando para o meio dos juncos enquanto outros largavam as armas, rendendo-se. Na estrada, Berg mantinha sua espada junto ao pescoço do líder do grupo, caído de costas no chão.

O melhor jeito de vencer qualquer batalha é surpreender os inimigos, estar em maior número e atacá-lo com tamanha velocidade e ferocidade que ele não faça ideia do que está acontecendo até haver uma espada no seu pescoço ou uma lâmina enfiada nas tripas. Tínhamos conseguido as três coisas, mas a um custo. Immar Hergildson, o menos experiente dos meus homens, viu um cavaleiro de capa vermelha e golpeou com a lança, ferindo Oswi, que havia montado um garanhão sem cavaleiro. Agora Oswi estava xingando e ameaçando vingança. Os cavalos ainda estavam em pânico, uma mulher gritava, um cavalo ferido golpeava a estrada com os cascos e alguns inimigos corriam atabalhoadamente para os pântanos de juncos.

— Oswi! — gritei. — Você está muito ferido?

— Só de raspão, senhor!

— Então feche essa boca!

Alguns saxões ocidentais escaparam, mas aprisionamos a maioria, inclusive o rapaz que evidentemente era o líder. Berg ainda o mantinha na estrada, com a espada no pescoço.

— Deixe-o se levantar. — Vi que as mulheres estavam em segurança, a uns cinquenta passos de nós, observando. — Qual é o seu nome? — perguntei ao rapaz.

Ele hesitou, não querendo responder, mas um movimento curto de Bafo de Serpente o fez mudar de ideia.

— Herewulf — murmurou, olhando para sua espada caída.

Inclinei-me na sela e o forcei a olhar para cima usando a ponta de Bafo de Serpente.

— Sabe quem sou eu? — Ele meneou a cabeça. — Sou Uhtred de Bebbanburg — falei e vi o medo em seus olhos. — E me chame de senhor. Quais eram as suas ordens, Herewulf?

— Manter a senhora Eadgifu em segurança, senhor.

— Onde?

— Em Cippanhamm, senhor — respondeu, carrancudo.

Cippanhamm era uma bela cidade em Wiltunscir, e sem dúvida Herewulf pensou em levar as mulheres e as crianças pelo Temes, passando por Lundene até chegar ao condado de Æthelhelm.

— Alguma notícia do rei?

— Ainda está doente, senhor. Só sabemos isso.

— Tire a malha dele — ordenei a Berg. — Você tem sorte — falei, dirigindo-me a Herewulf — porque talvez eu o deixe vivo. Talvez. — Ele apenas me encarou. — O que está acontecendo em Fæfresham?

Por um instante, ele pareceu tentado a ser insolente, mas encostei Bafo de Serpente em seu rosto e isso soltou sua língua.

— Estão conversando — respondeu, relutante.

— Conversando?

— A leste da cidade.

Fazia sentido. Sigulf havia trazido guerreiros para ajudar a irmã e descobriu uma força equivalente à sua vigiando-a. Se lutassem, homens morreriam e outros seriam feridos numa batalha incerta. Sigulf estava sendo prudente, esperando tirar a irmã das mãos inimigas por meio da conversa, mas esses inimigos foram inteligentes. Sob o manto da negociação a haviam tirado do convento e mandado para o norte, para os navios. Podiam estar correndo o risco de Eduardo se recuperar e castigá-los, mas era melhor enfrentar a raiva dele do que ter um herdeiro do trono em segurança, fora do alcance de Æthelhelm.

— Vocês foram mandados para manter a senhora Eadgifu em segurança? — perguntei ao prisioneiro.

— Foi o que eu disse. — Herewulf estava recuperando seu ar insolente.

112

A espada dos reis

— Então diga ao senhor Æthelhelm que farei esse serviço por ele.

— Quando Ælfweard for rei — respondeu Herewulf —, o senhor Æthelhelm vai tomar sua fortaleza e dar sua carcaça aos porcos.

— O pai dele tentou — falei, embainhando Bafo de Serpente —, e agora ele é comida de vermes. Agradeça por eu deixar você viver.

Tiramos a cota de malha de todos os prisioneiros, pegamos suas armas e os cavalos, depois os deixamos na estrada onde um garanhão estava morto com o sangue escurecendo a lama. Dois guerreiros foram mortos, mas doze homens de Æthelhelm sangravam, assim como Oswi, que alegou mal sentir o ferimento. Instiguei meu cavalo até a senhora Eadgifu.

— Precisamos ir, senhora — avisei. — Eles vão nos perseguir logo e precisamos chegar ao barco.

— Senhor Uhtred — disse ela em tom de espanto —, o senhor veio!

— Precisamos ir, senhora.

— Mas o meu irmão!

— Está conversando com os homens de Æthelhelm, senhora, e não posso esperar para descobrir o que eles decidirão. A senhora quer esperar? Pode ficar aqui, e eu vou embora.

Havia quatro mulheres com Eadgifu. Presumi serem serviçais ou damas de companhia. Uma delas segurava um menino de apenas 3 ou 4 anos e duas carregavam bebês no colo. Também havia um padre de capa preta.

— O senhor Uhtred tem razão, senhora — disse o padre, nervoso.

— Mas meu irmão veio! — Eadgifu olhou para a direção de Fæfresham, como se esperasse que homens com touros ou espadas pintados no escudo viessem resgatá-la.

— E um monte de homens do ealdorman Æthelhelm também veio — retruquei. — E, até eu saber quem venceu a batalha, devemos ficar no barco.

— Não podemos voltar? — implorou Eadgifu.

Encarei-a. Ela era inegavelmente linda. Tinha pele clara como leite, sobrancelhas escuras e cabelo preto, lábios grossos e uma compreensível expressão de ansiedade.

— Senhora — falei com o máximo de paciência possível —, a senhora pediu minha ajuda e estou aqui. E não a ajudo se levá-la de volta para uma cidade repleta de homens brigando, metade dos quais deseja matar seus filhos.

Uma missão inútil

— Eu... — começou ela, depois decidiu não falar.

— Vamos naquela direção — insisti, apontando para o norte. Olhei para trás e vi que ainda não havia perseguição. — Vamos! — gritei.

Eadgifu instigou seu cavalo e seguiu ao meu lado.

— Será que podemos esperar para descobrir o que aconteceu em Fæfresham?

— Podemos esperar — concordei —, mas só quando estivermos a bordo do meu navio.

— Estou preocupada com o meu irmão.

— E com o seu marido? — perguntei com brutalidade.

Ela fez o sinal da cruz.

— Eduardo está morrendo. Talvez já esteja morto.

— E, se estiver — falei, ainda em tom ríspido —, Ælfweard é rei.

— Ele é uma alma podre — cuspiu ela —, uma criatura maligna. A prole de uma mulher diabólica.

— E vai matar seus filhos tão rápido quanto se afoga um gatinho. Por isso precisamos levar a senhora para algum lugar seguro.

— Onde é seguro? — A pergunta veio de uma das mulheres de Eadgifu, a única que não estava segurando uma criança. Ela instigou o cavalo, fazendo-o galopar à minha esquerda, e perguntou: — Para onde vamos? — Estava claro que o inglês, que ela falava com um leve sotaque, não era sua língua nativa.

— E você é...? — perguntei.

— Benedetta — respondeu com uma dignidade que me intrigou.

O nome incomum também me deixou intrigado, porque não era saxão nem dinamarquês.

— Benedetta — repeti desajeitadamente.

— Eu sou de Lupiae — disse ela com orgulho. E, como eu não disse nada, continuou: — Já ouviu falar em Lupiae?

Eu devo tê-la encarado com uma expressão vazia, porque Eadgifu respondeu por mim:

— Benedetta é da Itália!

— Roma! — falei.

— Lupiae fica ao sul, distante de Roma — disse Benedetta com ar de superioridade.

114

A espada dos reis

— Benedetta é minha acompanhante mais estimada — explicou Eadgifu.

— E evidentemente está muito longe de casa — observei.

— Casa! — Benedetta quase cuspiu a palavra. — Onde é nossa casa, senhor Uhtred, quando traficantes de escravos nos levam embora?

— Traficantes de escravos?

— Porcos *saraceni*. Eu tinha 12 anos. E o senhor não respondeu, senhor Uhtred.

Olhei para ela mais uma vez e considerei aquela mulher insolente tão linda quanto sua senhora, a rainha.

— Não respondi?

— Onde é seguro?

— Se o irmão da senhora Eadgifu sobreviver, ela está livre para se juntar a ele. Caso contrário, vamos para Bebbanburg.

— Sigulf virá — afirmou Eadgifu com confiança, mas logo depois fez o sinal da cruz.

— Espero que sim — concordei constrangido, e me perguntei como lidaria com Eadgifu e suas acompanhantes em Bebbanburg. A fortaleza era confortável, mas não oferecia nada parecido com os luxos dos palácios de Wintanceaster e Lundene. Além disso, havia os boatos de peste no norte, e, se Eadgifu e seus filhos morressem na minha fortaleza, os homens de Wessex diriam que eu os matei, assim como diziam que eu matei Æthelhelm, o Velho.

— Meu irmão virá. — Eadgifu interrompeu meus pensamentos. — Além do mais, não posso ir para Bebbanburg.

— Lá a senhora estará em segurança.

— Meu filho deve ser rei de Wessex — disse ela, apontando para a criança mais velha. — Ele não pode ser rei se estivermos escondidos na Nortúmbria!

Dei um meio-sorriso.

— Ælfweard será rei — falei com gentileza —, e Æthelstan tentará ser rei, de modo que haverá guerra, senhora. É melhor ficar longe dela.

— Não haverá guerra porque Æthelstan será rei.

— Æthelstan? — perguntei, surpreso. Eu pensava que ela declararia o direito de seu filho ao trono acima do de Æthelstan. — Ele só será rei se derrotar Ælfweard.

115

Uma missão inútil

— Æthelstan será rei da Mércia. Meu marido — ela disse essas últimas palavras com veneno na voz — tomou a decisão. Está no testamento dele. Ælfweard, aquele menino horrível, será rei de Wessex e da Ânglia Oriental, e Æthelstan será rei da Mércia. Está decidido. — Eu me limitei a encará-la, mal conseguindo acreditar no que ouvia. — Eles são meios-irmãos — continuou Eadgifu —, e cada um receberá o que deseja, de modo que não haverá guerra.

Continuei encarando-a. Eduardo estava dividindo seu reino? Era loucura. O sonho do pai dele era transformar quatro reinos em apenas um, e Eduardo quase o tornou realidade. No entanto, iria golpeá-lo com um machado? E acreditava que isso traria a paz?

— Isso é verdade? — perguntei.

— É, sim. Æthelstan reinará sobre a Mércia e aquele porco maligno vai reinar sobre os outros dois reinos até que meu irmão o derrote. Então meu Edmundo será rei.

Isso é loucura, pensei outra vez. Completa loucura. O destino, essa puta maligna, surpreendeu-me de novo, e tentei me convencer de que isso não era da minha conta. Que Ælfweard e Æthelstan brigassem, que os saxões matassem uns aos outros numa confusão de sangue, e eu voltaria para o norte. Mas essa puta maligna ainda não havia terminado comigo. Æthelhelm vivia, e eu fiz um juramento.

Continuamos cavalgando.

Assim que chegamos ao porto, empilhamos os escudos, as armas e as cotas de malha capturados no bojo do *Spearhafoc*. Tudo aquilo poderia ser vendido. O barco estava flutuando cerca de um metro abaixo do nível do cais, e Eadgifu protestou, dizendo que não podia pular e não seria carregada.

— Eu sou uma rainha — ouvi-a reclamar para a companheira italiana —, e não uma vendedora de peixe.

Gerbruht e Folcbald arrancaram duas tábuas compridas do cais e fizeram uma prancha grosseira que, depois de alguns protestos, Eadgifu concordou em usar. O padre a acompanhou descendo a rampa perigosa. O filho mais velho de Eadgifu, Edmundo, desceu atrás dela e imediatamente correu até a pilha de armas capturadas, arrastando uma espada do tamanho dele.

— Largue isso, menino! — gritei do cais.

— O senhor deve chamá-lo de príncipe — censurou-me o padre.

— Eu o chamo de príncipe quando ele provar que merece o título. Largue isso! — Edmundo me ignorou e tentou brandir a espada. — Largue isso, seu merdinha! — gritei.

O menino não largou a espada, apenas me encarou com uma insolência que se transformou em medo quando pulei no *Spearhafoc*. Ele começou a chorar, e Benedetta, a italiana, interveio. Ela se colocou na minha frente e tirou a espada da mão de Edmundo.

— Se mandarem você largar uma espada — disse ela com calma —, você larga. E não chore. Seu pai é rei e talvez você seja rei um dia, e reis não choram. — Ela jogou a espada na pilha de armas capturadas. — Agora peça desculpas ao senhor Uhtred.

Edmundo me olhou, murmurou alguma coisa que não ouvi e correu até a proa do *Spearhafoc*, onde se agarrou às saias da mãe. Eadgifu passou o braço em volta dele e me encarou.

— Ele não quis fazer nada de mau, senhor Uhtred — disse com frieza.

— Ele podia não querer fazer nada de mau — respondi severamente —, mas poderia ter feito.

— Ele poderia ter se machucado, senhora — disse Benedetta.

Eadgifu assentiu, até mesmo sorriu, e eu entendi por que ela disse que a acompanhante italiana era estimada. Havia uma confiança em Benedetta que sugeria que ela era protetora de Eadgifu. Era uma mulher forte, tão competente quanto bonita.

— Obrigado — falei baixinho a ela.

Vi que Benedetta exibia um leve sorriso. Ela olhou para mim e o sorriso permaneceu. Sustentei seu olhar, pensando em sua beleza, mas então o padre se colocou entre nós.

— Edmundo é um príncipe — insistiu ele —, e deve ser tratado como membro da realeza.

— E eu sou um ealdorman — vociferei — e devo ser tratado com respeito. E quem é você?

— Sou o tutor do príncipe, senhor, e confessor da rainha. Padre Aart.

117

Uma missão inútil

— Então deve ser um homem ocupado.

— Ocupado, senhor?

— Imagino que a rainha Eadgifu tenha muito a confessar — falei. O padre Aart ruborizou e desviou o olhar. — E ela é rainha? — perguntei. — Wessex não reconhece esse título.

— Ela é rainha da Mércia até sabermos da morte do marido — respondeu com pompa, e era mesmo um sujeitinho pomposo com uma coroinha de cabelos finos e castanhos em volta da careca. Notou o martelo no meu pescoço e fez uma careta. — A rainha — continuou, olhando para o martelo — deseja que esperemos notícias da cidade.

— Vamos esperar.

— E depois, senhor?

— Se ela quiser ir com o irmão? Pode ir. Caso contrário, vai conosco para Bebbanburg. — Olhei para o cais. — Gerbruht!

— Senhor?

— Livre-se daqueles barcos! — Apontei para as três embarcações que trouxeram os homens de Æthelhelm de Lundene para esse porto lamacento. — Antes, pegue o que for útil.

Pegamos cordas de couro de foca, remos novos feitos de madeira de alperce, dois barris de cerveja, três de porco salgado e um desbotado estandarte do cervo saltando. Colocamos tudo no *Spearhafoc*. Em seguida, Gerbruht pegou um balde de metal com brasas na lareira da taverna e soprou as brasas, revivendo-as no bojo das três embarcações.

— As cruzes — disse o padre Aart quando percebeu o que estava acontecendo.

— Cruzes?

— Na frente dos navios! O senhor não pode queimar o símbolo de Nosso Senhor.

Rosnei, frustrado, mas reconheci que ele estava infeliz.

— Gerbruht — gritei —, tire a cruz das proas!

As três embarcações estavam pegando fogo antes que ele e Beornoth conseguissem soltar as cavilhas que seguravam as cruzes.

— O que eu faço com isso? — perguntou Gerbruht quando a primeira se soltou.

118

A espada dos reis

— Não me importa! Jogue fora!

Ele jogou a cruz na água, depois pulou para ajudar Beornoth a tirar a segunda. Eles a soltaram, pularam para a popa e escaparam das chamas bem a tempo, mas era muito tarde para salvar a terceira cruz, então fiquei me perguntando que tipo de presságio seria esse. Pelo visto meus homens não viram nada sinistro, porque estavam comemorando. Eles sempre gostaram da destruição e pularam feito crianças enquanto as chamas subiam pelo cordame alcatroado e depois quando o fogo chegou às velas enroladas nas vergas, e elas também irromperam em chamas e fumaça.

— Isso era necessário? — perguntou o padre Aart.

— Você quer ser perseguido por três barcos repletos de guerreiros de Æthelhelm?

— Não, senhor.

— Era necessário.

Mas na verdade eu duvidava que qualquer uma daquelas três embarcações pudesse alcançar o *Spearhafoc*. Eram típicos navios saxões ocidentais, bem-feitos, mas pesados, difíceis de remar e lentos com as velas.

O vento havia mudado para sudoeste. O ar da tarde estava quente, o céu quase sem nuvens, mas agora manchado pela coluna de fumaça preta dos barcos em chamas. A maré estava baixa, porém tinha mudado e começava a subir. Eu levei o *Spearhafoc* para bem longe dos navios em chamas e o atraquei no cais mais ao norte, perto da entrada do canal. Pescadores observavam das casas, mas ficaram longe do fogo e de nós. Mantinham-se cautelosos, e com bons motivos. O sol estava baixo no oeste, mas os dias de verão eram longos, e ainda nos restavam duas ou três horas de luz.

— Não vou passar a noite aqui, senhora — avisei a Eadgifu.

— Vamos estar em segurança, não vamos?

— Provavelmente. Ainda assim, não vamos ficar.

— Para onde vamos?

— Encontrar um local para atracar em Sceapig. Se não tivermos notícias do seu irmão, vamos para o norte amanhã. — Fiquei olhando para a aldeia através do fogo bruxuleante. Ninguém apareceu vindo de Fæfresham, o que significava que quem quer que tivesse vencido o confronto na cidade tinha permanecido lá. Dois corvos voaram alto acima da fumaça. Iam para o norte, e eu não poderia esperar um sinal melhor vindo dos deuses.

— Æthelstan pode estar em Lundene — comentou Eadgifu.

Olhei para ela, como sempre impressionado com sua beleza.

— Por que ele estaria lá, senhora?

— Lundene pertence à Mércia, não é?

— Já pertenceu. O pai do seu marido mudou isso. Agora pertence a Wessex.

— Mesmo assim, ouvi dizer que Æthelstan iria colocar uma guarnição em Lundene no instante em que soubesse da morte do meu marido.

— Mas seu marido ainda vive — falei, embora não soubesse se era verdade.

— Rezo para que sim. — Ela não estava nem um pouco convencida. — Mas sem dúvida o príncipe Æthelstan deve ter forças perto de Lundene, não é?

Ela era uma cadela esperta, tão inteligente quanto linda. Digo inteligente porque suas palavras faziam todo o sentido. Se ela estivesse certa e Eduardo tivesse dividido o reino, Æthelstan, que não era idiota e devia ter ouvido falar do conteúdo do testamento, agiria rapidamente para tomar Lundene, separando a Ânglia Oriental de Wessex. E Eadgifu, que sabia muito bem da minha antiga amizade com Æthelstan, estava tentando me convencer a levá--la para Lundene em vez de Bebbanburg.

— Não sabemos se Æthelstan está em Lundene — argumentei. — E só vamos saber quando Eduardo tiver morrido.

— Dizem que o príncipe colocou suas tropas ao norte de Lundene — explicou Benedetta.

— Quem diz?

Ela deu de ombros.

— As pessoas em Lundene.

— Um rei está morrendo. E, sempre que um rei morre, surgem boatos e mais boatos. Não acredite em nada que não puder ver com os próprios olhos.

— Mas, se Æthelstan estiver em Lundene — insistiu Eadgifu —, o senhor me levaria para lá?

Hesitei, depois assenti.

— Se ele estiver lá, sim.

— E ele vai deixar meus filhos viverem?

120

A espada dos reis

Além de Edmundo, Eadgifu tinha dois bebês: um menino chamado Eadred e uma menina chamada Eadburh.

— Æthelstan não é homem de matar crianças — falei, o que não era a resposta que ela queria —, mas, se a senhora precisar escolher entre Ælfweard e Æthelstan, escolha Æthelstan.

— O que eu quero — reagiu ela com raiva — é Ælfweard morto e meu filho no trono.

— Com a senhora reinando por ele? — perguntei, mas ela não tinha resposta para isso, pelo menos nenhuma resposta que quisesse dar.

— Senhor! — gritou Immar. — Senhor!

Eu me virei e vi três cavaleiros surgindo na cortina de fumaça dos barcos em chamas. Os cavaleiros nos viram e vieram na nossa direção.

— Awyrgan! — gritou Eadgifu, alarmada. Ela se levantou e olhou para os homens que açoitavam os cavalos cansados até o nosso cais. Atrás dele vinham uns vinte homens de capa vermelha em perseguição. — Awyrgan! — O medo por ele era nítido na voz de Eadgifu.

— Gerbruht! — gritei. — Corte o cabo de proa!

— O senhor não pode deixá-lo aqui! — gritou Eadgifu para mim.

— Corte! — berrei.

Gerbruht cortou o cabo de proa com um machado, e eu desembainhei Bafo de Serpente enquanto ia até o cabo de popa. Eadgifu segurou meu braço.

— Me solte! — rosnei e sacudi o braço, depois cortei a corda de couro de foca.

O *Spearhafoc* tremeu. A maré o estava empurrando para o cais, mas o vento ia contra ela e soprava apenas o suficiente na vela para nos colocar no canal. Beornoth ajudou pegando um remo e o usou para impulsionar o barco empurrando uma estaca cheia de algas. Os três cavaleiros chegaram ao cais. Eles se jogaram da sela e correram. Vi o terror no rosto de Awyrgan porque os homens de Æthelhelm vinham logo atrás, os cascos dos cavalos ecoando nas tábuas do cais.

— Pulem! — gritei. — Pulem!

Pularam. Foi um salto desesperado, para salvar a própria vida. Dois deles caíram esparramados nos bancos de remo do *Spearhafoc*. Awyrgan caiu antes, mas conseguiu agarrar a amurada baixa da embarcação, e dois dos meus

Uma missão inútil

homens o seguraram. Os cavaleiros em perseguição puxaram as rédeas e dois deles atiraram lanças. Uma delas atingiu os barrotes que sustentavam nosso mastro, a segunda errou Awyrgan por um dedo. Mas os homens na proa do *Spearhafoc* estavam usando remos como varas, empurrando-o para longe da margem lamacenta e seguindo para o norte, para as águas mais abertas do estreito de Swalwan. Outras lanças foram atiradas, mas todas caíram na água.

— Se tivéssemos ficado — expliquei a Eadgifu —, os cavaleiros teriam feito chover lanças em cima de nós. Homens seriam feridos, homens seriam mortos.

— Ele quase se afogou! — disse ela, olhando para Awyrgan, que estava sendo puxado para bordo.

Então era por isso que ela tinha vindo para Cent?

— E eles teriam mirado as lanças nos seus filhos.

Ela pareceu não me escutar. Em vez disso, foi até o banco onde o encharcado Awyrgan estava sentado. Virei-me e olhei para Benedetta. Ela sustentou meu olhar, como se me desafiasse a dizer em voz alta o que eu suspeitava. E pensei de novo em como ela era linda. Era mais velha que Eadgifu, mas a idade havia acrescentado sabedoria à beleza. Tinha pele morena, que dava aos seus olhos verde-acinzentados uma intensidade espantosa, nariz longo num rosto fino e sério, lábios carnudos e cabelo preto como o de Eadgifu.

— Para onde? — Gerbruht me distraiu. Ele tinha vindo para a popa e segurado a esparrela.

Estava escurecendo. Era o crepúsculo, um longo crepúsculo de verão, não era hora de começar uma longa viagem.

— Atravesse o canal. Encontre um lugar para passarmos a noite.

— E de manhã, senhor?

— Vamos para o norte, claro.

Para o norte até Bebbanburg, para o norte até em casa. Para o norte, onde nenhum rei estava morrendo e nenhuma loucura governava.

Atravessamos o canal sob a luz agonizante e encontramos uma enseada que se retorcia penetrando nos juncos da ilha de Sceapig, onde podíamos passar a curta noite de verão. Os barcos que incendiamos ardiam ferozmente, lançando sombras sinistras no pequeno porto. As últimas chamas só se extinguiram quando as primeiras estrelas apareceram.

Poderíamos ter partido naquela noite, mas estávamos cansados e os baixios em volta de Sceapig são traiçoeiros, mais fáceis de enfrentar à luz do dia. Durante a noite estávamos em segurança, podíamos dormir vigiados pelas sentinelas e havia uma pequena elevação de terreno seco onde podíamos fazer uma fogueira.

O vento morreu na escuridão, depois voltou ao alvorecer, só que agora era um vento oeste, rápido e quente. Eu queria ir embora, queria levar o *Spearhafoc* para o norte ao longo da costa da Ânglia Oriental, queria deixar Wessex e suas traições para trás, mas Benedetta pediu que eu esperasse.

— Por quê? — perguntei.

— Temos coisas a fazer — respondeu num tom distante.

— Eu também! Uma viagem!

— Não vai demorar, senhor. — Ela ainda estava com a capa escura e o capuz, o rosto nas sombras lançadas pelo sol que subia por trás dela, fazendo o estreito de Swalwan reluzir em ouro avermelhado.

— O que não vai demorar? — perguntei, irritado.

— O que precisamos fazer — respondeu ela com teimosia.

Então entendi.

— Há privacidade embaixo da plataforma da esparrela — avisei. — E baldes.

— Eadgifu é uma rainha! — reagiu Benedetta com um pouco de raiva. — Rainhas não se agacham num espaço fedorento em cima de um balde sujo!

— Podemos lavar os baldes — sugeri, mas em resposta só recebi um olhar de desdém. Suspirei. — Quer que eu encontre um palácio para ela?

— Quero que o senhor lhe dê alguma privacidade. Alguma dignidade. Ela é uma rainha! Podemos ir até a cervejaria, não podemos? — Ela apontou para o outro lado do canal.

— O porto estará repleto de homens de Æthelhelm. Melhor mijar num balde que cair nas mãos deles.

— Então os juncos vão servir — disse ela severamente. — Mas seus homens devem ficar longe.

O que significou que precisei ordenar que dois bancos de remos fossem afrouxados e transformados numa prancha improvisada; em seguida, postar sentinelas de guarda para os juncos de olho em quem se aproximasse de qualquer lugar que as mulheres escolhessem; e, por fim, ameaçar de morte por desmembramento as sentinelas se estivessem no campo de visão das mulheres. Então esperamos. Conversei com Awyrgan enquanto o sol subia, mas ele pôde me contar pouco do que aconteceu em Fæfresham no dia anterior. Ele postou seus homens como guardas na estrada que ia para Lundene, depois foi surpreendido pelos cavaleiros de Æthelhelm que o atacaram vindos do sul.

— Nós fugimos, senhor — confessou ele.

— E Sigulf?

— Não sei, senhor.

— A última coisa que ouvi dizer foi que eles estavam negociando.

— O que só garantiu tempo para tirarem a senhora do convento — disse Awyrgan com amargura.

— Então você tem sorte por eu estar aqui.

Ele hesitou, depois assentiu.

— É mesmo, senhor.

Olhei para as touceiras de juncos, perguntando-me por que as mulheres estariam demorando tanto, depois espiei de novo por cima do riacho. Às primeiras luzes o porto pareceu deserto, mas agora eu conseguia ver homens por lá, homens com capas vermelhas. Apontei para eles.

— Homens de Æthelhelm — falei para Awyrgan —, o que sugere que Sigulf perdeu. E eles podem nos ver. Virão atrás de nós.

— O senhor queimou os navios deles.

— Mas não queimei os barcos de pesca, não é? — Pus as mãos em concha e gritei para os juncos: — Senhora! Precisamos ir!

E foi então que vi a embarcação. Um barco pequeno, vindo do oeste, remando pelo estreito de Swalwan. Não dava para ver o casco, escondido pelos juncos altos, mas havia uma cruz na proa e a distância entre a cruz e o mastro alto sugeria que não poderia ter mais de dez ou doze bancos de cada lado. A tripulação do navio que se aproximava tinha baixado a vela, provavelmente temendo que um vento súbito os impelisse para um banco de lama e os deixasse esperando pela maré. Os remos eram mais lentos, porém muito mais seguros.

— Gerbruht! — gritei.

— Senhor?

— Precisamos parar aquele barco! Vamos!

— As mulheres! — protestou Awyrgan.

— Voltaremos para pegá-las. Remos! Depressa!

Joguei na água o único cabo de atracação, que tínhamos amarrado a um tronco enorme encalhado em terra, depois homens começaram a usar os remos como varas para empurrar o navio para fora da enseada estreita.

— Malhas! — gritei, querendo dizer que os homens deveriam colocar as cotas de malha. Enfiei a minha pela cabeça, prendendo a respiração quando o forro de couro fedorento raspou no rosto. Prendi Bafo de Serpente à cintura.

Agora os remos de popa estavam em águas mais profundas, e o *Spearhafoc* se lançou adiante. Empurrei a esparrela, prendi a respiração outra vez quando o casco tocou na lama, mas um impulso dos remos o soltou. Viramos para o oeste e mais remos conseguiram atuar quando entramos em águas mais fundas. Agora eu via melhor o navio que se aproximava. Tinha metade do tamanho do *Spearhafoc* e menos de vinte homens a bordo. Antes eu suspeitava que fosse um barco mercante, mas a embarcação tinha casco esguio e proa alta, era um navio feito para ser rápido. Seus remos pararam quando os tripulantes nos viram, então notei um homem de capa vermelha gritando na popa, talvez querendo que seus remadores virassem o navio para que pudessem fugir, mas o *Spearhafoc* estava perto demais e era ameaçador demais.

— Vistam as capas vermelhas! — gritei para Finan, que havia reunido um grupo de homens com cota de malha na proa do *Spearhafoc*. Ele acenou em resposta e gritou para um homem levar as capas. — Não matem os desgraçados! — gritei. — Só quero falar com eles!

Eu pedi aos homens de Finan que usassem as capas vermelhas para que os guerreiros no outro barco acreditassem que, como eles, servíamos a Æthelhelm. Não achava que eles lutariam conosco. Nosso barco era grande demais, mas eles poderiam ter se desviado para a margem sul e fugido através dos pântanos se achassem que éramos inimigos. O fingimento deve ter funcionado, porque o barco voltou a vir na nossa direção depois de superar o pânico.

— Senhor! — chamou Vidarr Leifson, que estava de pé num dos bancos de remadores mais perto da popa.

Ele apontou para trás e eu me virei, vendo que um barco de pesca apinhado de homens com capas vermelhas estava sendo impelido laboriosamente por remos, vindo da entrada do porto. Olhei por cima dos juncos, mas não vi as mulheres nem as cinco sentinelas que tínhamos postado. Um par de garças saiu voando dos juncos batendo as asas enormes meticulosamente, as penas vermelhas de suas cabeças luminosas ao sol da manhã. Ganharam altura aos poucos, as pernas compridas esticadas para trás. Um dos homens no barco de pesca atirou uma lança no pássaro mais próximo. Errou o alvo, e ela mergulhou inofensivamente no canal. Era um bom presságio, pensei.

— Vamos cuidar daquele barco de pesca daqui a pouco — expliquei a Vidarr, esperando que os homens no barco não fizessem ideia de que as mulheres e as crianças que vieram recapturar estavam quase desprotegidas na ilha de Sceapig.

Então gritei para os remadores pararem de remar quando a proa do *Spearhafoc* se ergueu acima do barco menor. Chegamos mais perto, até a distância de alguns passos, e senti uma sacudida no casco quando tocamos nele. Finan e dois homens pularam no convés da embarcação estranha.

— Mantenha-o aqui — ordenei a Gerbruht, o que significava que deveríamos tentar manter o *Spearhafoc* perto do barco menor. Em seguida fui para a proa ver o que Finan estava discutindo com o homem de capa vermelha. Nenhuma espada havia sido desembainhada. — O que foi? — gritei.

— Um barco alugado — respondeu Finan laconicamente — trazendo mensageiros de Æthelhelm.

— Traga-os a bordo.

— Esse sujeito não gosta da ideia. — Finan riu. — Ele não acredita que eu sirvo àquele merda do Æthelhelm!

As capas vermelhas ao menos os fizeram acreditar que éramos amigos até Finan e seus homens abordarem a pequena embarcação.

— Vocês têm uma escolha — rosnei para o homem diante de Finan. — Ou sobem a bordo do meu navio ou vamos praticar nossa habilidade com a espada em vocês. Escolham.

— E quem é você? — perguntou ele.

— Uhtredærwe.

Fui recompensado com um tremor visível. Às vezes a reputação é suficiente para encerrar um confronto, e o homem de capa vermelha, quem quer que ele fosse, não estava disposto a acrescentar sua morte à minha reputação. Subiu na proa do *Spearhafoc*, instigado por um tapa de Finan, e foi seguido por um padre. Avaliei que os dois eram de meia-idade. O sujeito que discutiu com Finan trajava roupas luxuosas e tinha uma corrente de prata no pescoço.

— Joguem os remos na água! — gritei para o capitão da embarcação menor. — Finan! Corte as adriças dele!

Os vinte remadores ficaram olhando com ar soturno Finan cortar todos os cabos que encontrou. Quando terminou, o pequeno navio não poderia se mover com remo nem vela, e a maré montante iria levá-lo suavemente para longe de Fæfresham.

— Quando tivermos ido embora — gritei para o capitão —, vocês podem nadar para pegar os remos e amarrar seus cabos.

Sua única resposta foi cuspir na água. Ele estava insatisfeito, e eu não podia culpá-lo, mas não queria que ele voltasse a Lundene para espalhar a notícia da minha chegada a Wessex.

Deixei Gerbruht virar o *Spearhafoc*, uma tarefa complicada no canal estreito e raso, mas que ele realizou com a habilidade de sempre enquanto eu ia até a proa confrontar nossos dois visitantes.

— Em primeiro lugar, quem são vocês?

— Padre Hedric — respondeu o sacerdote.

— Você é um dos feiticeiros de Æthelhelm?

— Eu sirvo na casa dele. — respondeu com orgulho o padre. Era um homem pequeno e gorducho, com um fiapo de barba branca.

— E você? — perguntei ao homem bem-vestido que usava a corrente de prata. Era alto, magro, de queixo comprido e olhos escuros e fundos. Um homem inteligente, pensei, o que o tornava perigoso.

— Eu sou Halldor.

— Um dinamarquês? — O nome dele era dinamarquês.

— Um dinamarquês cristão.

Uma missão inútil

— E o que um dinamarquês cristão faz na guarda de Æthelhelm?

— Eu sirvo aos desejos do senhor Æthelhelm — respondeu ele friamente.

— Vocês têm uma mensagem?

Os dois ficaram em silêncio.

— Para onde vamos, senhor? — gritou Gerbruht da popa.

Vi que o barco de pesca estava esperando. Era pequeno demais e o número de homens a bordo era muito reduzido para que ousassem nos desafiar. Mas então vi um segundo barco, igualmente carregado, vindo do porto.

— Pegue as mulheres! — gritei para Gerbruht. — Depois cuidamos daqueles barcos. — Virei-me de volta para os dois prisioneiros e perguntei pela segunda vez: — Vocês têm uma mensagem?

— O rei Eduardo morreu — disse o padre Hedric, então fez o sinal da cruz. — Que Deus tenha sua alma.

— E o rei Ælfweard reina — acrescentou o dinamarquês Halldor. — E que Deus lhe dê um reino longo e próspero.

O rei estava morto. E eu tinha vindo matar o novo rei. Wyrd bið ful aræd.

SEGUNDA PARTE

Cidade das trevas

CINCO

EADGIFU, SUAS MULHERES e os três filhos deviam estar nos esperando, porque estavam agachados com as sentinelas no meio dos juncos altos na beira do canal, escondidos dos homens de Æthelhelm que remavam desajeitadamente para nos confrontar. Levamos o *Spearhafoc* para o banco de lama, sentindo o casco tocar o fundo.

— Venham! — gritei para as mulheres. — Rápido!

— Vamos nos molhar — protestou Eadgifu.

— Melhor molhados que mortos, senhora. Agora rápido!

Ela continuou hesitando até que Awyrgan pulou na água, vadeou até a terra e estendeu a mão. Vi quando ela sorriu ao segurá-la. Em seguida, Awyrgan, junto com as sentinelas, ajudou todos a entrar na água do canal. Eadgifu deu um gritinho quando a água subiu acima da cintura, mas Benedetta a acalmou.

— O senhor Uhtred está certo, senhora. Melhor molhada que morta.

Assim que elas chegaram perto do navio, nós puxamos Eadgifu sem cerimônia e a colocamos a bordo. Ela fez cara feia quando chegou ao convés.

— Seu marido está morto — falei com uma brutalidade proposital.

— Bom, que apodreça em paz — foi sua resposta seca, embora eu suspeite que sua raiva estivesse mais dirigida a mim, por tê-la feito encharcar suas roupas luxuosas, que ao marido.

Ela se virou e estendeu a mão para ajudar Awyrgan a subir no barco, mas Beornoth a empurrou para o lado gentilmente e levantou o sujeito sozinho. Então Eadgifu viu Halldor e o padre na popa do barco e cuspiu na direção deles.

— Por que eles estão aqui?

— São prisioneiros — respondi.

— Mate o dinamarquês.

— Primeiro ele precisa responder a algumas perguntas — falei, depois me curvei e peguei um dos bebês com Benedetta.

— Os desgraçados estão vindo! — alertou Finan na popa do *Spearhafoc*.

Os dois pequenos barcos de pesca apinhados de homens de Æthelhelm vinham na nossa direção, mas ainda estavam longe. Remavam com intensidade, mas eram desajeitados, pesados e lentos. Puxamos a última mulher e a última criança para bordo, depois empurramos o *Spearhafoc* para longe do banco de lama, para a água mais funda.

— Remadores! Força! — gritei. — Finan! Ponha o pássaro na proa!

Isso fez meus homens comemorarem. Eles gostavam de ver nosso gavião esguio na proa, ainda que na verdade ele se parecesse mais com uma águia que com um gavião, porque o bico era comprido demais, mas tinha olhos selvagens e uma presença ameaçadora. Finan e outros dois homens o encaixaram no lugar e martelaram as duas cavilhas que o prendiam com firmeza. Ao nos ver indo na sua direção, as tripulações dos dois barcos de pesca pararam de remar e se levantaram, segurando lanças. Mas a aparição súbita da cabeça feroz do gavião ou a visão das pequenas ondas se quebrando brancas e rápidas na quilha do *Spearhafoc* os convenceu a se sentar e remar desesperadamente para a margem sul. Temiam ser abalroados.

— Força! — berrei para os remadores.

Os homens passaram a puxar os remos pelo cabo, acelerando o *Spearhafoc* ainda mais. Gerbruht e outros dois puxaram a adriça principal para içar a vela. Os barcos de pesca ainda estavam tentando escapar de nós, e eu ouvi um homem gritando para seus remadores se esforçarem mais. Eu conduzia o barco na direção deles. Quando o vento enfunou a vela, o *Spearhafoc* pareceu ganhar mais impulso. Mas, então, pouco antes de estarmos ao alcance das lanças, puxei a esparrela, e o *Spearhafoc* girou, passando por eles do outro lado do canal. Podíamos ter afundado os dois barcos de pesca com facilidade, mas em vez disso eu iria evitá-los. Não porque tivesse medo, mas nos últimos instantes antes de abalroarmos o primeiro barco provavelmente seríamos alvo das lanças, e eu não desejava que nenhum tripulante do *Spearhafoc* fosse ferido ou coisa pior. Tínhamos escapado, e isso era vitória suficiente.

132

A espada dos reis

Uma dúzia de lanças foi atirada enquanto passávamos, mas todas caíram na água, e em seguida estávamos indo para o leste, para o mar aberto. Puxamos os remos para bordo e os amarramos. Gerbruht havia amarrado o último pano da vela, por isso lhe entreguei a esparrela.

— Siga o canal — falei —, depois vire para o norte. Nós vamos para casa.

— Que Deus seja louvado — respondeu ele.

Pulei da plataforma da esparrela. Nossos dois prisioneiros, o dinamarquês alto e bem-vestido e o padre menor, estavam sob guarda perto do mastro. Awyrgan, com as roupas encharcadas, junto com os dois homens que escaparam da perseguição com ele, estava perto dos prisioneiros empunhando uma espada. Ele os estava provocando.

— Deixe-nos — ordenei a ele.

— Eu...

— Deixe-nos! — vociferei. Ele me irritava.

Awyrgan foi se juntar a Eadgifu e suas damas na popa e eu saquei a faca de lâmina curta da cintura.

— Não tenho tempo para convencê-los a responder às minhas perguntas — falei aos dois homens. — Então, se algum de vocês não responder logo, vou cegar os dois. Quando o rei morreu?

— Há uma semana? — respondeu de pronto o padre, tremendo de medo. — Talvez seis dias. Perdi a conta, senhor.

— Vocês estavam com ele no fim?

— Estávamos em Ferentone — respondeu o dinamarquês rigidamente.

— Onde ele morreu — acrescentou o padre depressa.

— E Æthelhelm estava lá?

— O senhor Æthelhelm estava com o rei no fim — explicou Halldor.

— E Æthelhelm mandou vocês para o sul?

O padre assentiu. O pobre coitado ainda parecia aterrorizado, o que não era de espantar. Eu segurava a faca perto de seu malar esquerdo e ele estava imaginando a lâmina penetrando nos olhos. Torci-a.

— O que ele mandou vocês fazerem no sul?

O padre deu um gemido, mas Halldor respondeu:

— Levar a senhora Eadgifu e seus filhos para um lugar seguro.

Cidade das trevas

Não questionei essa mentira. Eadgifu poderia até ser confinada em segurança em um convento, mas os dois meninos teriam sorte se vissem mais um outono. A menina, que não tinha direito ao trono, poderia viver, mas eu duvidava disso. Era provável que Æthelhelm quisesse acabar com toda a linhagem.

— E o rei dividiu o reino? — perguntei.

— Sim, senhor — murmurou o padre.

— Æthelstan é rei da Mércia? E aquele bosta de fuinha, Ælfweard, governa Wessex?

— O rei Ælfweard governa Wessex e a Ânglia Oriental — confirmou o padre. — E Æthelstan foi designado rei da Mércia.

— Mas só se o Witan confirmar os últimos desejos do rei — acrescentou Halldor —, e ele não fará isso.

— Não?

— Por que o Witan consentiria que o bastardo fosse rei da Mércia? Ælfweard deve ser rei dos três reinos.

E isso provavelmente era verdade, pensei. Os Witans de Wessex e da Ânglia Oriental, ambos firmemente sob a influência de Æthelhelm, jamais votariam para aceitar Æthelstan como rei rival na Mércia. Reivindicariam os três reinos para Ælfweard.

— Então vocês não se sentem obrigados pela última vontade do rei? — perguntei.

— Você se sente? — perguntou Halldor com hostilidade.

— Ele não era meu rei.

— Acredito que — continuou Halldor — o rei Eduardo não estava com a mente sã quando ditou o testamento. Portanto, não, não me sinto obrigado pela última vontade dele.

Eu concordava com Halldor, que Eduardo estava ruim da cabeça quando dividiu seus reinos, mas não o admitiria. Em vez disso, perguntei:

— Onde estava o rei Æthelstan quando o pai dele morreu?

Halldor ficou irritado quando chamei Æthelstan de rei, mas conseguiu conter a indignação.

— Acredito que Faeger Cnapa ainda estava em Ceaster — disse friamente —, ou talvez em Gleawecestre.

A espada dos reis

— Faeger Cnapa? — perguntei. Ele disse isso como um nome, mas significa "menino bonito". No entanto, Faege também significa "condenado". Seja lá o que ele quisesse dizer, era obviamente um insulto.

Halldor olhou para mim com frieza.

— Os homens o chamam assim.

— Por quê?

— Porque ele é bonito? — sugeriu Halldor.

Sua resposta foi em tom de zombaria, mas deixei isso passar.

— E Æthelhelm? — perguntei. — Onde está agora? Em Lundene?

— Meu Deus, não — respondeu o padre com um tremor, recebendo a cara de desprezo do dinamarquês alto.

— Não? — perguntei, e mais uma vez nenhum dos dois respondeu, por isso encostei a ponta afiada da faca na bochecha esquerda do padre, logo abaixo do olho.

— Forças mércias ocuparam Lundene — respondeu o padre apressadamente. — Tivemos sorte em escapar sem sermos vistos.

Gerbruht gritou ordens da popa do *Spearhafoc*. Estávamos saindo do estreito de Swalwan, virando para o norte, e o navio foi de encontro à primeira grande onda do amplo estuário.

— Afrouxem esse pano! — Gerbruht apontou para o pano de barlavento. — E puxem aquele cabo! — Ele apontou para o outro pano, e a vela virou, impelindo o barco para o norte.

O vento era revigorante, o mar brilhava com a luz do sol refletida, e nossa esteira branca se alargava enquanto deixávamos Wessex para trás, seguindo para o norte. O padre Aart, o sacerdote que acompanhava Eadgifu, lançou-se de repente até a amurada de sotavento e vomitou.

— Só existe uma cura para o enjoo, padre! — gritou Gerbruht da popa. — Sentar-se embaixo de uma árvore!

Meus homens riram dessa velha piada. Estavam felizes porque iam para o norte. Para casa, para a segurança. Logo estaríamos visíveis da outra margem do estuário, a vastidão lamacenta onde os saxões ocidentais se estabeleceram. Então, se esse vento continuasse, subiríamos pela costa da Ânglia Oriental até o litoral mais selvagem de Bebbanburg.

Só que os homens de Æthelstan estavam em Lundene. Por alguns instantes me senti tentado a ignorar essa notícia. O que me importava se os homens de Æthelstan tinham tomado Lundene? Eu ia para casa, para Bebbanburg, mas as forças de Æthelstan estavam em Lundene?

— Vocês viram os homens de Æthelstan? — perguntei aos dois prisioneiros.

— Vimos — respondeu Halldor —, e eles não têm o direito de estar lá!

— Lundene faz parte da Mércia — retruquei.

— Não desde os tempos do rei Alfredo — insistiu o dinamarquês.

O que provavelmente era verdade. Alfredo se certificou de que suas tropas saxãs ocidentais guarnecessem Lundene e, apesar da reivindicação legal da Mércia, desde então a cidade foi governada a partir de Wintanceaster. Mas Æthelstan agiu rápido. Eadgifu estava certa; ele devia ter tropas ao norte da cidade, esperando suas ordens, e agora essas tropas separavam Wessex da Ânglia Oriental.

— Houve luta? — perguntei.

— Nenhuma. — Halldor pareceu desapontado.

— A guarnição não era forte, senhor — explicou o padre —, e os mércios chegaram de repente, em grande número. Não estávamos esperando por eles.

— Foi traição! — vociferou Halldor.

— Ou esperteza — falei. — E onde Æthelhelm está agora?

Os dois deram de ombros.

— Provavelmente ainda em Wintanceaster, senhor — respondeu Halldor de má vontade.

Fazia sentido. Wintanceaster era a capital de Wessex e ficava no coração das ricas propriedades de Æthelhelm. Eu não tinha dúvida de que Ælfweard também estava lá, ansioso pelo anúncio do Witan de que ele era o verdadeiro rei. O corpo de Eduardo, acompanhado por suas tropas domésticas, estaria viajando para Wintanceaster, no sul, para ser enterrado ao lado de seu pai, e esse velório reuniria os senhores saxões ocidentais cujas forças seriam necessárias para Æthelhelm. E Æthelstan, onde quer que estivesse, mandaria mensagens aos senhores mércios exigindo guerreiros para preservar seu trono da Mércia. Em resumo: Æthelhelm e Æthelstan estariam reunindo as forças necessárias para desfazer a divisão dos reinos de Eduardo, mas ao me-

136

A espada dos reis

nos Æthelstan demonstrou habilidade para pensar antecipadamente e bom senso ao tomar Lundene antes que Æthelhelm pudesse reforçar a pequena guarnição da cidade.

— O rei Æthelstan está em Lundene? — perguntei a Halldor.

Outra vez ele fez uma careta ao ouvir a palavra "rei", mas não fez nenhum comentário sobre isso.

— Não sei.

— Mas tem certeza de que os homens dele estão lá?

Ele assentiu relutantemente. A essa altura, era possível ver o litoral de East Seax, um trecho de lama baixo, de um marrom opaco, encimado por uma franja verde de verão. As poucas árvores eram pequenas e inclinadas por causa do vento, a lama salpicada pelo branco das aves marinhas. Logo a maré começaria a baixar, o que tornava traiçoeiro qualquer desembarque naquela costa. Poderíamos ficar presos durante horas na maré vazante, mas eu estava decidido a levar o *Spearhafoc* para terra firme. Apontei adiante.

— Aquilo lá é Fughelness — avisei aos dois prisioneiros. — Há pouca coisa além de areia, lama e pássaros. E logo terá vocês dois também, porque vou desembarcá-los lá.

Fughelness era um lugar desolado, assolado pelo vento e desnudo, isolado por riachos de maré, pântanos e bancos de lama. Halldor e o padre levariam o resto do dia para encontrar um caminho até um terreno mais firme e depois mais tempo para voltar a Wintanceaster se era lá que Æthelhelm de fato estava.

Baixamos a vela à medida que nos aproximávamos da costa. Então, usando uma dúzia de remos, seguimos suavemente através das pequenas ondas até que a quilha do *Spearhafoc* deslizou na lama.

— Seria mais fácil matá-los — disse Awyrgan enquanto Berg, rindo, cutucava os dois cativos para fora da proa.

— Por que eu iria matá-los? — perguntei.

— Eles são inimigos.

— São inimigos indefesos, e eu não mato indefesos.

Ele me encarou com desafio no olhar.

— E os padres que o senhor matou?

Nesse momento senti vontade de matar Awyrgan.

Cidade das trevas

A raiva leva à selvageria e à estupidez. — Ele deve ter sentido a minha raiva porque recuou.

O padre protestava, dizendo que pular na água iria lhe causar febre. Mas, a cada segundo que esperávamos, mais o vento empurrava o *Spearhafoc* para a lama.

— Livre-se dele! — gritei para Berg.

Berg empurrou o padre na água.

— Podem vadear até terra firme — gritou. — Vocês não vão se afogar!

— Empurrem o barco daqui! — berrei, e os homens na popa empurraram os remos na lama pegajosa e fizeram força. Por um instante, o *Spearhafoc* pareceu relutar. Depois, para meu alívio, sacudiu-se e deslizou de volta para a água mais segura e mais funda.

— O mesmo rumo, senhor? — perguntou Gerbruht. — Içar a vela e subir pelo litoral?

Fiz que não com a cabeça.

— Lundene.

— Lundene?

— Remos! — gritei.

Viramos para o oeste. Afinal de contas, não íamos para casa, mas subiríamos o rio até Lundene.

Porque as tropas do rei Æthelstan estavam lá, e eu precisava cumprir com um juramento.

Era difícil remar contra o vento, contra a maré e contra a correnteza do rio, mas seria mais fácil quando a maré virasse e nos carregasse rio acima. Eu conhecia essas águas, conhecia o rio, porque, quando Gisela era viva, comandei a guarnição de Lundene. Eu passei a gostar da cidade.

Passamos por Caninga, uma ilha pantanosa no litoral de East Seax, para além da qual ficava Beamfleot onde, no reinado de Alfredo, invadimos o forte dinamarquês e matamos um exército inteiro. Lembrei-me de Skade, e não queria me lembrar dela. Skade foi morta lá, pelo homem que ela traiu, enquanto a toda volta as mulheres gritavam e o sangue escorria. Finan olhou e ele também estava pensando na feiticeira.

138

A espada dos reis

— Skade — comentou.

— Eu me lembro — falei.

— Qual era o nome do amante dela?

— Harald. Ele a matou.

Finan assentiu.

— E nós capturamos trinta navios.

Eu ainda estava pensando em Skade, lembrando-me dela.

— Naquela época a guerra parecia mais limpa.

— Não. Nós éramos mais jovens, só isso.

Nós dois estávamos de pé na proa. Eu conseguia ver as colinas se erguendo atrás de Beamfleot e me lembrei de um aldeão dizendo que o deus Tor tinha andado pelo alto daquele morro. Ele era cristão, mas parecia orgulhoso porque Tor havia andado em seus campos.

Tínhamos tirado a cabeça de gavião da proa, de modo que para algum observador casual fôssemos apenas mais um barco subindo o rio até os cais de Lundene. Colinas baixas com trigo maduro se erguiam acima dos bancos de lama. Os remos estalavam quando eram puxados. Um homem estendendo uma rede para pegar aves do pântano se levantou e parou para observar nossa passagem. Viu que éramos uma embarcação de guerreiros e fez o sinal da cruz, depois voltou a se curvar em sua tarefa. À medida que o estuário se estreitava, começamos a passar por barcos que desciam o rio, as velas enfunadas ao vento sudoeste, e gritamos pedindo notícias, como navios de passagem sempre fazem. Havia tropas mércias em Lundene? Havia. O rei Æthelstan estava lá? Ninguém sabia. E, assim, em grande parte ignorantes do que acontecia em Lundene, quanto mais em Wessex, continuamos remando para a grande mancha de fumaça escura que sempre pairava sobre a cidade. A maré tinha virado, e estávamos usando apenas seis remadores de cada lado para manter o barco na direção certa. Berg estava com a esparrela. Eadgifu, os filhos e seus acompanhantes se encolhiam embaixo da plataforma da proa, onde Finan e eu estávamos de pé.

— Então acabou — comentou Finan.

Eu sabia que ele estava pensando na minha decisão súbita de ir para Lundene, no leste, em vez de para Bebbanburg, ao norte.

139

Cidade das trevas

— Acabou?

— Os homens de Æthelstan estão em Lundene. Vamos nos juntar a ele. Vamos travar uma batalha. Vamos matar Æthelhelm. Vamos para casa.

Assenti.

— Essa é a minha esperança.

— Os homens estão preocupados.

— Com relação a uma batalha?

— Com a peste. — Ele fez o sinal da cruz. — Eles têm mulheres e filhos, assim como eu.

— A peste não estava em Bebbanburg.

— Está no norte. Quem sabe até onde se espalhou?

— Segundo boatos, ela estava em Lindcolne — falei —, mas isso é muito longe de Bebbanburg.

— Isso é um consolo pequeno para homens que se preocupam com suas famílias.

Eu andava tentando ignorar esses boatos sobre a peste. Boatos são só isso, e a maioria não é verdade, e os dias próximos à morte de um rei provocam muitos boatos. Mas Sigtryggr havia me alertado sobre a doença em Lindcolne. Outros falaram de mortes no norte, e Finan estava certo em me lembrar disso. Meus homens queriam se reunir com as famílias. Eles iriam me acompanhar à batalha, lutariam feito demônios, mas uma ameaça às suas mulheres e aos filhos era muito mais importante para eles que qualquer juramento meu.

— Diga que vamos logo para casa — falei.

— Logo quando?

— Primeiro me deixe descobrir as notícias em Lundene.

— E se Æthelstan estiver lá? E se ele quiser que o senhor marche com ele?

— Então eu marcho — respondi, triste. — E você pode levar o *Spearhafoc* para casa.

— Eu! — Finan pareceu alarmado. — Eu, não! Berg pode levá-lo.

— Berg pode levá-lo — concordei —, mas você vai comandar Berg. — Eu sabia que Finan não era marinheiro.

— Eu não vou comandar nada! — retrucou ferozmente. — Eu vou ficar com o senhor.

A espada dos reis

— Você não precisa...

— Eu fiz um juramento de proteger o senhor! — interrompeu-me ele.

— Você? Eu nunca lhe pedi um juramento!

— Não pediu, mesmo assim jurei protegê-lo.

— Quando? — perguntei. — Não me lembro de um juramento assim.

— Dois segundos atrás. E, se o senhor pode ficar preso por um juramento idiota, eu também posso.

— Eu o libero de qualquer juramento...

Ele me interrompeu outra vez:

— Alguém precisa manter o senhor vivo. Parece que Deus me deu a tarefa de mantê-lo longe dos campos de cevada.

Toquei o martelo e tentei me convencer de que estava tomando a decisão correta.

— Não existem campos de cevada em Lundene — falei.

— Verdade.

— Então viveremos, amigo — falei, tocando seu ombro. — Viveremos e vamos para casa.

Fui até a popa, onde o sol baixo lançava uma sombra comprida e ondulada atrás do *Spearhafoc*. Sentei-me num dos degraus baixos que levavam à plataforma da esparrela. Um cisne voou para o norte e fiquei preocupado, indolentemente pensando se era um presságio de que também deveríamos ir para o norte, mas havia outros pássaros, outros presságios. Às vezes é difícil saber qual é a vontade dos deuses. E, mesmo quando se sabe, não se pode ter certeza de que eles não estão brincando conosco. Voltei a tocar o martelo.

— O senhor acredita que isso tem poder? — perguntou uma voz.

Ergui os olhos e vi que era Benedetta, o rosto coberto pelas sombras do capuz.

— Acredito que os deuses têm poder — respondi.

— Um deus — insistiu ela. Dei de ombros, cansado demais para discutir. Benedetta ficou olhando para a margem de East Seax passando lentamente. — Vamos para Lundene?

— Vamos.

— Odeio Lundene — disse ela com azedume.

141

Cidade das trevas

— É muita coisa para odiar.

— Quando os traficantes de escravos chegaram... — começou ela, então parou.

— Você me disse que tinha 12 anos?

Ela fez que sim com a cabeça.

— Eu ia me casar naquele verão. Com um homem bom, um pescador.

— Ele foi morto também?

— Todo mundo foi morto! *Saraceni*! — Ela cuspiu a palavra. — Mataram todos que tentaram resistir e todos que não queriam como escravizados. Eles me quiseram. — Havia um tom violento e terrível nas três últimas palavras.

— Quem são os *saraceni*? — perguntei, atrapalhando-me na palavra estranha.

— Homens que vêm do outro lado do mar. Alguns até vivem na minha terra! Não são cristãos. São selvagens!

Dei um tapinha no degrau ao meu lado. Ela hesitou, mas se sentou.

— E você veio para a Britânia? — perguntei, curioso.

Benedetta ficou em silêncio por um tempo, depois deu de ombros.

— Eu fui vendida e levada para o norte — disse simplesmente. — Não sei para onde. Disseram que isso é valioso. — Ela encostou um dedo na pele, ligeiramente tingida por um tom moreno e dourado. — É valioso no norte, onde a pele é clara como leite azedo. E no norte fui vendida de novo. Eu tinha só 12 anos. — Ela fez uma pausa e olhou para mim. — E já era uma mulher, não uma criança.

Sua voz estava amarga. Assenti, mostrando que entendia.

— Um ano depois fui vendida outra vez — continuou. — Para um saxão de Lundene, traficante de escravos. Ele pagou muito dinheiro. E o nome dele — ela falava tão baixo que eu quase não escutava — era Gunnald.

— Gunnald — repeti.

— Gunnald Gunnaldson. — Ela olhava para a margem norte, onde uma pequena aldeia chegava até a água. Uma criança acenou de um cais apodrecido. Fiquei observando os remos baixarem, serem puxados e depois subirem lentamente com água pingando das pás longas. — Eles me levaram a Lundene, onde vendiam os escravos, e os dois me estupraram. Pai e filho. Os dois, mas o filho era o pior. Não queriam me vender, queriam me usar, por isso tentei me matar. Era melhor que ser usada por aqueles porcos.

Ela disse as últimas palavras muito baixo, para não ser escutada pelos homens no banco mais próximo.

— Se matar? — perguntei, também em voz baixa.

Ela se virou para me olhar. Depois, lentamente, sem uma palavra, baixou o capuz e desenrolou o cachecol cinza que sempre usava no pescoço. Então vi a cicatriz, uma cicatriz profunda no lado direito do pescoço esguio.

— Não cortei fundo o bastante — explicou, desanimada —, mas foi o suficiente para eles me venderem.

— Para Eduardo.

— Para o administrador. Eu trabalhava na cozinha e na cama dele, mas a rainha Eadgifu me salvou. Por isso eu a sirvo agora.

— Como serviçal de confiança.

— Como escrava de confiança. — Ela ainda soava amarga. — Eu não sou livre, senhor. — Benedetta voltou a subir o capuz sobre os cabelos pretos. — O senhor tem pessoas escravizadas? — perguntou com beligerância.

— Não — respondi, e isso não era estritamente verdade.

Bebbanburg tinha muitas propriedades onde meus guerreiros plantavam e eu sabia que muitos deles possuíam pessoas escravizadas, e meu pai havia mantido uma vintena na fortaleza para cozinhar, limpar, varrer e aquecer sua cama. E alguns ainda estavam lá, agora idosos e pagos como serviçais. Eu não tomei novos porque minha experiência como escravizado, quando fui condenado a puxar um remo pelos mares invernais, me deixou ressentido da escravidão. Mas, afinal de contas, pensei, eu não precisava de escravos. Tinha homens e mulheres suficientes para manter a fortaleza em segurança, quente e alimentada, e possuía prata suficiente para recompensá-los.

— Já matei traficantes de escravos — observei, sabendo que isso era apenas para atrair a aprovação de Benedetta.

— Se formos a Lundene, o senhor pode matar um para mim.

— Gunnald? Ele ainda está lá?

— Estava há dois anos. Eu o vi. Ele me viu também. E sorriu. Não foi um sorriso bom.

— Você o viu? Em Lundene?

Ela fez que sim.

— O rei Eduardo gostava de visitar a cidade. A rainha também. Ela podia comprar coisas.

— O rei Eduardo poderia arranjar a morte de Gunnald para você.

Ela zombou disso.

— Eduardo recebia dinheiro de Gunnald. Por que iria matá-lo? Eu não significava nada para Eduardo, que Deus tenha sua alma. — Ela fez o sinal da cruz. — O que vai acontecer conosco em Lundene?

— Vamos nos encontrar com Æthelstan, se ele estiver lá.

— E se não estiver?

— Vamos encontrá-lo.

— E o que ele fará conosco? Com minha senhora? Com os filhos dela?

— Nada — respondi, categórico. — Vou dizer a ele que vocês estão sob minha proteção.

— Ele vai honrar isso? — Ela pareceu cética.

— Conheço o rei Æthelstan desde que ele era criança, e ele é um homem honrado. Vai mandar vocês com escolta para minha casa em Bebbanburg enquanto nós travamos nossa guerra.

— Bebbanburg! — Ela pronunciou o nome com seu sotaque estranho. — O que há em Bebbanburg?

— Segurança. Lá vocês estarão sob minha proteção.

— Awyrgan diz que estamos errados em aceitar a proteção de um pagão — comentou ela em tom entediado.

— Awyrgan não precisa acompanhar a rainha.

Por um instante achei que ela fosse sorrir, mas o impulso a abandonou e ela apenas assentiu.

— Ele a acompanhará — disse com desaprovação na voz, depois virou seus grandes olhos verde-acinzentados para mim. — O senhor é mesmo pagão?

— Sou.

— Isso não é bom. — Ela estava séria.

— Diga: Gunnald Gunnaldson é pagão?

Ela não respondeu por um longo tempo, depois balançou a cabeça abruptamente.

— Ele usa a cruz.

— Isso o torna um homem melhor que eu?

Ela hesitou por um breve instante.

— Não — admitiu por fim.

— Então, se ele ainda estiver em Lundene, talvez eu o mate.

— Não — reagiu ela com firmeza.

— Não?

— Deixe que eu o mate.

E quase pela primeira vez desde que a conheci, Benedetta pareceu feliz. Continuamos remando.

Chegamos a Lundene durante o crepúsculo, um crepúsculo tornado mais escuro pela cúpula de fumaça acima da cidade. Pelo menos uns vinte outros navios subiam lentamente o rio, a maioria carregada com os alimentos e os suprimentos que a horda de pessoas e cavalos de uma cidade necessita. Havia um barco tão carregado que parecia uma meda de feno flutuando na maré montante pelas curvas amplas do rio. Passamos pelos povoados menores a leste de Lundene; os estaleiros com suas pilhas de madeira e os buracos fumacentos onde queimavam pinho para fazer um piche fedorento e os curtumes que criavam um fedor próprio curando peles com o uso de bosta. Acima de tudo isso ficava o próprio fedor denso de Lundene, composto de fumaça de lenha queimando e esgoto.

— Isso não é um rio — reclamou Finan —, é uma fossa.

— Você se acostuma.

— Quem ia querer se acostumar? — Ele olhou para a água junto ao casco do *Spearhafoc*. — Essas coisas são cagalhões!

Trocamos as margens pantanosas pelas duas colinas baixas de Lundene. Agora estava escurecendo, mas ainda havia luz suficiente para mostrar três lanceiros de pé na alta muralha de pedra do pequeno bastião romano que guardava a extremidade leste da cidade. Nenhum dos três usava capa vermelho-escura e nenhum estandarte com o cervo saltando pendia junto ao muro. E os três homens não demonstraram nenhum interesse enquanto

Cidade das trevas

passávamos. Os cais, apinhados de embarcações, começavam logo depois do pequeno forte. E no centro deles, ainda rio abaixo em relação à grande ponte, ficava o muro de pedra que eu conhecia tão bem. O muro foi construído pelos romanos e protegia uma plataforma de alvenaria em que eles construíram uma casa luxuosa. Eu morei lá com Gisela.

Não havia nenhum navio amarrado ao muro de pedras, por isso empurrei a esparrela e os homens cansados deram as últimas remadas.

— Remos para dentro! — gritei, e o *Spearhafoc* deslizou suavemente de encontro aos enormes blocos de pedra. Gerbruht passou o cabo de proa por uma das grandes argolas de ferro engastadas no muro e esperou enquanto o *Spearhafoc* se aproximava pelos últimos metros. A popa bateu na pedra, e Berg agarrou outra argola. Joguei o cabo de popa para ele e nosso navio foi puxado até raspar o casco no muro. Antigamente, quando eu mantinha um barco ali, enchia sacos de lona com palha para amortecer o casco, mas essa era uma tarefa que poderia esperar até de manhã.

No muro havia uma escada estreita que permitia às pessoas subirem nele na maré baixa.

— Esperem — pedi à minha tripulação e aos passageiros, depois Finan e eu saltamos para os degraus e subimos até o terraço amplo junto ao rio onde, em noites de vento norte que soprava para longe o fedor do Temes, Gisela e eu gostávamos de nos sentar. Agora a noite estava caindo rápido e a casa estava escura, a não ser por uma luz fraca atrás de um postigo e o brilho de chamas no pátio central.

— Tem alguém morando aqui — comentou Finan.

— A casa pertence ao rei. Alfredo sempre a entregou ao comandante da guarnição, embora a maioria nunca a tenha usado. Eu usei.

— Mas que rei?

— Agora é Æthelstan, mas os saxões ocidentais vão querê-la de volta.

Lundene era valiosa. Só a alfândega da cidade era capaz de financiar um pequeno reino, e eu me perguntei se Eduardo, em seu testamento, teria declarado qual dos seus filhos, Ælfweard ou Æthelstan, governaria aqui. No fim das contas, claro, seria o irmão que conseguisse reunir mais lanças.

A porta da casa se abriu.

Waormund saiu por ela.

A princípio não o reconheci, nem ele me reconheceu. Atrás dele a passagem que levava ao pátio estava iluminada por tochas, de modo que seu rosto estava nas sombras, e eu era provavelmente a última pessoa que ele esperaria ver em Lundene. A princípio só percebi o tamanho do sujeito; era enorme, uma cabeça mais alto que eu, de ombros largos, cabelos hirsutos, pernas calçadas com botas e parecendo troncos de árvores. A luz das tochas se refletia nos elos de uma cota de malha que descia até as coxas. Ele estava comendo uma carne que arrancou do osso com os dentes.

— Você não pode deixar seu navio bexiguento aqui — rosnou ele, depois ficou absolutamente imóvel. — Meu Deus! — disse, então jogou o osso longe e desembainhou o seax, em seguida avançou até mim com uma velocidade surpreendente para um homem tão grande.

Eu não tinha trazido Bafo de Serpente do navio, mas meu seax, Ferrão de Vespa, estava à cintura. Dei um passo rápido para a direita, para longe de Finan, deixando Waormund flanqueado por nós dois, e desembainhei a espada. O primeiro golpe de Waormund não me acertou por um dedo. Eu me esquivei do segundo, um golpe selvagem, destinado à minha cabeça, e aparei o terceiro com Ferrão de Vespa, aparando sua lâmina na base da espada curta. O ataque causou um tremor que subiu pelo meu braço. A força dele era prodigiosa. Como eu, Finan tinha apenas o seax, mas passou para trás de Waormund, que de algum modo sentiu a aproximação do irlandês, virou-se e brandiu a espada curta num movimento em arco para afastá-lo. Fui para a direita, passando por Waormund e arrastando a lâmina de Ferrão de Vespa pela parte de trás de sua perna esquerda. Estava tentando cortar seu tendão do jarrete, mas Ferrão de Vespa era uma espada curta, feita para estocar, não para cortar, e a lâmina mal perfurou a bota alta de couro. Ele se virou para mim, rugindo, e dei um passo para trás, estoquei com Ferrão de Vespa para acertar sua coxa e caí de lado para evitar a reação violenta. Ferrão de Vespa o feriu. Senti a lâmina furar, mas Waormund não pareceu notar o ferimento. Virou-se de novo, rosnando, enquanto Finan atacava outra vez para distraí-lo. Mas éramos como terriers assediando um touro, e eu sabia que um de nós sangraria logo. Waormund forçou Finan a recuar e agora vinha na minha direção, dando

Cidade das trevas

um chute violento que teria esmagado minhas costelas. Eu ainda estava me levantando. Ergui Ferrão de Vespa que, por sorte ou favor dos deuses, aparou a espada que Waormund havia impelido na minha direção. Mais uma vez o choque do impacto subiu pelo meu braço. Finan deu uma estocada em Waormund, e o sujeito enorme precisou de novo virar as costas para mim, dando um golpe com as costas da mão, mas Finan era rápido como um raio e dançou, recuando.

— Por aqui! — gritou ele para mim.

Eu havia me levantado atabalhoadamente. Finan ainda gritava para eu ir na direção do *Spearhafoc*, mas Waormund me impediu correndo para mim. Ele rugia. Não havia palavras, só um berro de fúria e bafo de cerveja. Dei um passo para a direita, na direção de Finan. Waormund estendeu a mão livre e agarrou a gola da minha cota de malha e me puxou. Eu o vi rir, com dentes faltando, e soube que ia morrer, senti sua força enorme me puxando sem esforço para um abraço e vi seu seax vindo pela minha direita, a ponta da lâmina apontada para a base das minhas costelas. Tentei me soltar e não consegui. Mas Finan era igualmente rápido e sua estocada nas costas de Waormund deve ter ferido o grandalhão, porque ele rugiu de novo e se virou para afastar Finan. Ele ainda segurava minha cota de malha e eu desferi um corte em seu braço com Ferrão de Vespa. A espada não rompeu a cota de malha, mas a força da pancada o fez me soltar. Então passei Ferrão de Vespa pelo seu pescoço, num movimento com as costas da mão. O gume da lâmina acertou sua nuca, mas ele ainda estava em movimento, o que tirou quase todo o impacto do golpe. Era como seu eu tivesse acariciado seu pescoço com uma pena. Ele se virou mais uma vez. O rosto cheio de cicatrizes exibia uma careta de fúria, e de repente uma lança surgiu passando pela minha visão, a ponta refletindo a luz fraca das chamas, e ela acertou a espada de Waormund e se desviou. Meus homens tinham vindo do *Spearhafoc*. Doze deles corriam até nós e outros subiam os estreitos degraus de pedra.

Waormund podia estar em fúria, podia ter bebido cerveja demais, mas não era bobo quando se tratava de uma luta. Ele participou de muitas paredes de escudos, com muita frequência sentiu a sombra da derrota e a iminência da morte, por isso sabia quando recuar. Virou-se e se afastou de mim, seguindo

148

A espada dos reis

para a casa de onde, assim que meus homens vieram do navio, três dos seus companheiros saíram com as espadas longas desembainhadas.

— Para trás! — gritou Waormund. De repente ele estava em menor número e passou pela porta com seus homens, que a fecharam com um estrondo. Ouvi a barra da tranca baixar nos encaixes.

— Santo Deus — Finan estava ofegante —, ele é um brutamontes. O senhor está ferido?

— Foi só um arranhão. — Foi idiotice nos aproximarmos da casa com tão poucas armas. — Não estou machucado — continuei enquanto Berg me entregava Bafo de Serpente. — E você?

— Estou vivo — respondeu Finan, carrancudo.

Vivo, mas confuso. Todas as pessoas com quem falamos tinham certeza de que as tropas de Æthelstan ocupavam Lundene, mas ali estava um dos guerreiros mais temíveis de Æthelhelm, no coração da cidade. Fui à porta da casa, sabendo que ela não se abriria. Uma mulher gritou de algum lugar lá dentro.

— Pegue um machado — ordenei.

Eu conhecia bem a casa e sabia que não havia entrada pelo terraço do rio, a não ser por essa porta. As paredes de pedra eram construídas na borda da plataforma de alvenaria, de modo que não havia como andar pelas laterais da casa, e as janelas tinham barras de ferro.

Beornoth trouxe o machado e deu um golpe poderoso que fez a porta grossa tremer. Uma mulher gritou de novo. Pude ouvir outros sons dentro da casa, passos e palavras abafadas, mas não deu para saber o que diziam. Então o machado baixou mais uma vez com outro golpe forte, e os ruídos do outro lado da porta sumiram.

— Eles foram embora — comentou Finan.

— Ou estão esperando para nos emboscar — sugeri.

O machado de Beornoth atravessou a madeira grossa. Curvei-me para olhar pelo buraco e vi que o corredor do outro lado estava vazio. Luzes de tochas ainda tremulavam no pátio ao fim do corredor.

— Continue — ordenei a Beornoth, e bastaram mais dois golpes para que ele enfiasse a mão pela porta despedaçada e levantasse a tranca.

A casa estava vazia. Os grandes cômodos, mais perto do rio, tinham seis colchões de palha, algumas capas, uma confusão de canecas de cerveja, um pão

Cidade das trevas

comido pela metade e uma bainha vazia. Waormund ou um dos seus homens chutou um balde de merda e mijo que se espalharam no piso de ladrilho do quarto onde Gisela e eu dormíamos antigamente. Os cômodos dos serviçais, do outro lado do pátio, ainda tinham um caldeirão de cozido de feijão com cordeiro e uma pilha de lenha junto a uma parede, mas nenhum serviçal. Fui até a porta da frente, abri-a com cuidado e saí para a rua empunhando Bafo de Serpente. Não havia ninguém à vista.

Finan me puxou de volta para a casa.

— Fique aqui — disse ele. — Vou conversar com as sentinelas no bastião. — Comecei a protestar, mas Finan me interrompeu. — Fique aqui! — insistiu, e eu o deixei levar meia dúzia de homens pela rua escura.

Tranquei a porta e voltei para os cômodos maiores onde Eadgifu abria sua capa em um dos colchões. Edmundo, seu filho mais velho, estava olhando para o quarto que tinha o piso fedorento, mas eu o arrastei para longe e o empurrei de volta para a mãe. O padre Aart, que vomitou durante quase toda a viagem no *Spearhafoc*, estava recuperado e abriu a boca para protestar contra o tratamento que dei ao príncipe, mas um olhar meu o persuadiu a ficar em silêncio. Ele morria de medo de mim.

— Tem pulgas na palha — reclamou Awyrgan.

— Provavelmente tem piolhos também — falei. — E não se apressem muito para arrumar as camas.

— Não vou arrumar uma cama — disse Eadgifu. — Só um lugar para me sentar. Nós vamos para o palácio, não é? Em Lundene eu sempre fico no palácio!

— Vamos ao palácio, minha rainha — tranquilizou-a Awyrgan.

— Não seja idiota — rosnei. — Aqueles homens eram de Æthelhelm. Se estivermos errados e eles ainda ocupam a cidade, nós vamos embora. Finan foi descobrir o que está acontecendo.

Awyrgan me encarou.

— Vamos embora esta noite?

Seria difícil. O Temes era largo, e, ainda que a correnteza nos ajudasse a descê-lo, havia baixios que tornariam perigosa uma viagem no escuro. Mas, se os homens de Æthelhelm ainda estivessem controlando a cidade, não teríamos escolha.

150

A espada dos reis

— Quanto tempo você acha que vamos viver — perguntei a Awyrgan com uma paciência que não sentia — se as tropas de Æthelhelm estiverem aqui?

— Talvez não estejam, não é? — sugeriu Eadgifu.

— E é isso que Finan foi descobrir, senhora. Portanto esteja preparada para partir às pressas.

Um dos bebês começou a chorar, e uma criada saiu rapidamente do quarto levando a criança.

— Mas, se os homens de Æthelstan estiverem aqui — implorou Eadgifu —, podemos ir para o palácio? Eu tenho roupas lá! Preciso de roupas!

— Talvez possamos ir para o palácio — falei, cansado demais para discutir. Se a cidade estivesse segura, eu a deixaria encontrar seus luxos, mas até lá ela podia coçar as picadas das pulgas.

Voltei até o terraço do rio para escapar do fedor da casa, sentei-me no muro baixo voltado para o Temes e fiquei olhando Berg e dois homens virarem o *Spearhafoc* de modo que a proa ficasse voltada para a foz do rio. Eles fizeram isso com eficiência, amarraram-no de novo e o deixaram pronto para sair da cidade às pressas se Finan trouxesse notícias ruins. Então os três se acomodaram no bojo largo do navio. Iriam vigiá-lo por causa dos ladrões noturnos que podiam roubar cordames e remos.

Fiquei olhando o rio formar redemoinhos e tentei compreender o que havia acontecido naquele dia. Supus que Waormund navegou de volta a Lundene quando viu nossos barcos destruindo sua flotilha no litoral da Nortúmbria, mas, se Æthelstan controlava a cidade, como nos disseram, por que Waormund ainda estava ali? Por que o grande saxão ocidental não partiu com o restante dos homens de Æthelhelm? E por que eram apenas seis guerreiros? Eu vi quatro homens, mas havia seis camas de palha, e isso também era estranho. Por que seis homens iriam se aquartelar nessa casa à beira do rio quando era provável que o restante dos homens de Æthelhelm estivesse alojado no antigo forte ou guardando o palácio no canto noroeste de Lundene?

A noite tinha caído. Havia construções na margem sul do Temes, e a chama das tochas que iluminavam a entrada de uma igreja fazia seu reflexo tremeluzir no rio. A lua crescente se escondeu atrás de uma nuvem. Os navios atracados nos cais próximos gemiam ao vento, com as adriças batendo preguiçosamente nos mastros. Ouvi homens rindo na taverna do Dinamarquês Morto, ali perto.

151

Cidade das trevas

A porta da casa se abriu e eu me virei, esperando Finan, mas era Roric, meu serviçal, que trouxe uma tocha acesa que colocou num suporte junto à porta. Ele me olhou, pareceu que ia falar alguma coisa, depois pensou melhor e entrou na casa, mantendo a porta aberta para uma figura encapuzada que veio andando lenta e cuidadosamente até mim segurando duas taças. Uma delas foi estendida para mim.

— É vinho. — Era Benedetta me oferecendo a bebida. — Não é um vinho bom, mas é melhor que cerveja.

— Você não gosta de cerveja?

— Cerveja é azeda. Esse vinho também.

Tomei um gole. Ela estava certa, era azedo, mas eu estava acostumado com vinho de gosto azedo.

— Você gosta de vinho doce?

— Gosto de vinho bom. — Ela se sentou ao meu lado. — Esse vinagre foi encontrado na cozinha da casa. Talvez cozinhem com ele. Isso fede!

— O vinho?

— O rio.

— É uma cidade. Todas as cidades fazem os rios feder.

— Eu me lembro desse cheiro.

— É difícil esquecer.

Benedetta, sentada à minha esquerda, fez com que eu me lembrasse do banco de madeira pesado onde Gisela e eu nos sentávamos, com Gisela sempre à minha esquerda.

— A rainha não está feliz. Ela quer conforto.

Fiz uma careta.

— Ela quer um colchão de penas?

— Ela gostaria, sim.

— Ela pediu a minha ajuda — falei duramente — e eu a ajudei. Quando levá-la para um lugar seguro, ela pode ter todas as porcarias de penas que quiser, mas até lá pode suportar as pulgas como o restante de nós.

— Vou dizer isso a ela — disse Benedetta, parecendo ansiosa para dar essa má notícia. — O senhor acha que Lundene não é segura?

— Não até eu saber quem controla a cidade. Finan deve voltar logo.

Eu não tinha ouvido gritos na noite, nenhum som de pés correndo, nenhum choque de espadas. Essa ausência de ruídos sugeria que Finan e seus homens não encontraram inimigos.

Benedetta baixou um pouco o capuz e eu a encarei na noite. Seu rosto tinha traços fortes, olhos grandes que brilhavam em contraste com a pele cor de bronze. Ela disse em tom categórico:

— O senhor está olhando para mim — disse ela com indiferença.

— Estou.

— Os homens olham para as mulheres e tomam o que querem. — Ela deu de ombros. — Mas eu sou uma escrava, então o que posso esperar?

— Você serve a uma rainha. Deveria exigir respeito.

— Eu exijo! Mas isso não faz com que gostem de mim nem que eu fique em segurança. — Ela fez uma pausa. — Eduardo também olhava para mim. — Não falei nada, mas acho que a pergunta estava escrita no meu rosto. Ela deu de ombros. — Ele era mais gentil que alguns.

— Quantos homens eu preciso matar para você?

Ela sorriu ao ouvir isso.

— Eu mesma matei um.

— Bom.

— Ele era um *porco*! Estava em cima de mim, e eu cravei uma faca nas suas costelas enquanto ele grunhia feito um porco. — Ela se virou para me olhar. — O senhor vai mesmo deixar que eu mate Gunnald Gunnaldson?

— É isso que você quer?

— Seria bom. — Ela falava num tom desejoso. — Mas como posso matar o porco se o senhor nos mandar para sua casa, no norte?

— Ainda não sabemos o que vamos fazer.

— Se Gunnald Gunnaldson vive, acho que não mora longe daqui. É perto do rio, eu sei, porque o cheiro estava sempre lá. Era uma construção grande, escura. Tinha um lugar privado onde os barcos deles atracavam.

— Um molhe.

— Um molhe — ela repetiu a palavra — com um muro de madeira. E dois barcos eram mantidos lá. E havia um pátio com uma cerca, outro muro. Ele exibia os escravos lá, ou o pai dele nos exibia. Eu achava que estava no inferno.

Os homens riam enquanto cutucavam a gente. — Ela parou de súbito. Estava olhando para a casa, e vi o brilho de uma lágrima. — Eu era só uma criança.

— Ainda assim, a criança foi parar num palácio.

— É. — Benedetta parou depois dessa única palavra e eu achei que ela não diria mais nada, até que voltou a falar. — Onde eu era um brinquedo até a rainha me querer para servi-la. Isso foi há três anos.

— Há quanto tempo... — comecei, mas ela me interrompeu.

— Vinte e dois anos, senhor. Eu conto os anos. Vinte e dois anos desde que os *saraceni* me levaram da minha casa. — Ela olhou rio acima, onde os armazéns lúgubres se erguiam sobre água. — Eu gostaria de matá-lo.

A porta da casa se abriu de novo e Finan apareceu. Benedetta começou a se levantar, mas coloquei a mão em seu braço para mantê-la sentada.

— Os homens de Æthelstan estão aqui — disse Finan.

— Graças aos deuses.

— Mas Æthelstan não está. Acham que ele continua em Gleawecestre, mas não têm certeza. Isso aí é cerveja?

— Vinho.

— Mijo do diabo. Mas eu bebo. — Finan pegou a taça comigo e se sentou na quina da parede. — Seu velho amigo Merewalh comanda aqui.

E essa notícia era um alívio. Merewalh era mesmo um velho amigo. Ele comandou os guerreiros domésticos de Æthelflaed, lutou ao meu lado muitas vezes, e eu o valorizava como um homem sóbrio, sensato e confiável.

— Mas ele também não está aqui — continuou Finan. — Foi embora ontem. Levou a maior parte dos homens para Werlameceaster.

— Levou-os para Werlameceaster? Por quê? — Era tanto um protesto quanto uma pergunta.

— Só Deus sabe. O sujeito com quem falei só sabia que Merewalh tinha ido embora! Não sabia por que, mas tudo foi feito às pressas. Ele deixou um homem chamado Bedwin no comando.

— Bedwin — repeti o nome. — Nunca ouvi falar. Quantos homens Æthelstan levou?

— Mais de quinhentos.

Xinguei, breve e inutilmente.

A espada dos reis

— E quantos deixou aqui?

— Duzentos.

O que nem de longe bastaria para defender Lundene.

— E a maioria — comentei com azedume — provavelmente é de velhos e fracos. — Olhei para o alto, vendo uma estrela piscar entre duas nuvens apressadas. — E Waormund?

— Só o diabo sabe onde o desgraçado está. Não vi nenhum sinal dele.

— Waormund? — perguntou Benedetta, assustada.

— Ele estava na casa quando chegamos — expliquei.

— Ele é um demônio — disse ela com raiva, e fez o sinal da cruz. — Ele é maligno!

Dava para imaginar por que ela falava com tanta ferocidade, mas não perguntei. Em vez disso, tranquilizei-a:

— Ele foi embora.

— Ele desapareceu — corrigiu Finan, carrancudo. — Mas o desgraçado deve estar à espreita por aí.

E Waormund tinha apenas cinco homens, o que certamente significava que estávamos seguros nesse sentido. E evidentemente levou as serviçais da casa, o que sugeria que tinha outros planos para a noite em vez de nos atacar. Mas por que Waormund estava na cidade? E por que Merewalh levou a maior parte da guarnição para o norte?

— A guerra começou? — perguntei.

— Provavelmente. — Finan terminou o vinho. — Meu Deus, isso é lavagem.

— Onde fica esse tal lugar? — perguntou Benedetta, então tentou pronunciar o nome: — Werla...

— Werlameceaster?

— Onde fica?

— A um dia de marcha, ao norte daqui. É uma antiga cidade romana.

— É uma cidade mércia?

— É.

— Será que eles vão atacá-la?

— Talvez — respondi, mas achava muito mais provável que Merewalh tivesse levado homens para guarnecer Werlameceaster, porque a cidade, com suas fortes muralhas romanas, ficava numa das principais estradas que vinham da Ânglia Oriental, e agora os senhores daquele reino eram firmemente aliados de Wessex.

Finan deve ter pensado a mesma coisa.

— Então talvez ele esteja indo impedir que um exército da Ânglia Oriental reforce Æthelhelm, não é? — sugeriu.

— Acho que sim. Mas preciso descobrir. — Levantei-me.

— Como? — perguntou Benedetta.

— Perguntando a Bedwin, quem quer que ele seja. Ele deve estar no palácio, acho, por isso vou começar por lá.

— Não se esqueça de que Waormund está aqui — alertou Finan.

— Eu não vou sozinho. Você vem junto. Que confusão — falei com raiva. Mas, na verdade, era uma confusão que eu havia criado. Porque tinha feito um juramento. — Vamos.

— Eu também vou! — Benedetta se levantou.

— Você vem?! — E me virei para ela, espantado.

Minha surpresa fez com que eu falasse com aspereza demais, e por um instante ela pareceu com medo.

— A rainha quer que eu vá — disse, insegura. E depois, como uma égua passando de um passo trôpego para um trote rápido, continuou com mais confiança: — Ela quer que eu pegue uns vestidos que ela deixou no palácio. E umas sandálias. — Finan e eu continuamos apenas encarando-a. Benedetta prosseguiu, agora com dignidade: — A rainha Eadgifu mantém roupas em cada casa real. Ela precisa de algumas. Quando aqueles porcos a tiraram de Fæfresham, não nos deixaram trazer roupas. — Ela fez uma pausa, encarando-nos. — Precisamos de roupas!

Houve outra pausa desconfortável enquanto Finan e eu digeríamos isso.

— Então é melhor você ir — falei.

Deixei Berg encarregado da casa e do barco. Eu preferia ter levado o jovem norueguês, porque ele era valiosíssimo numa luta, mas depois de Finan ele era o homem mais confiável.

— Mantenha as portas trancadas! — falei. — E ponha uma guarda maior no *Spearhafoc*. Não quero que ele seja queimado durante a noite.

— O senhor acha que Waormund vai voltar?

— Eu não sei o que Waormund vai fazer.

Até onde eu sabia, Waormund tinha apenas os cinco homens, muito menos que eu, mas sua presença na cidade ainda me incomodava. Minha razão dizia que ele estava impotente, encurralado e com poucos homens numa cidade dominada por seus inimigos, mas meu instinto gritava dizendo que havia perigo.

— Talvez Æthelhelm tenha outros escondidos na cidade — falei a Berg.

— Seu trabalho é manter a rainha e os filhos em segurança. Não trave uma batalha se Waormund chegar. Ponha todo mundo a bordo do *Spearhafoc* e leve para o rio, onde a rainha possa ficar em segurança.

— Ela vai ficar em segurança, senhor — prometeu Berg.

— E mantenha o navio no rio até voltarmos.

— E se o senhor não voltar? — E Berg acrescentou rapidamente: — E vai voltar, senhor. Claro que vai.

— Então vá para Bebbanburg e leve a rainha Eadgifu.

— Eu vou para casa? — Ele pareceu consternado porque teria que ir embora sem mim.

— Vá para casa.

Levei Finan e seis homens, todos com cota de malha, todos com elmo e todos carregando uma espada longa. Fomos para o leste, seguindo o muro que os romanos construíram diante do rio, um muro que agora tinha vários buracos que davam acesso aos cais movimentados. Suspeitei que passamos pelo pátio de comércio de escravos onde Benedetta foi tratada com tanta brutalidade, mas, se isso aconteceu, ela não disse nada. A rua estreita estava escura, a não ser onde algumas chamas lançavam luz por alguma porta ou janela. E, quando nos aproximávamos dessas construções, o barulho lá dentro cessava ao som dos nossos passos. Bebês e cães eram silenciados. Quaisquer pessoas que víamos — e eram pouquíssimas — saíam rapidamente do caminho e entravam nas sombras de alguma porta ou de algum beco. A cidade estava nervosa, com medo de se tornar vítima das ambições dos homens.

Viramos para a rua mais larga que subia o morro partindo da ponte de Lundene. Passamos por uma grande taverna chamada Porco Vermelho, uma

Cidade das trevas

cervejaria que sempre foi popular entre os soldados de Æthelhelm quando estavam na cidade.

— Se lembra do Porco? — perguntei a Finan.

Ele deu um risinho.

— Você enforcou um homem na placa da taverna.

— Um homem de Cent.

Naquela ocasião uma briga havia começado na rua e parecia a ponto de se transformar num tumulto. E o jeito mais rápido de acabar com ela foi enforcando um homem.

Uma tocha ardia do lado de fora do Porco Vermelho, mas, apesar dessa luz tremeluzente, Finan tropeçou numa pedra do calçamento e quase caiu. Xingou, depois esfregou a mão na capa.

— Lundene — disse em tom azedo —, onde as ruas são pavimentadas com merda.

— Os saxões são um povo sujo — observou Benedetta.

— As cidades são sujas — falei.

— Eles não se lavam — continuou Benedetta —, nem mesmo as mulheres! A maioria.

Descobri que não tinha o que dizer. Lundene era mesmo suja, era imunda; no entanto, ela me fascinava. Passamos por colunas que um dia adornaram grandes construções, mas que agora estavam cercadas de casas de pau a pique. Havia sombras sob arcos que levavam a lugar nenhum. Novas construções foram erguidas desde a minha partida, preenchendo os espaços entre as casas romanas, algumas das quais ainda eram cobertas com telhas acima de três ou quatro andares de pedra. Mesmo à noite era possível ver que esse lugar já foi glorioso, orgulhoso com colunas e reluzente com mármore. Agora, a não ser pelas ruas mais próximas do rio, estava bastante abandonado e virando ruínas. As pessoas acreditavam que os fantasmas dos romanos percorriam essas ruas antigas, por isso preferiam se estabelecer na nova cidade saxã construída no oeste. Ainda que Alfredo e seu filho Eduardo tivessem encorajado as pessoas a se mudarem de volta para dentro das antigas muralhas, boa parte de Lundene continuava um ermo abandonado.

Passamos por uma igreja recém-coberta de palha e viramos à esquerda no alto da ladeira. À nossa frente, na colina oeste da cidade, chamas iluminavam

158

A espada dos reis

o palácio, perto da catedral que Alfredo ordenou que fosse reconstruída. Precisávamos atravessar o vale raso onde o riacho Weala corria para o sul até o Temes. Cruzamos a ponte e subimos o morro seguindo para o palácio construído para os reis da Mércia. A entrada era um arco romano esculpido com lanceiros que carregavam compridos escudos oblongos. Estava guardado por quatro homens com escudos redondos pintados com o símbolo de Æthelstan, o dragão segurando um relâmpago. Esse símbolo era uma espécie de alívio. Finan me garantiu que os homens de Æthelstan ainda ocupavam a cidade, mas o dragão com o raio serrilhado era a minha primeira prova.

— São homens velhos — resmungou Finan.

— Provavelmente mais novos que você e eu — observei, o que o fez rir.

Os velhos no portão ficaram evidentemente alarmados com nossa aproximação, porque um deles bateu na porta fechada com o cabo da lança e um instante depois surgiram mais três homens. Eles fecharam a porta depois de passar, enfileiraram-se sob o arco e apontaram as armas.

— Quem são vocês? — perguntou um dos recém-chegados.

— Bedwin está no palácio? — perguntei.

O homem que tinha falado hesitou.

— Está — respondeu por fim.

— E eu sou o jarl Uhtred de Bebbanburg, e vim vê-lo.

Era raro eu usar o título dinamarquês, mas o tom rabugento do sujeito me deixou com raiva. E, ao ouvir a arrogância na minha voz, meus homens desembainharam as espadas.

Houve uma pausa breve. Depois, com um sinal, as lanças foram baixadas. Seis homens apenas ficaram me olhando boquiabertos, mas o carrancudo ainda queria manter a autoridade.

— Vocês precisam entregar as armas — exigiu.

— Há algum rei aqui?

A pergunta pareceu confundi-lo.

— Não — conseguiu dizer.

— Não, *senhor* — rosnei.

— Não, senhor.

Cidade das trevas

— Então esta noite este não é o salão de um rei, certo? Vamos ficar com as armas. Abra a porta.

Ele hesitou outra vez, depois cedeu, e a porta dupla alta rangeu ao se abrir com as velhas dobradiças de ferro. Levei meus homens para o corredor iluminado por lampiões. Passamos pela escada que eu subia com frequência para encontrar Æthelflaed, e essa lembrança era aguda e dolorosa como a lembrança de Gisela no terraço junto ao rio. Onde elas estariam agora? Será que Gisela me esperava em Asgard, o lar dos deuses? Será que Æthelflaed me esperava em seu céu cristão? Conheci muitos homens sábios, mas nenhum capaz de responder a essas perguntas.

Passamos por um pátio onde ficava uma capela de madeira sobre os restos de um poço romano, depois por um arco partido que dava para um corredor feito de tijolos romanos finos.

— Podem embainhar as espadas — avisei aos meus homens, depois abri a porta de madeira rústica que havia substituído alguma peça de magnificência romana. O salão de banquetes do outro lado estava iluminado por uma miríade de velas feitas de junco ou de cera, mas havia apenas uma dúzia de homens sentados em volta de uma mesa. Eles pareceram assustados quando entramos. E se levantaram, não em boas-vindas, mas buscando espaço para desembainhar as espadas.

— Quem são vocês? — perguntou um homem.

Não tive chance de responder porque outro homem respondeu por mim.

— É o senhor Uhtred de Bebbanburg. — Era um padre alto e sério, que agora fez uma leve reverência para mim. — É bom vê-lo outra vez, senhor. Bem-vindo.

— Padre Oda — falei. — É uma surpresa vê-lo.

— Surpresa, senhor?

— Eu achei que você estava em Mameceaster.

— Estava, e agora estou aqui. — Suas palavras tinham um leve sotaque dinamarquês. Seus pais chegaram à Ânglia Oriental como invasores, mas o filho se converteu ao cristianismo e agora servia a Æthelstan. — E também estou surpreso em vê-lo, senhor. Mas fico feliz. Agora venha. — Ele indicou a mesa. — Temos vinho.

— Eu vim falar com Bedwin.

O padre Oda indicou o homem à cabeceira da mesa, que tinha nos interpelado quando entramos e que agora vinha até nós. Era alto, de cabelo escuro, com rosto comprido e bigode longo que descia até a cruz ornamentada no peito.

— Eu sou Bedwin — disse, parecendo ansioso. Dois cães de caça rosnaram quando ele falou, mas silenciaram a um gesto seu. Ele parou a alguns passos, o rosto ainda demonstrando que estava intrigado com a nossa chegada, uma expressão que mudou rapidamente para ressentimento. Será que ele achou que eu tinha vindo usurpar seu posto de comandante da cidade? — Não nos disseram que o senhor vinha — disse, e isso era quase uma censura.

— Vim ver o rei Æthelstan.

— Que está em Gleawecestre. — Bedwin falava quase como se ordenasse que eu atravessasse a Britânia.

— Você disse que há vinho, padre? — perguntei a Oda.

— Que precisa ser bebido — respondeu o padre.

Sinalizei para meus homens me acompanharem, em seguida me sentei no banco e permiti que Oda servisse uma taça generosa.

— Esta — estendi a mão para Benedetta — é uma das ajudantes da rainha Eadgifu. Veio pegar algumas roupas da rainha. Tenho certeza de que ela gostaria de um pouco de vinho também.

— Rainha Eadgifu? — Bedwin reagiu como se nunca tivesse ouvido falar dela.

— Que está aqui em Lundene, com os filhos — respondi. — Ela gostaria de usar seus antigos aposentos neste palácio.

— Rainha Eadgifu! — Bedwin parecia com raiva. — O que ela está fazendo aqui? Ela deveria estar com o cadáver do marido!

Bebi o vinho, que era muito melhor que a lavagem de antes.

— Ela fugiu da Mércia porque o senhor Æthelhelm ameaçou a vida dela e a dos filhos — respondi com paciência. — Eu a salvei das forças de Æthelhelm e agora ela busca a proteção do rei Æthelstan. — Isso não era totalmente verdadeiro. Eadgifu confiava em Æthelstan quase tanto quanto em Æthelhelm, mas Bedwin não precisava saber disso.

161

Cidade das trevas

— Então ela deve viajar até Gleawecestre. — Bedwin soava indignado. — Não há lugar para ela aqui!

— Merewalh pode ter uma opinião diferente — sugeri.

— Merewalh foi para o norte — disse Bedwin.

— Ouvi dizer que foi para Werlameceaster, não é?

Bedwin assentiu, depois franziu a testa quando o padre Oda encheu de novo minha taça. Foi o padre Oda quem me respondeu, a voz suave.

— Fomos informados de que um exército da Ânglia Oriental estava a caminho, senhor, e Merewalh achou que o perigo era suficiente para levar a maior parte dos seus homens para Werlameceaster.

— Deixando Lundene quase indefesa — retruquei, descontente.

— De fato, senhor. — O padre Oda falava com calma; no entanto, não conseguia esconder que desaprovava o que Merewalh optou por fazer. — Mas Merewalh voltará quando tiver dissuadido os exércitos da Ânglia Oriental.

— Quer dizer, quando tiver acabado com eles?

— Não, senhor. Dissuadido. O rei Æthelstan insiste que não iniciemos a luta. O senhor Æthelhelm deve matar primeiro. O rei Æthelstan não terá o sangue de companheiros cristãos nas mãos a não ser que seja atacado.

— Ainda assim, ele tomou Lundene! Está me dizendo que não houve luta?

Bedwin respondeu:

— Os saxões ocidentais abandonaram a cidade.

Encarei-o, atônito.

— Abandonaram?

Parecia inacreditável. Lundene era a maior cidade da Britânia, era a fortaleza que juntava a Ânglia Oriental a Wessex, era o lugar onde um rei podia ganhar uma pequena fortuna em impostos e taxas, e Æthelhelm simplesmente desistiu dela?

Mais uma vez o padre Oda ofereceu uma explicação.

— Nós viemos, senhor. Eles eram menos de duzentos e pediram uma bandeira de trégua. Nós descrevemos com alguns detalhes o destino que os aguardava se insistissem em defender a cidade. E, vendo que nossa proposta fazia sentido, eles foram embora.

— Alguns ficaram — falei.

162

A espada dos reis

— Não, senhor — insistiu Bedwin. — Eles foram embora.

— Waormund está aqui. Lutei com ele há menos de duas horas.

— Waormund! — Bedwin fez o sinal da cruz. Duvido que sequer tenha percebido que o fez, mas o medo provocado pelo nome de Waormund era nítido em seu rosto. — O senhor sabe se era mesmo Waormund?

Não respondi porque nada daquilo fazia sentido. Æthelhelm sabia tão bem quanto qualquer um que Lundene era um prêmio, e não era um prêmio a ser entregue levianamente. Mesmo se Ælfweard e Æthelstan concordassem com os termos do testamento do pai deles e Ælfweard governasse Wessex enquanto Æthelstan fosse rei da Mércia, ainda assim eles lutariam por Lundene. Porque quem governasse Lundene seria o rei mais rico da Britânia, e riqueza comprava lanças e escudos. Mas os homens de Æthelhelm tinham simplesmente abandonado a cidade? Agora, espantosamente, Merewalh fez a mesma coisa. Oda repetiu a pergunta de Bedwin:

— O senhor tem certeza de que era Waormund?

— Era Waormund. — A resposta de Finan foi peremptória.

— Ele estava com homens? — perguntou o padre.

— Poucos — respondi —, talvez apenas cinco.

— Então não há perigo.

Ignorei a burrice de Bedwin. Waormund era um exército de um homem só, um destruidor, um matador, um homem capaz de dominar uma parede de escudos e mudar a história com sua espada. Então por que ele estava aqui?

— Como vocês ficaram sabendo desse tal exército da Ânglia Oriental, o exército que Merewalh foi interpelar? — perguntei.

— Chegaram notícias de Werlameceaster, senhor — respondeu Bedwin rigidamente. — Diziam que um exército da Ânglia Oriental estava pronto para marchar até o coração da Mércia.

Havia algum sentido nisso. Æthelstan estaria olhando para o sul, vigiando os pontos de travessia do Temes, e um exército inimigo às suas costas seria, na melhor das hipóteses, uma distração, e, na pior, um desastre iminente. Mas, ainda que isso ficasse claro para mim, eu sentia a pontada do instinto dizendo que estava tudo errado. Então, de repente, como uma névoa se levantando da terra matinal e revelando cercas vivas e bosques, tudo fez sentido.

163

Cidade das trevas

— Vocês enviaram patrulhas para o leste? — perguntei a Bedwin.

— Para o leste? — questionou ele, confuso.

— Em direção a Celmeresburh! — Celmeresburh era uma cidade a nordeste, uma cidade em uma das principais estradas romanas que iam do coração da Ânglia Oriental até Lundene.

Bedwin deu de ombros.

— Tenho poucos homens até mesmo para sustentar a cidade, senhor, sem mandar outros para longe.

— Deveríamos ter enviado patrulhas — comentou Oda baixinho.

— Os padres não deveriam se preocupar com essas coisas — reagiu Bedwin rispidamente, e percebi que os dois já haviam discutido essa questão.

— É sempre sensato ouvir um dinamarquês quando se fala de guerra — observei com acidez. Oda sorriu, mas eu não. — Mande uma patrulha de manhã — ordenei a Bedwin. — Ao alvorecer! Uma patrulha forte. Pelo menos cinquenta homens, e dê a eles seus cavalos mais rápidos.

Bedwin hesitou. Ele não gostava que eu lhe desse ordens, mas eu era um senhor, um ealdorman e um guerreiro com reputação. Mesmo assim ele ficou irritado e começou a procurar as palavras para argumentar comigo. Mas essas palavras não vieram.

Porque uma trombeta soou na noite. Soou de novo e de novo, um toque urgente, até mesmo desesperado. E parou de repente.

Um sino de igreja tocou. Depois outro. E eu soube que minha ordem chegou tarde, porque a armadilha de Æthelhelm foi acionada.

Porque sem dúvida Waormund foi deixado para trás com apenas um objetivo: abrir um portão da cidade durante a noite. E em algum lugar na muralha leste já haveria guardas mortos e um portão aberto. O que significava que o exército de Æthelhelm, vindo da Ânglia Oriental, não estava nem mesmo perto de Werlameceaster. Estava entrando em Lundene.

E os gritos começaram.

SEIS

Xinguei. E pouco adiantou.

Bedwin estava boquiaberto, os outros homens em volta da mesa pareciam igualmente confusos, cada um deles esperando que alguém dissesse o que fazer.

— Por aqui — vociferei para meus homens e segurei a manga do vestido de Benedetta. — Venham!

Nesse momento, claro, eu não sabia o que estava acontecendo, mas a trombeta insistente e o clangor dos sinos falavam de um ataque. O único outro evento que provocaria esse alarme seria um incêndio, mas, quando saímos correndo pela porta do palácio, não havia nenhuma claridade no céu. Os guardas estavam parados, olhando para o leste.

— O que vamos fazer, senhor? — gritou um deles para mim.

— Vão para dentro, juntem-se a Bedwin!

A última coisa que eu precisava era de homens nervosos, maltreinados, acompanhando-me. Os sinos anunciavam que nesta noite haveria matança na cidade, e eu precisava chegar ao *Spearhafoc*. Gritei para meus homens me acompanharem morro abaixo; entretanto, antes de chegarmos à metade do caminho até o rio, vi cavaleiros avançando por uma rua próxima, com a ponta das lanças refletindo a luz de uma tocha. Eu ainda segurava o braço de Benedetta e ela ofegou alarmada quando virei rapidamente para a direita, mergulhando num beco. Teria preferido ir para a esquerda, para o leste, na direção do *Spearhafoc*, mas não havia beco nem rua suficientemente perto.

Parei no beco e xinguei outra vez, e esse palavrão foi tão útil quanto o primeiro.

— O que é? — perguntou Beornoth.

— Os inimigos — respondeu Vidarr Leifson por mim.

— Pelo jeito estão vindo do leste — sugeriu Finan baixinho.

— Eu falei para o idiota mandar batedores — disse uma voz —, mas ele recusou! Disse que tinha poucos homens, mas agora terá ainda menos.

O beco estava escuro e eu não conseguia ver quem falava, mas o sotaque dinamarquês o revelou. Era o padre Oda.

— O que você está fazendo aqui? — perguntei rispidamente.

— Buscando segurança — respondeu com calma —, e eu confio no senhor para me proteger mais que naquele tolo do Bedwin.

Por um momento me senti tentado a ordenar que ele voltasse ao palácio, depois cedi. Mais um homem não faria diferença para nós, mesmo sendo um sacerdote cristão que não portava nenhuma arma.

— Por aqui! — falei.

Continuei descendo o morro, agora usando ruas secundárias e becos. O som dos cascos dos cavalos estava abafado, mas ouvi um grito, depois o choque de espada em metal. Continuamos correndo.

Os cavaleiros que vi vinham do leste. A casa junto ao rio onde deixei Berg, o restante dos meus homens e Eadgifu também ficava no leste, não muito longe do portão leste da cidade. Supus que Waormund tinha atacado esse portão para permitir a entrada das tropas que agora se espalhavam por Lundene. Pior, Waormund saberia exatamente onde me encontrar, e sem dúvida estaria levando homens diretamente para a casa. Será que Berg conseguiu escapar? Se tivesse, teria levado o *Spearhafoc* para o centro do rio e o estaria mantendo lá. Mas, enquanto corríamos descendo pelos becos, perguntei-me como iríamos chegar até ele.

— Aqui embaixo, senhor! — Era Oswi gritando.

Oswi era jovem, inteligente e um bom guerreiro. Eu o conheci quando ele era um órfão assombrando as ruas de Lundene e ganhando a vida com roubos. Ele tentou roubar de mim, foi pego e, em vez de lhe dar a surra que ele merecia, perdoei-o e o treinei como lutador. Ele conhecia a cidade e devia saber no que eu estava pensando, porque nos levou morro abaixo por um labirinto de becos. O chão era traiçoeiro no escuro, e eu quase caí duas vezes.

166

A espada dos reis

O padre Oda estava guiando Benedetta, e o restante de nós tinha desembainhado as espadas. O barulho na noite era mais alto, o rugido de homens, mulheres gritando, cães uivando e o martelar de cascos com ferraduras, mas por enquanto nenhum inimigo havia penetrado nesses becos estreitos na parte oeste da cidade.

— Parem! — Oswi ergueu a mão.

Tínhamos chegado à rua que passava pela parte interna do antigo muro do rio, e a ponte ficava perto, à nossa esquerda. Estávamos escondidos por sombras escuras, mas tochas iluminavam as proximidades da ponte e havia homens lá, homens demais, homens com cota de malha e elmo, homens com escudo, lança e espada. Nenhum deles usava a capa vermelha opaca dos guerreiros de Æthelhelm mas também não carregava o símbolo de Æthelstan nos escudos.

— Serão os guerreiros da Ânglia Oriental? — perguntou-me Finan.

— Quem mais seria?

Os anglos orientais estavam barrando nosso caminho para o leste, e recuamos de volta para as sombras profundas enquanto dezenas de cavaleiros surgiam. Vinham do leste, comandados por um homem de capa vermelha, e carregavam lanças compridas. Ouvi risadas, depois uma ordem para subir o morro. O barulho dos cascos soou outra vez enquanto nos encolhíamos no beco, escondidos pela sombra e pelo medo.

Xinguei pela terceira vez. Esperava chegar ao emaranhado de molhes e seguir pela margem do rio até a casa, mas essa sempre foi uma vã esperança. Berg e seus homens ou foram dominados e mortos ou então chegaram ao *Spearhafoc* e estavam neste momento na escuridão do rio. Mas será que esse exército da Ânglia Oriental teria vindo de barco também? Parecia improvável. Seria necessário um marinheiro de habilidade espantosa para ultrapassar as curvas sinuosas do Temes na escuridão com a lua amortalhada. Mas uma coisa era certa: a parte leste da cidade, a parte aonde eu precisava chegar, estava apinhada de inimigos.

— Vamos para o norte — falei, e sabia que estava tentando nos tirar de um equívoco. Nunca houve uma chance verdadeira de chegar ao *Spearhafoc*, e, ao levar meus homens e Benedetta morro abaixo, eu segui na direção errada.

Cidade das trevas

— Norte? — perguntou Oswi.

— Se pudermos sair da cidade, teremos chance de chegar à estrada para Werlameceaster.

— Não temos cavalos — observou o padre Oda calmamente.

— Então vamos andar! — rosnei.

— E o inimigo — continuou o padre Oda com calma — enviará patrulhas de cavaleiros.

Não falei mais nada e ninguém abriu a boca até Finan romper o silêncio.

— É sempre sensato ouvir um dinamarquês quando ele fala de guerra — comentou, indiferente, usando as palavras que eu tinha dito a Bedwin não muito tempo antes.

— Então não vamos ficar na estrada — declarei. — Vamos usar a floresta, onde os cavaleiros não possam nos encontrar. Oswi, leve-nos até o portão norte.

A tentativa de chegar à muralha norte também fracassou. Quem comandava o exército da Ânglia Oriental não era burro. Tinha mandado homens capturar e depois vigiar cada um dos sete portões. Dois desses atravessavam a muralha do forte romano construído no canto noroeste da cidade, e, quando nos aproximamos, ouvimos o som de homens lutando. Havia um espaço aberto na frente do forte e a oeste do anfiteatro arruinado, com uma vintena de corpos caídos na praça iluminada pelas tochas que ardiam nas paredes do palácio. O sangue se derramou nas pedras e escorreu pelas fendas entre as velhas lajes do pavimento cheias de mato, onde homens com capas vermelhas despiam as cotas de malha dos cadáveres. O portão sul do forte, um dos dois que davam para a cidade, estava escancarado, e seis cavaleiros atravessaram o arco. Eram comandados por um homem imponente montado num grande garanhão preto, usando capa branca e com uma cota de malha de metal muito polido.

— Aquele é Varin — sussurrou o padre Oda.

— Varin? — perguntei. Mais uma vez estávamos escondidos nas sombras profundas de um beco.

— Um anglo oriental — explicou o padre Oda. — Um dos comandantes do senhor Æthelhelm.

— Varin é um nome dinamarquês.

— Ele é dinamarquês. E, como eu, é cristão. Eu o conheço bem. Já fomos amigos.

— Na Ânglia Oriental?

Eu sabia que os pais do padre Oda se estabeleceram na Ânglia Oriental depois de atravessar o mar do Norte.

— Na Ânglia Oriental, que é uma terra tão dinamarquesa quanto saxã. Um terço das tropas do senhor Æthelhelm na Ânglia Oriental é composto por dinamarqueses. Talvez mais de um terço.

Isso não deveria me surpreender. A Ânglia Oriental caiu sob o domínio dinamarquês antes de Alfredo chegar ao trono e foi governada durante muito tempo por reis dinamarqueses. A soberania deles terminou quando o exército saxão ocidental de Eduardo os derrotou. E, ainda que muitos tenham morrido na luta, os dinamarqueses que sobreviveram sabiam para onde o vento do destino soprava e se converteram ao cristianismo. Depois juraram lealdade aos novos senhores saxões que dominaram as grandes propriedades. Æthelhelm, o Velho, que morreu enquanto era meu prisioneiro, recebeu territórios vastos na Ânglia Oriental e criou um exército de dinamarqueses implacáveis para defendê-los. Esses eram os homens que, com seus colegas saxões, chegaram a Lundene nesta noite.

— Por aqui não vamos sair da cidade — avisou Finan com azedume.

Os homens de Varin dominaram os portões, a ponte e o forte romano, o que significava que Lundene havia caído. Merewalh foi enganado e atraído para o norte, Bedwin fracassou em guardar as estradas do leste, e agora esquadrões de guerreiros de Æthelhelm começavam a vasculhar becos e ruas da cidade para acabar com qualquer esperança de resistência por parte das tropas derrotadas de Bedwin. Estávamos encurralados.

E eu cometi o segundo erro naquela noite. O primeiro foi a tentativa inútil de chegar ao *Spearhafoc*; e o segundo, tentar sair por um portão no norte. E agora a melhor esperança era encontrar um barco e escapar descendo o rio.

— Nos leve de volta aos cais — pedi a Oswi. — A leste da ponte. — Queria estar rio abaixo depois da ponte, que tinha vãos estreitos perigosos entre as colunas de pedra onde a água formava espuma, agitava-se e afundava muitos pequenos barcos.

169

Cidade das trevas

— Os filhos da mãe estavam aos montes lá embaixo — alertou Finan.

— Então vamos nos esconder! — rosnei. Minha raiva era direcionada a mim mesmo, não a Finan. Eu me sentia como um rato cercado por terriers; ainda lutando, mas sem ter para onde correr.

Não havia para onde correr, mas existiam lugares onde podíamos nos esconder, e Oswi conhecia Lundene como um rato conhece o pátio de um estábulo. Ele nos levou rapidamente, mantendo-se nos becos estreitos onde os inimigos ainda não tinham chegado. Agora seguíamos para o leste e, apesar de não termos encontrado os inimigos, conseguíamos ouvi-los. Escutávamos gritos e berros, o choque de lâminas, gargalhadas de homens desfrutando de uma vitória fácil. Algumas pessoas fugiram para as igrejas em busca de santuário, e, quando margeamos uma igreja de madeira, ouvi uma mulher gemendo e um bebê chorando.

Precisávamos atravessar a rua larga que levava da ponte até a grande praça do mercado no alto da colina. Tochas ardiam dos dois lados da rua, espalhando fumaça preta no ar agitado. Havia grupos de homens abaixo das chamas com as espadas embainhadas e os escudos encostados nas paredes. Um grupo tinha rolado um barril desde a taverna do Porco Vermelho e um homem com um machado arrebentou a tampa, provocando gritos de comemoração. Uma mulher gritou e em seguida ficou em silêncio abruptamente. Lundene caiu, e os captores estavam desfrutando dos espólios, mas então um cavaleiro de capa vermelha esporeou o cavalo vindo do rio.

— Ao palácio, rapazes! — gritou ele. — Deixem essa cerveja, lá tem muito mais!

A rua se esvaziou aos poucos, mas continuava perigosa. Olhei morro abaixo e vi que havia homens vigiando a ponte e que alguns deles começaram a subir na nossa direção. Imaginei que essa rua principal ficaria movimentada a noite inteira, mas precisávamos atravessá-la se quiséssemos encontrar um barco nos molhes a leste da ponte.

— Vamos simplesmente atravessar como se estivéssemos andando — falei.

— Andando? — perguntou o padre Oda.

— Não vamos correr. Não vamos parecer com medo. Vamos apenas andar.

A espada dos reis

E assim o fizemos. Atravessamos a rua devagar, como se não tivéssemos nenhuma preocupação no mundo. Benedetta ainda estava com o padre Oda, e um dos homens que vinha da ponte a viu.

— Você arranjou uma mulher? — gritou ele.

— Uma mulher! — ecoaram meia dúzia de vozes.

— Continuem andando — avisei, e acompanhei Oswi por um arco meio partido que dava para outro beco. — Agora, depressa! — gritei, mas era perigoso ir depressa porque estava completamente escuro, o beco era estreito e o piso era apenas de terra e pedras esparsas. Ouvi nossos perseguidores gritando de novo. Tinham chegado ao arco e estavam nos acompanhando para a escuridão. — Finan — chamei.

— É um prazer — respondeu ele, sério, e nós dois deixamos os outros passar.

— Tragam a mulher aqui! — gritou um homem. Ele não recebeu resposta, não conseguia escutar nada além de passos trôpegos. — Seus desgraçados! — gritou ele outra vez. — Tragam a puta aqui!

Mais uma vez ele não recebeu resposta, por isso veio na nossa direção seguido por quatro homens. Conseguíamos ver a silhueta deles contra a luz fraca da rua principal, mas eles veriam pouco de nós porque suas sombras longas obscureciam nossas espadas desembainhadas.

— Tragam a mulher aqui! — gritou o homem de novo, então soltou um miado quando Bafo de Serpente furou sua cota de malha, rasgou os músculos da barriga e se retorceu nas suas tripas. Ele desmoronou em cima de mim, a espada caindo com um clangor, a mão direita agarrando minha cota de malha. Dei um golpe com o joelho direito em seu queixo e o grito que tinha começado se transformou num gorgolejo sangrento. Dei um passo para trás e soltei Bafo de Serpente. Finan, veloz feito um raio, como sempre, tinha derrubado outro sujeito sem fazer barulho, a não ser o ofegar borbulhante de um pescoço cortado. Vi o sangue espirrar preto no beco e um pouco dele respingou no meu rosto enquanto eu passava por cima do sujeito com a barriga cortada para cravar a espada em outro. Ele tentou se virar de lado, mas Bafo de Serpente cortou duas costelas, rasgando a malha, depois ele tropeçou no primeiro homem agonizante, e Beornoth, atrás de mim, baixou com força o botão da espada, rachando o crânio do sujeito como se fosse um ovo. Finan

Cidade das trevas

tinha rasgado os olhos de um homem, que gritava com as mãos apertando o rosto sangrento.

O último guerreiro parou, depois saiu correndo do beco. Finan começou a ir atrás dele, mas segurei seu braço.

— Para trás — falei. — Para trás! Deixe!

O fugitivo já havia chegado à rua mais larga iluminada por tochas.

Corremos procurando Oswi. Virei à direita em outro beco, tropecei, ralei a mão numa parede e virei à esquerda de novo. Finan puxou minha manga e eu o acompanhei descendo três degraus de pedra. A lua havia saído de trás de uma nuvem, e eu consegui enxergar de novo, só que estávamos à sombra de muros de pedra desolados. Ruínas, pensei, depois atravessamos um espaço banhado pela lua e entramos em outro beco. Onde, diabos, estava Oswi? Eu ouvia gritos atrás de nós. O último sino no oeste da cidade parou de tocar, e então uma voz gritou ali perto:

— Por aqui! Por aqui!

Vi uma sombra dentro de outra sombra em cima de uma pilha de pedras partidas. Passamos por cima e descemos numa escuridão desolada. Tropecei em alguém. Era Benedetta, que ofegou. Em seguida me abaixei ao lado dela.

— Silêncio, senhor! — sussurrou Oswi. — Silêncio!

Como feras caçadas, fomos para o chão, mas os caçadores queriam mais sangue. Um dos perseguidores segurava uma tocha acesa, e as sombras confusas de homens grandes foram lançadas numa parede meio destruída ao nosso lado. Os caçadores pararam. Prendi a respiração e escutei vozes murmurando.

— Por aqui! — disse uma delas, e as sombras sumiram enquanto os passos seguiam para o leste.

Nenhum de nós se mexeu, nenhum de nós falou. Então uma mulher deu um grito terrível, não muito longe, e homens rugiram em triunfo. Ela gritou outra vez. Benedetta sussurrou alguma coisa amarga. Não entendi nenhuma palavra, mas senti que ela estava tremendo e estendi a mão para tocá-la. Ela segurou minha mão ralada e a apertou com força.

E assim esperamos. O barulho diminuiu, mas ainda se escutava a mulher gemendo.

— Porcos — xingou Benedetta em voz baixa.

A espada dos reis

— Onde estamos? — sussurrei para Oswi.

— Em segurança, senhor — murmurou ele, mas nosso refúgio não me parecia nem um pouco seguro. Parecíamos estar nas ruínas de uma pequena casa de pedra sem saída a não ser por onde tínhamos entrado. Outras casas ali perto ainda eram usadas. Vi a luz de uma chama aparecer e desaparecer numa janela fechada. Outra mulher gritou, e a mão de Benedetta apertou a minha com força. Oswi sussurrou alguma coisa, e escutei Finan resmungar em resposta.

Então uma pederneira bateu em aço, houve um sopro, outra fagulha, e a pequena acendalha da bolsa de Finan pegou fogo. A chama era minúscula, apenas o suficiente para mostrar o que parecia ser uma pequena boca de caverna na base da parede em ruínas, uma abertura escura sustentada por uma coluna meio partida e torta. Oswi se enfiou no buraco, Finan lhe entregou um pedaço de madeira acesa e a pequena chama desapareceu dentro do buraco.

— Por aqui! — sussurrou Oswi.

Finan foi atrás, então um por um nos enfiamos na caverna. Finan havia acendido um pedaço maior de madeira, e vi que estávamos num porão. Pulei num piso de madeira e quase engasguei com o fedor. O porão devia ficar perto de uma fossa. Benedetta apertou a echarpe na boca e no nariz. Colunas grossas feitas com finos tijolos romanos sustentavam o teto.

— A gente costumava se esconder aqui — explicou Oswi, depois subiu por um buraco na parede de pedra do outro lado do porão. — Tomem cuidado!

Mais uma vez Finan foi atrás dele. A chama da tocha improvisada tremulou. Do outro lado do buraco havia outro porão, porém mais fundo, e à minha direita ficava a fossa. Uma laje estreita levava até um arco de pedra, e foi através dessa última abertura que Oswi desapareceu. A voz de um menino o interpelou, outras vozes se somaram ao barulho repentino. Então Finan entregou a tocha a Vidarr e desembainhou a espada. Passou pelo arco e gritou exigindo silêncio.

Acompanhei Finan e descobri doze crianças no último porão. A mais velha devia ter uns 13 anos; a mais nova, apenas metade disso. Três meninas e nove meninos maltrapilhos, todos parecendo famintos, os olhos grandes nos rostos pálidos e ferozes. Tinham camas de palha, as roupas não passavam de trapos

Cidade das trevas

e os cabelos eram escorridos e compridos. Oswi tinha acendido uma pequena chama usando palha e restos de madeira, e àquela luz vi que um dos meninos mais velhos empunhava uma faca.

— Guarde isso, menino — vociferei, e a faca sumiu. — Essa é a única entrada? — perguntei do arco de tijolos.

— A única, senhor. — Oswi estava cuidando de seu fogo.

— Ele é um senhor? — perguntou o menino. Nenhum de nós respondeu.

— Quem são eles? — perguntei, embora fosse uma pergunta idiota, porque a resposta era óbvia.

— Órfãos — disse Oswi.

— Como você.

— Como eu, senhor.

— Não existem conventos? — perguntou Benedetta. — Lugares que cuidam de crianças sem mães?

— Conventos são cruéis — respondeu Oswi duramente. — Se eles não gostam de você, vendem para os traficantes de escravos no rio.

— O que está acontecendo? — perguntou o menino que havia escondido a faca.

— Tropas inimigas — respondi. — Tomaram a cidade. É melhor vocês ficarem escondidos até eles se acalmarem.

— E vocês estão fugindo deles?

— O que você acha? — perguntei, e ele não disse nada. Mas eu sabia no que o menino estava pensando: que poderia ganhar uma pequena fortuna nos traindo. Motivo pelo qual eu havia perguntado a Oswi se existia outra saída desse porão fedorento e escuro. — Vocês vão ficar aqui até nós dizermos que podem sair — acrescentei. O menino se limitou a olhar para mim sem dizer nada. — Qual é o seu nome, menino?

Ele hesitou, como se quisesse me desafiar, depois murmurou:

— Aldwyn.

— Aldwyn, *senhor* — corrigi.

— Senhor — acrescentou ele, relutante.

Fui até ele, passando por cima de trapos e palha. Agachei-me e olhei em seus olhos escuros.

A espada dos reis

— Se você nos trair, Aldwyn, o inimigo vai lhe dar um xelim. Talvez dois. Mas, se você me servir, menino, eu lhe dou ouro. — Tirei uma moeda do bolso e lhe mostrei. Ele a encarou, olhou nos meus olhos e voltou a encará-la. Ele não falou nada, mas vi a fome em seu olhar. — Você conhece aquele homem? — perguntei, indicando Oswi com um aceno de cabeça.

Ele olhou para Oswi, depois de volta para mim.

— Não, senhor.

— Olhe para ele — falei. O menino franziu a testa, sem entender, mas olhou obedientemente para Oswi, que estava iluminado pelas chamas da pequena fogueira. Aldwyn viu um guerreiro com barba aparada, ótima cota de malha e um cinturão de espada grosso com bordados e pequenas placas de prata. — Diga a ele quem você é, Oswi, e o que você era.

— Eu sou um guerreiro da Nortúmbria — respondeu Oswi com orgulho —, mas já fui igual a você, menino. Morei neste porão, roubava comida e fugia dos traficantes de escravos como você. Então conheci o meu senhor e ele se tornou meu doador de ouro.

Aldwyn olhou de volta para mim.

— O senhor é mesmo um senhor?

Ignorei a pergunta.

— Quantos anos você tem, Aldwyn?

— Não sei, senhor. Doze?

— Você comanda esses meninos e meninas?

Ele confirmou.

— Eu cuido deles, senhor.

— Você é cruel?

— Cruel? — Ele franziu a testa.

— Você é cruel? — repeti.

Ele continuou intrigado com a pergunta e, em vez de responder, olhou para os companheiros. Foi uma das meninas que respondeu:

— Às vezes ele machuca a gente, senhor, mas só quando a gente faz alguma coisa errada.

— Se vocês me servirem — falei —, serei um doador de ouro para todos. E sim, Aldwyn, eu sou um senhor. Sou um grande senhor. Tenho terras, tenho

Cidade das trevas

embarcações e homens. E com o tempo vou expulsar os inimigos desta cidade, o sangue deles vai escorrer pelas ruas, os cães vão devorar a carne deles e os pássaros vão se refestelar com seus olhos.

— Sim, senhor — sussurrou ele.

E esperei ter dito a verdade.

O *Spearhafoc* se foi, o cais de pedra estava vazio e não havia cadáveres no terraço.

Minhas novas tropas trouxeram a notícia. Ou melhor, Aldwyn e seu irmão mais novo foram como meus batedores e voltaram transbordando de felicidade depois de uma missão bem-sucedida. O padre Oda havia me alertado sobre não usá-los, dizendo que a tentação de nos trair era grande demais, mas eu tinha visto a fome nos olhos jovens de Aldwyn. Não era fome de traição nem da satisfação da cobiça, e, sim, uma fome de fazer parte de algo, de ser valorizado. Eles voltaram.

— Tinha soldados lá, senhor — disse Aldwyn, empolgado.

— O que havia nos escudos deles?

— Um pássaro, senhor. — Aquelas eram crianças da cidade, que não diferenciariam um corvo de uma gaivota, mas presumi que o pássaro, qualquer que fosse, era um símbolo da Ânglia Oriental.

— E nenhum cadáver?

— Nenhum, senhor. Não tinha sangue também.

Era uma observação sagaz.

— Vocês chegaram perto?

— A gente entrou na casa, senhor! A gente disse que era mendigo.

— O que eles fizeram?

— Um bateu na minha cabeça, senhor, e me mandou dar o fora.

— E você deu o fora?

— Sim, senhor. — Ele riu.

Eu lhe dei prata e prometi ouro se continuasse a me servir. O *Spearhafoc* se foi, o que era um alívio, mas havia a chance de uma frota da Ânglia Oriental estar esperando na foz do Temes com reforços para os homens que tomaram a

A espada dos reis

cidade, e essa frota poderia ter capturado Berg e meu barco. Toquei o amuleto do martelo, fiz uma oração silenciosa aos deuses e tentei planejar um futuro, mas não conseguia enxergar esperança para além da necessidade imediata de conseguir comida e cerveja.

— A gente rouba — disse Aldwyn quando perguntei como seu pequeno bando se alimentava.

— Vocês não podem roubar comida suficiente para todos nós. Vamos ter que comprar.

— Eles conhecem a gente nas feiras, senhor — disse Aldwyn, desanimado. — Vão expulsar a gente.

— E as melhores feiras ficam fora da cidade — explicou uma menina. Ela se referia à cidade construída pelos saxões, que se espalhava a oeste da muralha romana. As pessoas preferiam morar lá, longe dos fantasmas de Lundene.

— Do que vocês precisam? — perguntou o padre Oda para mim.

— Cerveja, pão, queijo, peixe defumado. Qualquer coisa.

— Eu vou — disse Benedetta.

Meneei a cabeça.

— Ainda não é seguro para uma mulher. Talvez amanhã, quando as coisas se acalmarem.

— Ela vai estar em segurança na companhia de um padre.

Olhei para Oda. A única luz do porão vinha de uma rachadura no teto que também servia como buraco para a saída da fumaça. Aldwyn tinha explicado: "Só fazemos fogueira à noite, senhor, e ninguém nunca notou a fumaça."

— Você não pode ir, padre — avisei a Oda.

Ele se eriçou.

— Por que não?

— Eles o conhecem, padre. Você é da Ânglia Oriental.

— Desde que saí de lá, deixei a barba crescer. — Era uma barba curta, muito bem-aparada. — Ou vocês passam fome ou nos deixam ir. E, se eles me prenderem, o que podem fazer?

— Matá-lo, padre — respondeu Finan.

Um leve sorriso atravessou o rosto do padre.

— Meu senhor Uhtred é que é conhecido como matador de padres, não o senhor Æthelhelm.

Cidade das trevas

— O que farão com você? — perguntei.

Ele deu de ombros.

— Me ignorar ou, mais provavelmente, me mandar ao senhor Æthelhelm. Ele está com raiva de mim.

— De você! Por quê?

— Porque eu já o servi — respondeu o padre Oda calmamente. — Fui um dos confessores dele. Mas abandonei o serviço.

Encarei-o, surpreso. Quando conheci o padre Oda, ele estava na companhia de Osferth, aliado de Æthelstan, e agora descobri que ele já esteve a serviço de Æthelhelm.

— Por que você o abandonou? — perguntou Finan.

— Ele exigiu a todos que fizéssemos juramento ao príncipe Ælfweard, e eu jamais poderia fazer isso em sã consciência. Ælfweard é um jovem cruel, desnaturado.

— E agora é rei de Wessex — acrescentou Finan.

— Motivo pelo qual o senhor Uhtred está aqui. Logo o matador de padres também será matador de reis. — Oda se virou para olhar para Oswi. — Você vai conosco, mas sem cota de malha, sem armas. Eu sou um padre, a senhora Benedetta dirá que é minha esposa, e você é nosso serviçal. Vamos comprar comida e cerveja para a irmandade de santo Erkenwald. — Eu sabia da existência de um mosteiro dedicado a santo Erkenwald no leste da cidade. — Você, menino — o padre Oda apontou para Aldwyn —, vai nos acompanhar até o portão da cidade e voltar para cá se tivermos problema com os guardas. E o senhor — ele sorriu para mim — vai nos dar dinheiro.

Eu sempre carregava uma bolsa com moedas, uma bolsa pesada, mas suspeitava que ela ficaria leve rapidamente se não arrumasse um jeito de escapar da cidade. Dei um punhado de xelins de prata ao padre Oda. Estava hesitando em deixar que Benedetta fosse com ele, mas, como Oda observou, a presença de uma mulher e um padre afastaria as suspeitas.

— Eles estão procurando guerreiros, senhor — explicou Oda —, não casais.

— Ainda é perigoso para uma mulher — insisti.

— E só homens podem enfrentar perigos? — questionou Benedetta.

— Ela não sofrerá nenhum mal — declarou Oda com firmeza. — Se algum homem a ofender, eu o ameaço com as fornalhas eternas do inferno e os tormentos intermináveis de Satã.

Eu fui criado com essas ameaças pairando sobre a cabeça, e, apesar da crença nos deuses mais antigos, ainda senti um tremor de medo. Toquei o martelo.

— Então vão.

E eles foram, e voltaram em segurança três horas depois com três sacos de comida e dois barriletes de cerveja.

— Ninguém seguiu eles, senhor — disse Aldwyn.

— Não houve nenhum problema — informou Oda com sua calma de sempre. — Falei com o comandante do portão e ele me disse que agora há quatrocentos homens na cidade, e que mais estão a caminho.

— Por mar? — perguntei, temendo pelo *Spearhafoc*.

— Ele não disse. O senhor Æthelhelm não está aqui, nem o rei Ælfweard. Pelo que o comandante contou, os dois continuam em Wintanceaster. A nova guarnição é comandada pelo senhor Varin.

— Que nós vimos ontem.

— De fato.

— Foi bom respirar ar de verdade — comentou Benedetta melancolicamente.

Sem dúvida ela estava certa, porque a fossa fedia demais. Eu estava sentado no chão úmido, com a cabeça encostada nos tijolos frios, e pensei em como o jarl Uhtred de Bebbanburg havia chegado a esse ponto. Eu era um fugitivo num porão em Lundene comandando um punhado de guerreiros, um padre, uma escrava da realeza e um bando de crianças maltrapilhas. Toquei o martelo pendurado no meu pescoço e fechei os olhos.

— Nós precisamos sair dessa maldita cidade — falei com veemência.

— As muralhas estão protegidas — alertou o padre Oda.

Abri meus olhos e o encarei.

— Quatrocentos homens, você disse. Isso não é o bastante.

— Não? — Benedetta olhou para mim, surpresa.

— A muralha de Lundene deve ter uns três quilômetros de circunferência, não é? — perguntei, olhando para Finan, que fez que sim com a cabeça. — E

179

Cidade das trevas

isso sem contar a muralha do rio. Quatrocentos homens não são capazes de defender três quilômetros de muralha. Seriam necessários dois mil e quinhentos homens para rechaçar qualquer ataque.

— Mas quatrocentos podem vigiar os portões — disse Finan baixinho.

— Mas não a muralha do rio. Ela tem buracos demais.

— Há reforços a caminho — lembrou o padre Oda —, e tem mais.

— Mais?

— Ninguém pode andar pela rua depois do pôr do sol. Varin mandou homens para anunciar esse édito. As pessoas devem ficar dentro de casa até o amanhecer.

Por um instante ninguém falou nada. As crianças estavam rasgando o pão e o queijo que Benedetta lhes deu.

— Não! — gritou ela, séria, interrompendo a briga. — Vocês precisam ter bons modos! Crianças sem modos são piores que animais. Você, menino — ela apontou para Aldwyn —, você tem uma faca e vai cortar a comida. Vai cortar direito, a mesma quantidade para todo mundo.

— Sim, senhora.

Finan riu da obediência do menino. Em seguida, perguntou-me:

— O senhor está pensando em roubar um barco?

— O que mais? Não podemos pular da muralha para o fosso da cidade, não vamos atravessar um portão lutando sem provocar uma perseguição dos cavaleiros, mas um barco pode servir.

— Eles devem ter dominado as docas e estar vigiando os barcos. Não são burros.

— Tinha soldados nas docas, senhor — avisou Aldwyn.

— Eu sei onde podemos encontrar um barco — falei, e olhei para Benedetta. Ela me encarou, os olhos brilhando na escuridão do porão.

— O senhor está pensando em Gunnald Gunnaldson?

— Você me disse que os molhes dele são protegidos por cercas, não é? São separados das outras docas?

— São. Mas talvez eles tenham capturado os barcos dele também.

— Talvez — falei —, ou talvez não. Mas eu lhe fiz uma promessa.

— Sim, senhor, fez. — Ela me ofereceu um dos seus raros sorrisos.

A espada dos reis

Ninguém mais entendeu do que estávamos falando e eu não expliquei.

— Amanhã — falei. — Vamos amanhã.

Porque Uhtred, filho de Uhtred, matador de padres e futuro matador de um rei, iria se tornar matador de traficantes de escravos também.

Aldwyn e seu irmão mais novo, que todo mundo chamava de Ræt, atuaram como meus batedores de novo. Passaram boa parte do dia fora, e, quanto mais permaneciam longe, mais nervoso eu ficava. Tinha dois homens montando guarda do lado de fora da entrada do porão, escondidos pelos montes de entulho. Juntei-me a eles ao meio-dia para escapar do fedor da fossa e encontrei Benedetta com uma das meninas menores.

— Ela se chama Alaina — disse Benedetta.

— Nome bonito.

— De uma menina bonita. — Benedetta estava abraçada à menina, que tinha cabelo muito escuro, olhos amedrontados e pele de um dourado claro, como a de Benedetta. Imaginei que ela tivesse 7 ou 8 anos e a havia notado na penumbra do porão porque estava mais bem vestida e parecia ter a saúde melhor que as outras crianças. Além disso, parecia mais sofrida, com os olhos vermelhos de tanto chorar. Benedetta acariciou os cabelos da menina. — Ela chegou pouco antes de nós!

— Ontem?

Benedetta assentiu.

— Ontem, e a mãe dela é como eu. Da Itália. — Ela disse alguma coisa em sua língua a Alaina olhou para mim. — Uma escrava — disse em tom de desafio, como se a culpa fosse minha.

— A criança é escravizada?

Benedetta balançou a cabeça.

— Não, não. A mãe também não é mais. A mãe é casada com um dos homens de Merewalh e saiu de casa para levar comida para o marido e as outras sentinelas. Foi quando o inimigo chegou.

— A menina estava sozinha?

— Sozinha. — Ela se inclinou para beijar o cabelo da menina. — A mãe disse que voltaria logo, mas não voltou. E a pobre criança ouviu gritos e fugiu para longe do barulho. Aldwyn a encontrou.

Alaina me encarou de olhos arregalados. Parecia apavorada. Via um velho com rosto duro, cheio de cicatrizes, cota de malha gasta, corrente de ouro e várias espadas à cintura. Sorri, e ela desviou o olhar, enterrando o rosto nas roupas de Benedetta, que perguntou:

— Será que os dois meninos foram apanhados?

— Eles são espertos, não serão apanhados.

— Gunnald adoraria tê-los como escravos. Especialmente o pequeno. Ele consegue vender meninos pequenos com quase tanta facilidade quanto meninas. — Ela se inclinou e beijou a testa de Alaina. — E essa coitadinha? Renderia um bom preço.

— Os meninos vão voltar — falei, tocando o martelo, e com isso recebendo uma carranca da italiana.

— O senhor acha?

— Acho. — Toquei o martelo outra vez.

— E o que o senhor vai fazer com eles?

— Fazer?

— O que o senhor vai fazer com eles?! — Ela repetiu a pergunta agressivamente, como se sugerisse que eu fingi não entender da primeira vez. — Vai levá-los?

— Se eles quiserem.

— Todos?

Dei de ombros. Eu não tinha de fato pensado no futuro das crianças.

— Acho que sim. Se eles quiserem ir.

— E o que eles vão fazer se forem?

— Sempre há necessidade de serviçais em Bebbanburg. As meninas vão trabalhar na cozinha, no salão ou na leiteria. Os meninos, no estábulo ou no arsenal.

— Como escravos?

Fiz que não com a cabeça.

A espada dos reis

— Eles serão pagos. As meninas vão crescer e se casar, os meninos vão se tornar guerreiros. Se não gostarem, podem ir embora. Não, eles não serão escravizados.

— O senhor não vai ensinar a eles?

— A usar a espada, vou.

— A ler!

Hesitei.

— Ler não é uma habilidade muito útil para a maioria das pessoas. Você sabe ler?

— Um pouco. Não muito. Gostaria de saber.

— Então talvez você possa ensinar o pouco que sabe.

— E Alaina poderá ler suas orações.

— Eu sei rezar! — disse Alaina.

— Você fala ænglisc! — reagi, surpreso.

— Claro que fala! — explicou Benedetta com desdém. — O pai dela é saxão. Vamos encontrar a mãe e o pai dela? Vamos?

— Se pudermos.

Mas o que podíamos fazer, ou melhor, o que eu esperava que pudéssemos fazer, precisava aguardar até a volta de Aldwyn e do Ræt, coisa que aconteceu no fim da tarde. Eles vieram escorregando pela pilha de entulho e rindo, orgulhosos. Levei-os para o porão, onde Finan e o restante dos meus homens pudessem ouvir o que eles tinham a dizer.

— Não tem muitos guardas nas docas — começou Aldwyn. — Eles ficam andando para lá e para cá em três grupos. Seis homens em cada.

— Com lanças e escudos — acrescentou Ræt.

— A maioria dos escudos tem o pássaro — disse Aldwyn —, e alguns têm só uma cruz.

— Não são muitos homens para aquela extensão de cais — comentou Finan.

— A casa do traficante de escravos fica perto da ponte — continuou Aldwyn. — Ele tem um cais lá, mas a gente não conseguiu entrar.

— De que lado da ponte? — perguntei.

— Na direção do mar, senhor — respondeu Aldwyn.

— A gente não conseguiu chegar no cais — explicou o Ræt — porque tem uma cerca de madeira.

183

Cidade das trevas

sensato esperaria até que a cidade voltasse à rotina normal, até que as pessoas pudessem andar pela rua à noite e até que os guardas nas docas estivessem entediados e descuidados.

Mas será que podíamos esperar? O fedor da fossa já era motivo suficiente para irmos embora. Varin tinha tomado a cidade, mas ainda não a havia revistado meticulosamente, e existia o perigo constante de ele mandar homens revirarem as ruínas e os porões de Lundene em busca de inimigos que tivessem sobrevivido à tomada da cidade. E logo ele receberia reforços da Ânglia Oriental e de Wessex.

— Os guardas que estão patrulhando as ruas estão com escudos? — perguntei

— Os homens nos molhes tinham escudos — explicou Aldwyn —, mas não estavam carregando eles.

— Os escudos estavam empilhados?

— Sim, senhor.

— E os homens que nós vimos patrulhando as ruas não tinham escudos — observou o padre Oda.

— Os guardas no portão da cidade tinham — acrescentou Benedetta.

Fazia sentido. Escudos de tábuas de salgueiro com bordas de ferro são pesados. As sentinelas nas muralhas de Bebbanburg não carregavam escudos, mas eles estavam sempre por perto. O escudo é a última coisa que um guerreiro pega antes da batalha e a primeira a ser descartada depois. Os homens patrulhando as ruas da cidade só enfrentavam moradores, não guerreiros gritando com cotas de malha, por isso os escudos eram apenas um estorvo.

— E nós não temos escudos — comentou Finan com um sorriso torto.

— Por isso não vamos parecer estranhos andando pela rua sem escudos — falei —, mas temos crianças.

Por um instante Aldwyn pareceu que ia protestar, dizendo que não era criança. Então a curiosidade derrotou sua indignação.

— Crianças, senhor?

— Crianças — falei com ar soturno —, porque eu vou vender todos vocês. Essa noite.

* * *

Esperamos até quase o fim da madrugada, quando a primeira sugestão de luz acinzentada brotou no leste; esperamos até a hora em que homens que passaram a noite acordados estão cansados e anseiam pelos seus substitutos aparecerem para o serviço.

Então marchamos. Não nos esgueiramos pela cidade, indo de sombra em sombra. Em vez disso, seguimos ousadamente pela rua principal em direção à ponte. Éramos oito guerreiros cercando as crianças. Elas estavam empolgadas, sabendo que estavam partindo numa aventura, mas eu tinha dito a elas que aparentassem sofrimento.

— Vocês são cativas — vociferei. — Vão ser vendidas!

Benedetta andava com elas, a cabeça coberta por um capuz escuro, e o padre Oda seguia ao meu lado com sua batina preta e comprida e uma cruz de prata reluzindo à luz débil das tochas tremeluzentes. À nossa frente ardia uma chama num braseiro na extremidade norte da ponte. E, quando nos aproximamos, dois homens vieram devagar até nós.

— Quem são vocês? — perguntou um deles.

— Homens do senhor Varin. — respondeu o padre Oda, e seu sotaque dinamarquês só tornou a mentira mais digna de crédito.

— Vão atravessar a ponte, padre?

— Vamos naquela direção. — O padre Oda apontou para a rua que levava para o leste, ao longo dos fundos dos molhes e dos armazéns.

— Vamos levar esses pestinhas para serem vendidos — expliquei.

— Eles são umas pragas! — acrescentou o padre Oda, dando um cascudo em Aldwyn. — Nós os encontramos roubando os depósitos do palácio.

— Vão vender, é? — O homem pareceu achar divertido. — É o melhor que pode acontecer com eles!

Nós lhe desejamos bom-dia e viramos para a rua.

— Não é esse portão — murmurou Aldwyn. — É o outro.

O pátio do comércio de escravos de Gunnald ficava perigosamente perto da ponte, onde uma dúzia de homens montava guarda ao lado do braseiro. O que quer que fôssemos fazer precisaria ser em silêncio, mas começou com bastante barulho quando bati no portão com o cabo de Bafo de Serpente. Ninguém atendeu. Bati outra vez e continuei batendo até que uma portinhola foi aberta e um rosto apareceu na sombra.

Cidade das trevas

— O que foi? — resmungou o homem.

— O senhor Varin mandou mercadorias para vocês.

— Quem é o senhor Varin?

— Ele comanda a cidade. Agora, abram o portão.

— Meu Deus — resmungou o sujeito. Pude ver o brilho de um olho enquanto ele espiava a rua, vendo crianças e guerreiros. — Isso não podia esperar?

— Vocês querem os pestinhas ou não?

— Tem alguma menina?

— Três maduras.

— Espere.

A portinhola se fechou e nós esperamos. Presumi que o homem tivesse ido acordar seu patrão ou talvez um supervisor. A luz cinzenta do amanhecer se infiltrou no leste, clareando mais o céu e tocando as bordas das nuvens altas com um brilho prateado. Uma porta se abriu mais adiante na rua e uma mulher apareceu com um balde, provavelmente para pegar água. Ela olhou nervosa para meus guerreiros e voltou para dentro de casa.

A portinhola se abriu outra vez e havia luz suficiente apenas para enxergar um rosto barbudo. O homem me encarou e não disse nada.

— O senhor Varin não gosta de ser deixado esperando — falei.

Houve um resmungo, a portinhola se fechou e ouvi barras de tranca sendo erguidas, depois uma das duas pesadas bandas do portão foi aberta, raspando nas pedras do pavimento que, eu suspeitava, estavam ali desde que os romanos calçaram o pátio.

— Tragam-nos para dentro — disse o barbudo.

— Entrem! — rosnei para as crianças.

Havia três homens no pátio, nenhum usando cota de malha, mas com túnicas de couro grossas sobre as quais portavam espadas curtas em bainhas de madeira simples. Um homem, alto e de cabelo escorrido, tinha um chicote enrolado pendurado na cintura. Era o que havia aberto o portão, e agora ele observava as crianças entrando, então cuspiu nas pedras do pavimento e disse:

— São bem ruinzinhas.

— Foram apanhadas nos depósitos do palácio — expliquei.

— Pestinhas ladrões. Não valem grande coisa.

A espada dos reis

— E você precisa da boa vontade do senhor Varin — falei.

Diante disso o homem resmungou.

— Fechem o portão! — ordenou aos companheiros. O portão se fechou, e duas barras caíram nos encaixes. — Façam fila! — disse com rispidez às crianças, que obedientemente arrastaram os pés, enfileirando-se. Pareciam aterrorizadas. Elas podiam saber que tudo aquilo era fingimento, mas o homem de cabelo escorrido com o chicote enrolado era amedrontador. Ele começou a inspecioná-las, levantando o rosto de Aldwyn para olhar mais de perto.

— Eu não conheço nenhum desses homens — sussurrou Benedetta perto de mim.

— Eles precisam ser alimentados — disse o homem, então parou para olhar para Alaina. Inclinou o rosto dela para cima e riu. — Coisinha bonita. — Senti Benedetta se retesar ao meu lado, mas ela não disse nada. — É muito bonita. — O homem pôs a mão na gola do vestido de Alaina como se fosse rasgá-lo a qualquer momento.

— Ela ainda não é sua — vociferei.

O sujeito olhou para mim, surpreso por ser questionado.

— Tem alguma coisa de errada com a puta? — perguntou. — Tem marcas de varíola, é?

— Deixe-a em paz! — retrucamos eu e o padre Oda ao mesmo tempo.

O homem afastou a mão, mas fez cara feia.

— Se ela estiver limpa, pode valer alguma coisa — disse de má vontade. — Mas esse pestinha aqui, não. — Ele havia chegado perto do Ræt.

Eu estava observando o pátio. O portão ficava de frente para uma construção grande como um salão de hidromel. O piso mais baixo era feito de grandes blocos de pedra polida, e os andares mais altos eram construídos de madeira alcatroada. Havia apenas uma porta e uma janela, que era pequena e estava fechada, no alto da empena preta. À direita ficava um barracão menor que, pelo cocô de cavalo no pátio, suspeitei que fosse um estábulo. Ele também estava com a porta fechada.

— Quantos homens costumam ficar aqui? — perguntei a Benedetta em voz baixa.

Cidade das trevas

— Dez? Doze? — sussurrou ela, mas sua lembrança era de vinte anos antes e ela estava insegura.

Eu me perguntei como Gunnald Gunnaldson, se ainda vivesse, tripulava seu navio que, se Aldwyn estivesse certo, devia ter bancos para pelo menos vinte remadores. Era provável que contratasse homens para cada viagem ou, mais provável ainda, que usasse pessoas escravizadas. Finan e eu fomos escravizados a bordo de um barco como esse, acorrentados aos bancos e cheios de cicatrizes das chicotadas.

Agora os outros dois guardas estavam perto da porta da construção maior, parados e parecendo entediados. Um deles bocejou. Caminhei ao longo da fila de crianças, ainda empunhando Bafo de Serpente.

— Essa deve ser valiosa — falei, parando ao lado de uma menina alta e magra que tinha cabelos castanhos desgrenhados emoldurando um rosto sardento. — Vai ficar bonita se você a limpar.

— Deixe-me olhar.

O homem de cabelo escorrido veio até mim, e eu ergui Bafo de Serpente. Cravei-a no pescoço dele e continuei empurrando até que seu sangue iluminou o alvorecer. Um menininho gritou de medo antes que Aldwyn o silenciasse com uma das mãos. Então o menino ficou só espiando de olhos arregalados o homem agonizante recuar, as mãos tentando agarrar a lâmina no pescoço rasgado, as entranhas se afrouxando para estragar a manhã com seu fedor. Ele caiu com força nas pedras vermelhas e escorregadias e eu puxei a espada para a esquerda e para a direita, abrindo o corte violento, e apertei de novo até que a lâmina esbarrou na coluna. O sangue ainda estava pulsando, brotando, mas cada jato era menor que o anterior, o gorgolejo da morte ficando mais fraco a cada respiração ofegante. E, quando seus espasmos terminaram, meus homens já tinham atravessado o pátio, matado um guarda e capturado o outro. Havíamos matado dois e pegado o terceiro sem fazer muito barulho, mas então uma das crianças menores começou a chorar.

— Quietas! — rosnei para elas, que ficaram aterrorizadas em silêncio.

Olhei de relance para cima quando um movimento atraiu minha atenção e me perguntei se teria sido o postigo da janelinha, que parecia ter aberto uma fresta. Será que estava assim antes? Então um milhafre saltou da alta

190

A espada dos reis

empena e voou para o oeste. Talvez o que eu tivesse visto fosse o pássaro. Um presságio? Alaina correu e se enfiou na saia de Benedetta. Soltei Bafo de Serpente e enxuguei a ponta na túnica do morto. Aldwyn estava rindo para mim, empolgado com a morte, mas o sorriso sumiu ao ver meu rosto carrancudo com respingos do sangue do defunto.

— Finan — falei, apontando para o barracão.

Ele levou dois homens, abriu a porta e entrou.

— É um estábulo — informou um instante depois. — Dois cavalos, mais nada.

— Leve as crianças para lá — ordenei a Benedetta. — Feche a porta, espere até que eu mande chamá-la.

— Lembre-se da promessa.

— Promessa?

— De deixar que eu mate Gunnald!

Levei-a até o estábulo.

— Não esqueci — falei.

— Garanta que ele esteja vivo quando mandar me chamar.

Olhei para cima. A noite estava terminando e o céu era de um azul-escuro, sem nenhuma nuvem à vista.

Então os cachorros começaram a uivar.

Cidade das trevas

SETE

ENTÃO NOS ESCUTARAM. O choro de crianças amedrontadas alertou os homens de Gunnald dentro do armazém e eles soltaram cães que agora latiam freneticamente. Ouvi passos, uma ordem gritada e um gritinho de protesto de uma mulher. Eu estava perto da porta ao lado do homem que havíamos capturado, que estava encostado na parede com a espada de Vidarr no pescoço.

— Quantos homens lá dentro? — rosnei para ele.

— Nove! — conseguiu dizer o sujeito apesar da pressão da lâmina.

Ele já havia sido desarmado. Agora, chutei-o com força no meio das pernas e ele desmoronou, soltando um ganido quando a espada de Vidarr fez um corte superficial em seu queixo enquanto ele caía.

— Fique aqui — vociferei. — Finan?

— Senhor? — gritou ele da porta do estábulo.

— Restam nove homens — gritei, sinalizando para que se aproximasse.

— E cachorros — completou ele secamente. Ouvi patas raspando furiosamente o outro lado da porta.

A porta estava trancada. Levantei o ferrolho pesado e tentei puxar e empurrar, mas ela não cedia. E agora, pensei, os homens lá dentro deviam estar enviando alguém para pedir ajuda aos homens da Ânglia Oriental na ponte. Xinguei.

Então a porta se abriu. Parecia que os homens lá dentro queriam soltar os cachorros em cima de nós.

Dois cachorros saíram, ambos grandes, ambos pretos e marrons, babando, ambos com dentes amarelos e pelo embolado. Saltaram sobre nós. O primeiro tentou morder minha barriga e em vez disso pegou um bocado da cota de malha. Bafo de Serpente cortou uma vez, Vidarr deu um golpe à minha esquerda, então passei por cima do pobre animal agonizante; vi Finan despachar o outro e nós dois invadimos o armazém enorme. Estava escuro lá dentro. Uma lança passou à minha esquerda e acertou o batente da porta. Houve gritos.

Os homens que defendiam o depósito tinham soltado os cachorros, e cães de briga são animais formidáveis. Eles atacam com violência, aparentemente sem medo, e, ainda que possam ser despachados com facilidade, seu ataque força os homens a romper fileiras. Por isso a técnica de se usar cães de briga é atacar ao mesmo tempo. Deixar os cães distraírem os inimigos e, enquanto esses inimigos lutam contra dentes e garras, acertá-los com lanças e espadas.

Mas os defensores do depósito acharam que os cães poderiam fazer todo o serviço e, em vez de nos atacar, só esperaram numa linha que se estendia entre duas celas. Mulheres gritavam à minha direita, mas não tive tempo de olhar porque os defensores estavam virados para mim, homens com escudos pequenos e espadas longas. Eu não conseguia contar quantos eram, estava escuro demais, por isso apenas ataquei dando um grito de guerra:

— Bebbanburg!

Costumo ensinar aos meus jovens guerreiros que cautela é uma virtude na guerra. Sempre existe a tentação de atacar às cegas, partir gritando para a parede de escudos do inimigo e torcer para que a fúria e a selvageria a rompam. Essa tentação vem do medo, e às vezes o melhor jeito de superar o medo é dar um grito de guerra, atacar e matar. Mas é provável que o inimigo tenha o mesmo impulso e o mesmo temor. Ele também matará. Se pudesse escolher, eu ia preferir ser atacado por homens enlouquecidos pelo medo a eu mesmo fazer um ataque desses. Homens furiosos, homens agindo num impulso insensato, lutam como lobos, mas a habilidade com a espada e a disciplina quase sempre vão vencê-los.

No entanto, ali estava eu, dando um grito de guerra e atacando um grupo de homens que bloqueava toda a largura da passagem entre as celas. Eles não tinham formado uma parede de escudos, seus escudos eram pequenos demais, destinados apenas a aparar um golpe, mas era uma parede de espadas. Além disso, eles eram guardas de um traficante de escravos, o que significava que

A espada dos reis

eram pagos para manter a ordem, amedrontar e usar seus chicotes em vítimas impotentes. Não eram pagos para enfrentar guerreiros da Nortúmbria. Eu tinha certeza de que alguns serviram em paredes de escudos. Aprenderam as técnicas, derrubaram o escudo de algum inimigo, mataram e sobreviveram. Mas duvidava que desde então tivessem treinado como meus homens. Não passavam horas com espada e escudo pesados porque seus inimigos eram escravos desarmados, muitos deles mulheres e crianças. O pior que esperavam era algum homem truculento que poderia ser deixado inconsciente com um porrete. Agora enfrentavam guerreiros; meus guerreiros.

Finan estava ao meu lado, gritando em sua língua, e Beornoth à minha esquerda.

— Bebbanburg! — gritei outra vez, e sem dúvida isso não significava nada para aqueles homens. Mas eles viam guerreiros com cota de malha e elmo, guerreiros que pareciam destemidos no combate, guerreiros que gritavam por sua morte, guerreiros que matavam.

Eu corria para um homem que usava um justilho de couro, um homem alto como eu, com barba preta e curta e uma espada que ele empunhava como uma lança. Ele deu um passo para trás conforme nos aproximávamos, mas continuava empunhando a espada à frente do corpo. Será que esperava que eu me empalasse? Em vez disso, empurrei sua espada de lado com meu braço esquerdo coberto pela cota de malha e cravei Bafo de Serpente em sua barriga, sentindo o fedor do seu hálito. Ele era grande, mas eu o empurrei em cima do homem que estava atrás dele, e à minha direita um sujeito gritava porque a espada rápida de Finan havia acertado seus olhos. Beornoth estava ao meu lado, com a lâmina da espada vermelha. Virei para a direita, soltei minha espada da barriga do homem que estava caindo e dei um passo na direção do próximo, que segurava um seax. Minha cota de malha aparou sua lâmina. Ele empurrou, mas já estava dando um passo para trás, aterrorizado, e seu golpe não tinha força. Ele começou a gemer, tentou balançar a cabeça e talvez estivesse tentando se render, mas dei uma cabeçada em seu rosto. O gemido se transformou num grunhido. Depois seus olhos se arregalaram quando a espada de Beornoth se cravou nas suas costas. Eram os olhos de um homem prestes a afundar nos tormentos do inferno. Ele caiu. Dei mais um passo e cheguei à parte de trás da linha improvisada de inimigos. À frente havia uma porta aberta, depois da qual a luz do sol se refletia na água e no barco de que precisávamos. Dei meia-volta, ainda gritando, e passei o gume faminto de Bafo de Serpente no pescoço de um homem. De repente não havia mais inimigos, apenas homens gritando por misericórdia, homens se retorcendo em agonia, homens morrendo, sangue no chão de pedras e um sujeito pesado subindo em pânico uma escada construída ao lado da cela das mulheres.

Somos guerreiros.

— Gerbruht!

— Senhor?

— Pegue Benedetta e as crianças.

Tínhamos enfrentado nove homens. Contei-os. Cinco estavam mortos ou morrendo, três estavam de joelhos e um havia fugido pela escada. De um lado mulheres choravam com medo atrás das barras, do outro havia homens encolhidos na penumbra.

— Beornoth! — Apontei para os três homens ajoelhados. — Traga o sacana que capturamos no pátio para se juntar a esses três, tire as malhas de todos, tranque-os e veja se algum escravo quer ser remador!

Vi de relance o homem que correu escada acima. Um sujeito grande, não grande como Beornoth ou Folcbald, que eram altos e musculosos, mas gordo. Tive um vislumbre de quando ele entrou em pânico e subiu correndo a escada, os passos pesados e secos, e agora eu o seguia empunhando Bafo de Serpente desnuda.

A escada devia ter sido construída pelos romanos, porque os primeiros degraus eram de pedra, mas, acima desses degraus bem-feitos, havia um lance mais recente, de madeira, que levava a um pequeno patamar onde partículas de poeira dançavam no ar. Subi lentamente. Não vinha nenhum som dos andares de cima. Presumi que o homem gordo, quem quer que fosse, estava me esperando. Finan se juntou a mim e nós dois nos esgueiramos pela escada de madeira, encolhendo-nos quando as tábuas rangiam.

— Um homem — sussurrei.

Uma passagem fechada com uma cortina de lã grossa dava para a direita do pequeno patamar. Suspeitei que, assim que pusesse os pés naquele patamar, uma lança seria estocada na lã, por isso estendi Bafo de Serpente e empurrei a cortina para o lado. Não houve nenhum golpe de lança. Empurrei a cortina mais para o lado e ouvi um gemido abafado. Mais passos pesados, indicando que o homem gordo estava subindo ainda mais.

— Gunnald? — sugeriu Finan.

— Imagino que sim — respondi, não tentando mais fazer silêncio.

Subi o último degrau e arranquei a cortina. Houve um arquejo, um grito, e vi outra cela com três mulheres que me encararam com os olhos arregalados de terror. Encostei um dedo nos lábios e elas se agacharam em silêncio, os olhares se voltando para outra escada de madeira que levava ao último andar.

— Gunnald! — gritei.

Não houve resposta.

— Gunnald! Eu vim aqui para cumprir com uma promessa! — Subi a escada, pisando pesado de propósito.

Mais uma vez não houve resposta, apenas o som de passos se arrastando no sótão. Esse último andar era construído embaixo do telhado. Era atravessado por traves. Havia pouca luz, mas, quando cheguei ao topo, vi o homem gordo parado na outra extremidade. Ele estava com uma espada. Tremia. Poucas vezes vi um homem tão apavorado.

Finan passou por mim e abriu a janelinha que eu tinha visto do pátio, e à nova luz enxerguei baús pesados de madeira e uma cama robusta com peles amontoadas em cima. Havia uma menina meio escondida na cama, olhando para nós com medo.

— Gunnald? — perguntei ao homem. — Gunnald Gunnaldson?

— Sim — respondeu ele com pouco mais que um sussurro.

— Se eu fosse você, largaria a espada. A não ser que queira lutar comigo.

Ele balançou a cabeça, mas continuou segurando a arma.

— Meu nome é Uhtred, filho de Uhtred, senhor de Bebbanburg.

A espada caiu da mão frouxa com um clangor no piso de madeira. Gunnald a acompanhou, tombando de joelhos e apertando as mãos voltadas para mim.

— Senhor!

Havia uma segunda janela fechada na empena voltada para o rio. Passei pelo sujeito ajoelhado e a abri para deixar mais luz entrar no aposento.

Cidade das trevas

— Não gosto de traficantes de escravos — falei em tom afável enquanto voltava até Gunnald.

— Muitas pessoas não gostam, senhor — sussurrou ele.

— Ela é escrava? — perguntei, apontando Bafo de Serpente para a menina na cama.

— Sim, senhor. — O sussurro de Gunnald era quase inaudível.

— Não é mais — falei.

Gunnald não disse nada. Ainda estava tremendo. Vi um manto ou vestido no chão, uma coisa puída, de linho. Peguei-o com a ponta sangrenta de Bafo de Serpente e o joguei para a menina.

— Você se lembra de um traficante de escravos chamado Halfdan? — perguntei a Gunnald.

Ele hesitou, talvez surpreso com a pergunta. Seu rosto era redondo, os olhos pequenos e a barba rala demais para cobrir a papada farta. O cabelo era ralo. Ele usava uma cota de malha pequena demais, por isso tinha rasgado os lados de modo que a malha cobrisse a barriga. Uma barriga grande.

— Não costumamos ver muita gente gorda — falei —, não é, Finan?

— Alguns monges e um ou dois bispos.

— Você deve comer um bocado para ter uma barriga dessas — eu disse a Gunnald. — Seus escravos são todos magros.

— Eu os alimento bem, senhor — murmurou ele.

— É mesmo? — perguntei, fingindo surpresa.

— Carne, senhor. Eles comem carne.

— Está me dizendo que você trata seus escravos com gentileza? — Agachei-me na frente dele e deixei a ponta de Bafo de Serpente pousar no chão perto dos seus joelhos. Ele olhou para a lâmina. — E então? — instiguei.

— Um escravo contente é um escravo saudável, senhor. — O olhar de Gunnald estava fixo no sangue que secava na lâmina.

— Então você os trata bem?

— Sim, senhor.

— Então essa moça não foi obrigada a ir para a sua cama?

— Não, senhor. — E outra vez seu sussurro foi quase inaudível.

Fiquei de pé.

— Você vai achar que eu sou um homem estranho, Gunnald, porque não gosto de ver mulheres espancadas nem estupradas. Você acha isso estranho? — Ele apenas me encarou, depois baixou os olhos de novo. — Halfdan tratava mal as mulheres. Você se lembra de Halfdan?

— Sim, senhor — respondeu ele num sussurro.

— Fale sobre ele! — encorajei.

Gunnald conseguiu erguer os olhos novamente.

— Ele tinha um comércio de escravos do outro lado da ponte, senhor — disse. — Fazia negócios com meu pai.

— Ele morreu?

— Halfdan, senhor?

— Sim.

— Morreu, senhor. Foi morto.

— Morto! — Eu pareci surpreso. — Quem o matou?

— Ninguém sabe, senhor.

Agachei-me outra vez.

— Fui eu, Gunnald — sussurrei. — Eu matei Halfdan.

A única resposta foi um gemido. Passos soaram na escada. Eu me virei e vi o padre Oda, Vidarr Leifson e Benedetta entrando no sótão. O capuz de Benedetta cobria seu rosto de sombras. Outro gemido me fez olhar de volta para Gunnald, que tremia, e não era de frio.

— O senhor?

— Eu matei Halfdan — falei. — Ele também era gordo.

Essa morte aconteceu anos antes, num pátio junto ao rio, não muito diferente do de Gunnald. Halfdan achou que eu ia comprar escravos e me recebeu com uma educação efusiva. Ainda me lembro da sua careca, da barba que ia até a cintura, do sorriso falso e da barriga enorme. Naquele dia Finan estava comigo, e nós dois pensávamos nos meses em que fomos escravizados juntos, acorrentados num banco do navio de um traficante de escravos, chicoteados através dos mares gélidos e mantidos vivos apenas pelo sentimento de vingança. Vimos nossos companheiros remadores serem chicoteados até a morte, ouvimos mulheres chorando e vimos crianças sendo arrastadas aos gritos até a casa do nosso dono. Halfdan não foi responsável por nenhum desses sofrimentos, mas ainda assim pagou por eles. Finan cortou os tendões das pernas de Halfdan e eu cortei seu pescoço. E foi nesse dia que libertamos Mehrasa, uma jovem de pele escura que vinha das terras do outro lado do Mediterrâneo. Ela se casou com o padre Cuthbert e agora morava em Bebbanburg. Wyrd bið ful aræd.

— Halfdan gostava de estuprar as escravas. — Eu continuava agachado perto do trêmulo Gunnald. — Você estupra suas escravas?

Aterrorizado, Gunnald mantinha capacidade de raciocínio suficiente para entender que eu tinha essa estranha aversão por traficantes de escravos que estupravam suas propriedades.

— Não, senhor — mentiu ele.

— Não estou escutando — falei, levantando-me outra vez, agora pegando sua espada abandonada.

— Não, senhor!

— Então você trata bem seus escravos?

— Sim, senhor. Trato, senhor! — Agora ele estava frenético.

— Que bom — falei. Em seguida, joguei a espada de Gunnald para Finan, depois desembainhei Ferrão de Vespa e estendi o punho do seax para Benedetta. — Você vai achar essa mais fácil.

— Obrigada.

O padre Oda começou a dizer algo, depois olhou para o meu rosto e desistiu.

— Uma última coisa — falei, e me virei para Gunnald ajoelhado. Fiquei de pé atrás dele e puxei a cota de malha rasgada pela sua cabeça, de modo que agora ele usava apenas uma fina túnica de lã. Quando a cota saiu da frente do seu rosto e ele voltou a enxergar, arfou porque Benedetta tinha baixado o capuz. Ele gaguejou alguma coisa. Então, ao ver o ódio no rosto e a espada na mão de Benedetta, o som se transformou num gemido. — Acho que vocês dois se conhecem.

A boca de Gunnald continuou se mexendo, ou pelo menos tremendo, mas agora não saiu nenhum som. Benedetta virou a espada de modo que a luz fraca no sótão refletiu no aço.

— Não, senhor! — conseguiu dizer Gunnald numa voz em pânico enquanto se arrastava para trás. Eu dei um chute forte nele, que ficou imóvel e gemeu outra vez quando sua bexiga se soltou.

A espada dos reis

— *Porco*! — cuspiu Benedetta.

— Padre Oda — falei —, desça conosco. Vidarr, fique aqui.

— Claro, senhor.

— Não interfira. Só garanta que seja uma luta justa.

— Uma luta justa, senhor? — perguntou Vidarr, intrigado.

— Ele tem um pau, ela tem uma espada. Para mim parece justo. — Sorri para Benedetta. — Não precisa ter pressa. Vamos demorar um pouco para sair. Venha, Finan! Você, menina! — Olhei para a cama. — Está vestida? — Ela confirmou. — Então venha!

Havia um chicote de couro trançado, pendurado num prego no balaústre da escada. Peguei-o e vi sangue seco incrustado na ponta. Joguei-o para Vidarr, depois desci.

Deixando Benedetta, Vidarr e Gunnald no sótão.

E Gunnald estava gritando antes que eu chegasse ao andar do meio.

— A Igreja — comentou o padre Oda quando chegamos à base da escada — não concorda com a escravidão, senhor.

— No entanto, conheci homens da Igreja que possuem escravos.

— Não é adequado, mas as escrituras não proíbem.

— O que você quer dizer, padre?

Ele se encolheu quando outro grito soou, este mais terrível que qualquer outro que havia golpeado nossos ouvidos enquanto descíamos.

— Muito bem, mulher — murmurou Finan.

— A vingança deve pertencer a Deus — disse o padre Oda —, e só a Deus.

— Ao seu deus — falei rispidamente.

Ele se encolheu outra vez.

— Na epístola aos romanos, Paulo diz para deixarmos a vingança para o Senhor.

— O senhor demorou um bocado para vingar Benedetta.

— E aquele desgraçado gordo merece, padre — completou Finan.

— Não duvido, mas, ao encorajá-la — agora ele estava me olhando —, o senhor a encorajou a cometer um pecado mortal.

Cidade das trevas

— Então você pode ouvir a confissão dela — retruquei peremptoriamente.

— Benedetta é uma mulher frágil, e eu não iria sobrecarregar a fragilidade dela com um pecado que a separa da graça de Cristo.

— Ela é mais forte do que você pensa.

— Ela é uma mulher — Oda estava sério —, e mulheres são os vasos mais fracos. Eu errei — ele parou, nitidamente perturbado — e deveria tê-la impedido. Se o homem merecia a morte, deveria ser pelas mãos do senhor e não pelas dela.

Ele estava certo, é claro. Eu não duvidava que Gunnald merecia a morte por uma infinidade de crimes, mas o que eu acabei de liberar no sótão do traficante era cruel. Eu o condenei a uma morte lenta, terrível e dolorosa. Poderia ter satisfeito a justiça com uma morte rápida, como a que eu dei a Halfdan tantos anos antes, mas, em vez disso, escolhi a crueldade. Por quê? Porque sabia que essa escolha agradaria a Benedetta. Outro grito soou, mais fraco, e aumentou mais uma vez.

— Não é adequado que o senhor tenha colocado em risco a alma mortal daquela mulher! — O padre Oda falava com fervor, e me perguntei se o sacerdote dinamarquês sentia atração por Benedetta. E isso me fez sentir uma pontada de ciúme. Ela era linda, inegavelmente linda, mas havia uma escuridão naquela beleza e uma raiva em sua alma. Eu disse a mim mesmo que ela estava se livrando dessa sombra com Ferrão de Vespa.

— Reze por ela, padre — falei com desdém —, e eu vou dar uma olhada no navio que vai nos levar para casa.

Levei Finan para a luz do sol nascente. Os gritos de Gunnald ficaram para trás, e o ruído mais alto vinha das gaivotas lutando por uma carcaça encalhada na lama do outro lado do Temes. Uma brisa fraca, fraca demais para ser útil para um marinheiro, fazia o rio ondular. Gunnald, enquanto ainda era vivo, possuía dois molhes, ambos protegidos por muros de estacas de madeira. Seu barco ficava no da esquerda, um navio comprido, de bojo grande, feito para longas viagens. Parecia pesado. As madeiras eram escuras, quase pretas, e as algas eram densas na linha-d'água. Havia uma vela enrolada na verga, mas o pano esgarçado tinha crostas de cocô de pássaros. Segui pelo cais e parei. Finan parou comigo, xingou e começou a rir.

A espada dos reis

— Vamos levá-lo para Bebbanburg, é? — perguntou.

Havia água no bojo amplo do navio. A cor escura das tábuas não era piche, e sim podridão. Dentro havia meia dúzia de remos que só serviriam como lenha, os cabos tortos e as pás rachadas. Uma gaivota piou para mim. Desci num banco que estalou de modo alarmante e cutuquei o casco com Bafo de Serpente. A ponta entrou como se a madeira fosse um cogumelo. Aquele barco não conseguiria nem atravessar o rio, quanto mais nos levar até Bebbanburg.

Eu havia capturado destroços.

Finan dava um sorriso largo.

— Seria mais rápido nadar até Bebbanburg!

— Talvez tenhamos que fazer isso — respondi com azedume. — A culpa é minha. Eu deveria ter mandado Oswi para olhar. Não o menino.

— Acho que ele está encalhado.

Subi de volta no cais e olhei por cima do navio inútil para o outro atracadouro, que estava vazio.

— Benedetta disse que ele tinha dois barcos.

Finan acompanhou meu olhar e deu de ombros.

— Um segundo barco não adianta muito se não estiver aqui. — Não falei nada. — Talvez ele tenha mandado alguns escravos para a Frankia — sugeriu. — Dizem que lá os preços são mais altos.

Isso explicaria o molhe vazio.

— Quantos escravos conseguimos?

— Doze mulheres, quatro crianças e três rapazes meio mortos de fome.

— Eu esperava mais.

— Então talvez o segundo barco retorne em um ou dois dias!

— Talvez — resmunguei.

Olhei para além do cais vazio e vi três guardas nos observando do parapeito alto da ponte, que ficava à distância de um disparo de arco longo. Acenei para eles, e, depois de hesitar por um instante, um deles acenou em resposta. Duvidei que tivessem escutado a agitação quando tomamos o pátio e a casa, e, ainda que fosse provável que pudessem escutar os berros desesperados de Gunnald, com certeza não achariam esses sons incomuns vindos do armazém de um traficante de escravos.

203

Cidade das trevas

— Então o que vamos fazer? — perguntou Finan.

— Pensar. — Mas na verdade eu não fazia ideia do que deveríamos fazer. Meu pai tinha razão. Eu era impetuoso. Fui instigado pelos ataques aos meus navios e, com a desculpa de um juramento feito a Æthelstan, vim para o sul pensando em encontrar Æthelhelm e matá-lo. Agora o *Spearhafoc* se foi e eu estava preso numa cidade ocupada por inimigos. — Vamos esperar o segundo navio, acho. Uma pena não podermos perguntar a Gunnald onde ele está.

— Podemos perguntar aos homens dele, que devem saber.

Benedetta vinha pelo molhe, o capuz ainda baixado, de modo que o sol brilhava no cabelo longo e escuro que havia se soltado. Aos meus olhos ela parecia uma Valquíria, uma das mensageiras dos deuses que levam os guerreiros mortos para o salão de banquetes no Valhala. Não estava sorrindo, o sangue havia respingado em seu manto cinza e Ferrão de Vespa estava suja até o punho. Olhei de relance para o parapeito da ponte, perguntando-me o que os guardas pensariam de uma espada coberta de sangue, mas todos tinham virado as costas.

— Vou lavá-la para o senhor — disse Benedetta, mostrando a espada.

— Entregue para um dos meninos lavar. Diga a Aldwyn que a esfregue.

— Obrigada, senhor.

Olhei para seus olhos verde-acinzentados.

— O padre Oda disse que eu encorajei você a cometer um pecado.

— É por isso que estou agradecendo, senhor.

— Você fez o desgraçado sofrer? — perguntou Finan.

— Devem ter ouvido os gritos dele no inferno.

— Então fez bem, fez muito bem! — O irlandês pareceu feliz.

— Fiz o que sonhei fazer durante mais de vinte anos. Estou feliz. — Ela se virou para olhar para o navio apodrecido. — Esse é o barco?

— Não — respondi.

— Que bom — disse ela com seriedade, fazendo com que Finan e eu ríssemos.

— Isso não é engraçado — disse Finan.

— Não mesmo — concordei, ainda rindo.

Então alguém começou a bater com força ao portão externo, e um instante depois Aldwyn veio correndo.

204

A espada dos reis

— Senhor, senhor! Tem soldados lá fora! Soldados!

— Que Deus nos ajude — disse Finan.

Alguém precisava mesmo nos ajudar.

As batidas recomeçaram. Eu tinha passado correndo pelo armazém e chegado ao pátio, onde abri a portinhola do portão. Eram apenas dois soldados, ambos usando cota de malha e parecendo entediados. Com eles estavam dois homens, evidentemente serviçais, parados ao lado de um carrinho de mão com dois barris.

— Estou abrindo o portão! — gritei.

— Não precisa ter pressa — respondeu um dos homens com cota de malha amargamente.

Finan e Vidarr estavam comigo. Além disso, havia dois homens e dois cães mortos, esparramados nas pedras. Apontei para eles, depois para o estábulo. Finan pegou um cadáver, Vidarr o outro, e os dois começaram a arrastá-los para onde não pudessem vê-los.

— Rápido! — gritou uma voz do outro lado do portão.

— Estou indo! — gritei, e levantei a primeira barra. Larguei-a no chão para que fizesse bastante barulho e vi que Vidarr estava arrastando os cachorros para o estábulo. Levantei a outra barra, demorando, esperando até que Finan tivesse fechado o estábulo. Depois abri as duas bandas do portão.

Um dos homens que supus serem serviçais recuou um passo, claramente surpreso com minha aparência.

— Quem é você? — perguntou.

— Quem é você? — reagi rispidamente.

— Sou o subadministrador do palácio — respondeu ele, nervoso. — Vim entregar os suprimentos, claro. Mas onde está Ælfrin?

— Doente — respondi, percebendo de repente que estava usando o amuleto do martelo abertamente. O homem que me interrogou também o viu e voltou a me encarar, cauteloso.

— Doente?

— Febre.

205

Cidade das trevas

— A maioria dos rapazes está suando feito porcos — acrescentou Finan —, e os escravos também. Dois já morreram.

O homem deu mais um passo para trás, assim como os dois soldados. Os dois homens com cota de malha pareciam fortes e confiantes, mas mesmo o guerreiro mais confiante que tenha experimentado o inferno das paredes de escudos temia a peste. Finan também a temia, e, sem dúvida, ao se lembrar dos boatos de doença no norte, fez o sinal da cruz.

— O senhor Varin mandou vocês? — perguntei.

— É claro — respondeu o subadministrador. — Não pudemos mandar ninguém nas últimas duas semanas porque os homens do Menino Bonito estavam no controle, mas agora as coisas voltaram ao normal.

— Pelo amor de Deus, depressa — rosnou um dos soldados.

— Então Gunnald contratou vocês? — perguntou o subadministrador.

Fiz um gesto indicando o armazém.

— Vá perguntar a ele.

— Ele também está suando — comentou Finan. — Que Deus o proteja.

— Quatro xelins — disse o homem, evidentemente cansado dessa conversa. Apontou para o carrinho. — Pague e pegue os barris.

— Eu achava que eram só dois. — Finan teve a perspicácia de regatear. — Gunnald disse que eram dois xelins.

Um dos soldados deu um passo na nossa direção.

— Quatro xelins — vociferou ele. — Eles contrataram nós dois para manter a porcaria da sua comida em segurança, por isso o preço aumentou. Quatro xelins.

Tateei minha bolsa, que vinha ficando rapidamente mais leve, dei quatro xelins ao subadministrador e ajudei Finan e Vidarr a carregar os dois barris para o pátio. Eles fediam.

— Semana que vem! — disse o subadministrador. Em seguida, deu um xelim a cada soldado, ficou com dois e os quatro foram embora.

Fechei o portão e coloquei as trancas.

— Que negócio foi esse? — perguntei.

Finan emitiu um som de nojo. Ele havia erguido a tampa de um barril que continha dois terços de cerveja turva. Enfiou um dedo dentro e provou.

206

A espada dos reis

— Azeda — comentou —, o gosto é pior que mijo de texugo.

— Como você sabe? — perguntou Vidarr.

Finan o ignorou, abrindo o segundo barril e se encolhendo quando o fedor no pátio piorou.

— Meu Jesus! Nós pagamos prata por isso?

Fui até os dois barris e vi que o segundo tinha carne até a metade. Achei que era de porco, mas estava cheia de gordura rançosa e larvas se retorcendo

— Gunnald disse que dava carne para eles comerem — murmurei.

Pus a tampa de volta no lugar, com força.

— Onde eles conseguem essa imundície?

A resposta foi dada por um dos guardas capturados. Ele contou que Gunnald tinha um acordo com o administrador do palácio, que vendia as sobras de cerveja e comida para alimentar os escravos.

— As mulheres preparam tudo na cozinha — explicou.

— Elas não vão cozinhar isso — falei, e ordenei que o conteúdo dos barris fosse jogado no rio.

O guarda capturado contou mais. Disse que o filho de Gunnald tinha levado escravos à Frankia e que o barco havia partido três dias atrás.

— Ele foi comprar escravos também?

— Só vender, senhor. — O nome do homem capturado era Deogol. Era mais jovem que os outros três e estava ansioso para agradar. Era um saxão ocidental que havia perdido uma das mãos lutando quando Eduardo invadiu a Ânglia Oriental. — Eu não podia trabalhar em casa — explicou, levantando o cotoco do braço direito — e Gunnald me deu o emprego. Um homem precisa comer.

— Então o filho de Gunnald está vendendo escravos?

— A guerra não é boa para o comércio, senhor, é o que dizem. Os preços em Lundene estão baixos, por isso ele foi vender os melhores do outro lado da água. Todos, a não ser... — Ele fez uma pausa, decidindo não dizer nada, mas eu o vi olhando para a base da escada.

— A não ser as meninas que estavam lá em cima?

— Sim, senhor.

— Por que ele não quer vendê-las? Elas me pareceram valiosas.

— São as meninas dele, senhor — respondeu Deogol miseravelmente. — Na verdade, são do pai dele, mas os dois compartilham.

— Gunnald Gunnaldson e o filho? — perguntei, e Deogol apenas assentiu. — Qual é o nome do filho?

— Lyfing, senhor.

— Onde está a mãe dele?

— Morta, senhor.

— E quem rema o navio dele?

— Escravos, senhor.

— Quantos?

— São só vinte remos, dez de cada lado.

— Então é um barco pequeno?

— Mas é rápido. Aquele barco velho — ele virou a cabeça para os destroços no molhe — precisava do dobro de homens e sempre foi uma porcaria.

Então Gunnald tinha comprado uma embarcação menor e mais rápida que precisava de menos homens nos remos e, se nosso prisioneiro estivesse certo, era suficientemente rápida para escapar da maioria dos piratas frísios ou dinamarqueses que procuravam presas fáceis. E esse barco rápido poderia voltar a qualquer dia, mas, enquanto isso, eu precisava alimentar dezenove escravos libertos, quatro guardas presos, doze crianças, meus sete homens, um padre, Benedetta e os dois cavalos no estábulo. Por sorte havia uma dúzia de sacos de aveia na cozinha, um monte de lenha, um fogão de pedra ainda com alguma brasa e um caldeirão grande. Não passaríamos fome.

— Mas é uma pena esse cocô de rato — comentou Finan, olhando para um punhado de aveia.

— Já comemos coisa pior.

Benedetta, com as manchas de sangue secas no vestido, foi até a cozinha, que era um barracão sujo construído ao lado do cais. Levou Alaina, com um braço em volta do ombro da menina.

— Ela está com fome.

— Vamos cozinhar um pouco de aveia — falei.

— Eu sei fazer pão de aveia — disse Alaina, animada.

— Então precisamos de um pouco de banha. — Benedetta começou a procurar nas caixas e nos jarros numa prateleira. — E de um pouco de água. Sal, se tiver. Me ajude a procurar!

208

A espada dos reis

— Eu gosto de pão de aveia — disse Alaina.

Olhei para Benedetta com curiosidade, e ela sorriu.

— Alaina está se saindo bem, é uma boa menina.

— E o senhor vai encontrar a minha mãe? — perguntou-me Alaina, séria.

— É claro que vai! — respondeu Benedetta por mim. — O senhor Uhtred é capaz de fazer qualquer coisa!

O senhor Uhtred, pensei, precisaria de um milagre para encontrar a mãe da menina, quanto mais escapar de Lundene. Mas, por enquanto, eu só podia esperar a volta do barco de escravos. Ordenei que os mortos fossem levados para o cais e amontoados no muro oeste, onde estariam escondidos de qualquer guarda curioso na ponte. Depois que anoitecesse os cadáveres seriam jogados no rio. O corpo de Gunnald, gordo, pálido e riscado de sangue, foi arrastado escada abaixo, com a cabeça sem olhos, retorcida numa careta, batendo em cada degrau. Revirei seu covil no sótão e encontrei uma caixa reforçada cheia de dinheiro. Eram xelins de Wessex e da Mércia, pedaços de prata dinamarquesa e ouro nortumbriano, além de moedas frísias, francas e outras estranhas, algumas gravadas com letras de um alfabeto de uma língua que eu nunca tinha visto.

— Essas são da África — explicou Benedetta, passando o dedo numa peça de prata redonda. — São moedas *saraceni*. Nós as usávamos em Lupiae. — Ela a colocou de volta com o restante do dinheiro. — Estamos em segurança?

— O bastante — respondi, tentando tranquilizá-la e esperando dizer a verdade. — Os soldados da Ânglia Oriental vão pensar que todos nós escapamos no *Spearhafoc*. Não vão nos procurar.

— E o *Spearhafoc* — ela se atrapalhou no nome pouco familiar —, onde ele está?

— Espero que a caminho de casa.

— E seu pessoal vai mandar ajuda?

— Eles sequer sabem se estamos vivos, por isso, se tiverem algum tino, vão fechar os portões da fortaleza, guarnecer as muralhas e esperar notícias. É o que eu faria.

— E o que nós vamos fazer?

— Capturar o segundo barco de Gunnald e seguir o *Spearhafoc* até em casa

— E até lá vamos ficar aqui?

209

Cidade das trevas

— Melhor que no porão perto da fossa.

— Senhor! — gritou Beornoth do pé da escada. — O senhor vai querer ver isso!

Voltei para o cais e acompanhei Beornoth até o fim do píer oeste, onde Finan esperava. O irlandês voltou a cabeça para onde a correnteza seguia e disse:

— Um bom número de filhos da mãe.

Quatro navios subiam o rio impelidos por remos. Pareciam saxões, grandes e pesados, e os quatro tinham uma cruz na proa. A maré estava baixando, o que fazia a água se agitar nos espaços entre os pilares da ponte, mas nenhum daqueles barcos tentava subir mais, porque os quatro tinham mastros cruzados por vergas onde as velas estavam enroladas, e nenhuma tripulação tentava baixá-los. Começaram a virar para os molhes mais abaixo, com os remadores lutando contra a maré e a correnteza. E, quando viraram, vi que os grandes bojos estavam apinhados de homens, muitos dos quais usavam as capas vermelho-escuras, a marca de Æthelhelm.

— Os reforços — comentei, desanimado.

— Um bom número de filhos da mãe — repetiu Finan

Meu único consolo enquanto via o inimigo trazer mais homens para a cidade era que o *Spearhafoc* não estava sendo rebocado nem trazido com remos, não que qualquer um daqueles quatro barcos pesados tivesse chance de ser mais rápido que meu navio para capturá-lo, e isso sugeria que Berg e sua tripulação haviam passado por eles e estavam a caminho do norte. Isso me fez pensar em Bebbanburg e nos boatos sobre a peste. Toquei o amuleto do martelo e fiz uma oração aos deuses para que meu filho estivesse em segurança, que seus prisioneiros estivessem contidos e que Eadgifu e seus filhos não adoecessem. Eu salvei os filhos dela do ódio de Æthelhelm, mas será que os mandei para uma morte agonizante pela peste?

— No que o senhor está pensando? — Finan tinha me visto tocando o martelo.

— Que vamos ficar escondidos aqui, esperar, e depois vamos para casa.

Para casa, pensei melancolicamente. Eu nunca devia ter saído de lá.

* * *

210

A espada dos reis

Tudo que podíamos fazer era esperar. O barco comandado pelo filho de Gunnald podia voltar a qualquer momento, o que significava que eu precisava deixar homens vigiando no cais, outros guardando o portão do pátio e outros ainda no armazém, onde tínhamos acorrentado os guardas capturados numa das celas dos escravos. Os escravos não estavam acorrentados nem trancados, mas foram proibidos de sair porque eu não ousava me arriscar a que um deles revelasse nossa presença.

Jogamos os corpos nus no rio à noite. A maré vazante e a correnteza deviam tê-los levado para o leste, mas eu não duvidava que os corpos ficariam encalhados num banco de lama muito antes de chegarem ao mar distante. Ninguém perceberia. Neste verão haveria cadáveres suficientes à medida que os homens lutassem para tomar o trono de Wessex.

Mais navios trouxeram mais homens para Lundene. Reforços para o jarl Varin, que ainda comandava a guarnição em nome de Æthelhelm. Sabíamos disso porque depois de dois dias uma proclamação foi gritada por toda a cidade velha dizendo que as pessoas podiam andar livremente depois do anoitecer. E, apesar do alerta carrancudo de Finan, naquela noite fui a uma grande cervejaria na margem do rio chamada Taverna de Wulfred, embora todo mundo a chamasse de Dinamarquês Morto porque uma vez a maré vazante revelou um guerreiro dinamarquês empalado numa estaca podre de um cais antigo. Durante anos a mão do morto ficou pregada num dos batentes da porta da taverna, e todo mundo que entrava tocava num dedo. A mão havia sumido muito tempo atrás, mas uma pintura grosseira de um cadáver ainda adornava a placa pendurada sobre a porta. Entrei seguido pelo padre Oda e por Benedetta.

Foi Oda quem sugeriu me acompanhar.

— Um padre impõe respeito — argumentou ele mais cedo —, não suspeitas. E Benedetta também deveria ir, como minha esposa.

Quase me ericei quando ele falou de Benedetta como sua esposa, mas tive o bom senso de esconder a irritação.

— A cidade não está segura para mulheres.

— Mulheres andaram pela rua o dia inteiro — retrucou Oda com calma.

— Benedetta devia ficar aqui — insisti.

Cidade das trevas

— Os anglos orientais devem suspeitar que ainda existem fugitivos escondidos na cidade. — Oda falava com paciência. — Devem estar procurando homens jovens, não um padre com a esposa. O senhor quer notícias, não é? Então nos deixe ir. Estranhos vão confiar num padre.

— E se você for reconhecido?

Ele balançou a cabeça.

— Eu deixei a Ânglia Oriental como um jovem imberbe. Ninguém vai me reconhecer agora.

Eu estava enrolado num manto grande e escuro. Tinha revirado o sótão de Gunnald e o cômodo abaixo, onde seu filho morava, e descobri o manto com capuz. Coloquei-o e o amarrei à cintura com um pedaço de corda, depois peguei emprestada uma cruz de madeira com Gerbruht e a pendurei no pescoço. Não levava espada, só uma faca escondida embaixo do manto grande.

— O senhor está parecendo um monge — comentou Finan.

— Que Deus o abençoe, meu filho.

Encontramos uma mesa num canto escuro da taverna. O salão estava quase cheio. Havia algumas pessoas da região, tanto mulheres quanto homens, sentados às mesas num dos lados do cômodo grande, mas a maioria dos fregueses era de soldados, quase todos usando espadas, que nos espiaram com curiosidade, mas desviaram o olhar quando o padre Oda fez o sinal da cruz para eles. Estavam ali para beber, não para ouvir um sermão. Alguns estavam ali para algo mais que uma bebida, e subiam a escada de madeira que levava aos quartos onde as prostitutas da taverna exerciam seu ofício. Todo mundo que subia a escada recebia um coro de gritos e zombarias dos companheiros, sons estridentes que renderam carrancas do padre Oda, mas ele não disse nada.

— Os homens que estão subindo... — começou Benedetta.

— Sim — respondeu Oda, seco.

— São rapazes — falei —, eles estão longe de casa.

Uma jovem malvestida veio até nossa mesa e nós pedimos cerveja, pão e queijo.

— Wulfred ainda está vivo? — perguntei a ela.

Ela me espiou, não vendo nada sob a sombra profunda do meu capuz.

— Ele morreu, padre — respondeu, evidentemente me confundindo com outro sacerdote.

— Que pena.

A moça deu de ombros e disse:

— Vou trazer uma vela para vocês.

Fiz o sinal da cruz para ela.

— Que Deus a abençoe, minha filha. — E recebi uma fungada de desaprovação de Oda.

Conforme a noite avançava, os anglos orientais começaram a cantar. A primeira música foi dinamarquesa, um lamento de marinheiros pelas mulheres que deixaram para trás, mas então os saxões na cervejaria abafaram o som dos dinamarqueses com uma velha canção obviamente destinada aos nossos ouvidos. E o padre Oda, quando escutou as palavras, franziu a testa olhando para sua cerveja. Benedetta demorou mais para entender, depois me espiou com olhos arregalados.

— Ela se chama *A esposa do curtidor* — falei, batendo a mão na mesa ao ritmo da música.

— Mas a música é sobre um padre, não é?

— É — sibilou o padre Oda.

— É sobre a mulher de um curtidor e um padre — falei. — Ela vai se confessar e ele diz que não entende o que ela está confessando, por isso pede a ela que lhe mostre.

— Quer dizer, que faça com ele?

— Que faça com ele — confirmei, e para minha surpresa ela riu.

— Achei que estávamos aqui para descobrir notícias — resmungou o padre Oda para mim.

— Elas virão até nós — falei.

E, como era de se esperar, pouco depois, quando os soldados barulhentos passaram para outra música, um homem de meia-idade com barba grisalha e curta trouxe uma jarra de cerveja e uma taça para a nossa mesa. Portava uma espada com punho bastante surrado e mancava ligeiramente, o que sugeria um golpe de lança recebido numa parede de escudos. Olhou interrogativamente para o padre Oda, que assentiu, então ele se sentou num banco diante de mim.

213

Cidade das trevas

— Peço desculpas por aquela música, padre.

Oda sorriu.

— Eu já estive com soldados, meu filho.

O homem, que parecia ter idade para ser pai de Oda, levantou a taça e disse:

— Então à sua saúde, padre.

— Rezo a Deus para que ela seja boa — respondeu Oda, cauteloso. — E a sua também.

— O senhor é dinamarquês? — perguntou o homem.

— Sou — confirmou Oda.

— Eu também. Jorund — apresentou-se ele.

— Eu sou o padre Oda, estes são minha esposa e meu tio. — Agora Oda estava falando em dinamarquês.

— O que os traz a Lundene? — Jorund era amistoso, sem suspeita na voz, mas não duvidei que os anglos orientais tivessem sido alertados para procurar inimigos na cidade. Porém, como Oda tinha dito, um padre com a esposa aparentavam ser os inimigos mais improváveis, e Jorund parecia apenas curioso.

— Procuramos um barco que nos leve ao outro lado do mar — respondeu Oda.

— Nós vamos para Roma — completei, contando a história que tínhamos combinado.

— Somos peregrinos. Minha esposa está doente. — Oda estendeu a mão e a colocou em cima da de Benedetta. — Vamos pedir a bênção do santo padre.

— Lamento pela sua esposa, padre. — Jorund pareceu sincero. Observando a mão do sacerdote, senti outra pontada de ciúme. Olhei para Benedetta e ela olhou para mim com uma expressão triste, e por um momento sustentamos o olhar um do outro. — É uma longa viagem.

— É mesmo uma longa viagem, meu filho — respondeu Oda, parecendo de repente espantado porque Benedetta puxou a mão rapidamente. — Procuramos um barco para atravessar até a Frankia.

— Há muitos barcos — explicou Jorund. — Eu gostaria que não houvesse.

— Por quê? — perguntou o padre Oda.

— É o nosso trabalho. Revistá-los antes que eles partam.

— Revistá-los?

214

A espada dos reis

— Para garantir que nenhum inimigo escape.

— Inimigo? — O padre Oda fingiu surpresa.

Jorund tomou um longo gole de sua cerveja.

— Houve um boato, padre, de que Uhtredærwe estava em Lundene. O senhor sabe quem ele é?

— Todo mundo sabe.

— Então o senhor sabe que eles não o querem como inimigo. Por isso nos disseram: encontrem-no e o capturem.

— E matem-no? — perguntei.

Jorund deu de ombros.

— Alguém vai matá-lo, mas duvido que sejamos nós. Ele não está aqui. Por que estaria? É só um boato. Vai haver uma guerra, e isso sempre gera boatos.

— Já não está havendo uma guerra? — perguntou o padre Oda. — Pelo que me disseram houve luta aqui.

— Sempre há luta. — respondeu Jorund em tom sombrio. — Estou falando de uma guerra de verdade, padre, uma guerra de paredes de escudos e exércitos. E não deveria haver, não deveria haver.

— Não deveria? — indagou Oda gentilmente.

— Não falta muito para a época da colheita, padre. Nós não deveríamos estar aqui, pelo menos agora. Deveríamos estar em casa afiando as foices. Há um trabalho de verdade a ser feito! O trigo, a cevada e o centeio não se colhem sozinhos!

A menção à cevada me fez tocar o martelo, mas acabei pondo a mão na cruz de madeira.

— Vocês foram convocados? — perguntei.

— Por um senhor saxão que não vai esperar a colheita

— O senhor Æthelhelm?

— Coenwald — respondeu Jorund —, mas ele ocupa terras de Æthelhelm, de modo que sim, foi Æthelhelm que nos convocou e Coenwald precisa obedecer. — Ele parou para derramar a cerveja da jarra na taça.

— E Coenwald convocou vocês? — perguntei.

— Ele não tinha muita escolha, não é? Com ou sem colheita.

— Você tinha escolha? — quis saber Oda.

215

Cidade das trevas

Jorund deu de ombros.

— Nós juramos lealdade a Coenwald quando nos convertemos. — Ele fez uma pausa, talvez refletindo como os colonos dinamarqueses na Ânglia Oriental perderam sua guerra para manter um rei dinamarquês. — Lutamos contra ele e perdemos, por isso agora precisamos lutar por ele. — E deu de ombros. — Talvez tudo já esteja terminado na época da colheita.

— Rezo que sim — disse Oda baixinho.

— Talvez não haja guerra, não? — sugeri.

— Quando dois homens querem a mesma cadeira? — perguntou Jorund com escárnio. — Homens bons terão que morrer só para decidir que bunda real vai esquentar aquela porcaria. — Ele se virou enquanto vozes raivosas soavam, então o berro de uma mulher me fez estremecer. Jorund deu um gemido. — Ai, meu Deus.

Os gritos furiosos tinham vindo do andar de cima. Houve um ganido, em seguida um homem foi jogado escada abaixo. Era um rapaz, e ele bateu com força nos degraus, quicou e caiu no chão. Não se mexeu. Homens se levantaram, talvez para ajudá-lo ou para protestar contra a violência, mas então todos ficaram imóveis.

Ficaram imóveis porque um homem descia a escada. Um homem grande. A primeira coisa que vimos foram suas botas, depois coxas enormes, e, em seguida, ele surgiu. E vi que era Waormund. Estava com o peito desnudo, as roupas no braço. Carregava um cinturão com uma espada na bainha; uma espada grande para um homem grande. Não havia nenhum som na taverna, a não ser daquelas botas enormes na escada. Ele parou depois de alguns passos e seu rosto duro, de olhos vazios e cheio de cicatrizes, olhou para o salão. Benedetta ofegou e eu pus a mão sobre a dela, alertando-a para que ficasse em silêncio.

— Vagabundo! — rosnou Waormund para o salão. — O merdinha dinamarquês queria usar a minha mulher. Disse para eu me apressar! Mais alguém está com pressa para usá-la? — Ele esperou, mas ninguém emitiu nenhum som. Ele era aterrorizante; a largura daquele peito musculoso, o sorriso de desprezo no rosto e o tamanho da espada pesada fizeram as pessoas se encolherem submissas. Benedetta apertava minha mão com força por baixo da mesa.

216

A espada dos reis

Waormund desceu os últimos degraus. Parou outra vez, olhando para o rapaz que o havia ofendido. Então o chutou. E chutou de novo e de novo. O rapaz soltou um ganido, depois não houve som nenhum, a não ser a bota enorme de Waormund atingindo o corpo caído.

— Mulherzinhas da Ânglia Oriental! — vociferou Waormund. Em seguida, olhou outra vez ao redor, obviamente esperando que alguém o desafiasse, mas só viu duas pessoas encapuzadas e um padre. A luz das velas era fraca, o salão estava coberto de sombras e ele nos ignorou. — Malditas mulherzinhas da Ânglia Oriental! — Ele ainda estava tentando provocar uma briga. Mas, como ninguém reagiu, pegou uma jarra de cerveja na mesa mais próxima, bebeu tudo e saiu pisando pesado pela noite.

Benedetta chorava baixinho.

— Eu o odeio — sussurrou. — Odeio.

Segurei sua mão embaixo da mesa. Homens ajudavam o rapaz caído e as conversas eram retomadas, mas agora em voz baixa. Jorund, que tinha se levantado quando o rapaz foi jogado pela escada, foi ver os danos e voltou um instante depois.

— Pobre rapaz. Costelas quebradas, bolas esmagadas, perdeu metade dos dentes e vai ter sorte se mantiver um olho. — Ele se sentou e bebeu um pouco de cerveja. — Odeio aquele sujeito — acrescentou com amargura.

— Quem é ele? — perguntei.

— O desgraçado se chama Waormund. É o mastim do senhor Æthelhelm.

— E parece que ele não gosta de dinamarqueses — falei, afável.

— Dinamarqueses! — exclamou Jorund com ironia. — Ele não gosta de ninguém! Seja saxão ou dinamarquês.

— E você? — perguntou o padre Oda. — Você lutou contra os saxões, mas agora luta ao lado deles?

Jorund deu uma risadinha.

— Saxões e dinamarqueses! É um casamento forçado, padre. A maioria dos meus rapazes é de saxões, mas talvez um terço seja de dinamarqueses, e eu vivo tentando impedir que os desgraçados idiotas briguem. Mas rapazes são assim, não é?

— Você comanda homens? — perguntei, surpreso.

— Comando.

— Um dinamarquês comandando saxões? — expliquei minha surpresa.

— O mundo muda, não é? — Jorund pareceu achar divertido. — Coenwald poderia ter tirado a minha terra, mas não fez isso, e sabe que eu sou seu guerreiro mais experiente. — Ele se virou para olhar para o salão. — E a maioria desses rapazes precisa de experiência. Eles nunca viram uma luta de verdade. Que Deus os ajude, acham que é uma briga de taverna com lanças. Mesmo assim espero levar todos de volta para casa. E logo!

Jorund era um homem bom, pensei. Mas o destino, aquela cadela caprichosa, poderia exigir que eu o enfrentasse numa parede de escudos algum dia.

— Espero que você os leve para casa muito em breve — falei. — E que faça sua colheita em segurança.

— Rezo pela mesma coisa. E rezo para nunca mais ver uma parede de escudos enquanto viver. Mas, se vai acontecer uma guerra de verdade, não vai demorar muito.

— Não? — perguntei.

— Somos nós e os saxões ocidentais contra os mércios. Dois contra um, não vê?

— Talvez os nortumbrianos lutem ao lado dos mércios — sugeri, malicioso.

— Eles não virão para o sul — reagiu Jorund com desdém.

— Mas você disse que Uhtred de Bebbanburg já está aqui.

— Se estivesse — comentou Jorund, peremptório —, ele estaria com seu exército de selvagens do norte. Além disso, há peste no norte. — Ele fez o sinal da cruz. — Ouvimos histórias que dizem que Jorvik é uma cidade de cadáveres.

— Jorvik?! — perguntei, incapaz de afastar o choque da voz.

— É o que dizem.

Senti um tremor gélido. Minha mão subiu para tocar o amuleto do martelo e mais uma vez encontrou a cruz de madeira de Gerbruht. O padre Oda viu o gesto.

— Rezo a Deus para que seja apenas mais um boato — disse depressa. — Vocês vão deixar a cidade logo? — perguntou a Jorund, evidentemente tentando levar a conversa para longe do medo da peste.

218

A espada dos reis

— Só Deus sabe, padre, e Deus não quer me dizer. Vamos ficar aqui, ou talvez não. Talvez o rapaz mércio crie encrenca, talvez não. Ele não faria isso, se tivesse algum tino. — Jorund serviu o restante da jarra de cerveja nas nossas taças. — Mas eu não vim incomodá-lo com conversas de guerra, padre, só me perguntei se o senhor faria a gentileza de nos dar uma bênção.

— Com prazer, filho — respondeu o padre Oda.

— Espero que se recupere, senhora — disse Jorund a Benedetta. Ela não entendeu a conversa em dinamarquês, mas sorriu agradecendo a Jorund, que agora pedia silêncio no salão.

O padre Oda deu a bênção, pedindo ao seu deus que trouxesse paz e poupasse a vida de todos os homens que estavam na taverna. Jorund agradeceu e nós saímos, andando pela rua à beira do rio em silêncio durante algum tempo.

— Então eles estão revistando todos os barcos que partem — observou Oda.

— Mas não há homens no pátio de Gunnald — falei. — Assim que pegarmos o barco novo, vamos partir ao amanhecer, desejar uma maré vazante e remar com força. — Fiz com que isso parecesse fácil, mas sabia que não seria assim, e de novo fui tocar o martelo e encontrei a cruz.

Demos mais alguns passos e o padre Oda soltou uma risadinha.

— O que foi? — perguntei.

— Selvagens do norte — disse ele, achando divertido.

Era essa a nossa reputação? Se era assim, agradou-me. Mas os selvagens do norte, ou um punhado deles, estavam encurralados, e nossa selvageria não iria adiantar nada se não conseguíssemos escapar. Precisávamos de um barco.

E na manhã seguinte ele chegou.

TERCEIRA PARTE

O campo de cevada

OITO

ERA O FIM da manhã e Immar estava de sentinela no molhe oeste. Ou melhor, estava sentado no molhe oeste à luz do sol de verão com uma caneca de cerveja azeda e dois meninos, ambos da tribo de órfãos de Aldwyn, sentados aos seus pés e ouvindo, em choque, as invencionices que ele contava. Immar era um jovem mércio que eu salvei do enforcamento no ano anterior, mas ele foi obrigado a ver seu pai dançar a dança da morte na corda por ordem minha. Apesar dessa experiência, ele jurou lealdade a mim e agora usava cota de malha e portava uma espada. Aprendeu a usar a espada notavelmente rápido e mostrou que era um lutador feroz em duas incursões para roubar gado, mas ainda não tinha sido testado em uma parede de escudos. Mesmo assim, os dois meninos estavam cativados por suas histórias, assim como Alaina, que tinha ido se juntar a eles e agora escutava com atenção igual.

— É uma boa menininha — comentou Finan.

— É mesmo — concordei. Finan e eu estávamos dividindo um banco na extremidade do cais junto à terra, olhando Immar e discutindo preguiçosamente as chances de chegar um vento oeste, em vez de o sudeste persistente mas fraco que havia soprado durante toda a noite e a manhã.

— O senhor acha que a mãe dela está viva? — perguntou Finan, indicando Alaina com um aceno de cabeça.

— É mais provável a mãe estar viva que o pai.

— Verdade. Pobre mulher. — Finan deu uma mordida num pão de aveia. — Seria bom para Alaina se pudéssemos encontrá-la.

— Seria. Mas ela é uma menininha forte. Vai sobreviver.

— Ela fez esses pães?

— Fez.

— São horríveis. — Finan jogou o resto do seu pão de aveia no rio.

— É o cocô de rato na aveia — observei.

— Precisamos de comida melhor — resmungou Finan.

— E aqueles dois cavalos no estábulo? — sugeri.

— Eles não se incomodam em comer cocô de rato. Provavelmente é a melhor comida que eles tiveram em anos! Pobres animais. Eles precisam de um mês ou dois num bom pasto.

— Eu não quis dizer isso. Por que não matamos os dois bichos, esfolamos, cortamos a carne e cozinhamos?

Finan me olhou horrorizado.

— Para comer?

— Deve haver carne suficiente naqueles dois cavalos para nos sustentar durante uma semana.

— O senhor é um bárbaro. — Finan balançou a cabeça. — Vou deixar o senhor convencer o padre Oda.

O padre Oda desaprovaria que comêssemos carne de cavalo. A Igreja proibiu que seus seguidores comessem carne de cavalo porque, segundo os clérigos, essa carne só vinha de sacrifícios pagãos. Na verdade, nós, pagãos, relutamos em oferecer um cavalo em sacrifício a Odin. Os animais são valiosos demais. Porém, quando os tempos são desesperados, um garanhão valioso pode aplacar os deuses. Eu já fiz esse tipo de sacrifício, mas sempre com pesar.

— O padre Oda não precisa comer o cozido — apontei. — Ele pode sobreviver à base de cocô de rato.

— Mas eu não — declarou Finan com firmeza. — Eu quero alguma coisa decente. Deve haver peixe à venda, não?

— Carne de cavalo é gostosa — insisti. — Especialmente de cavalo velho. Meu pai sempre jurou que fígado de cavalo velho era uma refeição digna dos deuses. Uma vez ele me fez matar um potro só para comer o fígado e odiou. Depois disso sempre insistiu num cavalo mais velho. Mas não se deve cozinhar demais, é melhor quando ainda está um pouco sangrento.

— Ah, santo Deus. E eu que achava que o seu pai era cristão.

224

A espada dos reis

— Ele era, por isso sempre que comia fígado de cavalo acrescentava isso aos outros pecados que confessava, e eram muitos.

— E o senhor vai descobrir que a sua Benedetta não come carne de cavalo — disse Finan, maroto. — Ela é uma boa cristã.

— Minha Benedetta?

Ele apenas riu e eu pensei em Eadith na distante Bebbanburg. Será que havia mesmo uma peste no norte? E, se houvesse, teria chegado à minha fortaleza? Jorund ouviu um boato de que ela estava devastando Eoferwic, onde dois dos meus netos viviam com o pai. Toquei meu amuleto do martelo e fiz uma oração sem palavras aos deuses. Finan notou o gesto.

— Preocupado? — perguntou.

— Eu não devia ter saído de Bebbanburg.

Eu sabia que Finan concordava, mas ele teve a decência de não dizer nada. Apenas observou o brilho da luz do sol no rio, depois se retesou e pôs a mão no meu braço.

— O que está acontecendo?

Saí do devaneio e vi Immar de pé, espiando rio abaixo. Então ele se virou e, olhando para mim, apontou para o leste. Vi um mastro atravessado por uma verga com a vela enrolada surgindo acima da paliçada do leste.

— Volte! — gritei para Immar. — E traga os meninos! Alaina! Venha!

Tínhamos planejado apresentar um pequeno mistério ao filho de Gunnald quando ele chegasse. Os guardas aprisionados nos contaram que pelo menos um homem deveria ficar no cais para pegar os cabos do barco que chegasse.

— Lyfing Gunnaldson precisa de ajuda, senhor — dissera Deogol, o prisioneiro maneta. — Ele não sabe manobrar o barco como o pai. E, se não houver ninguém no molhe, ele toca uma trombeta, e nós corremos para ajudar.

— E se ninguém for ajudá-lo?

Deogol deu de ombros.

— Ele vai desembarcar de algum jeito, senhor.

Insisti para que o barco encontrasse o molhe deserto e que ninguém deveria ajudar Lyfing Gunnaldson a atracar. Se ele visse estranhos no cais, ficaria com suspeitas e provavelmente iria se afastar até ver um rosto familiar, e eu não ousava correr esse risco. Melhor deixá-lo pensar que os guardas estavam preguiçosos e o deixaram atracar a embarcação sozinho.

O campo de cevada

Eu nem tinha certeza de que o barco que se aproximava era o que desejávamos, mas ele possuía um mastro, e nenhum barco com mastro conseguiria passar embaixo da ponte. Assim, qualquer um que subisse tanto o rio estava tentando chegar a um dos poucos molhes próximos de onde o Temes espumava e caía entre os pilares da ponte.

Finan e eu voltamos para o armazém onde Benedetta brincava com as crianças menores. A risada delas, pensei, era um som raro naquele lugar sinistro, e era uma pena interrompê-la. Bati palmas.

— Todo mundo quieto agora! Nenhum barulho! Beornoth! Se algum daqueles desgraçados fizer qualquer barulho, pode matá-lo. — Eu me referia aos quatro guardas capturados, acorrentados dentro da cela menor. Beornoth manteria os presos em silêncio, enquanto o padre Oda e Benedetta garantiriam que nenhuma criança e nenhum escravo liberto fizesse qualquer barulho.

Finan e eu ficamos logo atrás da porta entreaberta que dava para o cais. Cinco homens, todos com cota de malha e espada, esperavam atrás de nós. Dei um passo à frente, ainda nas sombras, e vi o mastro se aproximando. Em seguida, a proa do barco surgiu. Havia uma pequena cruz de madeira nela. A embarcação avançava dolorosamente lenta contra a maré e a correnteza feroz.

— Eles estão cansados. — Finan se referia aos remadores.

— Estão vindo de longe.

— Pobres homens — comentou ele, lembrando-se do tempo que passamos acorrentados aos bancos, quando puxávamos os remos com as mãos calejadas e tentávamos não atrair o olhar dos homens que carregavam chicotes. — Mas é o nosso barco — acrescentou, sério.

Era obviamente um barco impelido por pessoas escravizadas, porque dois homens com chicotes andavam entre os bancos. Outros três estavam de pé na popa, onde um sujeito de cabelos claros, botas de cano alto e justilho branco segurava a esparrela. Os outros dois tripulantes estavam de pé na proa. Um segurava uma trombeta, o outro estava com um cabo de atracação enrolado.

— Sete homens — contou Finan.

Resmunguei, vendo a embarcação se virar para o molhe vazio. O rio corria entre os arcos da ponte com uma velocidade violenta, ajuntando-se do outro lado e depois borbulhando branco ao passar pelas aberturas. A velocidade da correnteza surpreendeu o capitão e o barco estava sendo empurrado de volta rio abaixo.

— Remem, seus desgraçados! — gritou o capitão, e os dois homens com chicotes golpearam as costas dos remadores. Era tarde demais. O barco sumiu outra vez atrás do muro e um ou dois minutos se passaram antes que ele voltasse a aparecer. Os escravos estavam remando com mais força, encorajados pelos chicotes, e o capitão teve o bom senso de apontar a proa para um local bem acima do cais. — Remem! — gritou. A trombeta soou, pedindo ajuda, mas nós permanecemos nas sombras profundas atrás da porta.

Os chicotes estalaram, os remadores fizeram força, e o barco virou para o cais. Mesmo assim, estava sendo impelido rio abaixo.

— Força! — gritou o capitão. As pás dos remos mergulhavam, os escravos puxavam, e o barco chegou à abertura entre os destroços que eram a outra embarcação e o cais vazio, mas de novo o capitão tinha avaliado mal, e agora estava longe demais do cais vazio e a correnteza o impelia para trás, para o navio arruinado. — Recolham os remos! — gritou, não querendo que suas pás preciosas se partissem no outro barco.

Finan deu uma risadinha. Ele não era marinheiro, mas sabia reconhecer uma manobra desajeitada. O barco de escravos se desviou e bateu nos destroços do outro, sem ninguém no cais para pegar os cabos.

— Ælfrin! — gritou o capitão. — Ælfrin, seu desgraçado preguiçoso! Venha cá!

Ælfrin, descobrimos, era quem comandava os guardas deixados na casa e foi o primeiro homem que eu matei. A essa altura seu corpo devia estar em algum lugar rio abaixo, provavelmente encalhado num banco de lama onde as gaivotas estariam se refestelando com o cadáver inchado.

Um homem precisou passar com dificuldade por cima dos destroços meio afundados, levando a ponta de um cabo, depois dar a volta até o molhe vazio onde puxou a proa do barco para o cais oeste. Amarrou o cabo e depois pegou um segundo, lançado da popa, e puxou a embarcação para o atracadouro. Os remadores estavam frouxos nos bancos. Pude ver sangue em algumas costas. Minhas próprias costas ainda tinham cicatrizes.

O campo de cevada

— Ælfrin — berrou o capitão outra vez. E continuou sem resposta.

Ouvi um xingamento abafado, depois o som de remos pesados sendo guardados à meia-nau. Um dos tripulantes estava soltando as algemas dos remadores nos dois bancos mais próximos da proa e me lembrei dos meus dias no *Mercante*, o navio de escravos onde Finan e eu ficamos acorrentados a um banco, e de como os tripulantes eram cautelosos na hora de nos desacorrentar. Éramos soltos dois de cada vez e escoltados por homens com chicotes e espadas até alguma choupana que seria a nossa casa. O filho de Gunnald parecia ser igualmente cauteloso. Outro tripulante se certificou de que os dois cabos de atracação estavam bem presos, depois acrescentou um terceiro.

— Vamos — falei.

Eu esperei até que o barco estivesse firmemente amarrado ao cais, de modo a não poder voltar para a corrente do rio quando a tripulação nos visse. Agora, com três cabos presos, era tarde demais para escaparem. E eles nem tentaram. O homem de cabelos claros, que tinha feito um trabalho tão ruim para atracar a embarcação, simplesmente ficou parado na popa, encarando-nos.

— Quem são vocês? — gritou.

— Homens do senhor Varin — gritei em resposta, andando pelo cais.

— Quem, em nome de Deus, é o senhor Varin?

— O homem que tomou a cidade. Bem-vindo à Ânglia Oriental.

Isso o confundiu e ele continuou apenas nos olhando enquanto chegávamos mais perto. Nossas espadas estavam embainhadas e não parecíamos ter pressa.

— Onde está o meu pai? — Ele reencontrou sua voz.

— É o sujeito gordo?

— É.

— Em algum lugar por aí — respondi vagamente. — O que vocês estão transportando?

— Transportando?

— Que carga?

— Nada.

— Disseram que você vendeu escravos na Frankia. Você os deu de graça?

— É claro que não!

228

A espada dos reis

— Então você foi pago? — perguntei, parando ao lado da popa do navio. Lyfing Gunnaldson viu para onde as perguntas estavam indo e pareceu desconfortável.

— Fomos pagos — murmurou.

— Então sua carga é dinheiro! — falei, animado. — Traga-a para a terra.

Ele hesitou, olhando para os tripulantes, mas eles não estavam usando malha e nós estávamos. Eles tinham espadas curtas ou facas de marinheiro, e todos nós carregávamos espadas longas. Lyfing ainda hesitava, então me viu colocar a mão no punho de Bafo de Serpente e desceu da plataforma da esparrela, enfiou a mão embaixo dela e pegou um pequeno baú de madeira que, pelo esforço necessário, estava pesado.

— São apenas pagamentos de alfândega — falei, tranquilizando-o. — Traga para terra firme!

— Alfândega — reagiu ele, amargo; mesmo assim, obedeceu. Saiu do navio e largou a caixa no cais. Houve um som alegre de moedas. Seu rosto, avermelhado por causa do vento e do sol, estava azedo de ressentimento. — Quanto você quer?

— Abra — ordenei.

Ele se abaixou para soltar o fecho de ferro e eu o chutei com força nas costelas ao mesmo tempo que desembainhava Bafo de Serpente. Curvei-me, tirei seu seax da bainha e joguei a espada no barco, onde ela caiu aos pés de um remador que pareceu apavorado. Um dos homens com chicote recuou o braço.

— Se usar esse chicote — gritei para o sujeito —, eu estrangulo você com ele! — O homem me lançou um olhar furioso e mostrou os dentes. Tinha apenas dois que eu conseguisse ver, e o rosto cheio de cicatrizes era emoldurado por cachos pretos e oleosos e uma barba que ia até o peito. — Largue o chicote! — vociferei. Ele hesitou, depois obedeceu com relutância.

Lyfing Gunnaldson estava tentando se levantar. Dei outro chute nele e pedi a Immar que o vigiasse.

— Mate-o se ele tentar se levantar.

— Sim, senhor.

Depois disso foi simples. Subimos a bordo, desarmamos os tripulantes e os empurramos para o cais. Não sentiam o ímpeto de lutar, nem mesmo o sujeito

O campo de cevada

de barba preta que tentou me desafiar. Ainda acreditavam que éramos anglos orientais que tomaram sua cidade. Um deles quis saber quando receberia a espada de volta e eu apenas rosnei para que ele ficasse quieto.

— E todos vocês fiquem onde estão! — gritei para os escravos nos bancos de remadores. — Vidarr?

— Senhor?

— Garanta que eles fiquem aqui!

Os remadores estavam presos com argolas de ferro nos tornozelos, e por essas argolas passavam correntes compridas que iam da proa à popa do navio. As duas correntes já haviam sido soltas dos grampos na proa e os escravos poderiam escapar com bastante facilidade, mas estavam cansados, amedrontados. Por isso ficaram. Deixei dois homens para garantir que os remadores permanecessem em silêncio, tranquei os novos prisioneiros na mesma cela dos outros guardas, parei junto à porta do armazém e olhei para o barco. Ele parecia novo, o cordame estava retesado e a vela enrolada não tinha pontos esgarçados. Toquei o martelo e fiz uma oração de agradecimento sem palavras, porque poderia levar meus homens para casa.

— E agora? — Finan tinha se juntado a mim.

— Vamos tirar os remadores do barco e esperar a alvorada de amanhã.

— Alvorada de amanhã? Por que não partir agora?

Estávamos à luz quente do sol. Era um dia calmo, praticamente sem vento, certamente não o vento oeste que eu desejava, mas o rio corria rápido, ajudado pela maré vazante. De modo que, mesmo com remadores cansados, seria um percurso rápido até o estuário, e a tarde poderia muito bem trazer uma brisa que nos levasse para o norte. E, como Finan, eu queria ir para casa. Queria sentir o cheiro do mar de Bebbanburg e descansar no salão de Bebbanburg. Eu pensei em partir ao amanhecer com os restos de escuridão e a névoa do rio nos escondendo dos olhos curiosos. Mas por que não partir agora? A cidade parecia calma. Na noite anterior Jorund nos disse que os navios que quisessem partir das docas eram revistados, mas nenhum soldado da Ânglia Oriental se interessou pelo nosso cais.

— Por que não partir agora? — repeti.

— Vamos para casa — declarou Finan, enfático.

230

A espada dos reis

Assim dissemos a todo mundo — aos escravos libertos, às crianças, ao padre Oda e a Benedetta — que entrasse no barco. Tínhamos cozinhado mais pães com o restante da aveia salpicada de cocô e eles foram levados para bordo junto com qualquer saque que nos interessasse. Em meio a esse saque havia quatro grandes escudos bons, uma dúzia de cotas de malha, duas caixas de moedas e pedaços de prata, dez justilhos de couro e um amontoado de outras roupas. O último barril de cerveja foi posto a bordo.

O barco estava apinhado. Havia crianças apertadas na popa, as escravas libertas se amontoaram na proa, todas olhando com medo para os remadores com cabelos hirsutos, imundos e amedrontadores.

— Eu sou seu novo comandante — falei aos remadores. — E, se fizerem o que eu pedir, vocês serão libertados.

Devia haver homens de muitas raças porque ouvi murmúrios enquanto minhas palavras eram traduzidas. Um homem se levantou.

— O senhor vai nos libertar? — Ele soou cheio de suspeitas. — Onde?

Ele falou em dinamarquês, e eu respondi na mesma língua.

— No norte.

— Quando?

— Essa semana.

— Por quê?

— Porque vocês estão salvando a minha vida. E como recompensa vou devolver a de vocês. Qual é o seu nome?

— Irenmund.

Curvei-me no convés e peguei uma das espadas curtas que tiramos da tripulação do barco, depois passei entre os escravos. Irenmund me observava cheio de suspeita. Ele ainda estava algemado, mas era um rapaz de força formidável. Seu cabelo, loiro e embolado, chegava até os ombros. O rosto rude exibia medo, mas ainda era desafiador. Ele olhou para a espada na minha mão e depois para os meus olhos.

— Como você foi capturado? — perguntei.

— Nós fomos impelidos para terra firme na Frísia.

— Nós?

— Eu era tripulante de uma embarcação mercante. Éramos três, o comandante e dois marinheiros. Conseguimos desembarcar e fomos capturados.

O campo de cevada

— E vendidos?

— Fomos vendidos — respondeu ele com amargura.

— Você era um bom marinheiro?

— Eu sou um bom marinheiro — disse com a voz em tom de desafio.

— Então pegue — falei, e joguei a espada para ele, com o cabo na sua direção. Ele a pegou e olhou para mim com curiosidade. — Essa é a garantia de que vou libertar vocês. Mas primeiro vocês precisam me levar para casa. Finan!

— Senhor?

— Solte todos eles!

— Tem certeza, senhor?

Olhei de novo para os escravos e levantei a voz.

— Se vocês ficarem aqui em Lundene, continuarão sendo escravos. Se forem comigo, serão homens livres, e juro que farei o máximo para mandá-los para casa. — Houve o som de elos de ferro chacoalhando no convés e passando pelos grampos enquanto as correntes eram puxadas.

— Vamos precisar de um ferreiro para tirar as algemas dos tornozelos — comentou Finan. — O senhor se lembra das nossas? Ficamos com feridas durante semanas, depois.

— Eu nunca me esqueço — falei, carrancudo, depois ergui a voz. — Irenmund! Você está solto?

— Estou.

— Estou, *senhor*! — corrigiu-o Finan.

— Venha cá — chamei.

Irenmund veio à plataforma da esparrela, com os pesados elos de metal presos às algemas dos tornozelos fazendo barulho enquanto ele andava.

— Senhor? — Ele disse a palavra com insegurança.

— Eu sou um jarl — falei — e quero que você me fale desse barco.

Ele deu um sorriso de desdém.

— É pesado na popa, senhor, e balança de lado feito um bezerro.

— Eles não moveram o lastro?

Irenmund cuspiu para o lado.

— Lyfing Gunnaldson não sabe nada de navios, e eu não iria contar nada a ele.

232

A espada dos reis

— O barco tem nome?

— *Brimwisa* — respondeu ele com outra careta de desdém. O nome significava "monarca do mar". E, independentemente de qualquer outra coisa, esse barco era incapaz de comandar qualquer onda. — Mais uma coisa, senhor. — Irenmund hesitou.

— O que foi?

Ele sopesou a espada curta.

— Cinco minutos em terra?

Olhei para seus olhos azuis num rosto ferido pela crueldade e estive prestes a negar, mas então me lembrei dos meus sentimentos quando fui solto das algemas.

— Quantos? — perguntei.

— Só um, senhor.

Assenti.

— Só um. Gerbruht! Oswi! Vidarr! Acompanhem esse homem. Deixem que ele faça o que quiser, mas garantam que seja rápido.

Levei as crianças para a proa, com o objetivo de equilibrar o navio. E, quando Irenmund voltou, ainda empunhando a espada — embora agora vermelha de sangue —, soltamos os cabos de atracação e os remadores cansados fizeram o barco ir de ré suavemente até a correnteza do rio. A popa virou imediatamente rio abaixo, de modo que estávamos apontando para o oeste, e não para a foz, mas alguns movimentos dos remos de estibordo viraram o casco até que nossa proa adornada com a cruz apontasse para o mar distante.

— Devagar agora! — gritei. — Com gentileza! Não estamos com pressa!

E eu não estava mesmo com pressa. Era melhor partir devagar, sem levantar suspeitas de que teríamos motivos para fugir da cidade. O vento não ajudava, por isso remamos apenas o suficiente para manter a direção, levados mais pela maré vazante e pela correnteza do rio que pela força dos remos. Finan veio para perto de mim.

— Já estive em alguns lugares loucos com o senhor — disse.

— Isso aqui é louco?

— Um barco de escravos? Numa cidade de inimigos? É, eu diria que é louco.

— Vamos sair do estuário, virar para o norte e rezar por um vento bom. Devemos chegar a Bebbanburg em três dias, talvez quatro. — Fiz uma pausa, olhando para os cisnes na água tocada pelo sol. — Mas isso significa que fracassei.

— Fracassou? O senhor está nos levando para casa!

— Eu vim matar Æthelhelm e o sobrinho podre dele.

— O senhor ainda vai matá-los.

O sol estava quente. A maioria dos remadores era jovem, e eles estavam sem camisa e queimados de sol e eram musculosos. A notícia da vingança de Irenmund havia se espalhado pelos bancos e os remadores riam, apesar de cansados. Eu tinha presumido que Irenmund queria matar Lyfing Gunnaldson, mas, em vez disso, os gritos que chegaram ao cais foram do homem corpulento com cachos pretos.

— Ele fez um tremendo estrago no sujeito — contou Vidarr com um prazer indecente quando chegou ao cais —, mas foi rápido.

Agora Irenmund estava de volta ao banco, puxando o remo, mas lentamente. A correnteza iria nos levar até que a maré virasse. Então começaria o trabalho pesado, a não ser que os deuses mandassem um vento amigável.

O padre Oda estivera conversando com os remadores e agora se juntava a nós.

— A maioria é saxã — disse. — Mas há três dinamarqueses, dois frísios, um escocês e dois conterrâneos seus, Finan. E todos — acrescentou, olhando para mim — cristãos.

— Pode rezar com eles, padre — falei, animado.

Estávamos passando pelo cais na margem norte. O lugar estava repleto de embarcações, mas para meu alívio havia poucos guerreiros visíveis nos molhes. O dia parecia preguiçoso e calmo, até o tráfego no rio era escasso. Nada subia contra a correnteza, mas passamos por um punhado de barcos menores transportando mercadorias para a margem sul. O ar tinha um cheiro mais limpo no centro do rio, mas o fedor de fumaça e bosta de Lundene continuava presente. Porém, esta noite estaríamos em mar aberto, pensei, sob as estrelas. Eu ia para casa, e meu único pesar era não ter cumprido com o juramento, mas me consolei pensando que tinha feito o máximo possível. Æthelhelm ainda vivia, e agora seu sobrinho maligno era chamado de rei de Wessex, mas eu estava levando meu povo para casa.

234

A espada dos reis

Passamos pelo Dinamarquês Morto e avistamos minha antiga casa, a casa romana com seu cais de pedra na beira do rio. Gisela tinha morrido ali, e eu toquei o martelo pendurado no pescoço. No meu coração eu acreditava que ela estava me esperando em algum lugar no reino dos deuses.

— Três dias, o senhor acha? — Finan interrompeu meus pensamentos.

— Até Bebbanburg? É. Talvez quatro.

— Vamos precisar de comida.

— Vamos parar num porto na Ânglia Oriental. Pegar o que precisarmos.

— Não vai haver ninguém para nos impedir — comentou Finan, divertindo-se. — Todos os desgraçados estão aqui!

Ele estava olhando para a casa, minha antiga casa onde nos refugiamos quando chegamos a Lundene. Um navio estava atracado lá, um navio longo e baixo, virado rio acima, com proa alta onde havia uma cruz. O mastro era meio inclinado, o que lhe dava uma aparência predatória. Imaginei que tivesse o dobro do tamanho do *Brimwisa*, o que fazia dele um navio muito mais rápido, e por um instante me senti tentado a roubá-lo, mas rejeitei a ideia ao ver homens saindo da casa para o terraço. Doze homens, metade usando cota de malha, e ficaram observando nossa passagem. Acenei para eles, esperando que o gesto os convencesse de que não representávamos ameaça.

Então um homem, mais alto que os outros, saiu da casa e abriu caminho entre os companheiros. Ele parou na beira do cais de pedra, olhando para nós.

E xinguei. Era Waormund. Encarei-o, e ele me encarou, e me reconheceu. Ouvi seu berro de fúria, ou talvez de desafio. Então ele começou a gritar para os homens ao redor e os vi correndo para o navio de aparência letal. Xinguei outra vez.

— O que foi? — perguntou o padre Oda.

— Acelere os remadores — ordenei a Finan.

— Acelerar?

— Estamos sendo perseguidos.

Olhei para o céu e vi que ainda faltavam muitas horas para a escuridão. E não estávamos mais em segurança.

* * *

A maré vazante estava se aproximando do nível mais baixo, o que significava que corria mais rápido e nos dava alguma ajuda enquanto nos levava rio abaixo com a correnteza. Finan marcava o ritmo com um pedaço de pau e o acelerou, mas os remadores estavam cansados demais depois de terem remado rio acima, contra a maré. A correnteza, claro, ajudaria nossos inimigos tanto quanto nos ajudava, mas eu esperava que Waormund demorasse muito para reunir remadores suficientes. Mas na guerra nunca se pode contar com a esperança. Meu pai sempre dizia que, se você espera que o inimigo marche para o leste, planeje para o caso de ele marchar para o oeste.

Passamos pelo antigo forte romano que marcava a extremidade leste da cidade velha e eu olhei para trás. Vi que meu pai estava certo. O navio já se afastava do cais. Os remadores viraram seu casco longo para nos acompanhar.

— Não é uma tripulação inteira — avisou Finan.

— Quantos?

— Vinte e quatro remadores, talvez.

— Mesmo assim vão nos alcançar — falei, mal-humorado.

— É um navio grande para apenas vinte e quatro remos.

— Eles vão nos alcançar.

Finan tocou a cruz pendurada em seu pescoço.

— Achei que alguém tinha dito que esse era um barco rápido.

— Para o tamanho, é.

— Mas, quanto mais longo um navio, mais rápido ele é — comentou Finan, infeliz.

Ele me ouviu dizer isso muitas vezes, mas jamais entendeu por que era verdade. Eu também não entendia, mas sabia que o navio em perseguição inevitavelmente nos pegaria. Eu conduzia o *Brimwisa* para seguir a enorme curva em forma de ferradura que nos levaria para o sul antes de se virar para o norte. Estava usando o lado externo da curva, que implicava uma distância maior a percorrer, mas ali a correnteza era mais rápida, e eu precisava de toda a velocidade possível.

— Há homens na proa dele — disse Finan, ainda olhando para trás.

— São os que vão nos abordar — falei.

— E o que fazemos? Vamos para terra firme?

— Ainda não.

A correnteza nos levava rapidamente para o sul. A água do rio estava baixa, com grandes trechos de lama reluzente em cada margem, e, para além deles, pequenos pântanos desolados onde algumas palhoças surgiam nos locais onde as pessoas ganhavam a vida pegando enguias com armadilhas. Virei-me e vi que nosso perseguidor estava diminuindo a distância. Eu conseguia ver os homens com cota de malha na proa, os escudos com o cervo de Æthelhelm saltando e o sol da tarde se refletindo na ponta das lanças.

— Quantos estão na proa? — perguntei a Finan.

— Muitos — respondeu ele, carrancudo. — Acho que ele tem pelo menos quarenta homens.

Então Waormund estava com mais ou menos metade de seus homens remando e a outra metade armada e pronta para acabar conosco.

— Eles vão nos abalroar e abordar — falei.

— E o que vamos fazer? Morrer?

— Vamos ultrapassá-los, é claro.

— Mas o senhor disse que eles iriam nos pegar!

— E vão! — Eu sentia a água vibrando através do cabo da esparrela. Isso significava que estávamos indo depressa, mas precisávamos ser mais rápidos. — Se querem ser homens livres — gritei para os remadores —, remem como nunca remaram antes! Sei que vocês estão cansados, mas remem como se o diabo estivesse nos seus calcanhares! — E estava mesmo. — Remem!

Eles colocaram sua força débil nos remos. Quatro dos meus homens haviam substituído os remadores mais fracos e gritavam o ritmo conforme as remadas aceleravam. Tínhamos rodeado a enorme curva para o sul e agora seguíamos para o norte. O navio em perseguição estava pouco mais de trezentos passos atrás de nós. Seus remadores, mais descansados que os nossos, remavam mais rápido. Vi o rio espumar branco em sua quilha, vi como cada movimento dos remos o trazia um passo mais para perto.

— Se formos para terra firme... — começou Finan, nervoso.

— Eles vão nos caçar nos pântanos. Não vai ser bonito.

— E então?

— Então não vamos para terra firme — respondi, confundindo-o de propósito.

237

O campo de cevada

— Mas...

— Por enquanto — terminei.

Ele me lançou um olhar cansado.

— Então me conte.

— Não vamos chegar a Bebbanburg, pelo menos por um tempo.

— Por quê?

— Está vendo aquelas árvores ali adiante? — apontei. Cerca de um quilômetro e meio à frente o rio virava para o leste de novo, em direção ao mar, mas na margem norte havia um proeminente agrupamento de árvores. — Logo depois daquelas árvores há um rio, o Ligan, que pode nos levar para o norte, entrando na Mércia.

— E pode levá-los para o norte também — disse Finan, assentindo com a cabeça para a popa.

— Meia vida atrás os dinamarqueses levaram seus barcos pelo Ligan e Alfredo construiu um forte para bloquear o rio. Eles perderam todas as embarcações. Não participamos dessa luta.

— E foram poucas as que não participamos. — Finan estava mal-humorado.

Virei-me para olhar para trás e vi que agora o navio grande se encontrava a pouco mais de duzentos passos. E vi Waormund, mais alto que os outros homens na proa. Ele se virou e gritou para seus remadores irem mais depressa.

— Aquele navio pode ser mais longo que o nosso — falei — e certamente é mais rápido, mas precisa de mais água. O Ligan é raso. Assim, se tivermos sorte — e toquei o martelo —, ele vai encalhar.

— E se não tivermos sorte?

— Vamos morrer.

Eu nunca tinha navegado pelo Ligan. Sabia que era um rio de maré por alguns quilômetros e que, depois do limite da maré, prosseguia o suficiente para levar barcos até Heorotforda. Mas também sabia que era um rio difícil. Os últimos quilômetros do Ligan eram através de pântanos densos onde o rio se dividia em dezenas de córregos rasos que mudavam de curso no correr dos anos. Eu vi barcos usando esses canais, mas isso tinha sido anos antes. E estávamos muito perto do auge da vazante, quando a água estaria no nível mais baixo. Se não tivesse sorte, iríamos encalhar e haveria sangue no Ligan.

A espada dos reis

Nossos remadores estavam ficando sem forças, os perseguidores chegando mais perto, e, assim que entrássemos no Ligan, estaríamos remando contra a corrente.

— Remem! — gritei. — Remem! A vida de vocês depende disso! Logo vocês vão poder descansar, mas agora remem!

Vi que as jovens escravas libertas, agachadas na proa com as crianças, choravam. Elas sabiam exatamente o que lhes aguardava se o navio maior nos alcançasse.

Estávamos perto do fim da curva para o norte, mas o navio de Waormund se encontrava apenas cem passos atrás de nós. Rezei para que ele não tivesse arqueiros a bordo. Vi a margem norte do rio surgir enquanto começávamos a curva para o leste. Árvores cresciam no pântano, e os canais do Ligan passavam entre elas.

— Álamos — avisei.

— Álamos?

— Só torça para que o mastro não fique preso num galho.

— Maria, mãe de Deus. — Finan tocou sua cruz.

— Remem! Remem! Remem! — gritei, e empurrei a esparrela.

O *Brimwisa* virou, cruzando a correnteza e seguindo para o Ligan. O barco imediatamente diminuiu a velocidade, não mais ajudado pela maré ou pelo rio, e gritei outra vez para os remadores. O navio grande nos seguia, agora perto suficiente para um homem atirar uma lança, que caiu na nossa esteira fraca, a apenas alguns passos.

— Remem! — berrei. — Remem!

E deslizamos para fora do Temes, para as águas mais claras do Ligan. Os remadores estavam fazendo careta, puxando os remos, e eu continuava gritando para eles quando entramos no canal mais largo do Ligan. À esquerda, cravadas fundo na margem do rio, havia quatro estacas enormes. Perguntei-me se seriam marcos, ou talvez os restos de um cais, depois me esqueci delas enquanto os remos de estibordo tocavam o fundo. Puxei a esparrela e gritei para os remadores continuarem fazendo força. À frente havia uma ilhota de juncos. Eu deveria ir para a esquerda ou para a direita? Senti pânico. Seria fácil demais encalhar, mas neste momento um pequeno barco surgiu atrás de uma barreira de álamos. Era pouco mais que uma barca, carregado de feno, e ia para o canal do leste. Toquei o martelo outra vez e agradeci aos deuses por mandarem um sinal.

— Remem! — gritei. — Remem!

O capitão da barca devia conhecer o rio e saber que canais tinham profundidade suficiente para que sua barca muito carregada flutuasse. Ele estava usando a maré vazante para descer com sua carga pelo Ligan, e, assim que chegasse à foz do rio, esperaria a montante da maré para subir pelo Temes até Lundene. Tinha quatro remos, apenas o suficiente para mover a carga enorme, mas as marés fariam a maior parte do serviço.

Nossos remadores conseguiam ver com clareza o navio de Waormund e os homens com cota de malha e elmo apinhados na proa. Os remadores estavam exaustos, mas faziam força, e nós deslizamos subindo o canal do leste, passando pela barca de feno. Mais uma vez nossos remos de estibordo bateram no leito do rio e eu gritei para os remadores continuarem remando. Outra lança foi atirada e acertou nosso cadaste de popa. Finan a soltou. Os homens na barca de feno olhavam para nós boquiabertos. Os quatro remadores da barca ficaram tão perplexos com nossa aparição repentina que pararam de remar para ficar nos olhando, e o capitão ficou boquiaberto enquanto seu barco deslizava pelo rio. Um grito de raiva veio de trás quando o navio de Waormund se chocou com a barca e se desviou para a margem leste. Homens cambalearam para a frente quando o casco enorme encalhou.

E continuamos remando, lutando contra a correnteza e o restante da maré vazante. Deixei os remadores diminuírem o ritmo, satisfeito em seguir numa velocidade de passo, deslizando entre os pântanos. O barco de Waormund estava encalhado, mas alguns homens já pulavam por cima da amurada para empurrá-lo de volta para o canal. A barca de feno havia batido na outra margem e sua tripulação foi sensata o suficiente para pular dela e fugir pelo pântano.

— Então estamos em segurança? — perguntou Finan.

— Eles vão desencalhar logo.

— Meu Deus — murmurou ele.

240

A espada dos reis

Eu estava olhando para a frente, tentando escolher um rumo através do emaranhado de canais. Nossos remos tocavam o leito do rio a intervalos de algumas poucas remadas. Uma vez senti o tremor da lama embaixo da quilha e prendi a respiração até deslizarmos para a água mais funda. O galho de um álamo roçou na nossa verga com a vela enrolada e espalhou folhas sobre os remadores. Pássaros voavam para longe de nós com as asas brancas, e eu tentei discernir algum presságio no voo, mas os deuses me deram o presente da barca de feno e não me ofereceram mais nada. Uma lontra deslizou para dentro da água, olhou para mim por um instante e depois mergulhou, desaparecendo. Ainda estávamos remando entre os pântanos, mas à frente a terra se elevava quase imperceptivelmente. Havia pequenos campos de trigo e centeio e eu pensei em Jorund, que conhecemos no Dinamarquês Morto, e em como ele queria estar em casa para a colheita.

— Os desgraçados estão vindo — alertou Finan.

Mas os desgraçados estavam com mais dificuldade que o *Brimwisa*. Seus remos se sujavam com mais frequência e a velocidade era reduzida pela profundidade do rio. Eles tinham um homem na proa procurando os baixios e gritando orientações.

— Eles vão desistir logo — acrescentou Finan.

— Não vão — falei, porque à nossa frente o rio se retorcia feito uma serpente. Corria para o sul em direção ao Temes, depois virava bruscamente para o norte antes que outra curva fechada o levasse para o sul de novo, onde lutamos contra a correnteza. Estaríamos bem à frente de Waormund quando chegássemos à primeira curva, mas, enquanto remássemos para o sul, o navio dele estaria a apenas quarenta ou cinquenta passos de distância seguindo pelo trecho que ia para o norte. — Irenmund! — gritei.

— Senhor?

— Quero você aqui! Vidarr? Pegue o remo dele! — Esperei Irenmund chegar até mim. — Você sabe conduzir um barco?

— Eu faço isso desde os 8 anos.

Entreguei-lhe a esparrela.

— Mantenha-se no lado externo daquela curva — falei. — Depois no meio do rio.

241

O campo de cevada

Ele riu, feliz por receber essa responsabilidade, e eu coloquei meu velho elmo amassado com suas peças laterais feitas de couro fervido. Finan colocou seu elmo e me lançou um olhar interrogativo.

— Por que aquele sujeito? — perguntou baixinho, indicando Irenmund. — E não Gerbruht?

— Porque logo vamos lutar. — Gerbruht era um excelente marinheiro, mas também era um homem imensamente forte que estava puxando um remo, e nós precisávamos de toda a força possível. — Ou melhor, iremos lutar se Waormund tiver meio cérebro.

— Ele tem tripas no lugar dos miolos.

— Mas cedo ou tarde enxergará uma oportunidade.

Essa oportunidade foi provocada pela proximidade entre o trecho que ia para o sul e o que ia para o norte. Apenas uma estreita faixa de pântano separava os dois, o que significava que Waormund podia mandar homens pelo pântano nos atacar com lanças. Irenmund já nos levava para dentro da curva, mantendo-se do lado externo, onde a água seria mais funda, mas a correnteza ali também era mais forte, e nosso progresso, dolorosamente lento. A maioria dos nossos remadores estava no limite das suas forças, fazendo caretas enquanto puxava o remo pesado.

— Agora não falta muito! — gritei, indo para a frente, onde as crianças, as mulheres e o padre Oda estavam sentados, no convés embaixo da pequena plataforma de proa. Benedetta me encarou com ansiedade no olhar e tentei tranquilizá-la com um sorriso.

— Quero as crianças menores embaixo da plataforma — falei a Benedetta, apontando para o pequeno espaço na proa — e o restante deste lado do convés. — Eu estava a bombordo porque, assim que rodeássemos a curva fechada, esse lado ficaria virado para o navio inimigo, que seguia para o norte. — Immar! — gritei. — Venha cá!

Ele voltou para perto de mim e eu lhe entreguei um dos grandes escudos que encontramos na casa de Gunnald.

— Os desgraçados podem atirar lanças — expliquei. — Seu trabalho é apará-las. Pegar as lanças no escudo.

Finan, Immar, Oswi e eu tínhamos escudos. Finan iria proteger a plataforma da esparrela, Immar tentaria defender as mulheres e as crianças amontoadas abaixo da amurada, enquanto Oswi e eu deveríamos impedir, de algum modo, que as lanças acertassem os remadores.

— A distância é grande — comentou Oswi, duvidando, enquanto olhava para o navio inimigo, que se aproximava da primeira curva enquanto nos esforçávamos para sair dela.

— Eles não vão atirar do navio — falei. — E talvez nem atirem. — Toquei o martelo torcendo para estar certo.

O capitão do navio inimigo ficou perto demais da margem interna da curva e eu vi a grande embarcação se sacudir quando encalhou outra vez. Durante alguns segundos ela apenas permaneceu ali, então uma dúzia de homens saltou por cima da amurada. Achei que iam tentar empurrar o grande navio para fora da lama, mas em vez disso carregavam lanças e começaram a correr para nós.

— Remem! — gritei. — Irenmund! Mantenha-se à direita!

Os remos de estibordo voltaram a raspar no leito do rio, mas também encontravam pontos de apoio para empurrar, e o *Brimwisa* continuou se movendo. Os remadores nos bancos de bombordo olhavam ansiosos para os inimigos que tropeçavam nos juncos e nas moitas do pântano.

— Continuem remando!

— Por quê? — questionou um homem de peito nu com uma barba que parecia uma pá. Ele parou de puxar o remo, levantou-se e me encarou com truculência. — Eles são seus inimigos, e não nossos!

Ele estava certo, é claro, mas não havia tempo para discutir, especialmente porque alguns remadores murmuravam em concordância, mal-humorados. Simplesmente desembainhei Bafo de Serpente, passei por cima do banco ao lado e estoquei com força. Ele só teve tempo de parecer perplexo, depois suas mãos cheias de calos se fecharam sobre a lâmina comprida que resvalou numa costela e se cravou fundo no peito. Ele ofegou, o sangue borbulhou em sua boca aberta e se derramou pela barba enquanto os olhos me encaravam em súplica. Rosnei e empurrei a lâmina de lado, derrubando-o por cima da amurada. O sangue se espalhou na água.

243

O campo de cevada

— Mais alguém quer discutir? — perguntei. Ninguém quis. — Aqueles homens vão vender vocês. — Apontei a espada suja de sangue para os perseguidores. — Eu vou libertá-los. Agora remem! — A morte de um homem instigou os outros num esforço renovado e o *Brimwisa* avançou contra a corrente e os redemoinhos do rio. — Folcbald! — gritei. — Pegue o remo dele! Aldwyn! — O menino correu até mim e eu lhe dei Bafo de Serpente. — Limpe isso.

— Sim, senhor.

— Mergulhe a lâmina no rio e depois enxugue cada gota de sangue e água. Traga de volta quando estiver seca. Bem seca!

Eu não queria ter matado o sujeito, mas havia sentido o ressentimento nos remadores exaustos, presos numa luta que não era deles. O morto, cujo corpo agora flutuava de barriga para baixo na direção dos nossos perseguidores, poderia ter transformado aquele ressentimento numa recusa completa. Mesmo agora, enquanto os remadores se esforçavam desesperadamente, vi a desconfiança nos seus rostos. Mas então Irenmund, de pé e orgulhoso na popa, gritou:

— O senhor Uhtred está certo! Nós só seríamos vendidos de novo! Então remem!

Eles remaram, mas mesmo com a nova energia nascida do medo não podiam ser mais rápidos que os homens que atravessavam correndo o pântano. Contei-os. Doze homens, cada um carregando duas lanças. Waormund não estava entre eles, continuava a bordo do navio que estava sendo empurrado para fora do banco de lama. Eu conseguia ouvi-lo gritando ordens.

Então o primeiro lanceiro decidiu testar o braço. A distância era grande, mas ele atirou uma lança que voou por cima do rio, apontando para Irenmund, e eu a ouvi bater no escudo de Finan. Os outros homens continuavam vindo. Então dois pararam e arremessaram as lanças. Uma caiu antes do navio, mergulhando na água; a outra acertou o casco do *Brimwisa* e estremeceu no lugar.

Waormund foi bastante esperto. Ele percebeu que lanceiros a pé poderiam nos alcançar e nos aleijar matando remadores suficientes, mas não foi suficientemente esperto para dizer que a melhor oportunidade seria atirarem todas as lanças ao mesmo tempo. Um homem é capaz de se desviar de uma lança ou apará-la com o escudo, mas uma chuva de lanças é muito mais mortal. Um a um os homens atiravam as armas pesadas e uma a uma nós as aparávamos ou as víamos passar alto demais ou baixo demais. Nem todas erraram. Um remador foi atingido na coxa. A ponta da lança abriu um corte profundo que o padre Oda correu para amarrar com uma bandagem. Outra raspou na borda de ferro do meu escudo e abriu um ferimento comprido e superficial nas costas nuas de um homem, mas a maioria foi desperdiçada. E continuávamos remando, aproximando-nos da curva seguinte, que iria nos levar mais uma vez para o norte. Para o norte na Mércia.

Waormund havia soltado seu navio. Seus homens puxavam os remos outra vez, mas Irenmund já nos levava para a curva fechada. Vi Beornoth se preparando para atirar uma lança nos homens frustrados que só podiam ficar olhando enquanto nos afastávamos.

— Não! — gritei para ele.

— Posso furar um daqueles filhos da mãe, senhor!

— E dar a eles a chance de atirar a lança de volta? Não!

Os homens de Waormund usaram todas as suas lanças e agora sua única chance era remar mais rápido; entretanto, o calado mais fundo do navio grande agia contra ele, e a maré baixa era uma bênção para nós. Viramos a curva para o norte e vimos nosso perseguidor estremecer, parando outra vez. Continuamos em frente, ganhando distância a cada remada, ainda abrindo caminho pelo pântano amplo, mas à frente havia colinas baixas cobertas de árvores e fumaça de fogos para cozinhar. O rio ficava mais sujo, com riscos de água marrom fedorenta. Lembrei que ali havia uma aldeia, construída onde a estrada romana que ia de Lundene a Colneceaster atravessava o Ligan, e temi que os anglos orientais pudessem ter deixado homens lá para vigiar a travessia. Agora passávamos entre os densos salgueiros que agarravam nosso mastro e nossa verga, e eu podia ver a pouca fumaça da aldeia manchando o céu. Benedetta veio para a popa se juntar a mim enquanto passávamos pelas primeiras cabanas da aldeia. Ela torceu o nariz.

— Que fedor!

— São os curtumes — expliquei.

— Couro?

— Eles curam as peles com bosta.

245

O campo de cevada

— É imundo.

— O mundo é imundo.

Benedetta fez uma pausa e, em voz baixa, disse:

— Preciso falar uma coisa.

— Fale.

— As moças escravizadas — disse Benedetta, indicando com um aceno de cabeça a proa, onde as moças que tínhamos libertado do armazém de Gunnald estavam amontoadas. — Elas estão com medo.

— Todos estamos com medo.

— Mas elas foram mantidas longe dos homens. Não são os seus inimigos que elas temem, e, sim, os outros escravos. Eu também tenho medo deles. — Ela parou e disse com mais aspereza: — O senhor não deveria ter libertado os homens dos remos, senhor Uhtred. Todos ainda deveriam estar acorrentados!

— Eu vou dar a liberdade a eles.

— Liberdade para tomarem o que quiser.

Olhei para as mulheres. Todas eram jovens, e as quatro que foram mantidas para o uso de Gunnald eram inegavelmente bonitas. Elas olharam para mim com medo estampado no rosto.

— Afora matar os remadores — falei —, o melhor que posso fazer é proteger as mulheres. Meus homens não vão tocar nelas.

— Eu mato qualquer um que fizer isso — interveio Finan, que estava escutando nossa conversa.

— Os homens não são gentis — comentou Benedetta. — Eu sei.

Passamos por uma igreja de madeira. Atrás dela uma mulher estava arrancando ervas daninhas em uma horta.

— Tem soldados aqui? — gritei para ela, mas a mulher fingiu não ouvir e foi andando para sua choupana coberta de palha.

— Não estou vendo nenhum — disse Finan —, e por que eles teriam um posto avançado aqui? — Ele indicou uma ondulação na água, que era onde a estrada cruzava o rio. — Aquela não é a estrada para a Ânglia Oriental? Eles não devem estar esperando inimigos nessa estrada.

Dei de ombros e não falei nada. Irenmund ainda conduzia o navio. Um cachorro nos perseguiu pela margem, latindo freneticamente, depois desistiu enquanto chegávamos ao vau. Nossa quilha tocou o fundo outra vez, apesar de estarmos no meio do rio, mas o som raspado parou e o quase encalhe mal reduziu nossa pouca velocidade.

— Ele não vai conseguir passar por ali — comentei com Finan.

— Waormund?

— Aquele vau vai fazer com que ele pare. Ele terá que esperar horas.

— Que Deus seja louvado — disse Benedetta.

Aldwyn trouxe para mim Bafo de Serpente. Verifiquei se a lâmina estava limpa e seca, enfiei a espada na bainha forrada com pele de carneiro e dei um tapinha na cabeça de Aldwyn.

— Muito bem — falei, depois olhei para trás e não vi nenhum sinal dos perseguidores. — Acho que estamos em segurança.

— Que Deus seja louvado — repetiu Benedetta, mas Finan apenas assentiu para o oeste.

E, na estrada para Lundene, na extremidade oeste da aldeia, havia cavaleiros. O sol estava baixo, ofuscando meus olhos, mas vi homens montados nas selas. Não eram muitos, talvez oito ou nove, mas dois usavam as características capas vermelhas.

— Então eles têm sentinelas aqui — falei com azedume.

— Ou talvez seja um grupo buscando comida — sugeriu Finan, sério.

— Não parecem interessados em nós — comentei enquanto continuávamos remando para o norte.

— Vá esperando.

Então os cavaleiros sumiram atrás de um pomar. O sol podia estar baixo, mas era verão e havia um longo fim de tarde pela frente.

Que ainda poderia nos trazer a morte.

NOVE

Devia ter sido um fim de tarde agradável. O dia estava quente, mas não tanto. O sol baixava sobre uma terra verde e remávamos devagar, quase suavemente. Os remadores estavam no fim das suas energias, mas não exigi mais esforço. Seguíamos a uma velocidade de passo, contentes porque ninguém nos perseguia. Certo, tínhamos visto um pequeno grupo de homens de Æthelhelm na aldeia perto do vau no Ligan, mas eles não pareceram ter se interessado em nós, e nenhum cavaleiro apareceu nos campos à nossa esquerda. Por isso seguimos lentamente para o norte, em meio a salgueiros e amieiros, passando por campinas onde havia gado pastando e pequenas propriedades marcadas pela fumaça que subia no ar sem vento. Continuamos remando à medida que as sombras se estendiam na longa tarde de verão. Praticamente ninguém falava, até as crianças estavam silenciosas. Os sons mais altos eram os rangidos dos remos e as batidas das pás que deixavam ondulações levadas pela corrente em redemoinhos rio abaixo. Assumi a esparrela, substituindo Irenmund, e ele pegou o remo de um rapaz que parecia prestes a desmoronar. Finan se agachou ao meu lado na plataforma da esparrela e Benedetta se empoleirou na amurada com uma das mãos no cadaste de popa.

— Isso aqui é a Mércia? — perguntou ela.

— O rio é a fronteira — expliquei. — O que significa que aquilo ali é a Ânglia Oriental — apontei para a margem direita — e aquilo — apontei para o sol poente — é a Mércia.

— Mas se é a Mércia vamos encontrar amigos, certo?

Ou inimigos, pensei, mas não disse nada. Seguíamos por um longo trecho reto do rio e eu não via nenhum sinal de perseguição. Tinha certeza de que o navio de Waormund não conseguiria atravessar o vau, pelo menos até a maré subir, e seus homens, cansados de remar e com o peso das malhas e das armas, jamais poderiam nos alcançar a pé. Meu medo era que Waormund encontrasse cavalos, então viria para cima de nós como um arminho trucidando filhotes de coelho. Mas, enquanto o sol lançava as últimas chamas no oeste, não vimos sinal de nenhum cavaleiro.

Passamos por mais duas aldeias. A primeira ficava na margem oeste, cercada pelos restos podres de uma paliçada e por um fosso com água pela metade. A paliçada caída era uma lembrança de como essa região da Britânia tinha ficado pacífica. Antes era uma fronteira selvagem, limite entre os saxões da Mércia e os dinamarqueses da Ânglia Oriental. O rei Alfredo assinou um tratado com aqueles dinamarqueses, cedendo toda a terra a leste. Mas seu filho conquistou a Ânglia Oriental e o rio estava pacífico outra vez. Agora o testamento de Eduardo, dividindo o reino entre Æthelstan e Ælfweard, podia significar que a paliçada precisaria ser consertada e o fosso aprofundado. A segunda aldeia ficava na margem leste e tinha um cais diante do rio, onde estavam atracadas quatro barcas mais ou menos do tamanho do *Brimwisa*. Nenhuma barca tinha mastro fixado, mas todas eram equipadas com toletes fortes para remos, e uma estava com pilhas de tábuas serradas no convés. Para além do cais havia troncos derrubados que dois homens rachavam com cunhas e marretas.

— Madeira para Lundene — eu disse para Finan.

— Lundene?

— Os navios não têm mastro fixado — falei —, por isso podem passar embaixo da ponte. — Era na cidade saxã, depois da muralha romana de Lundene, que a fome por madeira, por casas novas, por cais novos e por lenha era interminável.

Os dois homens rachando troncos pararam para nos ver passar.

— Há um vau lá na frente — gritou em dinamarquês um deles, apontando para o norte. — Tomem cuidado!

— Como se chama esse lugar? — perguntei na mesma língua.

250

A espada dos reis

Ele deu de ombros.

— Uma madeireira!

Finan deu uma risadinha. Fiz uma carranca, depois olhei para trás, mas ainda não via nenhum cavaleiro em perseguição. Na melhor das hipóteses, pensei, Waormund voltaria a Lundene e partiria de manhã com homens suficientes para nos trucidar. Ele procuraria no rio até encontrar o *Brimwisa* e, se o barco estivesse abandonado, reviraria a região ao redor. Por um momento cheguei a pensar em virar a embarcação e remar rio abaixo, torcendo para chegar ao Temes e ao mar aberto. Mas seria uma viagem noturna contra a maré, com uma tripulação exausta num rio raso. E, se Waormund tivesse algum tino, deixaria seu navio com homens suficientes para bloquear o Ligan, encurralando-nos.

Atravessamos o vau ao norte da madeireira sem raspar no cascalho do fundo, mas alguns remos hesitaram ao bater no leito do rio.

— Precisamos parar logo — insistiu Benedetta. — Olhe os homens!

— Vamos continuar enquanto houver luz — retruquei.

— Mas eles estão cansados!

Eu também estava. Cansado de tentar escapar de uma encrenca que eu mesmo havia criado e ansioso por causa dos cavaleiros que tínhamos visto. Eu queria parar e tinha medo de parar. Aqui o rio era mais largo. Largo e raso. E Benedetta estava certa. Os remadores estavam no fim das forças, e mal fazíamos progresso contra a correnteza vagarosa. O sol estava baixo, tocando o topo dos morros distantes. Mas, delineado contra esse sol ardente, eu vislumbrava um teto de palha alto acima de um agrupamento de olmos. Era um salão, pensei, e uma oportunidade de descansar. Puxei a esparrela e encalhei o *Brimwisa*, a proa apenas roçando a margem.

Finan olhou para mim.

— Parando?

— Vai escurecer logo. Quero um abrigo.

— Poderíamos ficar no barco?

— Nós chegamos até onde podíamos — falei. Nos últimos minutos o rio estava ficando cada vez mais raso e vínhamos remando através de águas sinuosas. Os remos e a quilha ficavam raspando constantemente no leito do rio. Decidi que era hora de abandonar o *Brimwisa*.

251

O campo de cevada

— Poderíamos esperar a maré montante — expliquei a Finan —, ganhar mais alguns quilômetros, mas teremos que esperar durante horas. Melhor andar agora.

— E descansar primeiro?

— E descansar primeiro — garanti.

Desembarcamos, levando as armas capturadas, as roupas, comida, cotas de malha e dinheiro. Distribuí a comida, deixando cada um levar o que pudesse. As últimas coisas que peguei foram as duas correntes compridas que tinham prendido as algemas dos remadores.

— Por que isso, senhor? — perguntou Immar depois de eu pendurar uma das pesadas correntes enroladas no pescoço dele.

— Correntes são valiosas.

Antes de sairmos do rio mandei Gerbruht e Beornoth, os únicos dos meus homens que sabiam nadar, tirar as botas e as cotas de malha e levar o cabo de proa do *Brimwisa* para o outro lado do rio. Assim que chegaram lá, puxaram o barco para a margem da Ânglia Oriental, amarraram-no a um salgueiro e depois meio vadearam e meio nadaram de volta. Era uma precaução pequena e provavelmente inútil, mas, se Waormund nos seguisse, descobriria a embarcação na margem leste e talvez levasse seus homens para o outro lado do rio, para longe de nós.

O crepúsculo baixou enquanto atravessávamos uma luxuriante campina junto ao rio, cheia de botões-de-ouro. Andamos entre os olmos até chegar a uma grande propriedade que, como as aldeias por onde passamos, não tinha paliçada. Dois cachorros amarrados nos receberam com latidos frenéticos. Havia um salão grande, de onde a fumaça subia para o início de noite, um celeiro recém-coberto de palha e algumas construções maiores que imaginei que fossem depósitos de grãos e estábulos. Os três cachorros latiram com mais ânsia, tensionando as cordas grossas que os prendiam ao salão, e só pararam quando a porta foi aberta e quatro homens surgiram com a silhueta delineada contra a claridade do fogo lá dentro. Três carregavam arcos de caça com flechas nas cordas, o quarto segurava uma espada. Foi esse homem que gritou para os cães pararem com aquele barulho maldito, depois olhou para nós.

— Quem são vocês? — perguntou.

A espada dos reis

— Viajantes — gritei em resposta.

— Meu Deus, vocês são muitos!

Entreguei o cinturão da espada a Finan e, acompanhado somente por Benedetta e pelo padre Oda, fui até o salão. Quando cheguei mais perto, vi que o homem que empunhava a espada era idoso, mas ainda saudável.

— Procuro abrigo para uma noite — expliquei —, e tenho prata para pagar.

— Prata é sempre bem-vinda — disse ele cautelosamente. — Mas quem é você e para onde vai?

— Sou amigo do rei Æthelstan — respondi.

— Talvez. — Ele continuou cauteloso. — Mas você não é mércio.

Meu sotaque tinha revelado isso.

— Eu sou da Nortúmbria.

— Um nortumbriano amigo do rei? — perguntou ele com escárnio.

— Além disso, eu era amigo da senhora Æthelflaed.

Esse nome o fez parar. Ele nos encarou à luz que se esvaía depressa e o vi olhar para o amuleto do martelo pendurado no meu pescoço.

— Um pagão nortumbriano — disse lentamente — que era amigo da senhora Æthelflaed. — Ele voltou a olhar para o meu rosto enquanto baixava a espada. — O senhor é Uhtred de Bebbanburg! — falou com assombro.

— Sou.

— Então o senhor é bem-vindo. — Ele embainhou a espada, sinalizou aos companheiros que baixassem os arcos e deu alguns passos na nossa direção, parando à distância de uma espada. — Meu nome é Rædwalh Rædwalhson.

— É um prazer conhecê-lo — falei com sinceridade.

— Eu lutei em Fearnhamme, senhor.

— Foi uma luta feia.

— Nós vencemos, senhor! O senhor venceu! — Ele sorriu. — O senhor é muito bem-vindo!

— Talvez eu não seja tão bem-vindo se você souber que estamos sendo perseguidos.

— Por aqueles desgraçados que tomaram Lundene?

— Eles virão — falei — e, se nos encontrarem aqui, vão castigar vocês.

— Anglos orientais! — disse Rædwalh com raiva. — Eles já mandaram homens para invadir nossos depósitos e roubar gado.

O campo de cevada

— Nós temos comida — falei —, mas precisamos de cerveja e um lugar para dormir. Não no seu salão, não posso colocar sua casa em perigo.

Ele pensou por um momento. Uma mulher idosa, que presumi que fosse sua esposa, chegou à porta e ficou nos olhando. Os primeiros morcegos saíam do celeiro, escuros contra o céu onde as primeiras estrelas apareciam.

— Há um lugar a menos de um quilômetro e meio ao sul daqui — explicou Rædwalh —, e vocês podem descansar lá em segurança. — Ele olhou para além de mim, para o grupo variegado de escravos, crianças e guerreiros. — Mas o senhor está comandando um exército estranho — continuou, achando divertido. — O que em nome de Deus o senhor está fazendo?

— Você tem tempo para uma história?

— Não temos sempre, senhor?

Foi a menção a Æthelflaed que destrancou a generosidade de Rædwalh. Os mércios a amaram, admiraram, e agora choravam sua morte. Æthelflaed expulsou os dinamarqueses da Mércia, doou dinheiro a igrejas, mosteiros e conventos, construiu os burhs que defendiam a fronteira norte. Ela foi a senhora da Mércia, uma governante que defendeu com ferocidade o orgulho e a riqueza da Mércia, e todos os mércios sabiam que eu fui seu amigo e alguns até suspeitavam que fui seu amante. Rædwalh falou sobre ela enquanto nos levava para o sul, dando a volta em uma colina coberta de árvores, depois me ouviu contar sobre a nossa fuga de Lundene.

— Se os desgraçados vierem procurando o senhor — garantiu ele —, não direi nenhuma palavra. E nenhum dos meus dirá também. Não gostamos dos anglos orientais.

— O homem que comanda a busca é saxão ocidental.

— Não gostamos muito deles também! Não se preocupe, senhor, nenhum de nós os viu.

A noite estava clara com o luar. Andávamos pelas campinas junto ao rio e eu fiquei preocupado, pensando que Waormund poderia ter mandado homens a pé para o norte, procurando o *Brimwisa*. Vi o mastro do barco acima dos salgueiros lançados nas sombras enquanto íamos para o sul, mas não vi sinal de nenhum inimigo.

— Se quiser aquele barco — falei a Rædwalh —, ele é seu.

— Nunca gostei de barcos, senhor.

— A madeira pode ser útil.

— Verdade! Com a madeira de um barco bom dá para construir umas duas cabanas. Cuidado aqui.

Tínhamos chegado a uma vala ladeada por juncos, e, assim que a atravessamos, Rædwalh nos levou para o oeste, na direção de algumas colinas baixas e cobertas de árvores. Seguimos por uma trilha que serpenteava através de freixos e olmos até uma clareira onde um velho celeiro meio apodrecido se erguia lúgubre ao luar.

— Isso fazia parte da propriedade do meu pai — explicou Rædwalh — e da minha, mas o velho que era dono da campina do rio morreu há dez anos e eu comprei as terras da viúva dele. Ela morreu quatro anos depois do marido, por isso nós nos mudamos para o salão deles. — Ele empurrou uma porta meio desmoronada. — É bastante seco aqui dentro, senhor. Vou mandar cerveja e qualquer comida que a mulher possa ceder. Tem queijo, eu sei.

— Não precisam passar fome por nossa causa — falei. — Só precisamos de cerveja.

— Tem uma fonte ali atrás — Rædwalh indicou com um aceno de cabeça o terreno mais elevado a oeste —, e a água é boa.

— Então só preciso de abrigo. — Tateei minha bolsa.

Rædwalh ouviu o tilintar de moedas.

— Não parece certo aceitar dinheiro do senhor, não por uma noite de abrigo num celeiro velho.

— Eu roubei o dinheiro de um traficante de escravos.

— Nesse caso... — Ele abriu um sorriso largo e estendeu a mão. — E para onde o senhor vai, se não se importa que eu pergunte?

— Mais para o norte — respondi deliberadamente vago. — Estamos procurando as forças do rei Æthelstan.

— Para o norte! — Rædwalh ficou surpreso. — O senhor não precisa ir para o norte. Algumas centenas de homens do rei Æthelstan estão em Werlameceaster! Meus dois filhos estão lá, servindo ao senhor Merewalh.

Foi a minha vez de ficar surpreso.

— Werlameceaster? Isso fica perto?

O campo de cevada

— O bom Deus ama o senhor — comentou Rædwalh, parecendo achar isso divertido. — Fica a menos de quarenta quilômetros daqui!

Então Merewalh, meu amigo, estava perto, assim como as centenas de homens que ele foi tolo o suficiente para tirar de Lundene.

— Merewalh ainda está lá?

— Estava há uma semana. Eu fui até lá levar toucinho para os rapazes.

Senti uma onda súbita de esperança, de alívio. Toquei o martelo.

— E onde nós estamos?

— Deus ama o senhor. Isto aqui é Cestrehunt!

Eu nunca ouvi falar do lugar, mas obviamente Rædwalh o considerava notável. Tateei na bolsa outra vez e peguei uma moeda de ouro.

— Você tem algum serviçal de confiança?

— Tenho seis, senhor.

— E um bom cavalo?

— Também tenho seis.

— Então um dos seus serviçais pode cavalgar até Werlameceaster essa noite — perguntei, estendendo a moeda — e dizer a Merewalh que estou aqui e que preciso de ajuda?

Rædwalh hesitou, depois pegou a moeda.

— Vou mandar dois homens, senhor. — Ele hesitou de novo. — Vai haver uma guerra?

— Já há — respondi com desânimo. — Houve luta em Lundene, e, quando uma guerra começa, é difícil parar.

— Porque temos dois reis em vez de um?

— Porque temos um rei e um menino maligno que acha que é rei.

Rædwalh ouviu a amargura na minha voz.

— Ælfweard?

— Ele e o tio.

— Que não vão parar enquanto não engolirem a Mércia — disse Rædwalh com azedume.

— Mas e se a Mércia engolir Wessex e a Ânglia Oriental? — perguntei.

Ele pensou nisso, então fez o sinal da cruz.

A espada dos reis

— Eu preferiria que não houvesse guerra, senhor. Já houve muitas. Não quero meus filhos numa parede de escudos. Mas, se for preciso que aconteça uma guerra, rezo para que o jovem Æthelstan vença. É por isso que o senhor está aqui? Para ajudá-lo?

— Eu estou aqui porque sou um tolo.

E era mesmo. Era um tolo impetuoso, mas os deuses me trouxeram para perto das forças de Æthelstan, de modo que talvez estivessem do meu lado.

A manhã diria.

Não deixei que acendessem uma fogueira. Se Waormund tivesse mandado homens nos seguir pela noite, fogo, mesmo dentro do velho celeiro, poderia nos revelar. Comemos pães de aveia rançosos e peixe seco, bebemos água da fonte que Rædwalh disse que era pura, depois ordenei que os remadores dormissem numa extremidade do velho celeiro e as mulheres e crianças do outro. Eu e meus homens ficaríamos entre eles. Coloquei nosso saque, as roupas de reserva, as cotas de malha, o dinheiro e as lanças junto com as mulheres. Depois fiz todos os meus homens desembainharem as espadas. Um luar fraco escorria pelo teto rachado do celeiro, luz suficiente apenas para que os remadores vissem o brilho das espadas.

— Vou acorrentar vocês — avisei. Houve silêncio por alguns instantes, depois um resmungo. — E também vou libertá-los! — Silenciei-os. — Eu prometi e cumpro com minhas promessas. Mas nessa noite vocês vão usar as correntes, talvez pela última vez. Immar, Oswi! Façam o trabalho!

Por isso eu havia trazido as correntes. Os remadores estavam mortos de exaustão e isso talvez bastasse para mantê-los dormindo a noite toda, mas o alerta de Benedetta permaneceu comigo. Homens cujos tornozelos estivessem presos a uma corrente achariam impossível se mover em silêncio, e sem dúvida qualquer tentativa de retirar a corrente iria nos alertar. Benedetta e as mulheres ficaram olhando Oswi e Immar passando os elos. Não havia como prender as correntes, por isso eles simplesmente fizeram nós desajeitados nas extremidades.

O campo de cevada

— Agora durmam — falei, depois fiquei olhando enquanto, carrancudos, eles se acomodavam na palha rançosa. Em seguida, levei Finan para fora, ao luar. — Vamos precisar de sentinelas.

Estávamos olhando por cima da campina, para onde o rio tocado pelo luar corria prateado entre os salgueiros.

— O senhor acha que os filhos da mãe estão nos seguindo?

— Podem estar, mas, mesmo se não estiverem...

— Precisamos de sentinelas — interrompeu ele.

— Eu fico na primeira parte da noite — falei —, e você na segunda. Cada um de nós precisa de três homens.

— Aqui fora? — perguntou ele. Estávamos parados junto ao celeiro.

— Um homem aqui fora. E você ou eu dentro com os outros dois.

— Dentro?

— Você confia nos escravos? — perguntei.

— Eles estão acorrentados.

— E desesperados. Sabem que estamos sendo perseguidos. Talvez achem melhor fugir agora que esperar que as tropas de Waormund nos capturem. E sabem que temos dinheiro, mulheres e armas.

Ele refletiu por um instante. Depois disse baixinho:

— Meu Deus, o senhor acha mesmo que eles ousariam nos atacar?

— Acho que deveríamos estar preparados para isso.

— E eles são quase trinta. Se nos atacarem... — Sua voz desapareceu.

— Mesmo se apenas metade... — falei. — Ou talvez eu esteja imaginando coisas.

— E se eles atacarem?

— Acabamos com eles com força e rápido.

— Meu Deus — repetiu ele.

— E alerte todos os nossos homens — acrescentei.

Voltamos para dentro. O luar atravessava os buracos irregulares no teto meio destruído. Homens roncavam. Ouvi uma criança chorando e Benedetta cantando baixinho para ela. Depois de um tempo o choro parou. Uma coruja piou na floresta atrás do celeiro.

Coloquei Oswi do lado de fora do celeiro e me sentei dentro com Beornoth e Gerbruht, nós três encostados na parede na escuridão. Nenhum de nós falava e meus pensamentos vagaram enquanto eu lutava contra o sono. Lembrei-me da casa de Lundene onde morei com Gisela. Tentei conjurar seu rosto na memória, mas não consegui. Jamais consegui. Stiorra, minha filha, parecia-se com a mãe, mas Stiorra também estava morta e seu rosto também me escapava. Eu conseguia me lembrar era de Ravn, o skáld cego, pai de Ragnar, o Intrépido. Foi Ragnar quem me capturou quando eu era criança, quem me escravizou e me tornou seu filho.

Ravn foi um grande guerreiro até que um saxão arrancou seus olhos, por isso ele se tornou skáld. Ele riu quando eu disse que não sabia o que era um skáld.

— Você chamaria um skáld de menestrel — explicou.

— De quê?

— De poeta, menino. Um tecelão de sonhos, um homem que cria a glória a partir de nada e ofusca os outros com a invenção.

— Para que serve um poeta? — perguntei.

— Para nada, menino, absolutamente nada! Os poetas são inúteis! Mas, quando o mundo acabar, as pessoas vão se lembrar das nossas canções, e no Valhala elas cantarão essas canções, de modo que a glória da terra média não morra.

Ravn me contou sobre seus deuses, e, agora que eu era tão velho quanto Ravn quando o conheci, desejava ter perguntado mais. Mas me lembrava de ouvi-lo dizer que acreditava haver um lugar para as famílias no outro mundo.

— Verei minha esposa outra vez — disse-me melancolicamente.

Eu era novo demais para saber o que falar e tolo demais para perguntar mais. Só queria ouvir suas histórias de batalhas. Mas agora, no celeiro banhado de luar, agarrei-me àquelas poucas palavras ditas tanto tempo atrás e sonhei com Gisela me esperando em algum salão ensolarado. Tentei mais uma vez invocar seu rosto, seu sorriso. Às vezes eu a via nos sonhos, mas jamais quando estava acordado.

— Senhor — sussurrou Beornoth, dando-me uma cotovelada.

Devo ter caído no sono, mas acordei abruptamente. Bafo de Serpente estava desembainhada, escondida na palha ao meu lado, e por instinto segurei seu cabo. Olhei para direita, onde os remadores estavam deitados. Não vi

O campo de cevada

nenhum deles se mexendo nem consegui escutar nada além de roncos, mas depois de um instante escutei também murmúrios e presumi que Beornoth tinha ficado em alerta por causa disso. Não conseguia identificar as palavras. Os murmúrios pararam e depois recomeçaram. Ouvi a palha imunda farfalhando e o tilintar de correntes. Esse som não havia parado durante toda a noite, mas homens dormindo mexem os pés e eu o havia desconsiderado. A lua estava baixa no céu, de modo que pouca luz passava pelo teto quebrado do celeiro, mas todos os remadores pareciam dormir. Prestei atenção, tentando distinguir o barulho que uma corrente faria se estivesse sendo passada lentamente pela argola de um grilhão de tornozelo, mas só escutei roncos. Uma coruja piou. Uma das crianças na outra ponta do celeiro chorou no sono e foi silenciada. Uma corrente tilintou outra vez, parou, depois soou mais alto. A palha farfalhou, em seguida ficou silenciosa. Esperei, tenso, a mão apertando o punho de Bafo de Serpente.

Então aconteceu. Um homem grande, pouco mais que uma sombra nas trevas, levantou-se e veio na minha direção. Gritou um desafio enquanto saltava sobre mim. A corrente retiniu atrás dele. Também gritei, um berro de fúria sem palavras, ergui Bafo de Serpente e deixei o grandalhão se chocar com a lâmina. Eu estava tentando me levantar, mas o peso do sujeito me empurrou em cima de Beornoth e nós dois caímos para trás. Bafo de Serpente havia se cravado fundo, eu senti quando ela atravessou camadas de músculo. Mas o homem, ainda berrando, golpeou-me com um seax, que devia ser a arma que eu tinha dado para Irenmund. Senti minha cota de malha rasgar e uma dor forte no ombro esquerdo. Eu fui jogado no piso do celeiro. Ainda empunhava Bafo de Serpente e de súbito percebi o sangue quente encharcando minha mão direita. Beornoth gritava, crianças gritavam, ouvi Finan xingar, mas eu não conseguia ver nada porque ainda estava preso embaixo do grandalhão que respirava com um som gutural, ofegando na minha cara. Empurrei-o de cima de mim, consegui me ajoelhar e o rasguei com Bafo de Serpente. Eu deveria estar usando Ferrão de Vespa, porque não havia espaço para uma espada longa, mas, antes que eu pudesse soltá-la, outros dois homens vieram para cima de mim com os rostos distorcidos de medo e fúria. O grandalhão estava morrendo, mas tinha prendido minha perna esquerda. Torci Bafo de

Serpente em suas tripas justo quando um dos homens tentou dar uma estocada na minha barriga. Ao luar vi uma faca pequena na sua mão. Virei de lado e o aperto do sujeito agonizante me prendeu, por isso caí de novo e o sujeito da faca me acompanhou para baixo, rosnando, a faca apontada para o meu olho direito. Segurei seu pulso com a mão esquerda, a direita ainda apertando Bafo de Serpente. O homem da faca rosnou mais uma vez e usou a força impelindo a faca para baixo. Ele puxava um remo, por isso sua força era prodigiosa. Eu quis cortar seu pescoço com Bafo de Serpente, mas o segundo homem estava tentando arrancar a espada da minha mão, e me lembro de ter pensado que esse era um jeito fútil de morrer. O primeiro estava empurrando a faca mais para perto. Ao luar fraco no celeiro pude ver que não era de fato uma faca, e sim um prego de navio, um espeto, e ele grunhia com o esforço para tentar cravá-lo no meu olho enquanto eu tentava empurrar sua mão para longe ao mesmo tempo que continuava segurando Bafo de Serpente.

Era uma batalha que eu estava perdendo. O espeto chegava cada vez mais perto e o sujeito era mais forte que eu. Mas então, de repente, seus olhos se arregalaram, ele parou de rosnar, sua mão perdeu toda a força e o prego comprido caiu, errando meu olho por pouco. Ele começou a vomitar sangue, grandes jatos de sangue preto na noite, jorrando com força extraordinária para me cegar, sangue quente no meu rosto enquanto o homem engasgava e gorgolejava por causa do corte repentino no pescoço. Quase no mesmo instante o segundo homem soltou meu braço e a cruzeta de Bafo de Serpente.

Uma mulher berrava feito um demônio sentindo dores. Eu estava de pé, gritando tanto de medo quanto de alívio. O celeiro fedia a sangue. O homem que tentou pegar Bafo de Serpente recuava, ameaçado por uma lança. Ele foi ferido nas costelas, provavelmente pela lança, e eu acabei com ele dando um golpe com as costas da mão usando Bafo de Serpente, abrindo sua goela. O grandalhão que tinha começado a luta ainda segurava minha perna, mas sem forças, e eu golpeei com minha espada encharcada de sangue, cortando seu braço. Depois, cheio de fúria, cravei Bafo de Serpente em seu olho, penetrando fundo no crânio.

Houve um gemido, alguns sons ofegantes por parte das mulheres e gritos das crianças. Depois silêncio.

O campo de cevada

— Alguém está ferido? — gritou Finan.

— Eu — falei com irritação —, mas vou viver.

— Desgraçados — cuspiu Finan com raiva.

Dez remadores foram convencidos de que sua melhor oportunidade era nos matar, e agora todos os dez estavam mortos ou morrendo no celeiro fedendo a sangue. O restante estava encolhido encostado na parede oposta. Irenmund era um deles.

— Não sabíamos, senhor... — começou ele.

— Silêncio! — gritei, depois me curvei e peguei o seax na mão do morto. — Como ele conseguiu essa espada? — perguntei a Irenmund.

— Eu estava dormindo, senhor. — Irenmund parecia aterrorizado. — Ele deve ter roubado, senhor!

O grandalhão tinha roubado a espada e depois, vagarosa e silenciosamente, desfeito os nós de uma das correntes. Tinha afrouxado um elo depois do outro, trabalhando no escuro, até achar que podia se mexer sem estorvos. Depois atacou.

Foi Benedetta quem berrou feito um demônio sentindo dores, não porque estivesse ferida, mas atônita enquanto cravava a lança nas costelas do homem que tentava pegar Bafo de Serpente. Ela ainda segurava a arma, os olhos arregalados ao luar. Mas sua perplexidade não era nada em comparação com a minha, porque ao seu lado estava a pequena Alaina, também segurando uma lança, e foi Alaina quem cravou a ponta da lança no pescoço do homem que tentou furar meu olho com a faca improvisada. Ela não parecia se preocupar, apenas me olhava com orgulho.

— Obrigado — falei com a voz rouca.

Duas outras meninas pegaram lanças para ajudar meus homens que acordaram com a luta repentina. Os escravos libertos deveriam ter nos dominado, mas foram atrapalhados pela corrente e só possuíam uma espada e duas facas improvisadas. E meus homens tiveram tempo suficiente para pegar as armas.

— Foi por pouco — comentei com Finan enquanto o alvorecer mostrava um cinza carrancudo no leste.

— Como está o seu ombro?

— O corte é profundo, ele parece enrijecido, mas vai se curar.

A espada dos reis

— As mulheres nos salvaram.

— E uma criança.

— Ela é uma pequena maravilha.

Quase morri naquela noite, e foi uma criança com uma lança que me salvou. Já estive em batalhas demais e lutei em paredes de escudos demais, mas naquela noite senti o desespero da morte chegar mais perto que nunca. Ainda me lembro daquele espeto chegando inexoravelmente mais perto do meu olho, ainda sinto o bafo rançoso do sujeito, ainda sinto o terror de perder Bafo de Serpente e com isso ter negado meu lugar no Valhala. Mas então uma criança, uma menina de 7 anos, espantou a morte.

Wyrd bið ful aræd.

No alvorecer não havia nenhum sinal de perseguição, mas isso não significava que nossos inimigos tivessem desistido da caçada. Havia uma névoa sobre as campinas do rio, e essa névoa, junto com as árvores no terreno mais baixo e as cercas vivas nos campos mais além, poderia esconder uma dezena de batedores procurando por nós. Rædwalh veio junto com o sol nascente, montado numa grande égua cinzenta e trazendo de presente queijo duro e pão.

— Mandei dois homens a Werlameceaster ontem à noite, senhor — disse ele. — Eles não voltaram.

— Você esperava que voltassem?

— Não se tivessem algum tino, senhor. — Ele olhou para a névoa do rio. — Não vimos nenhum anglo oriental nas últimas duas semanas, de modo que eles não devem ter tido problemas. Eu diria que eles vão voltar com os homens de Merewalh. E o senhor, o que vai fazer?

— Eu não vou ficar aqui.

Rædwalh olhou para as crianças que estavam perambulando em volta da porta do velho celeiro.

— O senhor não vai chegar longe com esses pequenos.

— Com uma lança às costas deles? — perguntei, o que o fez rir. — E deixei um problema para você — continuei.

— Problema, senhor?

Levei-o para dentro do celeiro e mostrei os remadores mortos. Ele fez uma careta.

— É, isso é um problema.

— Posso arrastar os corpos para a floresta — ofereci. — Deixar os animais acabarem com eles.

— Talvez seja melhor no rio — sugeriu Rædwalh.

Assim ordenei que os dez corpos fossem despidos e arrastados até o rio.

Depois andamos para o oeste na direção de Werlameceaster. Rædwalh me orientou a seguir uma trilha de carroça até chegarmos à grande estrada, depois continuar para o oeste.

— A grande estrada? — interrompi.

— O senhor deve conhecê-la! — Ele pareceu atônito com a possibilidade de eu não saber qual era. — A estrada que vai de Lundene para o norte!

Eu realmente a conhecia. A estrada foi construída pelos romanos e ia de Lundene a Eoferwic, e depois seguia até Bebbanburg. Eu percorri aquela estrada mais vezes do que poderia lembrar.

— Ela fica perto?

— Perto? — Rædwalh riu. — Depois daquela floresta o senhor poderia cuspir nela. Só precisa chegar à estrada e andar três ou quatro quilômetros para o norte e vai chegar a uma encruzilhada...

— Eu não quero passar nenhum tempo na estrada — interrompi.

— Não se quiser se manter escondido — observou ele, astuto. Meu curioso grupo de guerreiros, escravos libertos, mulheres e crianças chamaria atenção e os viajantes falariam dele. Se nossos perseguidores viessem de Lundene, usariam a velha estrada romana e interrogariam todo mundo que encontrassem, de modo que, quanto menos pessoas nos vissem, melhor.

— Então eu atravesso a estrada?

— Atravesse a estrada e continue indo para o oeste! O senhor vai encontrar muitas áreas de floresta onde se esconder, e, se andar um pouco para o norte, vai achar uma boa trilha que leva até Werlameceaster.

— Ela é movimentada?

— Talvez alguns boiadeiros, senhor, talvez alguns peregrinos.

— Peregrinos?

— Santo Albano está enterrado em Werlameceaster, senhor. — Rædwalh fez o sinal da cruz. — Foi executado lá, senhor, e os olhos do assassino dele pularam fora. E foi bem feito!

Dei outra moeda de ouro a Rædwalh e partimos. Quase não havia nuvens no céu, e, conforme o sol subia, o calor aumentava. Seguimos lenta e cautelosamente, parando entre árvores para esperar que a estrada romana se esvaziasse antes de a atravessarmos, depois acompanhamos cercas vivas e valas que nos levavam para o oeste. Alaina insistiu em carregar a lança que usou para matar o homem que tentou perfurar meu olho. A arma era grande demais para ela, mas a menina arrastava o cabo pelo chão com uma expressão de teimosia.

— Agora o senhor nunca vai tirar essa arma dela — comentou Benedetta com um sorriso.

— Vou colocar a menina na próxima parede de escudos — falei.

Continuamos andando em silêncio, descendo para um vale raso cheio de árvores. Seguimos por uma trilha de floresta que passava por densos bosques de carvalho, freixo e bétulas podadas. Havia uma cicatriz preta onde um carvoeiro acendia seu fogo feroz. Não vimos ninguém e não ouvimos nada além dos nossos passos, do canto dos pássaros e das batidas de asas através das folhas. A floresta terminava numa vala seca, depois da qual uma plantação de cevada subia até uma colina baixa. Cevada. Toquei meu martelo e disse a mim mesmo que estava sendo tolo. Tínhamos passado por outros dois campos como aquele e eu dissera a mim mesmo que não podia ficar evitando plantações de cevada pelo resto da vida. Finan devia saber no que eu estava pensando.

— Foi só um sonho — disse ele.

— Sonhos são mensagens — reagi, incerto.

— Uma vez sonhei que o senhor brigou comigo por causa de uma vaca. Que tipo de mensagem era?

— Quem ganhou?

— Acho que eu acordei antes de descobrir.

— Qual foi o sonho? — perguntou Benedetta.

— Ah, é bobagem — disse Finan.

Estávamos seguindo uma cerca viva de espinheiros que marcava o limite norte da plantação, uma cerca densa de trepadeiras e cheia de centáureas

265

O campo de cevada

azuis, papoulas e flores de amora rosa. Ao norte da cerca ficava um campo de feno cortado. A encosta com restolho descia suavemente até a estrada que levava a Werlameceaster. Não vimos nenhum viajante.

— Não seria mais fácil andar na estrada? — perguntou Benedetta.

— Seria, mas é onde os inimigos vão nos procurar.

Ela pensou nisso enquanto subíamos os últimos passos até o alto da colina baixa.

— Mas eles estão atrás de nós?

— Estão — respondi, confiante, depois me virei e apontei para o leste, onde a estrada saía da floresta. — Vamos vê-los vindo de lá.

— Tem certeza? — perguntou Finan.

— Tenho.

Mas de repente não tinha mais certeza nenhuma. Eu ainda olhava para o local onde a estrada saía das faias atrofiadas, mas estava pensando em Waormund. O que ele faria? Eu desprezava o sujeito, sabia que ele era cruel e brutal, mas essa opinião havia feito com que eu o considerasse burro? Waormund sabia que tínhamos escapado subindo o rio Ligan. Também sabia que não poderíamos ter subido muito o rio na maré baixa antes que o barco encalhasse. Mas, quando abandonamos o *Brimwisa*, eu não sabia que estávamos perto de Werlameceaster. Tinha deixado o barco na margem leste, esperando enganar Waormund, mas agora duvidava que ele sequer se desse ao trabalho de nos procurar no rio. Não era necessária muita inteligência para deduzir aonde iríamos. Waormund sabia que precisávamos de aliados e sabia que eu não teria a menor esperança de encontrar algum na Ânglia Oriental. Mas no oeste, a menos de uma manhã de caminhada partindo do rio, estava um exército dos homens de Æthelstan. Por que Waormund se daria ao trabalho de nos seguir quando poderia ficar à nossa espera? Antes eu estava examinando o terreno a leste e ao sul, buscando sinais de algum batedor, procurando o brilho do sol se refletindo num elmo ou numa ponta de lança, mas deveria estar olhando para o oeste.

— Eu sou um idiota — falei.

— E isso deveria ser uma surpresa? — perguntou Finan.

— Ele está à nossa frente.

Eu não sabia por que tinha tanta certeza, mas o instinto de anos demais, batalhas demais e perigo demais estava me convencendo. Ou talvez fosse simplesmente porque, de todas as possibilidades, a que mais me amedrontava era a de ter Waormund montando uma emboscada à nossa frente. Meu pai gostava de dizer: prepare-se para o pior; mas no dia da sua morte ele ignorou esse conselho e foi trucidado por um dinamarquês.

Parei. À minha direita ficava a cerca viva; à esquerda, a grande plantação de cevada quase pronta para a colheita; e à frente, uma encosta longa, suave, que descia até outra faixa de floresta. Tudo parecia muito pacífico. Tentilhões voavam em meio à cevada, um falcão passou muito alto, e uma brisa fraca agitava as folhas. Longe, ao norte, uma nuvem de fumaça mostrava onde ficava uma aldeia numa depressão enevoada. Parecia impossível que a morte espreitasse naquela terra de verão.

— O que foi? — O padre Oda havia se juntado a nós.

Não respondi. Estava olhando para a faixa de floresta que parecia uma muralha no nosso caminho e senti desespero. Eu tinha sete homens, um padre, quatro mulheres, alguns escravos libertos e um grupo de crianças amedrontadas. Não tinha cavalos. Não podia mandar batedores para investigar o caminho, só podia ter esperança de me esconder, mas ali estava eu, na parte alta do terreno ensolarado, num campo de cevada, e meu inimigo me aguardava.

O padre Oda tentou uma pergunta diferente.

— O que vamos fazer?

— Voltar.

— Voltar?

— Na direção de onde viemos. — Virei-me para olhar para o leste, para a floresta por onde tínhamos passado junto à cicatriz preta dos carvoeiros. — Vamos voltar para as árvores e procurar algum esconderijo.

— Mas... — começou Oda.

E foi interrompido por Benedetta.

— *Saraceni* — sussurrou ela. Só uma palavra, mas era uma palavra carregada de medo.

E essa única palavra fez com que eu me virasse para ver o que a havia alarmado.

Cavaleiros.

— Os homens de Merewalh! — exclamou o padre Oda. — Que Deus seja louvado!

Havia cerca de vinte homens na trilha de peregrinos, todos com cota de malha, todos com elmo e metade carregando uma lança comprida. Eles passavam por um ponto onde a estrada desaparecia penetrando nas árvores a oeste e pararam lá, olhando adiante.

— Não são inimigos? — perguntou Benedetta.

— São inimigos — respondeu Finan em voz baixa. Mais dois homens saíram da floresta e ambos usavam a capa vermelha das tropas de Æthelhelm. Podíamos vê-los através de uma abertura na cerca viva, mas parecia que por enquanto eles não tinham nos visto.

— Recuar! — rosnei. — Recuem! Todos vocês! Para as árvores. — As crianças se limitaram a me encarar, os escravos libertos pareciam confusos, e o padre Oda abriu a boca como se fosse falar, mas eu vociferei outra vez: — Corram! Vão! Agora! — Eles ainda hesitavam, então dei um passo ameaçador em sua direção. — Vão! — Eles correram, com medo demais para ficar. — Todos vocês, vão! — Eu estava falando com meus homens que, junto com Benedetta, tinham ficado. — Vamos!

— É tarde demais — avisou Finan.

Waormund — presumi que ele era um dos cavaleiros na estrada abaixo — fez o que eu faria no seu lugar. Ele mandou batedores por entre as árvores e agora eles apareceram no fim do campo de cevada. Eram dois, ambos em cavalos cinza, e ambos passavam os olhos pela cerca viva, e lá estava eu na linha do horizonte. Um deles ergueu uma trombeta e soprou. O som pesaroso se esvaiu, depois retornou. Mais homens apareceram na estrada. Agora eram quarenta, pelo menos quarenta.

— Vão — falei aos meus homens. — Você também, Finan.

— Mas...

— Vão! — berrei. Finan hesitou. Desamarrei a pesada bolsa de dinheiro do cinto e a apertei nas mãos dele, depois empurrei Benedetta na sua direção. — Mantenha-a viva, mantenha-a em segurança! Mantenha meus homens vivos! Agora vá!

— Mas, senhor...

— Eles querem a mim, e não vocês, agora vá! — Ele ainda hesitava. — Vá! — Berrei a palavra como uma alma sofrendo.

Finan partiu. Sei que ele preferia ter ficado, mas minha fúria e a exigência de que protegesse Benedetta o convenceu. Ou talvez soubesse que era inútil morrer enquanto havia uma chance de vida. Alguém precisava levar a notícia a Bebbanburg.

Tudo acaba. O verão acaba. A felicidade acaba. Os dias de alegria são seguidos por dias de tristeza. Até os deuses terão seu fim na última batalha do Ragnarok, quando todo o mal do mundo trará o caos e o sol ficará escuro, as águas pretas inundarão as casas dos homens e o grande salão radiante do Valhala queimará até virar cinzas. Tudo acaba.

Desembainhei Bafo de Serpente e caminhei em direção aos batedores. Nada de bom aconteceria comigo, mas o destino havia me levado até esse momento, e um homem precisa enfrentar seu destino. Não há escolha, e eu havia convidado esse destino. Tinha tentado cumprir com um juramento feito a Æthelstan, sido impetuoso e tolo. Esse era o pensamento que não me abandonava enquanto eu andava entre a cerca viva na claridade do verão e a plantação alta de cevada. Um campo de cevada, pensei. E pensei que eu era um tolo e estava caminhando para o fim de um tolo.

E talvez, pensei, essa decisão tola não salvasse meus homens. Talvez não salvasse Benedetta. Não salvasse as meninas nem as crianças. Mas era a última esperança fugaz. Se eu tivesse fugido com eles, os cavaleiros iriam perseguir todos nós e matar todos os homens. Waormund me queria, ele não queria nenhum deles, por isso eu precisava ficar na plantação de cevada para dar a Finan, Benedetta e a todo o resto sua única esperança minúscula. O destino decidiria, então parei ao lado de um trecho com papoulas cor de sangue porque a trombeta do batedor havia atraído os inimigos da estrada e eles esporeavam os cavalos para subir a encosta até mim. Toquei o amuleto

269

O campo de cevada

no pescoço, mas sabia que os deuses haviam me abandonado. As três nornas estavam medindo o fio da minha vida, gargalhando, e uma delas segurava uma tesoura. Tudo acaba.

E, assim, esperei. Os cavaleiros passaram por uma abertura na cerca viva, mas, em vez de virem direto para mim, viraram para o meio da cevada alta, os grandes cascos pisoteando as plantas. Eu estava de costas para a cerca viva, e os cavaleiros fizeram um círculo amplo ao meu redor. Alguns apontavam lanças, como se temessem que eu os atacasse.

E o último cavaleiro a chegar era Waormund.

Eu só o encontrei uma vez antes daquela luta na velha casa ao lado do rio em Lundene, e naquele primeiro encontro eu o humilhei dando um tapa no seu rosto. Era um rosto feio, um rosto chato cortado da sobrancelha direita até o lado esquerdo da mandíbula por uma cicatriz de batalha. Ele tinha uma barba castanha eriçada, olhos mortos feito pedra e lábios finos. Era um homem enorme, maior até que eu, um homem para ser colocado no meio de uma parede de escudos com o objetivo de aterrorizar o inimigo. Nesse dia, ele montava um grande garanhão preto com adornos de prata nos arreios e na sela. Ele se inclinou sobre o arção olhando para mim, depois sorriu. Só que o sorriso mais parecia uma careta.

— Uhtred de Bebbanburg — disse.

Não falei nada. Apertei o punho de Bafo de Serpente. Rezei para morrer com a espada na mão.

— Perdeu a língua, senhor? — perguntou Waormund. Continuei sem dizer nada. — Vou cortá-la antes de você morrer. E vou cortar seus bagos também.

Tudo morre. Todo mundo morre. E tudo que resta é a reputação. Eu esperava ser lembrado como guerreiro, como um homem justo e como um bom senhor. E talvez essa morte miserável perto de uma cerca viva fosse esquecida. Meus gritos desapareceriam e a reputação iria ecoar nas canções que os homens cantavam no salão. E Waormund? Ele também tinha uma reputação, e sua fama era de crueldade. Ele seria lembrado como um homem capaz de dominar uma parede de escudos, mas que se deliciava em fazer homens e mulheres sofrerem. Entretanto, assim como eu era conhecido como o homem que matou Ubba junto ao mar e como o guerreiro que trucidou Cnut, Waormund seria conhecido como o homem que matou Uhtred de Bebbanburg.

A espada dos reis

Ele apeou. Usava cota de malha por baixo da capa vermelha. No pescoço havia uma corrente de prata e seu elmo tinha acabamento em prata, símbolos que mostravam que ele era um dos comandantes do senhor Æthelhelm, um guerreiro para liderar guerreiros, um homem para travar as batalhas do seu senhor. Por um instante ousei esperar que ele me enfrentasse em combate homem a homem, mas em vez disso ele sinalizou para que seus homens apeassem.

— Peguem-no — falou.

Oito lanças compridas com cabos de freixo me cercaram e me ameaçaram. Uma das pontas, com o gume levemente enferrujado, estava perto do meu pescoço. Por um instante pensei em levantar Bafo de Serpente, empurrar a lança para o lado e golpear o homem à minha frente, e talvez devesse ter lutado, mas o destino estava me segurando, o destino tinha me dito que eu havia chegado ao fim, e tudo acaba. Não fiz nada.

Um homem amedrontado passou entre as lanças e tirou Bafo de Serpente da minha mão. Resisti, mas a lança com a ponta enferrujada picou meu pescoço e eu soltei a espada. Outro homem veio pela esquerda e deu um chute nas minhas pernas, obrigando-me a ficar de joelhos. Eu estava cercado por inimigos, Bafo de Serpente se foi e eu não podia lutar.

Tudo acaba.

O campo de cevada

DEZ

PELO JEITO EU não morreria perto da cerca viva. Waormund queria a reputação. Queria ser conhecido como Waormund, o Matador de Uhtred, e uma morte junto à cerca viva não inspiraria os poetas a escrever canções sobre sua proeza. Ele queria me carregar em triunfo até seu senhor, até meu inimigo Æthelhelm, e queria que a notícia da minha morte fosse levada pelas estradas romanas até que toda a Britânia soubesse e temesse o nome de Waormund, o Matador de Uhtred.

No entanto, se minha morte não seria rápida, eu ainda precisaria ser humilhado. Ele veio lentamente até mim, apreciando o momento. Não disse nada, apenas assentiu sério para um homem parado atrás de mim. Por um instante, achei que esse era o meu fim, que uma faca iria cortar meu pescoço, mas, em vez disso, o homem apenas ergueu meu elmo e Waormund me deu um tapa.

Era uma vingança pelo tapa que eu lhe dera anos antes, mas esse não era um mero insulto, como o meu havia sido. Foi um golpe temível que me fez virar de lado, um golpe feio e doloroso como a pedra que foi atirada da alta muralha de Heahburh rachando meu elmo e me desmaiando. Minha visão escureceu subitamente, minha cabeça girou, e meu crânio se encheu de barulho, escuridão e dor. E isso talvez tenha sido uma bênção, porque eu não estava de fato consciente quando eles arrancaram o amuleto do martelo do meu pescoço, desafivelaram o cinto da espada, tiraram Ferrão de Vespa, despiram minha cota de malha, descalçaram as botas, cortaram minha camisa e depois chutaram meu corpo nu. Eu ouvia homens rindo, sentia o calor enquanto mijavam em mim, e então fui obrigado a ficar de pé, a cabeça ainda zumbindo. Amarraram meus pulsos à frente do corpo e ataram a corda ao rabo do cavalo de Waormund. Fizeram duas tranças no rabo do garanhão e amarraram numa laçada da corda para garantir que eu não pudesse afrouxar o nó.

Waormund, muito mais alto que eu, cuspiu no meu rosto.

— O senhor Æthelhelm quer falar com você — disse. — E o sobrinho dele quer fazer você gritar.

Eu não disse nada. Havia sangue na minha boca, um ouvido doía, eu estava cambaleando, tonto. Acho que devo ter olhado para ele, com um dos olhos meio fechado, porque lembro que ele cuspiu de novo e gargalhou.

— O rei Ælfweard quer fazer você gritar. Ele é bom nisso. — Não respondi, o que o deixou com raiva, então ele me deu um soco na barriga, o rosto distorcido pelo ódio. Curvei-me, sem fôlego, e ele agarrou meu cabelo e puxou minha cabeça para cima. — O rei vai querer matar você, mas primeiro vou facilitar para ele. — Waormund estendeu a mão e forçou minha boca a se abrir, depois cuspiu dentro dela. Ele achou isso divertido.

Ele havia jogado Ferrão de Vespa e a bainha para um dos seus homens, mas ficou com o cinturão que prendia a bainha de Bafo de Serpente. Tirou seu próprio cinturão com a espada, jogou-os para um guerreiro alto e depois afivelou o meu na cintura. Pegou Bafo de Serpente com o homem que havia me desarmado e passou um dedo pelo sulco que servia para deixar o sangue correr.

— É minha — disse, quase cantarolando de alegria. — É minha. — E eu seria capaz de chorar. Bafo de Serpente! Ela estivera comigo durante quase toda a minha vida, e era uma espada boa como as melhores do mundo, uma espada forjada por Ealdwulf, o Ferreiro, uma espada que recebeu os feitiços de um guerreiro e de uma mulher, e agora eu a perdi. Olhei para seu botão brilhante onde a cruz de prata de Hild brilhava e só pude sentir desespero e um ódio impotente.

Waormund encostou minha própria espada no meu pescoço e por um breve instante achei que sua raiva iria levá-lo a me cortar, mas ele apenas cuspiu outra vez e enfiou Bafo de Serpente na bainha.

— De volta à estrada! — gritou aos seus homens. — Montem!

Eles cavalgariam para o leste até encontrar a grande estrada que levava a Lundene, no sul, a estrada romana que eu atravessei de manhã. Waormund me arrastou por uma passagem na cerca viva, mas a abertura estava cheia de espinheiros e os espinhos me rasgaram enquanto eu tropeçava atrás do seu cavalo.

— Pise na bosta do meu cavalo, earsling! — gritou Waormund.

O restolho do pasto cortava meus pés enquanto eu cambaleava descendo a colina. Vinte homens cavalgavam à frente, Waormund vinha logo depois deles e mais vinte vinham atrás de nós. Dois cavaleiros, ambos com lanças, flanqueavam-me. Devia ser quase meio-dia, o sol estava alto e brilhante e a estrada tinha sulcos de lama seca. Eu estava com sede, mas só conseguia engolir sangue. Tropecei, e o cavalo me arrastou por uma dúzia de passos, com a lama e as pedras me lacerando até que Waormund parou, virou-se na sela e gargalhou enquanto eu me levantava com dificuldade.

— De pé, earsling — ordenou, em seguida bateu com os calcanhares nos flancos do cavalo, fazendo o garanhão se lançar à frente, e eu quase caí de novo. O puxão súbito fez sair sangue do ferimento no ombro esquerdo.

A estrada passava pelas faias podadas. Finan estava escondido em algum lugar daquele bosque e ousei esperar que ele me salvasse, mas ele tinha apenas seis homens enquanto Waormund tinha mais de quarenta. Waormund devia saber que eu não estava sozinho antes, e eu temia que ele mandasse homens para encontrar meus companheiros, mas parecia que o grandalhão estava contente com o prêmio. Sua reputação estava garantida. Ele cavalgaria em triunfo até Lundene enquanto meus inimigos me veriam morrer com sofrimento e dor.

Encontramos dois padres e seus dois serviçais que andavam para o oeste, seguindo para Werlameceaster. Eles pararam na beira da estrada e ficaram olhando enquanto eu passava cambaleando.

— Uhtred de Bebbanburg! — alardeou Waormund para eles. — Uhtred, o Pagão! A caminho da morte!

Um dos padres fez o sinal da cruz, mas nenhum dos dois falou.

Cambaleei de novo, caí de novo e fui rasgado pela estrada de novo. Isso aconteceu mais duas vezes. Diminua a velocidade deles, eu estava pensando, diminua a velocidade. Mas não sabia em que isso resultaria, a não ser no adiamento da minha morte. Waormund ficou com raiva, mas então ordenou

275

O campo de cevada

que um dos seus homens apeasse. Fui jogado dobrado em cima da sela vazia, mas ainda amarrado à cauda do garanhão de Waormund. O homem que havia apeado caminhou junto ao cavalo e se divertia dando tapas na minha bunda nua, gargalhando a cada pancada.

Agora íamos mais rápido, já que eu não podia mais tropeçar, e logo a estrada romana surgiu. Ela corria de norte a sul através de um vale amplo e pouco profundo. Longe, para além dela, vislumbrei um trecho prateado do rio Ligan. A terra ali era boa e macia, fértil com seus pastos e suas plantações densas, com seus pomares repletos de frutas maduras e trechos de floresta valiosa. Waormund ordenou que seus homens trotassem, forçando o guarda que me dava tapas na bunda a segurar o estribo vazio enquanto corria ao lado do cavalo.

— Vamos chegar a Lundene ao anoitecer! — gritou Waormund aos seus homens.

— Vamos usar o rio, senhor? — sugeriu um homem. Soltei uma risada quando escutei Waormund sendo chamado de "senhor". Ele não ouviu, mas o homem cujo cavalo me carregava escutou e me deu mais um tapa.

— Eu odeio barcos — rosnou Waormund.

— Um barco poderia ser mais rápido, senhor — sugeriu o homem. — E mais seguro.

— Seguro? — zombou Waormund. — Não corremos perigo algum! As únicas tropas que o Menino Bonito tem perto daqui estão em Werlameceaster, e elas são inúteis. — Ele se virou na sela para apreciar a vista que tinha de mim. — Além disso, o que iríamos fazer com os cavalos?

Eu me perguntei como ele encontrou os animais. Waormund me seguiu rio acima e não trouxe cavalos em seu grande navio. Mas agora estava com quarenta montarias ou mais. Será que ele voltou até Lundene para encontrar os cavalos? Parecia improvável.

— Poderíamos levar os cavalos de volta a Toteham, senhor. E o senhor levaria o earsling até Lundene pelo rio.

— Aqueles desgraçados preguiçosos em Toteham podem mijar contra o vento — vociferou Waormund — que vamos ficar com os cavalos deles.

Eu não tinha ideia de onde ficava Toteham, mas obviamente não era longe. Sabia que Merewalh estava em Werlameceaster e supunha que Æthelhelm teria enviado tropas para vigiá-lo e acossar suas equipes de forrageiros. Talvez essas tropas estivessem em Toteham, onde Waormund encontrou os cavalos, mas por que isso importava? Eu estava coberto de sangue, ferido e nu, cativo do meu inimigo e condenado.

Fechei os olhos para que nenhum inimigo visse lágrimas. Houve um barulho de cascos em pedra quando os primeiros cavaleiros chegaram à estrada romana. Então viramos para o sul, na direção de Lundene. Aqui a estrada não tinha cercas vivas. À direita, uma longa encosta de capim cortado para fazer feno levava ao alto de uma colina coberta de árvores. À esquerda havia outro campo de restolho e para além ficava a colina baixa com a floresta onde tínhamos lutado contra os escravos no celeiro à luz da lua. O homem deu outro tapa na minha bunda e riu novamente. Mantive os olhos fechados como se pudesse aliviar a dor com a escuridão. Mas sabia que havia mais dor pela frente, nada além de dor em Lundene, onde Urðr, Verðandi e Skuld, as três nornas implacáveis que fiam nossa vida ao pé da Yggdrasil, enfim cortariam meu fio.

Então Finan veio.

Waormund achava que Æthelstan não tinha forças mais próximas de Lundene que a guarnição em Werlameceaster, motivo pelo qual cavalgava para o sul sem nenhum batedor investigando os pastos e as colinas baixas cobertas de árvores dos dois lados da estrada romana. Até onde sabia, esse terreno era seguro e ele só conseguia pensar no júbilo do triunfo e na doce vingança da minha morte.

Porém, os dois serviçais de Rædwalh chegaram a Werlameceaster à noite. E Merewalh, que lutou ao meu lado a serviço de Æthelflaed, mandou sessenta homens me resgatar, e esses cavaleiros tinham batedores avançados. Eles viram os homens de Waormund, mas, como não tinham certeza de quantos homens o saxão ocidental comandava, seguiram-no com cautela. Viram minha captura, mas não sabiam que o prisioneiro era eu, por isso seguiram Waormund para o leste. E no bosque de faias podadas encontraram Finan e o restante do meu grupo.

Agora, mandando a cautela ao vento, saíram de uma floresta a oeste da estrada romana. Vieram a galope, o sol alto refletido na ponta de lanças, na lâmina das espadas e nos escudos pintados com o símbolo de Æthelstan, o dragão segurando um relâmpago. Os cascos dos cavalos levantavam grandes torrões de terra do pasto, criando um trovão repentinamente alto.

Os homens de Waormund estavam cansados, os cavalos brancos de suor. Por alguns instantes se limitaram a olhar, incrédulos. Em seguida, desembainharam as espadas e se viraram para enfrentar a carga. Waormund, entretanto, continuou apenas olhando. Ouvi gritos, mas não sabia se eram de surpresa dos saxões ocidentais, ou de guerra dos mércios. Mas esses gritos pareceram espantar Waormund, que de repente virou o cavalo para longe dos atacantes e o esporeou, seguindo para o campo de restolho entre a estrada e a colina coberta de árvores. Seu garanhão, contido pelo meu peso ainda amarrado à cauda, empinou. Waormund golpeou com as esporas. O cavalo relinchou e partiu. Meu cavalo foi atrás, mas então foi minha vez de gritar ao ser arrancado da sela. Atrás de mim soavam outros gritos enquanto os cavaleiros mércios penetravam no meio dos saxões ocidentais. Não vi nada disso, não vi o sangue nas pedras romanas nem os homens sofrendo os espasmos da morte. Eu estava sendo arrastado pelo restolho seco, lacerado pelas hastes curtas e afiadas, quicando e chorando enquanto o cavalo corria, agarrando a corda numa tentativa de impedir que meus braços fossem arrancados dos ombros. E, enquanto chorava, percebi outro cavalo chegando ao meu lado e vi a terra ser levantada por cascos enormes e a espada erguida acima de mim.

Então a espada baixou. Gritei. E não vi nada.

Não muito longe de Bebbanburg há uma caverna onde os cristãos dizem que o corpo de são Cuthbert foi escondido quando os dinamarqueses saquearam Lindisfarena e os monges fugiram com o cadáver do santo. Outros dizem que são Cuthbert viveu um tempo na caverna. Mas, independentemente de qual história seja verdadeira, quer são Cuthbert estivesse vivo ou morto, os cristãos reverenciam a caverna. Às vezes, caçando cervos ou javalis, eu passo pela caverna e vejo as cruzes feitas com capim torcido ou juncos deixadas por pessoas que rezam pedindo ajuda ao santo. É um lugar sagrado, e eu o odeio. Nós chamamos de caverna, mas na verdade é uma enorme laje de pedra se projetando de uma encosta e sustentada por uma pequena coluna de pedra. Um homem pode se abrigar de uma tempestade embaixo dessa laje. Talvez são Cuthbert tenha feito isso, mas não é por esse motivo que eu odeio o lugar.

Quando eu era criança, com 6 ou 7 anos, meu pai me levou à caverna de são Cuthbert e me obrigou a me arrastar por baixo daquela grande laje de pedra. Ele estava com cinco homens, todos guerreiros.

— Fique aqui, menino — disse, depois pegou um martelo de guerra com um dos seus homens e deu um golpe sonoro na coluna.

Eu quis gritar, aterrorizado, imaginando aquela rocha enorme me esmagando, mas sabia que seria espancado até sangrar se emitisse qualquer som. Encolhi-me, porém fiquei em silêncio.

— Fique aqui, menino — repetiu meu pai, então usou toda sua força para bater com o martelo na coluna uma segunda vez. — Um dia, meu jovem, essa coluna vai se partir e a pedra vai cair. Talvez esse dia seja hoje. — Ele martelou a pedra de novo, e de novo fiquei em silêncio. — Fique aqui, menino — disse pela terceira vez, depois montou em seu cavalo e foi embora, deixando dois homens para me vigiar. — Não falem com o menino — ordenou a eles — e não deixem que ele vá embora.

E eles não deixaram.

O padre Beocca, meu tutor, foi mandado para me resgatar ao anoitecer e me encontrou tremendo de medo.

— Seu pai faz isso — explicou ele — para ensiná-lo a dominar o medo. Mas você não correu perigo. Eu rezei ao abençoado são Cuthbert.

Naquela noite, e por muitas noites depois disso, sonhei com aquela enorme pedra me esmagando. Nos sonhos ela não caía rápido, mas vinha lentamente, centímetro a centímetro, pesadíssima, a pedra rangendo enquanto descia inexoravelmente, e no meu sonho eu não conseguia me mexer. Via a pedra chegando, sabia que ia ser esmagado lentamente até a morte e acordava gritando.

Fazia anos que não tinha esse pesadelo, mas naquele dia eu tive. E mais uma vez acordei gritando, só que agora estava numa carroça de fazenda, acolchoado por palha e capas, o corpo coberto por uma capa vermelho-escura.

O campo de cevada

— Está tudo bem, senhor — disse uma mulher. Ela estava na carroça comigo, chacoalhando pela estrada esburacada em direção a Werlameceaster.

— Finan — falei. O sol estava nos meus olhos, forte demais. — Finan.

— É, sou eu. — Finan cavalgava ao lado da carroça.

A mulher se curvou sobre mim, cobrindo meu rosto de sombras.

— Benedetta — falei.

— Eu estou aqui, senhor, com as crianças. Estamos todos aqui.

Fechei os olhos.

— Bafo de Serpente não — murmurei.

— Não entendo — disse Benedetta.

— Minha espada!

— O senhor vai recuperá-la — gritou Finan.

— Waormund?

— O desgraçado escapou, senhor. Cavalgou direto para o rio. Mas eu vou encontrá-lo.

— Eu vou encontrá-lo — grasnei.

— Agora o senhor vai dormir. — Benedetta pôs a mão com suavidade na minha testa. — O senhor precisa dormir.

E eu dormi, e pelo menos isso foi uma fuga da dor que me dominava. Lembro pouca coisa daquele dia depois da visão da grande espada de Finan cortando a corda que me amarrava ao garanhão de Waormund.

Fui levado a Werlameceaster. Lembro-me de abrir os olhos e ver acima de mim o arco romano no portão leste, mas devo ter dormido de novo, ou então a dor apenas me deixou inconsciente. Fui posto numa cama, lavado. E os ferimentos, que eram muitos, foram cobertos com mel. Sonhei outra vez com a caverna, vi a pedra descendo para me esmagar. No entanto, em vez de gritar, apenas acordei tremendo e vi que estava num quarto com paredes de pedra, iluminado por velas de junco fedorentas. Estava confuso. Por um momento só conseguia pensar em velas de junco e em como elas fediam quando a banha usada para fazê-las era rançosa. Então senti a dor, lembrei-me da humilhação e gemi. Queria a bênção do sono, mas alguém pôs um pano úmido na minha testa.

— O senhor é um homem difícil de matar — disse uma mulher.

— Benedetta?

— É Benedetta. — Ela me deu uma cerveja de mesa para beber. Esforcei-me para me sentar e ela pôs dois sacos cheios de palha atrás de mim.

— Estou envergonhado — falei.

— Quieto. — Ela segurou minha mão. Isso me deixou sem graça e eu puxei a mão.

— Estou envergonhado — repeti.

— De quê?

— Eu sou Uhtred de Bebbanburg. Eles me humilharam.

— E eu sou Benedetta de lugar nenhum, fui humilhada durante toda a minha vida, fui estuprada durante toda a minha vida, escravizada durante toda a minha vida, mas não me sinto envergonhada. — Fechei os olhos para não chorar e ela segurou minha mão outra vez. — Se o senhor está impotente, por que sentir vergonha do que os fortes infligem? Eles é que deveriam se sentir envergonhados.

— Waormund. — Falei o nome baixinho, como se o testasse.

— O senhor vai matá-lo, assim como eu matei Gunnald Gunnaldson.

Deixei que ela segurasse minha mão, mas virei as costas para que não visse minhas lágrimas.

Eu estava envergonhado.

No dia seguinte, Finan trouxe minha cota de malha, Ferrão de Vespa com um cinturão ao qual tinha prendido a bainha da espada, minhas botas e o elmo velho e simples. Só faltavam a cota de malha rasgada, o amuleto do martelo e Bafo de Serpente.

— Pegamos tudo isso com os mortos, senhor — explicou, colocando Ferrão de Vespa e o elmo na cama, e eu fiquei feliz por não ser meu belo elmo de guerra com o lobo de prata na crista, porque o lobo de Bebbanburg tinha sido humilhado. — Seis ou sete desgraçados escaparam.

— Com Bafo de Serpente.

— É, com Bafo de Serpente, mas vamos recuperá-la.

O campo de cevada

Não falei nada. Saber do meu fracasso era duro demais, forte demais. No que eu estava pensando quando parti de Bebbanburg? Que poderia rasgar o reino saxão ocidental e cortar fora a podridão que havia no coração dele? Meus inimigos eram fortes. Æthelhelm comandava um exército, possuía aliados, seu sobrinho era rei de Wessex, e eu tinha sorte por estar vivo, mas a vergonha do meu fracasso me irritava.

— Quantos mortos? — perguntei a Finan.

— Matamos dezesseis desgraçados — respondeu ele, feliz. — E temos dezenove prisioneiros. Dois mércios morreram e uns dois estão com ferimentos feios.

— Waormund está com Bafo de Serpente.

— Vamos recuperá-la.

— Bafo de Serpente — falei em voz baixa. — Sua lâmina foi forjada na bigorna de Odin, temperada no fogo de Tor e resfriada no sangue dos inimigos dela.

Finan olhou para Benedetta, que deu de ombros como se sugerisse que minha mente estava divagando. Talvez estivesse.

— Ele precisa dormir — comentou ela.

— Não. Ele precisa lutar. Ele é Uhtred de Bebbanburg. Ele não fica deitado numa cama sentindo pena de si mesmo. Uhtred de Bebbanburg veste a cota de malha, prende uma espada à cintura e leva a morte aos inimigos. — Finan parou junto à porta do quarto, com o sol forte por trás. — Merewalh tem quinhentos homens aqui e eles não estão fazendo nada. Estão parados feito cagalhões num balde. É hora de lutar.

Não falei nada. Meu corpo doía. Minha cabeça doía. Fechei os olhos.

— Vamos lutar — declarou Finan — e depois vamos para casa.

— Talvez eu devesse ter morrido — falei. — Talvez fosse a hora.

— Não seja um idiota tão patético — rosnou ele. — Os deuses não queriam sua carcaça podre no Valhala, pelo menos por enquanto. Eles ainda têm algo planejado para o senhor. Como é que o senhor gosta de dizer o tempo todo? Wyrd bið ful aræd? — Seu sotaque irlandês mutilou as palavras. — Bom, o destino ainda tem planos para o senhor e os deuses não o deixaram vivo sem motivo. E você é um senhor, portanto se levante, prenda uma espada à cintura e nos leve para o sul.

— Sul?

— Porque é lá que seus inimigos estão. Em Lundene.

— Waormund — falei, e me encolhi por dentro, lembrando-me do que aconteceu perto da cerca viva na plantação de cevada. Lembrei-me de Waormund e seus homens gargalhando enquanto mijavam no meu corpo nu e ferido.

— É, ele vai estar em Lundene — confirmou Finan, sério. — Deve ter corrido de volta para o dono com o rabo entre as pernas.

— Æthelhelm — falei, citando meus inimigos.

— Dizem que ele também está lá. Com o sobrinho.

— Ælfweard.

— São três homens que o senhor precisa matar, e não fará isso enquanto estiver com a bunda na cama.

Abri os olhos outra vez.

— Alguma notícia do norte?

— Nenhuma. O rei Æthelstan bloqueou a grande estrada em Lindcolne para impedir que a peste se espalhe para o sul. E todas as outras estradas também.

— A peste — repeti.

— É, a peste. E, quanto mais cedo estivermos em casa para descobrir quem morreu e quem vive, melhor, mas não vou deixar o senhor escapulir para casa como um derrotado. Recupere Bafo de Serpente, senhor, mate seus inimigos, e depois nos leve para casa.

— Bafo de Serpente — falei, e a ideia daquela grande espada nas mãos do meu inimigo fez com que eu me sentasse. Doeu. Cada músculo e cada osso doía, mas me sentei. Benedetta estendeu a mão para me ajudar, mas recusei. Pus os pés nos juncos espalhados no chão e, com um tranco agonizante, levantei-me. — Me ajude a me vestir e me arranje uma espada.

Porque íamos para Lundene.

* * *

283

O campo de cevada

— Não! — disse Merewalh no dia seguinte. — Não! Nós não vamos a Lundene.

Éramos uma dúzia de homens sentados do lado de fora do grande salão de Werlameceaster, muito parecido com o de Ceaster. O que não era surpresa, porque os dois foram construídos pelos romanos. Os homens de Merewalh arrastaram bancos para o sol, onde nós doze nos sentamos. Mas ao redor, sentados na poeira da grande praça diante do salão, havia cerca de cem homens ouvindo. Serviçais nos traziam cerveja. Algumas galinhas ciscavam perto da porta do salão, observadas por um cachorro preguiçoso. Finan estava sentado à minha direita e o padre Oda à esquerda. Dois padres e os líderes das tropas de Merewalh compunham o restante do grupo. Eu ainda sentia dores. Sabia que meu corpo doeria por dias. Meu olho esquerdo ainda estava meio fechado e o ouvido esquerdo, entupido por causa do sangue seco.

— São quantos homens na guarnição de Lundene? — perguntou o padre Oda.

— Pelo menos mil — respondeu Merewalh.

— Eles precisam de dois mil — declarei.

— E eu só tenho quinhentos — retrucou Merewalh. — E alguns estão doentes.

Eu gostava de Merewalh. Era um homem sóbrio, sensato. Eu o conhecia desde quando ele era jovem, mas sua barba e seu cabelo tinham ficado grisalhos e seus olhos astutos estavam cercados por profundas rugas. Ele parecia ansioso, mas mesmo na juventude sempre pareceu preocupado. Era um guerreiro bom e leal que tinha comandado as tropas domésticas de Æthelflaed com lealdade inabalável e cautela admirável. Não gostava de correr riscos, e talvez isso fosse bom num homem que enxergava a defesa como sua maior responsabilidade. Obviamente Æthelstan confiava nele, motivo pelo qual Merewalh havia recebido o comando das ótimas tropas que tomaram Lundene. Mas então Merewalh perdeu a cidade, enganado por um relato falso de que um exército estava avançando através de Werlameceaster.

Agora ele guardava essas muralhas, e não as enormes fortificações de Lundene.

— Quais são suas ordens agora? — perguntei.

— Impedir que reforços da Ânglia Oriental cheguem a Lundene.

284

A espada dos reis

— Esses reforços não virão por estrada, e, sim, por navio, e nós os vimos chegar — expliquei. — Um navio depois do outro, carregados de homens.

Merewalh franziu a testa ao ouvir isso, mas com certeza não era surpresa para ele que Æthelhelm estivesse usando embarcações para reforçar a guarnição de Lundene.

— A Mércia não tem navios — disse ele, como se isso desculpasse seu fracasso em impedir os reforços.

— Então você simplesmente fica vigiando as estradas que vêm da Ânglia Oriental? — questionei.

— Sem barcos? É só isso que podemos fazer. E mandamos patrulhas para vigiar Lundene.

— E para vigiar Toteham? — pressionei. Eu não tinha certeza de onde ficava Toteham, mas pelo que ouvi devia ser entre Lundene e Werlameceaster.

Minha suposição estava certa, porque a pergunta provocou um silêncio constrangedor.

— Toteham só tem uma guarnição pequena. — explicou por fim um homem chamado Heorstan. Era um sujeito de meia-idade que servia como subcomandante de Merewalh. — São muito poucos para que nos causem problema.

— Pequena?

— Uns setenta e cinco homens.

— Então os setenta e cinco homens em Toteham não causam problema para vocês — falei causticamente. — Então o que eles fazem?

— Só nos observam — respondeu um dos guerreiros de Merewalh. Ele soou mal-humorado.

— E vocês simplesmente os ignoram? — Eu olhava para Merewalh.

Houve outro silêncio constrangedor e alguns homens sentados ao sol arrastaram os pés olhando para o chão poeirento, sugerindo que já haviam proposto atacar Toteham e que Merewalh rejeitara a ideia.

— Se Æthelhelm mandar um exército sair de Lundene e atacar o rei Æthelstan — falou um dos padres, evidentemente tentando poupar Merewalh do embaraço —, nós devemos segui-lo. Essas também são nossas ordens. Devemos ficar na retaguarda deles enquanto o rei ataca a vanguarda.

285

O campo de cevada

— E onde está o rei Æthelstan? — perguntei.

— Ele guarda o Temes com mil e duzentos guerreiros — respondeu Merewalh.

— Guarda! — O padre enfatizou a palavra, ainda tentando defender a inatividade de Merewalh. — O rei vigia o Temes assim como nós vigiamos as estradas para Lundene. O rei Æthelstan insiste para que não provoquemos uma guerra.

— Já existe uma guerra — intervim com aspereza. — Homens morreram há dois dias.

O padre, um homem gorducho com um aro de cabelos castanhos, balançou a mão como se essas mortes fossem triviais.

— Existem escaramuças, senhor, sim, mas o rei Æthelstan não invadirá Wessex, e até agora os exércitos do senhor Æthelhelm não invadiram a Mércia.

— Lundene é mércia — insisti.

— Pode-se dizer que sim — retrucou o padre, irritado —, mas desde os dias do rei Alfredo ela tem uma guarnição de saxões ocidentais.

— Foi por isso que você saiu de lá? — perguntei a Merewalh. Era uma pergunta grosseira, que o lembrava da burrice que foi abandonar a cidade.

Ele se encolheu, ciente de todos os homens que ouviam nossa discussão.

— O senhor nunca tomou uma decisão ruim, senhor Uhtred?

— Você sabe que sim. Você acabou de me salvar de uma das piores.

Ele sorriu.

— Foi Brihtwulf — disse, indicando com um aceno de cabeça um rapaz sentado à sua esquerda.

— E ele fez isso muito bem — falei com fervor, ganhando um sorriso de Brihtwulf que, sob ordens de Merewalh, comandou os homens que me salvaram. Ele era o mais jovem dos comandantes de Merewalh e foi quem trouxe o maior número de soldados, bem mais de cem, o que deveria tê-lo qualificado para ser o subcomandante; no entanto, sua juventude e sua inexperiência contaram contra isso. Era alto, de cabelo escuro, forte e tinha ficado rico recentemente, herdando as propriedades do pai apenas dois meses antes. Finan o aprovava. "Ele tem mais prata que bom senso", tinha dito o irlandês. "Mas é um desgraçado beligerante. Ansioso por lutar."

A espada dos reis

— Brihtwulf salvou o senhor — prosseguiu Merewalh — e agora o senhor está tentando me salvar da minha avaliação ruim da situação?

— Não foi uma avaliação ruim — disse Heorstan com firmeza. Estava claro que o subcomandante de Merewalh apoiava a abordagem cautelosa de seu comandante. — Não tínhamos escolha.

— Exceto que o exército invasor não existia! — observou Brihtwulf, irritado.

— Meus batedores tinham certeza do que viam — reagiu Heorstan com raiva. — Havia homens na estrada de...

— Chega! — interrompi, rosnando. Na verdade, eu não tinha o direito de comandar a assembleia, mas, se eles começassem a discutir os erros do passado, jamais concordaríamos no futuro. — Diga — pedi, virando-me para Merewalh —, se não há guerra, o que há?

— Conversas — respondeu Merewalh.

— Em Elentone — acrescentou o padre gorducho.

Elentone era uma cidade no Temes, o rio que fazia fronteira entre Wessex e a Mércia.

— Æthelstan está em Elentone? — perguntei.

— Não, senhor — respondeu o padre. — O rei achou que não era sensato ir pessoalmente. Por isso mandou enviados para falar em seu nome. Ele está em Wicumun.

— Que fica perto — falei. Wicumun era um assentamento entre as colinas ao norte do Temes, e Elentone ficava na margem sul do rio, as duas cidades à distância de uma caminhada fácil, a oeste de Lundene. Será que Æthelstan estava mesmo buscando um tratado com seu meio-irmão Ælfweard? Era possível, supus, mas pelo menos ele tinha demonstrado bom senso ao não se arriscar a ser capturado atravessando para o reino do meio-irmão. — E sobre o que esses enviados estão conversando?

— Sobre a paz, é claro — respondeu o padre.

— O padre Edwyn acaba de vir de Elentone — explicou Merewalh, indicando o padre.

— Onde estávamos buscando um acordo — disse o padre Edwyn — e rezando para que não houvesse guerra.

O campo de cevada

— O rei Eduardo fez uma coisa idiota — declarei duramente. — Ele deixou Wessex para Ælfweard e a Mércia para Æthelstan, e um quer o reino do outro. Como pode haver paz sem guerra? — Esperei uma resposta, mas ninguém falou nada. — Ælfweard vai abrir mão de Wessex? — De novo silêncio. — Ou Æthelstan vai concordar em deixar Ælfweard governar a Mércia? — Eu sabia que ninguém responderia a isso. — Portanto, não pode haver paz — falei categoricamente —, e eles podem conversar o quanto quiserem, mas desfazer a idiotice de Eduardo será algo decidido com espadas.

— Homens de boa vontade estão tentando forjar um acordo — disse o padre Edwyn debilmente.

Deixei essas palavras caírem no vazio. Aqueles homens não precisavam de mim para dizer que a boa vontade de Æthelhelm não se estendia para além da própria família. Os guerreiros ao redor de Merewalh continuavam olhando para o chão, aparentemente não querendo reviver uma discussão antiga sobre o que Merewalh deveria estar fazendo com suas tropas. Mas para mim era claro, e provavelmente para Merewalh também, que ele estava sendo cauteloso demais.

— Quem tem mais tropas? — perguntei. — Æthelhelm ou Æthelstan?

Por um instante ninguém respondeu, apesar de todos saberem a resposta.

— Æthelhelm — admitiu Merewalh por fim.

— Então por que Æthelhelm está conversando? Se ele tem mais homens, por que não está atacando? — Outra vez ninguém respondeu. — Ele está conversando — continuei — porque isso lhe dá tempo. Tempo para reunir um grande exército em Lundene, tempo para trazer todos os seus seguidores da Ânglia Oriental. E ele continuará conversando até seu exército estar tão grande que Æthelstan não terá chance de derrotá-lo. Você disse que o rei Æthelstan está guardando o Temes?

— Está — respondeu Merewalh.

— Com mil e duzentos homens? Espalhados ao longo do rio?

— Eles precisam guardar todas as pontes e todos os vaus — admitiu Merewalh.

— E quantos saxões ocidentais guardam a margem sul do Temes?

— Dois mil? Três? — sugeriu Merewalh, incerto, depois me desafiou: — O que o senhor acha que o rei Æthelstan deveria fazer?

288

A espada dos reis

— Parar de falar e começar a lutar — respondi, e houve murmúrios de concordância entre os homens nos bancos. Notei que foram os mais jovens que assentiram primeiro, ainda que alguns guerreiros mais velhos também murmurassem em aprovação. — Você disse que ele está em Wicumun? Então ele deveria atacar Lundene antes que Æthelhelm o ataque.

— O senhor Uhtred está certo — disse Brihtwulf. A declaração categórica não provocou reação. E, encorajado pelo silêncio, ele prosseguiu: — Não estamos fazendo nada aqui! Os inimigos não estão enviando homens pela estrada, por isso só ficamos engordando. Precisamos lutar!

— Mas como? — perguntou Merewalh. — E onde? Wessex tem o dobro de homens da Mércia!

— E, se vocês esperarem muito mais — retruquei —, eles terão o triplo.

— E o que o senhor faria? — Heorstan não gostou de como eu o interrompi peremptoriamente antes, e a pergunta tinha quase um tom de desdém, certamente era um desafio.

— Eu cortaria as cabeças de Wessex. Você disse que Æthelhelm e o earsling do sobrinho dele estão em Lundene?

— Foi o que nos disseram — respondeu Merewalh.

— E eu estive em Lundene há pouco tempo — continuei. — Os homens da Ânglia Oriental não querem lutar. Não querem morrer por Wessex. Eles querem ir para casa fazer a colheita. Se nós cortarmos as duas cabeças de Wessex, eles vão agradecer.

— Duas cabeças? — perguntou o padre Edwyn.

— Æthelhelm e Ælfweard — respondi secamente. — Vamos encontrá-los e matá-los.

— Amém — disse Brihtwulf.

— E como — perguntou Heorstan, ainda com um tom de desafio na voz — faríamos isso?

Então eu lhe contei.

— Eu fui um bebê grande — disse Finan mais tarde naquele dia.

Encarei-o.

— Grande?

289

O campo de cevada

— Era o que a minha mãe dizia! Dizia que foi como dar à luz um porco. Coitada. Dizem que ela berrou muito quando me pariu.

— Estou fascinado — comentei.

— E, na verdade, eu não sou um sujeito grande. Nem um pouco como o senhor!

— Parece mais uma doninha que um porco.

— Mas havia uma mulher sábia no meu nascimento — Finan ignorou meu sarcasmo —, e ela leu o sangue.

— Leu o sangue?

— Para ver o futuro, é claro! Ela olhou o sangue no meu corpinho antes de me lavarem.

— Seu corpinho — falei, e gargalhei. O riso fez minhas costelas rachadas doerem. — Mas isso é feitiçaria, e eu achava que todos vocês, irlandeses, eram cristãos.

— E somos. Só gostamos de melhorar o cristianismo com um toque inofensivo de feitiçaria. — Ele riu. — E ela disse que eu teria uma vida longa e morreria na cama.

— Foi só isso que ela disse?

— Só isso. E aquela mulher sábia nunca errou! E eu provavelmente não vou para a cama em Lundene, não é?

— Fique fora da cama e você viverá para sempre — falei. E eu deveria ter evitado a cevada, pensei.

Eu sabia por que Finan me falava da profecia da mulher sábia. Ele estava tentando me encorajar. Sabia que eu relutava em retornar a Lundene, que tinha pressionado Merewalh a atacar apenas porque os homens esperavam que eu os comandasse na batalha. Mas a verdade era que eu só queria ir para casa, percorrer a grande estrada até a Nortúmbria e chegar à segurança dos muros de Bebbanburg.

No entanto, por mais que eu desejasse o conforto e a segurança de casa, também queria resgatar minha reputação. Meu orgulho foi ferido e minha espada, roubada. Finan, que durante tanto tempo quis ir para casa, agora me pressionava a lutar de novo. Seria por causa da reputação dele também?

A espada dos reis

— É um risco enorme — avisei.

— É claro que é! A vida é um risco! Mas o senhor vai deixar aquele desgraçado do Waormund alardear que o derrotou?

Não respondi, mas estava pensando que todos devemos morrer, e, quando se morre, tudo que resta é a reputação. Por isso eu precisava ir a Lundene, querendo ou não.

E era por isso que cento e oitenta homens de Merewalh estavam raspando os escudos naquela tarde. Não tínhamos cal nem piche suficiente, de modo que, em vez de tentar repintar os escudos, os homens usavam facas e enxós para raspar o símbolo de Æthelstan, o símbolo do dragão com o relâmpago. E, assim que as tábuas de salgueiro estavam raspadas, eles usaram ferros incandescentes para queimar uma cruz escura na madeira clara. Era um símbolo grosseiro, nem um pouco parecido com o emblema da cruz tripla que muitos anglos orientais carregavam, nem com o símbolo de Æthelhelm, do cervo saltando, mas foi o melhor que pude pensar. Até eu carregaria um escudo com a cruz cristã.

Porque iríamos a Lundene com um símbolo falso, fingindo sermos anglos orientais que vinham reforçar a guarnição cada vez maior. Merewalh e Heorstan se opuseram ao plano, mas seus protestos perderam a força conforme outros guerreiros insistiam para atacarmos, em vez de apenas esperarmos em Werlameceaster que outros homens decidissem o conflito. Dois argumentos os convenceram, e fui eu que os apresentei, mesmo que no fundo do coração não confiasse de fato em nenhum deles. Eu queria ir para casa, mas o juramento me prendia, assim como Bafo de Serpente.

Meu primeiro argumento era que, se esperássemos, seria inevitável que as forças de Æthelhelm ficassem mais fortes, e isso era verdade, mas já estávamos lamentavelmente em menor número comparados com sua guarnição em Lundene. Merewalh tinha me dado cento e oitenta homens e atacaríamos uma cidade guarnecida por pelo menos mil, provavelmente dois mil.

Esses números deveriam ter dissuadido qualquer homem de me seguir, mas apresentei um segundo argumento que os convenceu. Falei dos anglos orientais que tínhamos encontrado na taverna do Dinamarquês Morto, contei como eles relutavam em lutar.

O campo de cevada

— Só estavam lá porque o senhor deles exigiu sua presença — falei —, **e** nenhum deles queria lutar.

— O que não significa que não lutarão — observou Merewalh.

— Mas por quem? — retruquei. — Eles odeiam os saxões ocidentais! Qual foi o último exército a invadir a Ânglia Oriental?

— O saxão ocidental.

— E a Ânglia Oriental é um reino orgulhoso. Perdeu seu rei, foi governado por dinamarqueses, mas agora Wessex impôs um rei a eles e eles não o amam.

— Mas vão nos amar? — perguntou Merewalh.

— Eles vão seguir o inimigo de seu inimigo — argumentei, mas será que eu acreditava nisso?

Era possível que alguns anglos orientais lutassem ao lado da Mércia, enquanto outros poderiam recusar totalmente a batalha, mas é difícil convencer homens a se rebelar contra seu senhor. Os homens ocupam terras do senhor, pedem comida ao senhor nos tempos difíceis, procuram prata nos tempos bons, e, mesmo se esse senhor servisse a um rei rude e cruel, ele ainda era o senhor. Eles poderiam não lutar com entusiasmo, mas a maior parte iria lutar. Eu sabia disso, assim como Merewalh, mas no fim ele foi persuadido. E talvez essa persuasão não viesse dos meus argumentos, e, sim, de um discurso passional feito pelo padre Oda.

— Eu sou anglo oriental e dinamarquês. — Houve murmúrios diante dessas palavras, mas Oda se manteve altivo e sério. Ele tinha presença, um ar de autoridade, e os murmúrios foram desaparecendo. — Fui criado como pagão — continuou —, mas, pela graça de Nosso Senhor Jesus Cristo, cheguei ao trono d'Ele, tornei-me um de Seus sacerdotes e passei a fazer parte de Seu povo. Eu sou do povo de Cristo! Não tenho reino. Fugi da Ânglia Oriental para viver em Wessex, e lá servi como sacerdote na casa de Æthelhelm. — Outra vez houve murmúrios, mas eram baixos e foram interrompidos quando Oda ergueu a mão. — E na casa de Æthelhelm — ele se certificou de que sua voz fosse ouvida em toda a praça — vi o rosto do mal. Vi um senhor sem honra e um príncipe em quem o demônio encontrou um lar. Ælfweard — ele cuspiu o nome — é um rapaz cheio de crueldade, um rapaz cheio de falsidade, um rapaz cheio de pecado! Por isso fugi de novo, desta vez para a Mércia, e lá encontrei um príncipe de Deus, um homem de honra, encontrei o rei Æthelstan!

A espada dos reis

E agora os murmúrios eram de aprovação, mas outra vez Oda levantou a mão para silenciar os homens.

— Os anglos orientais vão lutar! — continuou. — Mas o que é a Ânglia Oriental? É um reino? O último rei saxão de lá morreu há uma geração, eles foram reinados pelos dinamarqueses e agora são por saxões ocidentais! É um povo sem reino que anseia por um reino, e em nossa escritura são Pedro diz que os que não têm reino pertencem ao reino de Deus. E nesse reino Deus é nosso senhor, Deus é nosso governante, e Æthelstan da Mércia é Seu instrumento. E os despossuídos da Ânglia Oriental vão nos seguir! Vão lutar por nosso deus porque querem morar no reino de Deus e ser o povo de Deus! Assim como nós!

Eu fiquei apenas olhando perplexo porque os homens estavam se levantando e gritando empolgados. Não precisei falar mais nada porque a aposta que era liderar uns poucos homens numa missão desesperada em Lundene havia se transformado num dever sagrado. Se fosse pela vontade dos homens, eles partiriam para Lundene naquele instante, esperando que os anglos orientais de Æthelhelm mudassem de aliança assim que exibíssemos nossos estandartes.

Até Merewalh foi persuadido, embora sua cautela natural ainda o dominasse.

— Se Deus está conosco, talvez tenhamos sucesso — admitiu. — Mas o rei Æthelstan deve saber.

— Então avise a ele.

— Já mandei um mensageiro.

— Então Æthelstan pode proibir? — desafiei.

— Se ele desejar, sim.

— Então precisamos esperar a resposta dele? Enquanto os conselheiros dele debatem?

Minha voz saiu repleta de desdém; no entanto, parte de mim quase queria que Æthelstan proibisse aquela loucura, mas outra vez foi o padre Oda que instigou a ousadia.

— Acredito que Deus deseje que nós conquistemos Lundene — disse ele a Merewalh —, mesmo liderados por um pagão.

— Mesmo se eu os liderar? — perguntei.

— Mesmo assim. — Ele falou como se houvesse um fedor nas suas narinas.

O campo de cevada

— Você acredita que essa é a vontade de Deus? — perguntou Merewalh ao padre.

— Eu sei que essa é a vontade de Deus — dissera Oda cheio de fervor, por isso agora os homens raspavam os escudos e queimavam cruzes nas tábuas de salgueiro.

E, olhando para eles, perguntei-me se não estaria mais uma vez cometendo um erro terrível. O inimigo em Lundene era numeroso demais, e Merewalh me deu apenas cento e oitenta homens. E o bom senso dizia que eu estava sendo um idiota impetuoso. No entanto, sempre que me sentia tentado a abandonar aquela loucura, uma voz baixa me dizia que o sucesso era possível.

Æthelhelm reunia suas tropas em Lundene porque lá estava em segurança atrás das fortes muralhas romanas numa cidade com tamanho suficiente para aquartelar seu exército cada vez maior. E sem dúvida ele esperava que Æthelstan o atacasse lá porque não existe jeito mais rápido de destruir um exército inimigo que matá-lo enquanto ele ataca muralhas de pedra. Æthelstan podia lançar seus homens às fortificações romanas de Lundene e eles morreriam às centenas. Os sobreviventes seriam caçados e trucidados por toda a extensão da Mércia. Ælfweard tomaria os tronos de Wessex, da Mércia e da Ânglia Oriental e chamaria todos esses lugares de Anglaterra, antes de levar seu exército novo e ainda maior para o meu reino da Nortúmbria.

Mas não eram só os números. Os homens da Ânglia Oriental podiam seguir Æthelhelm e reconhecer que o sobrinho dele era seu novo rei, mas não amavam nenhum dos dois. A maioria dos anglos orientais tinha obedecido à convocação de Æthelhelm porque a desobediência atrairia o castigo. Era um reino conquistado, e eles guardavam ressentimento dos conquistadores. Se eu conseguisse penetrar no coração de Lundene e isolar o centro das forças de Æthelhelm, eles não desejariam se vingar de mim. Mas metade do exército que estava em Lundene era de saxões ocidentais, e como eles reagiriam? Eu não sabia. Sabia que muitos senhores de Wessex se ressentiam do poder e do alcance da riqueza de Æthelhelm, sabia que eles desprezavam Ælfweard como um rapaz inexperiente e mau. Mas será que aceitariam Æthelstan?

Portanto, sim, havia uma chance, ainda que desanimadora de tão pequena, de que uma investida súbita no coração de Lundene desfaria o dano causado pelo testamento de Eduardo. Mas eu sabia que o verdadeiro motivo pelo qual desejava retornar era porque meu inimigo estava lá. O inimigo que me humilhou, o inimigo que sem dúvida alardeava seu triunfo sobre Uhtred de Bebbanburg, o inimigo que estava com minha espada.

Eu ia pela vingança.

Finan não estava comigo naquela tarde enquanto raspávamos e marcávamos os escudos a fogo. Eu o havia mandado com dois dos nossos homens e um par de guerreiros de Brihtwulf para esperar na estrada para Lundene. Tinha dito que se escondessem ao lado da estrada. E apenas três quilômetros ao sul de Werlameceaster eles encontraram um pequeno bosque de espinheiros e avelei-ras que oferecia cobertura. Eles esperaram e só voltaram quando o sol estava baixo no oeste, lançando sombras longas das muralhas de Werlameceaster.

Eu estava no salão com Merewalh, Heorstan e Brihtwulf. Os dois homens mais velhos pareciam nervosos. Merewalh havia aceitado meu plano depois do sermão feroz do padre Oda, mas agora só encontrava dificuldades. O inimigo era forte demais, as muralhas de Lundene eram altas demais e a chance de sucesso era muito pequena. Heorstan concordava com ele, mas tinha menos certeza de que iríamos fracassar.

— O senhor Uhtred — disse, fazendo uma leve reverência com a cabeça para mim — tem a reputação de vencer. Talvez devêssemos confiar nele.

Merewalh olhou para mim com tristeza.

— Mas e se o senhor for derrotado antes de eu poder levar minhas tropas para a cidade? — perguntou, hesitando.

— Eu morro — respondi sem rodeios.

— E Brihtwulf e os homens dele morrem junto — comentou Merewalh, infeliz. — E eles também estão sob minha responsabilidade.

— Vamos surpreender os inimigos — falei. — Estamos planejando um ataque noturno, quando a maioria estará dormindo, assim como eles nos surpreenderam quando tomaram a cidade. Vamos entrar e abrir o portão para você e seus homens.

— Se vocês atacarem o portão...

O campo de cevada

— Não vamos atacar o portão — interrompi. — Eles vão pensar que somos tropas da Ânglia Oriental que vieram como reforços.

— Depois de anoitecer? — Merewalh estava decidido a encontrar problemas e, para ser honesto, havia muitos. — Em geral os homens não viajam depois de anoitecer, senhor. E se eles se recusarem a abrir o portão da cidade?

— Então esperamos até de manhã. Na verdade, talvez seja ainda mais fácil durante o dia. Teremos cruzes nos escudos. Só precisamos convencê-los de que somos anglos orientais, e não mércios.

Foi nesse momento que Finan entrou no salão com um dos guerreiros de Brihtwulf. Os dois pareciam com calor e cansados, mas Finan ria. Nós quatro ficamos em silêncio enquanto os dois se aproximavam.

— Seis homens — disse Finan quando chegou perto de nós.

Merewalh pareceu confuso, mas falei antes que ele pudesse interrogar Finan.

— Eles viram vocês?

— Estavam cavalgando muito depressa. — Finan encontrou uma caneca de cerveja pela metade numa mesa e bebeu antes de oferecer ao companheiro —, e eles não viram nada.

— Não nos viram — confirmou o homem de Brihtwulf. Ele se chamava Wihtgar, era um sujeito alto, de rosto sombrio, com o queixo comprido e apenas uma orelha. A orelha que faltava tinha sido decepada por um machado dinamarquês numa escaramuça, e a cicatriz franzida deixada pelo machado ficava meio escondida pelo cabelo preto, comprido e oleoso. Brihtwulf, de quem eu gostava, disse-me que Wihtgar era seu melhor e mais violento guerreiro. Olhando para o sujeito eu acreditei.

Merewalh franzia a testa.

— Seis homens? — perguntou, confuso com a conversa breve.

— Cerca de uma hora atrás — explicou Finan — vimos seis homens cavalgando para o sul, e todos eram desta guarnição.

Merewalh pareceu indignado.

— Mas eu não ordenei nenhuma patrulha! Certamente não numa hora tão tardia.

296

A espada dos reis

— E todos os seis eram homens de Heorstan — acrescentou Wihtgar, ameaçador. Tínhamos mandado dois homens de Brihtwulf com Finan porque eles reconheceriam qualquer cavaleiro das forças de Merewalh.

— Meus homens? — Heorstan deu um passo atrás.

— Seus homens — confirmou Wihtgar. — Seus homens — repetiu, depois disse o nome dos seis. Falou muito devagar e muito irritado, o tempo todo encarando o rosto barbudo de Heorstan.

Heorstan olhou para Merewalh e deu um sorriso débil.

— Eu os mandei para exercitar os cavalos, senhor.

— Então os seis voltaram? — perguntei.

Ele abriu a boca, descobriu que não tinha o que dizer, depois percebeu que o silêncio iria condená-lo.

— Tenho certeza de que eles voltaram! — disse apressadamente.

Tirei Ferrão de Vespa da bainha.

— Então mande chamá-los — rosnei

Ele deu outro passo para trás.

— Tenho certeza de que voltarão logo... — começou, então ficou em silêncio.

— Vou contar até três — falei —, e, se você quiser viver, responda à próxima pergunta antes que chegue ao três. Para onde eles foram? Um — fiz uma pausa —, dois — recuei o braço com Ferrão de Vespa, pronto para dar uma estocada.

— Toteham! — Heorstan ofegou. — Eles foram para Toteham!

— Seguindo suas ordens? — perguntei, ainda apontando Ferrão de Vespa para a barriga dele. — Alertar as tropas de Æthelhelm? — pressionei.

— Eu ia contar a você! — Heorstan estava desesperado, agora olhando para Merewalh como se implorasse. — O plano do senhor Uhtred é loucura! Jamais dará certo! Eu não sabia como impedir que nossos homens fossem trucidados em Lundene, por isso pensei em alertar Æthelhelm e contar a você depois. Então você precisaria abandonar essa loucura!

— Quanto dinheiro Æthelhelm vem pagando a você? — perguntei.

— Dinheiro nenhum! — balbuciou Heorstan. — Dinheiro nenhum! Eu só estava tentando salvar nossos homens! — Ele olhou para Merewalh. — Eu ia contar a você!

297

O campo de cevada

— E foram os seus batedores que atraíram a guarnição para fora de Lundene — acusei — com histórias falsas sobre um exército se aproximando de Werlameceaster.

— Não! — protestou ele. — Não!

— Sim. — Encostei a ponta de Ferrão de Vespa na barriga de Heorstan. — E, se quer viver, diga quanto Æthelhelm lhe pagou. — Apertei o seax. — Quer viver? Vai viver se contar.

— Ele me pagou! — Agora Heorstan estava aterrorizado. — Ele me pagou com ouro!

— Três — falei, e cravei Ferrão de Vespa na sua barriga.

Heorstan meio que se curvou sobre a espada curta. Então, ignorando a dor nos ombros, usei as duas mãos para puxar o seax para cima. Heorstan soltou um miado que se transformou num grito engasgado e foi sumindo enquanto ele desmoronava lentamente, o sangue avermelhando os juncos do chão. E me encarou, a boca se abrindo e fechando e os olhos cheios de lágrimas.

— O senhor disse que eu poderia viver! — conseguiu ofegar.

— É. Só não disse por quanto tempo.

Ele viveu mais alguns dolorosos minutos, por fim sangrando até a morte. Merewalh estava chocado, não pela morte de Heorstan — ele já tinha visto mortes suficientes para não se preocupar com o sangue se espalhando e a respiração ofegante —, e, sim, pela revelação de que Heorstan o havia traído.

— Eu achava que ele era meu amigo! Como o senhor soube?

— Eu não sabia — respondi. — Mas, se o nosso plano seria traído, precisávamos saber. Por isso mandei Finan para o sul.

— Mas o plano foi traído! — protestou Merewalh. — Por que não impediu os homens?

— Porque eu queria que eles chegassem a Toteham — respondi, limpando a lâmina de Ferrão de Vespa num pedaço de pano —, é claro.

— O senhor queria que eles... — começou Merewalh. — Mas por quê? Em nome de Deus, por quê?

— Porque o plano que eu contei a você e a Heorstan era falso. Era isso que eu queria que o inimigo ouvisse.

— Então como vamos fazer?

Então eu contei. E no dia seguinte cavalgamos para a guerra.

QUARTA PARTE

Bafo de Serpente

ONZE

O ALVORECER TROUXE UMA névoa que se demorou sobre as campinas, passou por cima da muralha romana e se perdeu na fumaça dos fogões de Werlameceaster. Homens puxavam cavalos nas ruas da cidade onde um padre oferecia bênçãos do lado de fora de uma pequena igreja de madeira. Dezenas de guerreiros se ajoelhavam para receber uma prece em voz baixa e um toque de seus dedos na testa. Mulheres carregavam baldes de água dos poços da cidade.

Ninguém tentou sair da cidade durante a curta noite de verão. Merewalh dobrou o número de sentinelas que guardavam os portões de Werlameceaster e que andavam sobre as muralhas. Esses homens ficariam na cidade, como uma pequena guarnição, enquanto o restante de nós, cento e oitenta homens sob meu comando e duzentos liderados por Merewalh, atacaria os inimigos em Lundene.

Quando o alvorecer deixou prateada a névoa eu já estava acordado havia muito tempo. Tinha vestido a cota de malha, afivelado o cinturão com uma espada emprestada e depois não tinha nada de melhor a fazer do que ficar sentado observando os homens que deveriam lutar e as mulheres que eles deixariam para trás.

Benedetta se juntou a mim no banco que ficava numa rua saindo da praça ampla em frente ao grande salão. Não falou nada. Alaina, que agora a acompanhava a toda parte, sentou-se do outro lado da rua e ficou nos olhando ansiosa. Ela havia encontrado um gatinho e o estava acariciando, mas jamais desviava o olhar de nós.

— Então vocês vão hoje — disse Benedetta por fim.

— Hoje.

— E amanhã? E depois de amanhã?

Eu não tinha resposta para as perguntas implícitas, por isso não falei nada. Um corvo voou de um telhado, bicou alguma coisa na praça e voou de novo. Seria um presságio? Naquela manhã eu tentei interpretar cada sinal, observar cada pássaro na névoa, tentei me lembrar dos sonhos, mas nada fazia sentido. Desembainhei a espada emprestada e olhei para a lâmina, perguntando-me se haveria alguma mensagem no aço opaco. Nada. Pousei a espada. Os deuses estavam silenciosos.

— Como está se sentindo? — perguntou Benedetta.

— Só um pouco dolorido. Nada mais. — Meu corpo estava rígido, os ombros machucados, os músculos dos braços doíam, as lacerações ardiam, a parte interna da bochecha estava inchada, a cabeça latejava e as costelas estavam feridas, se é que não estavam quebradas.

— O senhor não deveria ir — disse Benedetta com firmeza. E, quando não respondi, ela repetiu: — O senhor não deveria ir. É perigoso.

— A guerra é perigosa.

— O padre Oda conversou comigo ontem à noite. Disse que o que o senhor planeja é loucura.

— É loucura — concordei —, mas o padre Oda quer que ataquemos. Foi ele que convenceu Merewalh a atacar.

— Mas ele disse que é a loucura de Deus, de modo que o senhor será abençoado. — Ela pareceu ter dúvidas.

A loucura de Deus. Será que era por isso que meus deuses não tinham mandado nenhum sinal? Porque era loucura do deus cristão, e não dos meus deuses? Diferentemente dos cristãos, que insistem que todos os outros deuses são falsos, insistem até mesmo que eles não existem, eu sempre reconheci que o deus pregado tem poder. Assim, talvez o deus cristão nos desse a vitória. Ou talvez meus deuses, com raiva de mim por ter abrigado essa esperança, fossem me castigar com a morte.

— Mas Deus não é louco — continuou Benedetta —, e Deus não vai querer a sua morte.

— Os cristãos rezam há anos pela minha morte.

A espada dos reis

— Então são loucos — disse ela com grande certeza, e, quando eu sorri, ficou com raiva. — Por que o senhor vai? Diga! Por quê?

— Vou pegar a minha espada — respondi, porque não sabia de fato a resposta para a pergunta.

— Então o senhor é louco. — Sua voz soou peremptória.

— Não importa se eu vou — falei devagar —, mas eu não deveria levar outros homens.

— Porque eles vão morrer?

— Porque vou levá-los para a morte, sim. — Fiz uma pausa e toquei instintivamente o martelo, mas, claro, ele não estava ali. — Ou talvez para uma vitória, não é?

Ela escutou a dúvida nas minhas últimas palavras.

— No fundo do coração — pressionou Benedetta —, no que o senhor acredita?

Eu não podia admitir a verdade: eu me sentia terrivelmente tentado a dizer a Merewalh que deveríamos abandonar o ataque. O caminho mais fácil seria deixar que Æthelhelm e Æthelstan fossem em frente com sua disputa enquanto eu ia para o norte, para casa, para Bebbanburg.

Mas havia uma chance, uma leve chance, de que o que planejávamos pudesse acabar com a guerra quase antes de ter começado. Merewalh levaria duzentos cavaleiros para o sul, para atacar a pequena guarnição de Æthelhelm em Toteham, depois iria para Lundene. Chegaria perto da cidade ao anoitecer e sem dúvida encontraria grupos de forrageiros que fugiriam para avisar aos homens de Æthelhelm que uma força inimiga se aproximava. Então, à medida que a escuridão baixasse, seus homens acenderiam fogueiras, o maior número que pudessem, nas charnecas cerca de cinco quilômetros ao norte da cidade. A claridade dessas fogueiras convenceria a guarnição da cidade de que uma força de sítio havia chegado, e ao alvorecer a guarnição estaria olhando para o norte, preparando-se para mandar patrulhas descobrir o tamanho da força inimiga e garantir que as muralhas estivessem totalmente guarnecidas.

E era então que eu planejava levar a força menor para dentro da cidade e dar um golpe nas entranhas dos inimigos, um golpe parecido com o que matou Heorstan. Mas, assim como a carne se fecha em volta de uma espada, às vezes tornando quase impossível soltar a lâmina presa, os homens de Æthelhelm iriam se fechar ao nosso redor e estariam em maior número. O padre Oda estava convencido de que os anglos orientais mudariam de lado, mas eu achava que isso só aconteceria se antes tivéssemos matado ou capturado Æthelhelm e seu sobrinho, o rei Ælfweard. Era por isso que eu ia; não apenas para recuperar Bafo de Serpente, mas para matar meus inimigos.

— Os inimigos sabem que vocês vão! — protestou Benedetta.

Sorri para ela.

— Os inimigos sabem o que eu quero que eles saibam. Por isso deixamos os homens de Heorstan irem para o sul ontem, para enganar os inimigos.

— E isso vai bastar? — perguntou ela. — Para enganá-los? O senhor vai vencer por causa disso? — Ela falava com desdém. Não respondi. — O senhor mente para mim porque não está bem! Suas costelas! O senhor está sentindo dores. Acha que pode lutar? Diga no que acredita!

Continuei sem dizer nada, porque a tentação de violar o juramento feito a Æthelstan espreitava no meu coração. Por que matar os inimigos dele, mesmo sendo meus? Se uma grande guerra irrompesse entre Wessex e a Mércia, meu reino ficaria mais seguro. Durante toda a vida adulta eu vi Wessex ficar mais forte, derrotando os dinamarqueses, dominando a Mércia e conquistando a Ânglia Oriental. E tudo isso para ir atrás do sonho do rei Alfredo, de que deveria haver um reino para todas as pessoas que falassem ænglisc, a língua dos saxões. Mas a Nortúmbria também falava essa língua e a Nortúmbria era a minha terra, governada pelo último rei pagão da Britânia. Será que eu queria ver a Nortúmbria engolida por uma terra maior, uma terra cristã? Melhor deixar Æthelstan e Æthelhelm lutarem, pensei. Melhor deixar que cada um enfraqueça o outro. E tudo isso era verdade, só que eu tinha feito um juramento e perdido minha espada. Às vezes não sabemos por que fazemos o que fazemos, somos impelidos pelo destino, pelo impulso ou por mera tolice.

— O senhor não quer falar — acusou Benedetta. — Não quer me responder.

Levantei-me, peguei a espada que eu levaria para a batalha e senti a perda aguda da espada que eu desejava estar segurando. Enfiei a lâmina na bainha.

— É hora de ir.

— Mas o senhor...

— Eu fiz um juramento — interrompi, irritado — e perdi uma espada.

— E eu? — perguntou ela quase chorando. — E Alaina?

Parei e olhei para seu belo rosto.

— Eu voltarei para buscar você e as crianças. Quando tudo acabar, vamos todos para o norte.

Pensei em Eadith em Bebbanburg e empurrei esse pensamento desconfortável para longe. Por um instante me senti tentado a tocar o rosto de Benedetta, garantir que eu voltaria. Mas em vez disso lhe dei as costas.

Porque era hora de lutar.

Ou melhor, era hora de percorrer mais uma vez a estrada dos peregrinos, atravessar a grande estrada e chegar ao rio Ligan. E isso implicava passar pelo topo da colina onde Waormund me humilhou. Eu mal conseguia me forçar a olhar para a cerca viva no alto da encosta, nem para os sulcos secos na estrada, que me laceraram. Doía. Finan cavalgava à minha direita com seu elmo amassado pendurado no arção da sela e um chapéu de palha de aba larga protegendo os olhos do sol nascente. Wihtgar, com quem Finan parecia ter criado uma amizade, cavalgava ao lado dele, e os dois discutiam sobre cavalos, Wihtgar afirmando que um capão seria capaz de vencer um garanhão na corrida. E Finan, é claro, retrucou dizendo que os cavalos da Irlanda eram tão rápidos e tão corajosos que nenhum cavalo no mundo poderia vencê-los numa corrida, mesmo admitindo que Sleipnir talvez pudesse. Wihtgar nunca tinha ouvido falar em Sleipnir, por isso Finan precisou explicar que era o cavalo de Tor, com oito patas. E Wihtgar retrucou dizendo que a mãe de Sleipnir devia ser uma aranha, o que fez os dois rirem.

Na verdade, eu sabia que Finan estava falando para me distrair. Ele disse de propósito que Sleipnir era o cavalo de Tor mesmo sabendo muito bem que era o garanhão de Odin, com isso me convidando a corrigi-lo. Fiquei em silêncio.

Merewalh havia partido antes, mas ele e seus duzentos homens viraram para o sul na grande estrada e desaparecem muito tempo antes, quando fizemos a travessia e continuamos para o leste. Éramos cento e oitenta homens, dos quais sessenta eram de Brihtwulf, comandados pelo próprio Brihtwulf e

305

Bafo de Serpente

por Wihtgar, que era um guerreiro experiente. Uma dúzia de serviçais, trazidos para levar os cavalos de volta a Werlameceaster, acompanhavam-nos com animais de carga que carregavam barris de cerveja e caixas de pães de aveia. Meus poucos homens, todos montando cavalos saxões ocidentais capturados, iam atrás de mim, mas o restante da tropa era de mércios que quiseram nos acompanhar, inspirados ou convencidos pelo sermão do padre Oda. O padre também estava conosco, embora eu não quisesse sua companhia a princípio.

— Você é um padre — falei —, e nós precisamos de guerreiros.

— Vocês precisam do Cristo vivo ao seu lado — respondeu ele num tom feroz —, e precisam de mais.

— De mais deuses? — instiguei.

Ele ignorou minha provocação.

— Vocês precisam de um anglo oriental. Vocês vão fingir que são homens de Æthelhelm e não sabem nada sobre as propriedades dele no leste, nem dos vassalos dele. Eu sei.

Ele estava certo, por isso cavalgou conosco, apesar de ter recusado uma cota de malha e uma arma. Eu portava uma espada longa simples, com cabo de freixo. A arma, que Merewalh me deu, não tinha nome.

— Mas é uma boa espada — garantiu ele, e era. Mas não era Bafo de Serpente.

Assim que chegamos ao Ligan viramos para o sul. Wihtgar tinha enviado batedores que voltaram dizendo que não havia homens com capas vermelhas na aldeia onde o vau atravessava o Ligan.

— Também não tem nenhum barco — informou um batedor. Eu imaginava que o navio com o qual Waormund nos perseguiu estivesse encalhado no vau, e era provável que antes estivesse, mas agora ele se foi.

— Vocês atravessaram o vau? — perguntei.

— Não, senhor. Fizemos o que foi mandado. Procuramos os inimigos na aldeia. Disseram que eles partiram há dois dias.

Se fosse verdade, era um alívio. Eu não me incomodaria se os duzentos homens de Merewalh fossem descobertos pelas forças de Æthelhelm. Na verdade, queríamos que eles fossem descobertos. Queríamos que as tropas em Lundene ficassem olhando para o norte, vigiando Merewalh, enquanto

A espada dos reis

minha força menor seguia para o sul. Porém, para ir para o sul, precisávamos de barcos e de nos manter sem ser vistos.

Atravessamos o vau até a margem angla oriental do Ligan, depois viramos para o sul outra vez, indo até a grande madeireira onde, na viagem rio acima no *Brimwisa*, eu vi quatro barcas sendo carregadas com tábuas.

Três barcas continuavam lá. Tinham fundo chato, feitas para o trabalho no rio, com boca larga, proa rombuda e esparrela com uma pá do tamanho da porta de um pequeno celeiro. Todas as três tinham mastro, mas eles estavam deitados no bojo largo e chato das embarcações, junto com os ovéns, uma verga de vela em cada e três velas muito bem enroladas. Não havia bancos para remadores. Em vez disso, os remadores ficavam de pé e usavam os doze toletes de cada lado para os remos longos e pesados. Eram embarcações horríveis, desajeitadas, mas iriam nos levar a Lundene. Apeei, encolhendo-me por causa da dor nas costelas, e fui até as barcas.

— Vocês não podem pegá-las! — Um homem idoso e furioso saiu intempestivamente de uma casa ao lado de um enorme galpão aberto onde a madeira era posta para secar. Ele falava em dinamarquês. — Vocês não podem pegá-las! — repetiu.

— Você vai impedir? — Foi Wihtgar quem rosnou a resposta, e em dinamarquês também, o que me surpreendeu.

O homem olhou uma vez para o rosto marcado de Wihtgar e todo o seu ar de desafio sumiu.

— Como vou recuperá-las? — implorou.

Ignorei a pergunta.

— O senhor Æthelhelm precisa delas — falei —, e sem dúvida vai devolvê-las.

— O senhor Æthelhelm? — Agora o velho estava confuso.

— Eu sou primo dele, Æthelwulf — falei, usando o nome do irmão mais novo de Æthelhelm que, eu esperava, ainda era prisioneiro em Bebbanburg. Depois senti o impulso de tocar o martelo para afastar os pensamentos da peste no norte. Eu não tinha martelo, mas tinha a bolsa de dinheiro que Finan havia me devolvido, por isso dei lascas de prata ao homem. — Vamos nos juntar ao meu primo em Lundene, portanto procure seus barcos lá. —

307

Bafo de Serpente

Vi uma fina corrente de prata embaixo da túnica dele, estendi a mão para soltá-la e vi que ele usava um martelo de prata. Ele recuou, alarmado. Nossos escudos estavam queimados com cruzes e ele claramente temia a vingança dos cristãos. — Quanto? — perguntei.

— Quanto, senhor?

— Pelo martelo.

— Dois xelins, senhor.

Dei três, depois pendurei o martelo no pescoço e toquei nele com o indicador. Era um consolo.

Uma das barcas tinha meia carga de tábuas e nós as tiramos, depois esperamos a maré virar. Sentei-me num tronco de carvalho grosso, olhando para o rio que redemoinhava lento e preguiçoso. Dois cisnes deslizaram rio acima na maré montante. Eu pensava em Eadith e em Benedetta quando uma voz interrompeu meus pensamentos.

— O senhor disse que éramos homens do senhor Æthelhelm? — Wihtgar estava parado perto de mim.

— Eu não queria que ele fosse reclamar com Æthelhelm — expliquei. Não que houvesse alguma chance de o velho mandar um mensageiro a Lundene, mas eu não queria que se espalhasse pelas redondezas a notícia de uma força mércia tomando barcos. — Além disso, agora somos homens de Æthelhelm, pelo menos até começarmos a matá-los. — Tínhamos um bom número de capas vermelhas capturadas e as cruzes queimadas nos escudos. Olhei para Wihtgar. — Então você fala dinamarquês? — Isso era incomum para um saxão.

Ele me lançou um sorriso torto.

— Casei com uma, senhor. — Ele tocou a cicatriz franzida onde sua orelha esquerda estivera. — O marido dela fez isso. Ele pegou minha orelha e eu peguei a esposa dele. Uma troca justa.

— Foi mesmo. Ele viveu?

— Não muito, senhor. — Wihtgar deu um tapinha no punho da espada. — Flæscmangere garantiu isso.

Dei um meio-sorriso. Flæscmangere era um bom nome para uma espada, e logo a espada do açougueiro estaria ocupada em Lundene, pensei.

Deu meio-dia antes que a maré vazante começasse, mas, mesmo antes de ela virar, quando a água estava parada, desamarramos e empurramos as barcas para fora do cais e começamos a descer o rio. Era outro dia claro de verão, quente demais para usarmos cotas de malha. O sol ofuscava nas ondulações do rio, um vento oeste preguiçoso agitava as folhas dos salgueiros. E lentamente, lentamente, descemos o rio. Usávamos os remos, mas desajeitadamente, porque os mércios não estavam acostumados a remar. Eu tinha posto Gerbruht na segunda barca e Beornoth na terceira: os dois eram marinheiros frísios e sabiam lidar com embarcações. Suas barcas vinham vagarosamente atrás da nossa, os remos espirrando água e batendo uns nos outros, e era principalmente a correnteza do rio e a baixa da maré que nos levavam para o sul.

Chegamos ao Temes no fim da tarde e foi lá que descobri o objetivo dos quatro grandes postes enterrados no leito do rio, no ponto em que os canais do Ligan se juntavam ao rio maior. Havia uma barca de feno atracada num deles. A tripulação, apenas três homens, esperava a maré virar, e, em vez de encalhar, tinham amarrado a barca ao poste, flutuando, o que significava que não precisariam esperar que a maré os levantasse da lama, aproveitando o primeiro impulso para levá-los na direção de Lundene. Atracamos junto com eles e esperamos outra vez.

O sol brilhava. Praticamente não ventava agora. Nenhuma nuvem. Mas a oeste havia uma grande mancha escura no céu, ameaçadora como uma nuvem de tempestade. Era a fumaça de Lundene. Uma cidade de trevas, pensei. Perguntei-me se a fumaça pairava acima de Bebbanburg ou se uma brisa do mar a estaria soprando para o interior. Então toquei o novo martelo para afastar a maldição da peste. Fechei os olhos e apertei o martelo com tanta força que meus dedos doeram. Rezei a Tor. Rezei para que minhas lacerações se curassem, para que minhas costelas parassem de doer a cada respiração e que meu ombro rasgado me deixasse usar uma espada. Rezei por Bebbanburg, pela Nortúmbria, pelo meu filho, por todas as pessoas em casa. Pensei em Berg, com sua estranha carga composta de uma rainha fugitiva acompanhada dos filhos. Rezei para que não houvesse peste.

— O senhor está rezando — acusou Finan.

— Para que o céu permaneça sem nuvens — falei, abrindo os olhos.

Bafo de Serpente

— O senhor está preocupado com chuva?

— Eu quero a luz da lua. Vamos subir o rio depois do pôr do sol.

Ainda era dia pleno quando as embarcações presas giraram pesadamente com a nova maré. Soltamos as amarras dos postes enormes e usamos os grandes remos para nos levar ao Temes, depois deixamos a maré nos carregar. O sol poente estava enevoado com a grande mancha de fumaça enquanto aos poucos o céu a oeste virava uma fornalha.

Havia pouco tráfego no rio, apenas outras duas barcas de feno e algumas embarcações de pesca. Nossos remos longos estalavam nos toletes, oferecendo velocidade apenas suficiente para a esparrela ser usada. O céu escureceu lentamente, salpicado pelas primeiras estrelas, e uma meia-lua brilhava lá em cima enquanto o sol morria numa glória escarlate. A essa altura, pensei, os homens de Merewalh teriam expulsado os inimigos de Toteham e os empurrado para o sul. Logo as fogueiras seriam acesas na charneca, dizendo a Æthelhelm que um inimigo havia chegado. Que ele ficasse olhando para o norte, pensei, que ficasse olhando para o norte enquanto nos esgueirávamos para o oeste pela noite.

Em direção à cidade das trevas.

Chegamos à cidade sem encalhar, a maré montante nos levando em segurança pelos canais mais profundos. Não estávamos sozinhos. Dois navios passaram perto, com as pás dos remos reluzindo ao luar, e ambos estavam apinhados de homens. O da frente nos saudou, querendo saber de onde éramos. O padre Oda gritou em resposta dizendo que éramos de Ealhstan, vindos de Herutceaster.

— Onde fica Herutceaster? — murmurei para ele.

— Eu inventei — respondeu o padre Oda, altivo. — Eles não vão saber.

— Espero que não estejamos atrasados demais! — gritou um homem do segundo navio. — Todas aquelas jovens mércias esperando por nós! — Ele moveu os quadris para a frente e para trás e seus remadores cansados conseguiram dar gritos de comemoração, então as duas embarcações passaram por nós e se tornaram meras sombras no rio prateado de luar.

Conseguíamos sentir o cheiro da cidade a quilômetros de distância. Olhei para o norte, torcendo para ver a claridade das fogueiras dos homens de Merewalh, mas não vi nada. E de fato não esperava ver. A charneca ficava longe, mas Lundene estava cada vez mais próxima. A maré montante chegava ao fim e aceleramos os remos grandes ao passar pelo bastião leste da cidade. Havia uma tocha acesa lá, e vi uma capa vermelha opaca e o reflexo vermelho de chamas na ponta de uma lança. Os molhes, como sempre, estavam apinhados de embarcações, e um navio comprido com proa alta onde havia uma cruz estava atracado no muro de pedras onde Gisela e eu moramos. Era o navio de Waormund, eu tinha certeza, mas ninguém olhava do terraço de pedra. Uma luz tremeluziu atrás de um postigo da casa, depois passamos e ouvi homens cantando na taverna do Dinamarquês Morto. Assim que passamos por ela procurei um lugar para atracar nos molhes. Não havia nenhum espaço vazio, por isso atracamos as três barcas junto ao bordo externo de outros navios, e homens saltaram dos nossos conveses para amarrar nossas embarcações desajeitadas aos cascos junto à terra. Um homem se arrastou de baixo da plataforma da esparrela do navio que eu tinha escolhido.

— Quem são vocês? — perguntou, irritado.

— Tropas de Herutceaster.

— Onde fica Herutceaster?

— Ao norte de Earsling — respondi.

— Engraçadinho — rosnou ele. Então viu que Vidarr não estava causando nenhum dano ao seu navio, apenas amarrando nossos cabos, por isso voltou para a cama.

Havia poucas sentinelas nos cais, porém nenhuma perto de nós, e as que nos viram chegar não deram importância. Uma andava pelo longo cais junto à terra onde tochas ardiam debilmente em suportes presos no muro do rio. Olhou por cima dos navios e viu que nossas barcas estavam cheias de guerreiros, alguns usando as características capas vermelhas, por isso voltou ao seu posto. Era evidente que ninguém tinha visto nada fora do comum na nossa chegada, éramos apenas as últimas forças de Æthelhelm a chegar de suas propriedades na Ânglia Oriental.

— Quantos soldados devem estar aqui? — perguntou o padre Oda.

Bafo de Serpente

— Soldados demais.

— O senhor está bem tranquilo, não é? — perguntou ele, fazendo o sinal da cruz. — Precisamos saber o que está acontecendo.

— O que está acontecendo é que Æthelhelm vem reunindo o maior exército que pode conseguir. Dois, três mil homens? Talvez mais.

— Ele vai ver que não é fácil alimentar tantos — comentou Oda.

Isso era verdade. Alimentar um exército era muito mais difícil que reuni-lo.

— Então talvez ele planeje marchar logo — supus — para esmagar Æthelstan pela simples força dos números e acabar com tudo de uma vez.

— Seria bom saber se isso é verdade. — Sem mais uma palavra, o sacerdote subiu no barco ao lado.

— Aonde você vai? — gritei.

— Descobrir notícias, é claro.

Ele atravessou os dois barcos que estavam entre nossa barca e o cais e foi até o grupo de sentinelas mais próximo. Ele conversou com elas por um bom tempo, depois fez o sinal da cruz, provavelmente dando uma bênção, antes de voltar. Ajudei-o a descer para o nosso convés.

— As sentinelas são anglas orientais — disse ele. — E não estão felizes. O senhor Varin morreu.

— Você também parece lamentar.

— Eu não desgostava de Varin — observou o padre Oda com cautela. Em seguida, espanou a batina preta e se sentou na amurada baixa. — Ele não era um mau sujeito, mas foi morto porque deixou o senhor escapar. Ele não merecia esse destino.

— Por me deixar escapar! Ele foi morto?

— O senhor parece surpreso.

— E estou!

Oda deu de ombros.

— Æthelhelm sabe que o senhor jurou matá-lo. Ele está com medo desse juramento.

— Ele teme o juramento de um pagão?

— O juramento de um pagão tem a força do diabo, e é sensato temer Satã.

Olhei por cima do rio, para as poucas luzes que tremeluziam no povoado da margem sul.

312

A espada dos reis

— Se não impedir minha fuga faz alguém merecer a morte — falei —, certamente Æthelhelm deveria matar Waormund também, não?

Oda fez que não com a cabeça.

— Waormund é amado pelo senhor Æthelhelm, e Varin não era. Waormund é saxão ocidental e Varin não era. — Ele parou e eu ouvi a água que ondulava e batia no casco. Estávamos bem abaixo da ponte, mas, mesmo assim dava para ouvir o rio jorrando incessantemente através dos arcos estreitos. — O menino teve permissão de matá-lo — continuou Oda em tom sombrio.

— Ælfweard?

— Parece que o senhor Varin foi amarrado a um poste e o menino recebeu uma espada. — O padre fez o sinal da cruz. — Os homens foram obrigados a assistir, e foi dito a eles que aquele era o castigo adequado pela falta de vigilância. E o senhor Varin nem recebeu um enterro cristão! Seu cadáver foi jogado aos cães, e o que os cães deixaram foi queimado. E pensar que Ælfweard é neto do rei Alfredo! — Ele disse as últimas palavras com amargura, depois acrescentou, quase como se tivesse acabado de se lembrar: — As sentinelas acreditam que o exército vai marchar logo.

— É claro que vai.

Æthelhelm reuniu um exército enorme e precisava alimentá-lo, e o modo mais fácil de fazer isso era marchar para o interior da Mércia e roubar toda comida que encontrasse. Por enquanto suas tropas deviam estar sobrevivendo com os suprimentos que descobriram nos armazéns de Lundene e com a pouca comida que trouxeram, mas logo a fome chegaria. Sem dúvida Æthelhelm ainda esperava que Æthelstan atacasse Lundene e que ele pudesse trucidar os mércios sob as muralhas, mas, se Æthelstan não fizesse isso, ele seria obrigado a abandonar a cidade e tentar destruir o inimigo em batalha. E os saxões ocidentais deviam estar confiantes, refleti com amargura. Eles tinham o maior exército, muito maior, e esse exército marcharia logo.

— O sinal — continuou Oda — será o toque dos sinos da cidade. Quando eles soarem, as tropas deverão se reunir no velho forte.

— Prontas para marchar — resmunguei.

— Prontas para marchar. Mas é um exército infeliz.

— Infeliz?

313

Bafo de Serpente

— Os anglos orientais são tratados como servos pelos saxões ocidentais. E os cristãos também estão infelizes.

Funguei com uma risada sem humor.

— Por quê?

— Porque o arcebispo... — começou Oda, e parou.

— Athelm?

— Dizem que ele é prisioneiro no palácio daqui. Um prisioneiro de honra, talvez. — Ele parou, franzindo a testa. — Mas ainda assim eles ousaram pôr as mãos num servo de Cristo!

Fazia muito tempo que eu suspeitava que Athelm, arcebispo de Contwaraburg, opunha-se a Æthelhelm e à sua família, ainda que o próprio Athelm fosse parente distante do ealdorman. Talvez esse parentesco explicasse a hostilidade, que era resultado de conhecer bem demais Æthelhelm e o sobrinho.

— Eles não vão ousar matar o arcebispo — falei.

— Claro que vão — reagiu Oda bruscamente. — Vão dizer que ele estava doente — outra vez o padre fez o sinal da cruz — e dizer que ele morreu de febre. Quem sabe? Mas isso não vai acontecer por enquanto. Eles precisam dele para colocar o elmo na cabeça do menino.

Ælfweard não seria rei de verdade até que essa cerimônia fosse realizada, e Æthelhelm certamente insistiria para que o arcebispo Athelm erguesse o elmo de Wessex com pedras preciosas incrustadas. Qualquer bispo inferior seria considerado um mau substituto, provocando questionamentos sobre a legitimidade de Ælfweard.

— O Witan se reuniu? — perguntei. Ælfweard precisava da aprovação do Witan antes de receber o elmo real.

Oda deu de ombros.

— Quem sabe? Talvez. Minha suspeita é que Æthelhelm está esperando até que o Witan dos três reinos possa se reunir. Ele quer proclamar Ælfweard rei de todos os saxões. — O padre se virou, franzindo a testa, quando vozes súbitas e altas soaram em meio às sentinelas, mas era apenas a chegada de duas jovens. Presumi que fossem prostitutas de uma das tavernas da beira do rio. — Æthelhelm tem apoio dos senhores de Wessex, é claro — continuou Oda —, e os anglos orientais estão com medo demais para se opor a ele, mas para obter o apoio dos mércios ele precisa esmagar Æthelstan. Assim que tiver feito isso, vai matar os senhores mércios que o desafiaram e nomear novos homens para as propriedades deles. Depois a família de Æthelhelm vai governar toda a Anglaterra.

— A Nortúmbria não — rosnei.

— E como o senhor vai se opor à invasão dele? O senhor consegue reunir três mil guerreiros?

— Nem metade disso — admiti.

— E ele provavelmente irá com mais de três mil. E o que o senhor fará, então? Acha que suas muralhas em Bebbanburg podem desafiar esse exército?

— Isso não vai acontecer.

— É?

— Porque amanhã eu vou matar Æthelhelm.

— Não esta noite?

— Amanhã — respondi com firmeza. Oda ergueu uma sobrancelha interrogativamente, mas não falou nada. — Amanhã os homens de Heorstan vão ter dito a Æthelhelm que nos espere. Ele espera que eu tente forçar a entrada por um dos portões no norte, por isso vão vigiar de cima da muralha norte.

— O que significa que estarão acordados e alertas — observou Oda.

— Esta noite também.

A noite é quando o mal espreita, é quando os espíritos e os caminhantes das sombras aterrorizam o mundo, é quando o medo da morte é mais agudo. Æthelhelm e Ælfweard deviam estar no interior do palácio, e seus guardas com capas vermelhas estariam ao redor. Nenhum estranho teria permissão de passar pelos arcos do palácio, a não ser, talvez, os que levassem uma mensagem urgente, e mesmo esses seriam desarmados depois dos portões. Os corredores e o grande salão estariam repletos de guerreiros domésticos, tanto os de Æthelhelm quanto os guardas reais. Nós poderíamos ter sucesso em passar por um portão, mas depois estaríamos num labirinto de corredores e pátios lotados de inimigos. De manhã, quando o alvorecer perseguisse os maus espíritos até eles voltarem aos seus covis, os portões do palácio seriam abertos e certamente Æthelhelm ia querer olhar da muralha norte. Era lá que eu precisaria encontrá-lo.

315

Bafo de Serpente

— E como o senhor vai matá-lo amanhã?

— Não sei.

E não sabia mesmo. Na verdade, meu único plano era esperar uma oportunidade, e isso não era plano nenhum. A noite não estava fria, mas, mesmo assim, pensando no que tinha prometido fazer no dia seguinte, estremeci.

A manhã chegou cedo, um alvorecer de verão com outro céu sem nuvens manchado apenas pela fumaça da cidade. Eu tinha dormido mal. Havíamos desenrolado a vela da barca e a estendido no convés e postado sentinelas. Passei a noite curta preocupado. Minhas costelas doíam, os ombros também, minha pele estava ferida. Devo ter cochilado, mas ainda estava exausto quando o sol nascente trouxe um vento sudoeste refrescante, e recebi esse vento como um sinal dos deuses.

Em Werlameceaster meu plano pareceu possível. Improvável, talvez, mas possível. Eu pensava que, se os homens de Æthelhelm estivessem me esperando na muralha norte de Lundene, poderíamos subir a colina partindo do rio. E depois o quê? Eu me imaginei encontrando Æthelhelm e o sobrinho em algum lugar perto da muralha, e esse ataque repentino dominaria seus guardas e nos daria a chance de matar os dois. Esperava que a morte deles bastasse para levantar os anglos orientais que, assim que tivéssemos aberto o portão para deixar que os homens de Merewalh entrassem na cidade, iriam nos ajudar a expulsar os saxões ocidentais de Lundene. Æthelhelm governava pelo medo, portanto remover esse medo era destruir seu poder. Mas agora, enquanto o sol subia, senti apenas desespero. Lundene era uma cidade apinhada com os meus inimigos, e minhas esperanças frágeis dependiam de convencer alguns deles a lutar do nosso lado. Era loucura. Estávamos numa cidade ocupada por milhares de inimigos e éramos cento e oitenta homens.

Brihtwulf e Wihtgar foram para a cidade ao alvorecer. Eu não sabia aonde eles iam e os teria impedido, por medo de um dos seis homens de Heorstan reconhecê-los, mas eles voltaram em segurança e informaram que aconteceram muitas brigas durante a noite.

— Saxões ocidentais contra anglos orientais — disse Brihtwulf.

316

A espada dos reis

— São só brigas de taverna — descartou Wihtgar.

— Mas homens morreram — acrescentou Brihtwulf.

Os dois se sentaram no convés da minha barca e começaram a afiar a lâmina das espadas.

— Não é uma surpresa, é? — disse Brihtwulf. — Os anglos orientais odeiam os saxões orientais! Não faz muito tempo que eram inimigos.

Não fazia muito tempo que os saxões ocidentais invadiram a Ânglia Oriental e derrotaram os jarls dinamarqueses. Esses jarls vinham brigando entre si, incapazes de escolher seu próprio rei depois da morte de Eohric que, vinte anos antes da morte de Eduardo, eu matei numa vala. Eu me lembrava de Eohric como um sujeito gordo, com olhos porcinos, que guinchou enquanto o golpeávamos com nossas espadas. E os guinchos só pararam quando Bafo de Serpente desferiu o golpe mortal.

E assim morreu o último verdadeiro rei dinamarquês da Ânglia Oriental. Eohric tentou preservar seu reino fingindo ser cristão, assim evitando o poder de Wessex, mas me lembro da sua mão apertando desesperadamente o punho da espada quebrada, nos últimos espasmos da morte, para que fosse levado ao Valhala. Eohric governou um reino com seu próprio povo, os colonos dinamarqueses, mas eles estavam em menor número que os cristãos saxões que deveriam ter recebido bem as tropas do rei Eduardo. E muitos receberam bem os saxões ocidentais, até que as histórias de estupro, roubo e assassinato azedaram a conquista. Agora esses anglos orientais, tanto dinamarqueses quanto saxões, deveriam lutar por Wessex, por Æthelhelm e por Ælfweard.

— Saxões ocidentais malditos — vociferou Wihtgar — andando altivos como se fossem donos da cidade.

— Eles são os donos da cidade — comentou Finan secamente.

Finan, Brihtwulf e Wihtgar estavam conversando enquanto eu praticamente só ouvia. Brihtwulf descreveu como foi interpelado quando retornou ao cais.

— Um desgraçado arrogante disse que estávamos indo para o lado errado. Disse que deveríamos ir para a muralha.

— E você respondeu o quê? — perguntei.

— Que a gente ia aonde quisesse.

— E talvez devêssemos ir — falei.

317

Bafo de Serpente

Brihtwulf pareceu confuso.

— Já? Achei que o senhor tinha dito a Merewalh que esperasse até depois do meio-dia.

— E disse.

Wihtgar olhou para o céu.

— Falta muito para o meio-dia, senhor.

Eu estava sentado no grande bloco de carvalho onde o mastro da barca seria preso.

— Temos vento oeste — falei —, e está forte.

Brihtwulf olhou para Wihtgar, que apenas deu de ombros como se dissesse que não fazia ideia do que eu estava falando.

— Vento oeste? — perguntou Brihtwulf.

— Um vento oeste permite que a gente saia da cidade — expliquei. — Podemos roubar três barcos, barcos rápidos, e partir rio abaixo.

Houve uma pausa, então Brihtwulf falou com evidente incredulidade:

— Agora? Vamos embora agora?

— Agora.

— Meu Deus — murmurou Finan. Os outros dois se limitaram a me encarar.

— O padre Oda acha que pode haver três mil homens em Lundene — continuei. — Assim, mesmo se tivermos sucesso em abrir um portão para Merewalh, estaremos em menor número numa relação de... quanto? Cinco homens para um? Seis para um? — Os números tinham me assombrado durante a curta noite de verão.

— Quantos deles são anglos orientais? — perguntou Brihtwulf.

— A maioria — murmurou Wihtgar.

— Mas eles vão lutar contra os seus senhores? — questionei. Brihtwulf estava certo quando disse que os anglos orientais odiavam os saxões ocidentais, mas isso não significava que levantariam uma espada contra as tropas de Æthelhelm. Eu naveguei até Cent com a esperança de levantar uma força de homens de lá para lutar contra Æthelhelm, e isso não deu certo. Agora estava colocando as esperanças nos anglos orientais, uma esperança que parecia tão frágil quanto a que se esvaíra em Fæfresham. — Se eu levar vocês para dentro da cidade, e mesmo se tivermos sucesso em abrir um portão para Merewalh, todos vamos morrer.

A espada dos reis

— E vamos simplesmente abandonar Merewalh? — perguntou Brihtwulf, indignado.

— Merewalh e seus cavaleiros vão recuar para o norte, e Æthelhelm não vai persegui-los até muito longe. Vai ficar com medo de uma armadilha. E, além disso, ele quer destruir o exército de Æthelstan, não um punhado de cavaleiros de Werlameceaster.

— Ele quer matar o senhor — disse Finan.

Ignorei o comentário.

— Se Merewalh vir cavaleiros vindo da cidade, vai recuar. Vai voltar para Werlameceaster. — Eu odiava abandonar os planos dos quais tínhamos convencido Merewalh a participar, mas refleti durante toda a noite, e o alvorecer me trouxe ao bom senso. Era melhor vivermos que morrermos de forma inútil. — Merewalh vai sobreviver — concluí.

— Então nós vamos simplesmente... — começou Brihtwulf, e parou. Suspeito que ele ia dizer que iríamos simplesmente fugir, mas conteve as palavras. — Então vamos simplesmente voltar para Werlameceaster?

— Bafo de Serpente — murmurou Finan para mim.

Sorri com isso. Na verdade, eu me perguntava se o vento oeste era de fato um sinal dos deuses, dizendo que eu deveria abandonar essa aventura imprudente, pegar três bons navios e fugir à frente do vento até o mar e a segurança. Lembro-me de Ravn, o poeta cego pai de Ragnar, dizendo com frequência que a coragem era como um chifre cheio de cerveja. "Nós começamos com um chifre cheio, meu jovem", dizia ele, "mas bebemos tudo. Alguns homens bebem rápido, talvez o chifre deles sequer estivesse cheio, para começar, e outros bebem devagar, mas a coragem diminui à medida que envelhecemos." Eu tentava me convencer de que não era a falta de coragem que me dava vontade de ir embora, e, sim, a prudência e a indisposição de levar homens bons para dentro de uma cidade repleta de inimigos, mesmo que esses homens bons quisessem lutar.

O padre Oda se juntou a nós, sentando-se no grande bloco de carvalho.

— Eu fiz uma oração — anunciou.

E precisa fazer mesmo, pensei, mas fiquei em silêncio.

— Uma oração, padre? — indagou Finan.

Bafo de Serpente

— Pelo sucesso. — Oda estava confiante. — O rei Æthelstan está destinado a governar toda a Anglaterra, e hoje tornaremos isso possível! Deus está conosco!

Eu estava prestes a lhe dar uma resposta azeda, ia confessar que duvidava do sucesso, mas, antes que pudesse dizer qualquer palavra, o primeiro sino de igreja soou.

Havia apenas um punhado de sinos em Lundene, talvez cinco ou seis igrejas tivessem acumulado ou recebido prata suficiente para comprá-los. O rei Alfredo, quando decidiu reconstruir a velha cidade romana, quis pendurar sinos em cada portão da muralha, mas os dois primeiros foram roubados em poucos dias, por isso ele decretou que fossem usadas trombetas no lugar. A maioria das igrejas simplesmente pendurava uma haste ou uma folha de metal que podia ser batida para chamar os fiéis à adoração, e agora, junto com os poucos sinos, todas começaram a soar, uma cacofonia que fez os pássaros se lançarem ao céu em pânico.

Nenhum de nós falou enquanto o clangor continuava. Cães uivavam.

— Isso deve... — Brihtwulf rompeu nosso silêncio, fez uma pausa e depois ergueu a voz para ser ouvido — ... deve ser Merewalh.

— É cedo demais — comentou Wihtgar.

— Então Æthelhelm está reunindo seu exército, pronto para marchar — falei. — E é tarde demais para nós.

— Como assim? — perguntou o padre Oda, indignado. — Tarde demais?

Sem dúvida os sinos convocavam o exército de Æthelhelm, o que significava que ele estaria comandando aquela horda para fora da cidade, indo atacar as forças mais fracas de Æthelstan. Agora todos estávamos de pé, olhando para o norte, apesar de não haver nada para ser visto lá.

— Como assim? — insistiu o padre Oda. — Por que é tarde demais para nós?

Mas, antes que eu pudesse dizer uma palavra em resposta, um grito de raiva soou mais adiante no cais. O grito foi seguido por outros, pelo choque de espadas, e em seguida por passos apressados. Um homem apareceu, correndo para salvar a vida. Uma lança o acompanhou e, com precisão mortal, acertou-o nas costas. Ele cambaleou por alguns passos e caiu. Ficou imóvel por um instante, com a lança balançando devagar acima dele, depois tentou se arrastar. Dois homens de capa vermelha apareceram. Um deles segurou o cabo da lança e a empurrou para baixo. O outro chutou as costelas do ferido. O homem sofreu um espasmo, depois estremeceu. O clangor dos sinos diminuía.

— Vocês vão para as muralhas! — gritou uma voz. Mais homens com capa vermelha apareceram no cais. Claramente estavam revistando os navios, acordando os homens que dormiram a bordo, depois levando-os pelas aberturas no muro do rio e entrando na cidade. Presumi que o sujeito agonizante que ainda estremecia nas tábuas os tinha desafiado.

— Vamos matá-los? — perguntou Finan. Os homens de capa vermelha, dos quais eu podia ver uns trinta, ainda não tinham chegado às nossas três barcas. — Eles estão aqui para impedir que os homens fujam — supôs Finan, e imaginei que ele estivesse certo.

Não respondi. Estava pensando no que Brihtwulf disse, que os anglos orientais odiavam os saxões ocidentais. Estava pensando em Bafo de Serpente. Estava pensando no juramento feito a Æthelstan. Estava pensando que Brihtwulf me desprezava por ser um covarde que queria fugir. Estava pensando que o destino era uma cadela malévola e caprichosa, que deveríamos matar os homens de capa vermelha e roubar três bons navios para escapar de Lundene.

— Vocês! Quem são vocês? — Um homem alto com a capa vermelha de Æthelhelm estava olhando para nós do cais. — E por que não estão se mexendo?

Foi o padre Oda que respondeu. Ele se levantou, com a cruz no peito reluzindo sobre a batina preta e gritou em resposta:

— Somos os homens do senhor Ealhstan, de Herutceaster!

O homem alto não questionou nenhum dos dois nomes, ambos invenções de Oda.

— Então, o que, em nome de Deus, vocês estão fazendo? — vociferou ele. — Vocês deveriam estar na muralha!

— Por que vocês mataram aquele homem? — perguntou Oda, sério.

O assassino de capa vermelha hesitou, obviamente ofendido por ser questionado, mas a autoridade natural de Oda e o fato de ele ser padre fez o sujeito responder, ainda que carrancudo:

— Ele e uma dúzia de outros. Os desgraçados estavam pensando em fugir. Não queriam lutar. Agora, pelo amor de Deus, mexam-se!

O clamor dos sinos, a morte dos homens no cais e a raiva do sujeito que gritava para nós pareciam uma comoção grande demais em reação a Merewalh e seus duzentos homens.

— Devemos ir para onde? — gritou Brihtwulf. — Só chegamos ontem à noite. Ninguém disse o que devemos fazer.

— Estou dizendo agora! Vão para a muralha!

— O que está acontecendo? — perguntou o padre Oda.

— O Menino Bonito veio com todo o exército dele. Parece que quer morrer hoje, portanto mexam esses rabos anglos orientais e vão matar alguns filhos da mãe! Vão para lá! — Ele apontou para o oeste. — Alguém vai dizer o que devem fazer quando chegarem. Agora vão! Mexam-se!

Nós nos mexemos. Parecia que o vento oeste era de fato um presságio.

Porque trouxe Æthelstan do oeste. Ele veio para Lundene.

Portanto lutaríamos.

DOZE

— MENINO BONITO? — perguntou Brihtwulf andando ao meu lado.

— Ele estava falando de Æthelstan.

— Por que Menino Bonito?

Dei de ombros.

— É só um insulto.

— E ele veio atacar Lundene? — perguntou Brihtwulf, atônito.

— Foi o que o sujeito disse. Quem sabe? — Eu não tinha resposta, a não ser que a guarnição tivesse confundido os duzentos homens de Merewalh com o exército de Æthelstan, o que parecia improvável.

Dois cavaleiros com capa vermelha passaram rapidamente por nós, indo para o oeste.

— O que está acontecendo? — gritou Brihtwulf, mas eles nos ignoraram.

Tínhamos atravessado uma das aberturas no muro do rio e seguíamos para o oeste pela rua do outro lado. Passamos pela casa de Gunnald, cujo portão estava fechado, e de repente visualizei Benedetta vestindo sua capa com capuz. Se eu sobrevivesse a este dia, pensei, iria a Werlameceaster para encontrá-la, e isso me fez pensar em Eadith. Empurrei para longe esse pensamento desconfortável quando chegamos à ligeira curva na rua, no ponto em que ela levava à extremidade norte da grande ponte.

— Tem que ser Æthelstan — comentou Finan. Ele estava olhando para o sul, por cima do rio largo.

Merewalh tinha mandado um mensageiro a Æthelstan pedindo permissão para essa loucura. Será que a mensagem teria encorajado Æthelstan a se juntar a ela? Olhei para as tropas no lado oposto do Temes. Não havia muitos homens à vista, talvez quarenta ou cinquenta aparecendo entre as casas de Suðgeweork, o povoado construído na extremidade sul da ponte, mas aqueles homens estavam obviamente ali para ameaçar a alta fortaleza com muros de madeira que protegia a ponte. Uma dúzia de lanceiros corria para o sul pela ponte, provavelmente para reforçar a guarnição do forte.

Os homens entre as casas de Suðgeweork estavam longe demais para que eu identificasse qualquer símbolo nos escudos, mas dava para ver que usavam cota de malha e elmo. Se eram guerreiros de Æthelstan, deviam ter atravessado o rio acima de Lundene e marchado rio abaixo para cercar o forte de Suðgeweork. Esses homens, ou pelo menos os que eu conseguia ver, não estavam em número suficiente para dominar os muros do forte e eu não via nenhuma escada, mas sua simples presença bastava para atrair defensores para longe das muralhas de Lundene.

Uns vinte homens continuavam guardando a barricada na extremidade norte da ponte. Eram comandados por um sujeito de capa vermelha, a cavalo, que se levantou nos estribos para olhar a margem sul, depois se virou quando nos aproximamos.

— Quem são vocês? — gritou.

O padre Oda deu sua resposta usual, que éramos homens do senhor Ealhstan, de Herutceaster, e de novo os nomes não provocaram curiosidade.

— Quais são suas ordens? — perguntou o homem. E, como nenhum de nós respondeu, ele fez uma carranca. — E aonde estão indo?

Cutuquei Brihtwulf. Eu era conhecido demais por homens demais em Wessex e não queria atrair atenção.

— Não temos ordens — respondeu Brihtwulf —, acabamos de chegar.

O cavaleiro pôs dois dedos entre os lábios e soltou um assobio penetrante para atrair a atenção dos homens que atravessavam a ponte.

— De quantos vocês precisam? — perguntou a eles.

— Quantos você tiver! — gritou um guerreiro.

— Senhor quem? — perguntou o cavaleiro, esporeando a montaria para se aproximar de nós.

— Você — murmurei para Brihtwulf, que se adiantou.

324

A espada dos reis

— Sou o ealdorman Ealhstan.

— Então leve seus homens para o outro lado da ponte, senhor — ordenou o homem com pouca cortesia —, e impeça que os desgraçados tomem o forte.

Brihtwulf hesitou. Como eu, não tinha imaginado sequer por um momento que iríamos para a margem sul do Temes. Tínhamos vindo matar Æthelhelm e Ælfweard e os dois estariam aqui, na margem norte. Mas de repente eu soube que o destino havia me oferecido uma chance de puro ouro.

— Vamos para a ponte — murmurei para Brihtwulf.

— Pelo amor de Deus, rápido! — disse o cavaleiro.

— O que está acontecendo? — gritou Finan.

— O que você acha, vovô? O Menino Bonito está aqui! Agora andem!

— Eu vou matar esse earsling — murmurou Finan.

Mantive a cabeça baixa. Usava o elmo que tinha trazido a bordo do *Spearhafoc*, o elmo que pertenceu ao meu pai. Eu tinha amarrado as grossas peças laterais de couro fervido para esconder o rosto, mas ainda temia que um dos saxões ocidentais me reconhecesse. Havia lutado ao lado deles com muita frequência, mas nesse dia quente não estava usando minha bela malha de sempre nem o elmo com o lobo na crista. Finan e eu passamos pela pequena abertura na barricada, e os homens que a guardavam zombaram de nós.

— Continue andando, vovô!

— Anglos orientais!

— Bebês da lama!

— Espero que vocês tenham aprendido a lutar, seus desgraçados — acrescentou outro.

— Chega! — O cavaleiro silenciou seus homens.

Começamos a atravessar as tábuas desniveladas da ponte. Os pilares foram construídos pelos romanos e eu imaginava que eles continuariam firmes por mil anos, mas o caminho era consertado constantemente. Na última vez em que andei pela ponte, havia um grande buraco irregular onde os dinamarqueses arrancaram a madeira. Alfredo consertou o dano, mas algumas tábuas ainda estavam podres e outras se mexiam de modo alarmante enquanto passávamos rapidamente. Entre as tábuas havia aberturas pelas quais eu conseguia ver o rio agitado, a espuma branca de quando ele se espremia

Bafo de Serpente

entre os pilares de pedra. E pensei, como fazia com frequência, em como os romanos eram bons construtores.

— O que Æthelstan está fazendo, em nome de Deus? — perguntou Finan.

— Dominando Lundene? — sugeri.

— E como, em nome de Deus, ele espera fazer isso?

Era uma boa pergunta. Æthelhelm tinha homens suficientes para defender as muralhas de Lundene, mas evidentemente Æthelstan apareceu na frente delas, e isso só podia significar que ele pretendia lançar um ataque. A última informação que eu tive era que Æthelstan estava em Wicumun, a um longo dia de marcha a oeste de Lundene. Olhei rio acima enquanto atravessávamos a ponte, mas não vi nenhum movimento para além da muralha da cidade onde o rio Fleot derramava a imundície dos curtumes, dos matadouros e do esgoto no Temes. A cidade saxã, construída depois do vale do Fleot, não mostrava nenhum sinal de um exército vindo atacar. Mas sem dúvida alguma coisa tinha provocado os sinos e as trombetas da cidade a dar o alarme.

— Ele nunca vai atravessar aquela muralha — comentou Finan.

— Nós já atravessamos.

— Nós passamos pelo meio dela — insistiu Finan, — não tentamos atravessar o fosso e a muralha. Mesmo assim foi uma luta notável!

Toquei o peito por instinto, onde o martelo de Tor estava escondido embaixo da malha. Fazia anos que Finan e eu, com um pequeno grupo de homens, usamos um ardil para capturar o bastião romano que guardava o portão Ludd, um dos portões no oeste de Lundene, e defendemos aquele bastião contra um furioso ataque dinamarquês. Sustentamos o bastião e devolvemos a cidade ao domínio saxão. Agora precisávamos lutar outra vez pela cidade.

— Æthelstan deve saber que os anglos orientais estão insatisfeitos — falei. — Talvez esteja contando com isso.

— *Se* os anglos orientais mudarem de lado. — Finan parecia ter dúvidas.

— Se — concordei.

— Eles não vão lutar, a não ser que vejam que estamos perdendo — comentou Brihtwulf.

— Então não devemos perder — falei.

A espada dos reis

Tínhamos dado uns duzentos passos, talvez um terço do caminho da longa ponte. O padre Oda foi o último a passar pela barricada, demorando-se para falar com o cavaleiro que comandava a guarda, então correu para nos alcançar.

— Parece que o rei Æthelstan está a noroeste da cidade — avisou ele.

— Então está ameaçando o forte? — perguntei.

— Eles viram os estandartes de Æthelstan — continuou, ignorando minha pergunta —, e parece que o rei veio com força total.

— O forte é o último lugar que eu atacaria — comentei azedamente.

— Eu também — murmurou Brihtwulf, andando ao meu lado.

— E sem dúvida não teremos utilidade para o rei se estivermos ao sul do rio, não é? — continuou Oda.

— Achei que vocês, dinamarqueses, fossem bons em guerras — falei.

Diante disso, Oda se eriçou, mas decidiu não se ofender.

— É o destino da Anglaterra — disse enquanto nos aproximávamos da extremidade sul da ponte. — É isso que decidimos hoje, senhor, o destino da Anglaterra.

— E esse destino será decidido aqui — declarei.

— Como?

Então contei a ele enquanto andávamos. Não estávamos correndo, apesar da última ordem urgente do cavaleiro. Conforme nos aproximávamos da margem sul, vi mais guerreiros que ainda vigiavam o forte a partir das casas de Suðgeweork, mas eles não pareciam fazer nenhum esforço aparente para atacar os muros grossos de madeira. No fim da ponte havia um portão de madeira com uma plataforma de luta onde a bandeira de Æthelhelm, com o cervo saltando, agitava-se ao vento forte. Abaixo dela o portão estava aberto, e um homem que parecia agitado sinalizava para entrarmos.

— Rápido! — gritou ele, implorando. — Subam no muro!

— Subam no muro! — ecoei para meus homens.

— Graças a Deus vocês estão aqui — disse o sujeito agitado enquanto passávamos.

— Para cima do muro! — gritou Brihtwulf.

Dei um passo para o lado, puxando Finan. Chamei meus seis homens, Oswi, Gerbruht, Folcbald, Vidarr, Beornoth e Immar para se juntarem a mim, depois deixei o restante passar por nós. O forte não era grande, mas uma olhada rápida para os muros mostrou apenas uns quarenta lanceiros nas plataformas de luta. Uma dúzia guarnecia o arco de madeira sobre o portão voltado para o sul, um portão que devia precisar do dobro desse número para ser adequadamente defendido. Não era de espantar que o sujeito agitado tenha ficado satisfeito ao nos ver.

— Quem é você? — perguntei a ele.

— Hyglac Haruldson, e você?

— Osbert — falei, usando o nome que recebi ao nascer, antes que a morte do meu irmão mais velho fizesse meu pai me dar seu próprio nome.

— Anglo oriental? — perguntou Hyglac. Ele era mais novo que eu, embora parecesse velho. Tinha bochechas fundas por causa dos dentes que faltavam, barba grisalha curta, cabelo grisalho escapando por baixo do elmo e rugas profundas em volta dos olhos e da boca. Era uma manhã quente, quente demais para se usar malha forrada de couro, e o suor escorria pelo rosto dele.

— Anglo oriental — respondi —, e você?

— De Hamptonscir — respondeu ele sucintamente.

— E você comanda o forte?

— Comando.

— Quantos homens você tem?

— Até vocês chegarem? Tinha quarenta e dois. Devíamos ter mais, mas eles nunca vieram.

— Agora estamos aqui — falei, olhando para minhas tropas, que subiam as escadas para o topo do muro de madeira. — E, se eu fosse você, fecharia o portão da ponte. — Ao ouvir isso, Hyglac franziu a testa. — Não estou dizendo que é provável — falei —, mas um pequeno grupo de homens poderia dar a volta no forte e subir para a ponte.

— Acho que é melhor que ele fique fechado — admitiu Hyglac. Ele não parecia convencido, mas estava tão aliviado por termos chegado para reforçar sua guarnição que provavelmente concordaria em lutar totalmente nu, se eu sugerisse.

Mandei Gerbruht e Folcbald fechar as duas bandas do grande portão de modo que os homens que guardavam a barricada na extremidade norte da ponte não vissem nada que acontecia no interior do pequeno forte.

— Seus homens são saxões ocidentais? — perguntei a Hyglac.

— Todos.

— Então você é servo do senhor Æthelhelm.

Ele pareceu surpreso com a pergunta.

— Ocupo terras do abade em Basengas, e ele ordenou que eu trouxesse meus homens. — O que significava que o abade em Basengas recebeu ouro de Æthelhelm, que sempre pagava generosamente pelo apoio do clérigo. — Você sabe o que está acontecendo?

— O Menino Bonito está a nordeste da cidade, só sei disso.

— Alguns deles estão aqui também — disse Hyglac. — Muitos! Mas vocês vieram, graças a Deus, e agora eles não vão nos capturar.

Acenei com a cabeça para o sul.

— Quantos estão lá fora?

— Setenta, talvez. Talvez mais. Estão nos becos, é difícil contar.

— E não atacaram?

— Ainda não.

— Vocês têm cavalos? — perguntei a Hyglac.

— Deixamos na cidade. Tem um estábulo ali. — Ele indicou duas construções cobertas de palha que ficavam dentro do forte. — Se precisarem dele... — acrescentou, talvez achando que tínhamos cavaleiros nos seguindo do outro lado da ponte.

— Viemos de barco — falei.

As duas construções pareciam recentes e eram feitas de madeira forte. Presumi que a maior se destinasse a abrigar a guarnição, que em tempos de paz certamente não teria mais de vinte homens, apenas o suficiente para proteger quem coletasse as taxas de alfândega dos mercadores que entravam e saíam da cidade. Apontei para a construção maior.

— Parece bem forte.

— Forte?

— Para guardar prisioneiros — expliquei.

Ele fez uma careta.

— O senhor Æthelhelm não vai gostar disso. Ele disse que não devemos fazer prisioneiros. Devemos matar todos eles. Até o último homem.

Bafo de Serpente

— Todos?

— Mais terras, não vê? Ele diz que vai distribuir as terras da Mércia entre nós. E também vai nos dar a Nortúmbria!

— Toda a Nortúmbria!

Hyglac deu de ombros.

— Não sei bem se quero participar de uma guerra por lá. Os homens da Nortúmbria são selvagens amaldiçoados por Deus.

— São mesmo — concordou Finan com fervor.

— Ainda assim preciso de um lugar para manter prisioneiros — reforcei.

— O senhor Æthelhelm não vai gostar disso — alertou Hyglac outra vez.

— Você está certo, ele não vai gostar, porque os prisioneiros são vocês.

— Nós? — Ele achou que tinha ouvido errado ou, no mínimo, entendido errado.

— Vocês. Estou lhe dando uma escolha, Hyglac — falei baixinho, em tom razoável. — Você pode morrer aqui ou pode me entregar sua espada. Você e seus homens vão entregar as cotas de malha, as armas e as botas, depois vão entrar naquela construção. É isso ou a morte. — Eu sorri. — O que vai ser?

Ele me encarou, ainda tentando entender o que eu disse. Abriu a boca, revelando três dentes tortos e amarelos, e não disse nada, então a fechou.

Estendi a mão.

— Sua espada, Hyglac.

Ele continuou atarantado

— Quem é você?

— Uhtred de Bebbanburg, senhor dos selvagens da Nortúmbria. — Por um instante achei que ele iria se mijar de terror. — Sua espada — pedi com educação. E ele simplesmente a entregou.

Foi fácil assim.

Um guerreiro chamado Rumwald comandava os mércios que ameaçaram o forte de Suðgeweork. Era um homem baixo, com rosto redondo e alegre, barba grisalha e rala e jeito animado. Ele levou cento e trinta e cinco homens para dentro do forte.

A espada dos reis

— O senhor nos deixou preocupados — confessou.

— Preocupados?

— Íamos atacar o forte, então seus homens apareceram. Achei que depois disso nunca iríamos conseguir!

Mas o forte estava tomado, e agora tínhamos mais de trezentos homens, dez dos quais eu deixaria para vigiar a guarnição de Hyglac, aprisionada em segurança dentro da construção maior. Os saxões ocidentais ficaram carrancudos, ressentidos e estavam em menor número, mas não tinham muita opção além de se render. E, assim que foram desarmados e trancados, nós abrimos o portão sul do forte e gritamos para os mércios se juntarem a nós. Rumwald se mostrou relutante em deixar seus homens se aproximarem do forte, temendo uma armadilha, e no fim Brihtwulf saiu sem escudo nem espada para convencer seus companheiros mércios de que éramos aliados.

— O que vocês deveriam fazer depois de tomar o forte? — perguntei a Rumwald. Eu já sabia que ele e seus homens atravessaram o Temes em Westmynster, depois andaram pela margem sul do rio.

— Quebrar a ponte, senhor.

— Quebrar a ponte? Quer dizer destruí-la?

— Arrancar as tábuas, garantir que os desgraçados não possam escapar. — Ele riu.

— Então Æthelstan pretende mesmo atacar a cidade? — Em parte, eu havia me convencido de que o exército mércio tinha vindo apenas para fazer um reconhecimento da cidade, inquietar Æthelhelm e depois recuar.

— Deus ama o senhor! — comentou Rumwald, animado. — Ele planeja atacar assim que o senhor abrir um portão para ele.

— Assim que eu abrir... — comecei, e fiquei sem palavras.

— Ele recebeu uma mensagem de Merewalh, senhor. Dizia que o senhor iria abrir um dos portões no norte, e foi por isso que ele veio! Ele acha que pode tomar a cidade se houver um portão aberto, e não quer que metade do exército de Æthelhelm escape, não é? Claro que ele não estava falando desse portão! — Rumwald notou minha confusão. — O senhor pretendia abrir um portão?

— Pretendia — respondi, lembrando-me do meu desejo, menos de duas horas antes, de fugir de Lundene. Então agora Æthelstan esperava que eu

Bafo de Serpente

destrancasse a cidade para ele? — Pretendia — repeti. — Eu pretendo abrir um portão. Você tem um estandarte?

— Um estandarte? — Rumwald assentiu. — Claro, senhor. Temos o estandarte do rei Æthelstan. Quer que eu arranque aquele trapo ali? — Ele indicou com a cabeça o estandarte de Æthelhelm, com o cervo saltando, que ainda tremulava acima do arco norte do forte.

— Não! Só quero que você traga o estandarte. E o mantenha escondido até eu mandar.

— Então vamos entrar na cidade, senhor? — perguntou Rumwald. Ele parecia empolgado.

— Vamos entrar na cidade — falei. Eu não queria fazer isso, o pavor da noite ainda espreitava dentro do meu peito, fazendo-me temer que esse era o dia em que a grande pedra da caverna de são Cuthbert finalmente cairia em cima de mim.

Deixei Rumwald e subi a escada para a plataforma de luta sobre a entrada da ponte, e de lá olhei por cima do rio. A fumaça da cidade era soprada para o leste, e mal havia sinal de que alguma coisa estava acontecendo sob aquela perpétua mortalha de fumaça. Ainda havia um esquadrão de soldados vigiando a barricada na extremidade norte da ponte e outros vinte vigiavam os molhes rio abaixo, provavelmente para impedir que homens desertassem. Eu conseguia ver o pátio do comércio de escravos de Gunnald, onde o único navio era o destroço e onde ninguém se mexia. E o que era mais útil: conseguia ver a colina que subia da ponte e homens sentados languidamente em bancos do lado de fora da taverna do Porco Vermelho. Se, como o padre Oda disse, esse era o dia que decidiria o destino da Anglaterra, parecia um dia estranhamente pacífico. Finan se juntou a mim. Ele estava com calor e tinha tirado o elmo, usando outra vez o chapéu de palha surrado.

— Agora somos trezentos — disse ele.

— É.

Finan se encostou no parapeito de madeira. Eu examinava o céu em busca de um presságio, qualquer presságio.

— Rumwald acha que Æthelstan tem mil e duzentos homens — observou Finan.

— Mil e quinhentos, se Merewalh se juntou a ele.

— Deve bastar, desde que os anglos orientais não lutem com muita vontade.

— Talvez.

— Talvez — repetiu Finan, e, depois de uma pausa, disse: — Cavaleiros.

Ele apontou e eu vi dois cavaleiros descendo a colina até a outra extremidade da ponte. Eles pararam perto do Porco Vermelho, e, depois de um instante, os homens nos bancos se levantaram, pegaram os escudos, atravessaram a rua e sumiram nos becos a oeste. Os cavaleiros desceram até a ponte, puxando as rédeas junto da barricada.

— Aqueles earslings na barricada não estão fazendo nada de bom — comentou Finan.

Supus que eles estivessem ali para impedir que homens atravessassem o rio querendo escapar da batalha, mas, se alguém tentasse fugir, só chegaria ao forte de Suðgeweork, que deviam presumir que continuava sob o controle de Æthelhelm. A pequena força junto à barricada era inútil, e parecia que os cavaleiros tinham vindo ordenar que ela fosse embora.

— Que pena — disse Finan.

— Pena?

— Eu queria trucidar aquele desgraçado que me chamou de vovô. Agora ele se foi. — Os homens tinham mesmo recebido ordem de abandonar a barricada. Os cavaleiros os acompanharam para o oeste e nós ficamos olhando até que desapareceram numa rua lateral. — Agora nada nos impede — disse Finan, e eu soube que ele sentia a minha relutância. Minhas costelas doíam, meus ombros doíam. Olhei para o céu coberto de fumaça, mas não vi nenhum presságio, nem bom nem ruim. — Se encontrarmos Waormund — disse Finan baixinho —, eu luto com ele. — E com essas palavras eu soube que ele não sentia apenas minha relutância. Ele sentia meu medo.

— Precisamos ir — declarei secamente.

A maior parte dos soldados de Rumwald carregava escudos com o símbolo de Æthelstan, do dragão com o relâmpago. Era terrivelmente perigoso exibir esse escudo dentro da cidade, mas eu não podia pedir aos homens que lutassem sem escudos. Era um risco que precisávamos correr, mas também tive o cuidado de garantir que alguns homens usassem as capas vermelhas que havíamos

333

Bafo de Serpente

capturado e que outros levassem os escudos que tínhamos tirado da guarnição de Hyglac. Esses escudos mostravam um peixe e uma cruz, evidentemente o símbolo do abade de Basengas. Eu sentia medo de que, quando nos vissem atravessando a ponte, os guerreiros da cidade percebessem que éramos inimigos e enviassem uma força para nos deter. Mas talvez as capas vermelhas e a visão do estandarte de Æthelhelm tremulando acima do forte de Suŏgeweork os enganassem. Quando decidi atravessar para a margem sul, eu sabia que a volta por cima do rio seria um momento perigoso, mas queria que os homens que sitiavam o forte se juntassem a nós. A fácil captura do forte havia aumentado nossos números, mas ainda éramos uma força lamentavelmente pequena. Precisávamos chegar a um portão, e, se os homens de Æthelhelm suspeitassem que os trezentos soldados que atravessavam a ponte eram uma ameaça, acabaríamos trucidados nas ruas de Lundene. Mandei que os homens fossem sem pressa, que se demorassem. Se fossem atacantes, atravessariam rapidamente, mas nós andávamos devagar, e o tempo todo eu vigiava a rua atrás da barricada abandonada e olhava para os homens no cais. Eles nos viram, mas nenhum demonstrou alarme. Os homens de Rumwald desapareceram do meio das casas do outro lado do rio. Será que aqueles soldados de capa vermelha achavam que os mércios tinham recuado? E que íamos reforçar Æthelhelm?

E assim trezentos homens, dos quais pelo menos um terço tinha o símbolo de Æthelstan, passaram pela barricada, que eu tinha ordenado que permanecesse intacta para o caso de precisarmos recuar. O sol estava alto e quente; a cidade, calma e silenciosa. Eu sabia que os homens de Æthelhelm estariam na muralha norte, vigiando o exército de Æthelstan, enquanto os cidadãos de Lundene, se tivessem algum tino, permaneceriam atrás de portas fechadas.

Era hora de deixar a ponte e subir para a cidade.

— Agora mantenham seus homens juntos! — ordenei a Brihtwulf e Rumwald.

— Devemos arrebentar o caminho da ponte, senhor? — perguntou Rumwald, ansioso.

— E ficar presos deste lado? Deixe-a como está. — Comecei a subir a colina, com Rumwald ao lado. — Além disso, se algum homem de Æthelhelm tentar escapar atravessando a ponte, precisará lutar para passar pelo portão fechado.

334

A espada dos reis

— Nós só deixamos dez homens lá, senhor. — Pela primeira vez, Rumwald parecia ansioso.

— Seis homens podem sustentar aquele portão para sempre — falei sem dar importância. E qual era a chance de termos uma vitória que obrigasse a grande força de Æthelhelm a fugir em pânico? Não falei nada sobre isso.

— O senhor acha que seis homens bastam? — perguntou Rumwald.

— Eu *sei* que seis homens bastam.

— Então ele será rei! — Rumwald havia recuperado o otimismo. — Ao pôr do sol, senhor, Æthelstan será rei da Anglaterra!

— Não da Nortúmbria — resmunguei.

— Não, não da Nortúmbria — concordou Rumwald, depois olhou para mim. — Eu sempre quis lutar ao seu lado, senhor! Será algo para contar aos meus netos! Que lutei com o grande senhor Uhtred!

O grande senhor Uhtred! Senti um peso enorme no peito ao ouvir essas palavras. Reputação! Nós a buscamos, valorizamos, e depois ela se vira contra nós como um lobo acuado. O que Rumwald esperava? Um milagre? Éramos trezentos numa cidade com três mil, e o grande senhor Uhtred estava com o corpo sofrido e o coração temeroso. Sim, talvez abríssemos um portão e até pudéssemos sustentá-lo por tempo suficiente para que os homens de Æthelstan entrassem na cidade, mas e depois? Ainda estaríamos em menor número.

— É uma honra lutar ao seu lado — falei a Rumwald, meramente dizendo o que ele gostaria de ouvir. — E precisamos de um cavalo.

— Um cavalo?

— Se dominarmos o portão, precisaremos mandar a notícia ao senhor Æthelstan.

— É claro!

E nesse momento apareceu um cavaleiro. Vinha do topo da colina, o garanhão cinzento pisando com cuidado nas antigas pedras do calçamento. Ele se virou para nós e eu ergui a mão interrompendo nosso progresso perto dos bancos vazios na frente do Porco Vermelho.

— Quem são vocês? — perguntou o cavaleiro, aproximando-se.

— O senhor Ealhstan! — Brihtwulf parou à minha direita. Finan, que estivera andando atrás de mim, parou à esquerda.

335

Bafo de Serpente

O cavaleiro podia ver capas vermelhas, podia ver o símbolo do peixe no escudo que Rumwald tinha pegado emprestado, mas não conseguia ver os escudos com o dragão de Æthelstan porque tínhamos posto esses homens atrás.

— Anglos orientais?

O cavaleiro conteve o garanhão bem à nossa frente. Era jovem, sua cota de malha era bem-feita, os arreios do cavalo eram de couro polido cravejado de prata e a espada estava numa bainha coberta de prata. No pescoço tinha uma fina corrente de ouro. Seu cavalo, um belo garanhão, estava nervoso e deu um passo de lado. O cavaleiro lhe deu um tapinha com a mão enluvada onde brilhavam dois anéis.

— Somos anglos orientais e saxões ocidentais — respondeu Brihtwulf com arrogância. — E você é...?

— Edor Hæddeson, senhor — disse o cavaleiro, depois olhou para mim, e por um segundo notei uma expressão de espanto em seu rosto, que desapareceu quando ele olhou de volta para Brihtwulf. — Eu sirvo na casa do senhor Æthelhelm. Onde está Hyglac? — Ele reconheceu os escudos com o peixe.

— Ficou no forte — respondeu Brihtwulf. — As tropas do Menino Bonito desistiram e voltaram para o oeste, mas Hyglac manteve homens suficientes lá, para o caso de elas voltarem.

— Elas foram para o oeste? — perguntou Edor. — É onde precisamos de vocês, de todos vocês!

Ele deu outro tapinha no pescoço do cavalo arisco e olhou mais uma vez para mim. Se ele servia na casa de Æthelhelm, era provável que tivesse me visto em alguma reunião entre o rei Eduardo e meu genro, Sigtryggr, mas eu sempre comparecera em minha glória de guerra, os braços cheios de argolas de prata e ouro. Agora usava uma malha velha, segurava um escudo com a cruz gravada a fogo, e meu rosto, ainda lacerado pelo tormento causado por Waormund, estava meio escondido pelas placas laterais do elmo enferrujado.

— Quem é você? — perguntou.

— Osbert Osbertson — respondi, e indiquei Brihtwulf com um aceno de cabeça. — Sou avô dele.

— Onde você precisa de nós? — perguntou Brihtwulf rapidamente.

— Vão para o oeste. — Edor apontou para uma rua lateral. — Sigam por aquela rua. Vocês vão encontrar homens na outra ponta. Juntem-se a eles.

A espada dos reis

— Æthelstan vai atacar lá? — perguntou Brihtwulf.

— O Menino Bonito? Meu Deus, não! Nós vamos atacá-lo a partir de lá.

Então Æthelhelm planejava atacar o exército de Æthelstan, talvez não com esperança de esmagar o inimigo, mas pelo menos para afastá-lo de Lundene e provocar baixas. Tateei na minha bolsa, dei um passo para mais perto do cavalo de Edor e me abaixei, grunhindo por causa da dor nas costelas. Toquei na pedra da rua, depois me levantei segurando um xelim de prata.

— Você deixou isso cair? — perguntei a Edor, segurando a moeda brilhante para ele.

Por um instante ele se sentiu tentado a mentir, então a cobiça dominou a honestidade.

— Devo ter deixado — mentiu.

Ele abaixou a mão para pegar a moeda. Eu larguei a prata, segurei seu pulso esquerdo e puxei com força, provocando uma dor agonizante no meu ombro. A espada de Finan, Ladra de Alma, já estava sendo desembainhada. O cavalo, assustado, deu um passo para longe, mas isso só me ajudou a tirar Edor da sela. Ele deu um grito de fúria ou surpresa. Estava caindo, mas seu pé esquerdo ficou preso no estribo e ele estava sendo puxado para longe. Meu ombro, ferido depois de ter sido arrastado pelo cavalo de Waormund, parecia estar sendo perfurado por um ferro incandescente na junta. Então Wihtgar segurou as rédeas do garanhão, Ladra de Alma baixou com o sol se refletindo na lâmina, e de repente havia sangue na rua. Edor estava no chão, tossindo sangue, gemendo, e então Ladra de Alma golpeou de novo, com a ponta, perfurando malha, couro e costelas. Edor ofegou num gemido agudo, a mão esquerda pareceu se estender para mim, fechou-se e caiu. Ele ficou imóvel, os olhos espiando o céu azul sem enxergar. Finan se agachou, partiu a corrente de ouro e a pegou, desafivelou o suntuoso cinturão da espada, junto com a arma, e depois tirou os anéis dos dedos enluvados de Edor.

— Meu Deus — ofegou Rumwald.

— O cavalo é seu — avisei a Brihtwulf. — Você é o senhor Ealhstan, portanto monte. Gerbruht!

— Senhor?

— Arraste essa coisa para um beco. — Cutuquei o corpo de Edor com o pé.

337

Bafo de Serpente

— Ninguém viu nada! — disse Rumwald, espantado.

— Claro que viram — falei. — Só não querem que saibamos que nos viram. — Olhei ao longo das janelas na rua e não vi ninguém, mas tinha certeza de que as pessoas nos observavam. — Só rezem para que eles não avisem a Æthelhelm. — Virei-me. — Oswi!

— Senhor?

— Leve-nos até o portão mais próximo ao norte, e quero evitar o palácio

— É o Crepelgate, senhor — disse Oswi, e nos conduziu, confiante, por um labirinto de pequenas ruas e becos.

As construções romanas deram lugar a casas mais novas, todas feitas de madeira com teto de palha, depois essas casas terminaram e estávamos no alto da baixa colina no leste. À frente ficava uma vastidão de ruínas, aveleiras novas e mato. Dava para ver o palácio distante, a oeste. Perto dele ficavam os restos do anfiteatro. E, para além dessa ruína, o forte no canto noroeste da cidade.

E à nossa frente estava a muralha.

É uma muralha extraordinária. Cerca a cidade inteira, é construída com pedra trabalhada e tem o triplo da altura de um homem alto. Há torres construídas a cada duzentos ou trezentos passos, e os sete portões são flanqueados por grandes bastiões de pedra. A muralha está de pé há trezentos ou quatrocentos anos, talvez mais, e em quase toda a sua extensão se mantém como os romanos a construíram. Algumas aberturas apareceram no correr dos anos, e muitas torres perderam os telhados, mas as aberturas foram tampadas com madeira e os telhados substituídos por palha. Há algumas escadas de pedra que levam ao topo e, nos pontos em que a muralha caiu no fosso e foi consertada com troncos, há plataformas de madeira. A muralha de Lundene é uma maravilha, o que me faz pensar, como acontece com frequência, em como os romanos acabaram perdendo a Britânia.

E à nossa frente também havia homens. Centenas de homens. A maioria se encontrava no alto da muralha, olhando para o norte. Mas alguns, um número grande demais, estavam atrás do portão. De onde estávamos víamos apenas um portão, Crepelgate, com seus dois bastiões enormes erguendo-se acima da estrada e com o estandarte de Æthelhelm tremulando na torre mais próxima. Embaixo dela, em meio aos juncos altos e ao entulho de paredes

338

A espada dos reis

antigas, havia soldados. Eu não conseguia ver quantos eram. Estavam sentados em paredes meio desmoronadas ou descansando, mas dava para ver o suficiente para saber que era um número grande demais.

— Eles esperam que Æthelstan ataque aqui? — perguntou Brihtwulf.

— Eles provavelmente têm forças esperando do lado de dentro de cada portão — respondi. — Quantos você consegue ver?

Montado em sua sela, Brihtwulf podia enxergar mais que nós.

— Duzentos?

— Nós estamos em maior número! — comentou Rumwald, empolgado.

— E quantos na plataforma do portão? — perguntei, ignorando-o.

— Trinta? — Outra vez Brihtwulf soou incerto.

— E quão longe estão os homens de Æthelstan? — perguntei, mas não a Brihtwulf nem a ninguém, porque essa pergunta só poderia ser respondida quando subíssemos na muralha e víssemos o terreno ao norte.

— Então o que vamos fazer? — perguntou Brihtwulf.

Toquei minha cota de malha no ponto em que ela cobria o martelo de prata. Olhei para o oeste, mas sabia que o próximo portão ficava na muralha do forte e que isso implicaria primeiro dominar uma entrada para o forte. Seria neste portão mais próximo, pensei, ou então precisaríamos abandonar toda essa loucura.

— O que vamos fazer — respondi a Brihtwulf — é o que viemos fazer. Wihtgar! Pegue quarenta homens. Suba a escada à direita do portão. — Olhei para Brihtwulf. — Preciso de trinta dos seus homens para a escada da esquerda. Eu vou comandá-los. — Ele assentiu, então me virei para Rumwald. — E vou precisar do seu estandarte. Pegue todos os homens que restaram e siga Brihtwulf até o portão. Digam aos desgraçados que receberam a ordem de fazer uma investida para o norte. Eles provavelmente não vão acreditar, por isso vocês podem começar a matá-los, mas primeiro abram a porcaria do portão. E, assim que estiver aberto — olhei para Brihtwulf de novo —, cavalgue como o vento para encontrar Æthelstan.

— E se o rei não vier a tempo? — perguntou o padre Oda.

— Nós morremos — respondi com brutalidade.

Oda fez o sinal da cruz.

Bafo de Serpente

— O Senhor das Hostes está conosco — disse.

— É melhor que esteja mesmo — falei, carrancudo. — Então vamos.

Fomos.

A cidade pareceu deserta enquanto subíamos do rio, mas agora víamos homens ao longo de toda a muralha, outros esperando atrás do portão e pequenos grupos de homens, mulheres e crianças olhando da borda da área em ruínas. Muitas dessas pessoas da cidade estavam acompanhadas por padres, provavelmente esperando que os clérigos pudessem protegê-las caso os mércios invadissem. Podiam estar certas, pensei. Æthelstan era conhecido por ser tão devoto quanto seu avô Alfredo, e sem dúvida devia ter feito sérios alertas às tropas contra ofender seu deus.

Seguimos uma trilha para o leste até chegarmos a uma bela igreja nova com as paredes mais baixas feitas de pedra e as de cima construídas com madeira clara junto ao limite das casas. Viramos para o norte perto da igreja para seguir por uma rua de terra batida que levava ao portão. Duas cabras pastavam o mato na borda, onde havia restos de cantaria romana meio enterrada. Uma mulher olhou para nós, fez o sinal da cruz e permaneceu em silêncio. Os homens que descansavam na parte de dentro do portão se levantaram quando nos aproximamos. Muitos de seus escudos não estavam pintados, eram apenas de madeira nua, ao passo que outros eram adornados com uma cruz. Nenhum exibia o cervo saltando.

— Anglos orientais? — murmurou Finan para mim.

— Provavelmente

— Parecem do fyrd — disse Finan, querendo dizer que não eram guerreiros, e, sim, agricultores e carpinteiros, lenhadores e pedreiros, arrastados de suas plantações ou oficinas para lutar por seu senhor. Alguns portavam lança ou espada, mas muitos carregavam apenas um machado ou uma foice.

Brihtwulf avançou à frente, alto em seu cavalo roubado, ignorando propositalmente o primeiro homem que se levantou para interpelar sua chegada. Fui atrás, com o suor escorrendo pelo rosto, às vezes olhando para os homens no alto da muralha. Eles também nos observavam, mas não com

A espada dos reis

alarme, porque a maioria não devia fazer ideia do que estava acontecendo. Sabiam que as forças de Æthelstan estavam perto, ouviram a comoção nos sinos da cidade, mas desde aquela primeira agitação teriam recebido poucas informações e entendido menos ainda. Estavam com calor, com sede, entediados, e nós éramos apenas mais soldados que vieram esperar, debaixo do sol quente, algo acontecer.

— Por aqui! — gritei aos homens que iriam me seguir. — Subam a escada!

Saí da rua e me direcionei para a escada que levava ao topo da muralha à esquerda do portão. Immar estava atrás de mim, carregando o estandarte de Æthelstan muito bem enrolado no mastro.

— Você não pode lutar segurando essa coisa — falei —, portanto fique longe de encrenca.

Hulbert, um dos homens de Brihtwulf, viraria à esquerda no alto da muralha e, com dez homens, defenderia nossa retaguarda enquanto dominássemos o portão.

Brihtwulf havia chegado ao grande arco onde foi interpelado por um homem mais velho que se inclinou sobre a muralha acima do arco.

— Quem é você? O que você quer?

— Eu sou o ealdorman Ealhstan. — Brihtwulf conteve seu cavalo e olhou para o sujeito. — E quero que o portão seja aberto.

— Pelo amor de Deus, por quê?

— Porque o senhor Æthelhelm quer — gritou Brihtwulf. Ele mantinha as mãos no arção da sela. Seu escudo, marcado a fogo com a cruz, estava pendurado às costas. Sua espada pendia baixa à esquerda.

— Eu recebi a ordem de não abrir o portão nem mesmo para Deus Todo-poderoso! — respondeu o homem.

— Ele não pode vir, por isso o senhor Æthelhelm me enviou em seu lugar.

— Por quê? — O homem mais velho tinha me visto subindo a escada com meus homens. — Parem! — gritou para mim, levantando a mão em alerta. Parei na metade da escada surrada pelo tempo, com o escudo pesado às costas. Os soldados em cima do portão não eram de nenhum fyrd, usavam boas cotas de malha e empunhavam lanças e espadas.

341

Bafo de Serpente

— O Menino Bonito está lá — gritou Brihtwulf, apontando vagamente para noroeste. — Vamos mandar homens pelos portões do oeste para lhe dar uma surra, mas precisamos mantê-lo no lugar. Se ele vir outra força vindo deste portão, não saberá contra qual deve se defender. É claro que você pode perguntar ao próprio senhor Æthelhelm.

O homem, que antes olhava para Brihtwulf, virou-se para nós e viu que eu só havia parado por um instante, mas continuei subindo, e agora tinha chegado ao topo da muralha. Ele franziu a testa e eu assenti, amistoso. Seu escudo, que exibia o cervo de Æthelstan, estava encostado no parapeito interno. Os homens abaixo deviam ser do fyrd da Ânglia Oriental, pensei, mas o escudo revelava que os lanceiros eram saxões ocidentais e, na certa, fervorosamente leais a Æthelhelm.

— Dia quente! — comentei com o sujeito mais velho, a voz abafada pelas peças laterais do elmo amarradas, depois fui até o parapeito externo.

Inclinei-me sobre a pedra aquecida pelo sol e por um instante tudo ao norte parecia estar como eu lembrava. Abaixo da muralha havia um fosso coberto de escuma, atravessado por uma ponte de pedra. Uma pequena multidão estava reunida do outro lado da ponte. Eram mercadores vindos do norte com cavalos de carga, pessoas das aldeias com ovos ou verduras para vender, todos impedidos de entrar na cidade, mas não querendo ir embora. Pequenas choupanas ladeavam a estrada e um cemitério havia se espalhado até o pasto ressequido, para além do qual havia uma floresta densa com folhagem de verão. Uma aldeia ficava cerca de um quilômetro e meio ao norte, de onde subia uma fumaça levada pelo vento oeste. Em seguida, mais florestas, antes que o terreno subisse até uma colina desnuda. Uma criança conduzia um bando de gansos no pasto, e achei que conseguia ouvi-la cantar, mas talvez fosse minha imaginação. Um homem, ao me ver aparecendo em cima da muralha, gritou dizendo que queria levar seus cavalos de carga para dentro da cidade, mas o ignorei, olhando para a distância enevoada pelo calor. Então os vi. Vi cavaleiros à sombra de árvores, dezenas e dezenas de cavaleiros.

— Merewalh? — sugeriu Finan.

— Æthelstan, espero — respondi com fervor, mas, quaisquer que fossem os cavaleiros distantes, estavam apenas observando.

A espada dos reis

— Então você vai abrir a porcaria do portão, por favor? — perguntou Brihtwulf em voz alta e com raiva, lá embaixo.

— Vinte e oito homens aqui em cima — disse Finan, ainda falando baixo. Queria dizer vinte e oito homens no parapeito do portão, a maioria espremida nos semicírculos dos dois bastiões que se projetavam para a beira do fosso. Assenti.

Wihtgar e seus homens tinham chegado ao parapeito do lado oposto do portão. O sujeito mais velho olhou para eles, franziu a testa, virou-se de novo para mim e viu que Immar carregava um estandarte enrolado.

— Isso é um estandarte, rapaz? — perguntou ele.

— Você vai abrir o portão? — gritou Brihtwulf.

— Mostre o estandarte, rapaz!

Virei-me e estendi a mão para Immar.

— Me entregue — falei. Peguei o mastro e desenrolei uns trinta centímetros da bandeira, depois joguei o estandarte aos pés do velho. — Olhe você mesmo — falei. — É o dragão de Wessex. — E seria mesmo, pensei, se os deuses estivessem comigo hoje. O homem se inclinou para a bandeira e eu dei um passo na sua direção.

Finan pôs a mão no meu braço.

— O senhor ainda está lento — disse em voz muito baixa. — Deixe isso comigo.

Ele manteve a mão no meu braço, olhando enquanto o velho segurava a borda da bandeira para desenrolá-la. Todos os seus homens olhavam enquanto ele puxava até revelar as patas dianteiras e as garras do dragão. Ele puxou mais, a ponto de revelar o relâmpago segurado pelo dragão. Então Finan se moveu.

E começou.

Finan era o homem mais rápido que já vi lutar. Ele era magro, ágil e se movia como um felino selvagem. Eu passava horas treinando combate de espadas com ele, e acho que Finan teria me matado em nove de cada dez vezes. O velho não teve chance. Estava erguendo os olhos, surpreso, quando Finan o alcançou. Ladra de Alma já estava desembainhada, mas Finan apenas o chutou no queixo, impelindo a cabeça do sujeito para trás, então a espada desferiu um corte violento num movimento com as costas da mão, jogando o homem de lado, com o pescoço cortado e o sangue jorrando alto por cima do parapeito interno, e Finan já ameaçava os guerreiros que olhavam do bastião. Eles não estavam preparados, assim como o velho cuja vida se esvaía pulsando no estandarte de Æthelstan. Eles ainda estavam baixando as lanças quando Finan atacou. Minha espada emprestada estava apenas a meio caminho para fora da bainha enquanto ele cravava Ladra de Alma na barriga de um homem e a puxava para o lado.

— Abra o portão! — gritei. — Abra!

Tirei o escudo do ombro. Wihtgar atacava pelo lado oposto do portão. A luta havia começado muito rápido, completamente inesperada, e nossos inimigos ainda estavam confusos. Seu líder estava morto, eles eram subitamente atacados por espadas e por Folcbald brandindo um machado enorme. Hulbert e seus mércios direcionavam um ataque que seguia para o oeste, impelindo os defensores no topo da muralha para longe do portão, enquanto eu me juntava a Finan limpando os bastiões e a plataforma de combate acima do arco. Estávamos desesperados. Tínhamos conseguido atravessar uma cidade tomada pelos inimigos, tínhamos chegado a esse portão sem ser descobertos e agora estávamos cercados por inimigos. E nossa única esperança de sobreviver era matando.

Existe compaixão na guerra. Um rapaz agonizando, estripado feito um animal e chamando pela mãe é digno de pena, não importa que um instante antes ele estivesse gritando palavrões e tentando me matar. Minha espada emprestada não era nenhuma Bafo de Serpente, mas atravessou a cota de malha e o couro do rapaz com bastante facilidade, e interrompi os ganidos que chamavam pela mãe com uma estocada que atravessou seu olho esquerdo. Ao meu lado, Finan, gritando em sua língua irlandesa, tinha derrubado dois homens, e sua espada estava vermelha até o cabo. Gerbruht, berrando em sua língua frísia, brandia um machado contra homens que não tiveram tempo de pegar os escudos. Estávamos impelindo os saxões ocidentais de volta para o semicírculo do bastião e eles gritavam por misericórdia. Alguns nem conseguiram desembainhar as espadas e estavam tão apinhados que seus lanceiros não conseguiam apontar as armas.

— Larguem as armas e pulem no fosso! — gritei.

O mais importante era liberar o parapeito do portão. Wihtgar, com seus mércios, destroçava os inimigos no lado leste do arco. Sua espada, Flæscmangere, estava vermelha como Ladra de Alma de Finan. Corri de volta para a escada e vi que os homens de Rumwald impeliam os confusos anglos orientais para longe do arco do portão. Mas Brihtwulf, com seu garanhão de olhos brancos e apavorado, ainda se encontrava do lado de dentro do portão fechado. Uma barra de tranca tinha sido tirada dos suportes de ferro, mas a segunda ficava no alto e era pesada.

— Rápido! — gritei, e quatro homens usaram lanças para empurrar a barra para cima. Ela caiu com um estrondo, fazendo o cavalo de Brihtwulf empinar. Então as enormes folhas do portão foram empurradas para fora e o garanhão partiu atravessando a ponte. As pessoas que esperavam do lado de fora se espalharam.

Rumwald tinha formado uma parede de escudos atravessando a rua. Atrás dela havia corpos, alguns se mexendo, a maioria imóvel em poças de sangue. O padre Oda gritava para os anglos orientais, dizendo que sua guerra havia terminado, que Deus Todo-poderoso tinha mandado o rei Æthelstan para trazer a paz e a fartura. Deixei que ele arengasse e voltei ao parapeito, onde saxões orientais aterrorizados, desprovidos das armas, eram obrigados a pular do alto bastião para a imundície do fosso cheio.

— A merda vai matá-los, se eles não se afogarem — comentou Finan.

— Precisamos fazer uma barricada no parapeito — falei — nas duas direções.

— Vamos fazer isso — disse Finan.

Tínhamos tomado os dois bastiões e a plataforma de luta entre eles. Os homens de Rumwald, batendo nos escudos com as espadas, impeliam para trás um número maior de anglos orientais que pareciam relutantes em lutar e igualmente relutantes em se render. Eu sabia que logo seríamos atacados ali, mas o perigo imediato vinha dos homens que guarneciam a muralha dos dois lados do portão. Por enquanto, atordoados e confusos com nosso ataque súbito, estavam se contendo, mas outros homens vinham correndo por cima da muralha para retomar o portão.

Bafo de Serpente

Eles vinham porque Immar havia tirado a bandeira do cervo saltando e erguido o estandarte ensanguentado do rei Æthelstan. O dragão com o relâmpago tremulava agora sobre o Crepelgate, e a vingança por causa disso estava chegando.

Crepelgate, o Portão dos Aleijados. Sob o sol implacável do meio-dia precisávamos sustentá-lo, e me lembrei de que Alfredo, aborrecido com o número de pessoas mutiladas e cegas em Lundene, dentre as quais havia muitos homens que ele comandou em batalha, editou um decreto permitindo que os aleijados pedissem esmolas aos viajantes nesse portão. Seria um presságio? Agora precisávamos defendê-lo, e a batalha sem dúvida produziria mais aleijados. Toquei o martelo de prata, depois limpei o sangue da espada emprestada e a enfiei de volta na bainha.

E soube que ela deveria ser desembainhada novamente em breve.

TREZE

APRIMEIRA REAÇÃO DO inimigo foi irregular, corajosa e ineficaz. As tropas que guarneciam os longos trechos da muralha dos dois lados do Crepelgate dominado atacaram por cima da fortificação, mas uma parede de escudos com apenas quatro homens podia facilmente defender a largura da plataforma de luta. Uma dúzia de homens, organizados em três fileiras, seria um obstáculo ainda mais formidável, mas o calor do dia e a ferocidade indubitável dos ataques inimigos desgastaria essa pequena força rapidamente. Por isso mandei homens trazerem pedras das ruínas próximas. Nós as empilhamos na plataforma de luta formando duas barricadas grosseiras. E, quando os defensores da muralha a oeste de nós conseguiram organizar um ataque com disciplina, nosso muro improvisado já ia até a altura dos joelhos. Gerbruht e Folcbald comandavam essa defesa, usando as lanças que tínhamos capturado dos saxões ocidentais, e em pouco tempo o muro da altura dos joelhos foi aumentado por cadáveres trajando cota de malha. Wihtgar, a leste, enfrentava menos oposição, e seus homens continuaram empilhando pedras.

Brihtwulf tinha saído da cidade e desaparecido entre as árvores distantes, mas nem ele nem os homens de Æthelstan reapareceram. Do lado de dentro do portão os anglos orientais recuaram cinquenta passos ou mais, e o padre Oda ainda gritava com eles, mas eles não largaram os escudos nem baixaram o estandarte, que exibia uma cabeça de javali bordada grosseiramente.

Agora tudo acontecia muito rápido ou dolorosamente devagar. Acontecia rápido no alto da muralha onde empilhávamos mais pedras enquanto saxões ocidentais vingativos atacavam as duas barricadas precárias, mas acontecia devagar dentro da cidade, onde a parede de escudos de Rumwald se mantinha preparada para defender o portão aberto contra uma força de anglos orientais que não demonstrava desejo de atacar. Mas eu sabia que era ali, na rua entre o entulho e o mato crescido da cidade arruinada, que esse combate seria decidido.

A princípio os saxões ocidentais no lado leste da muralha se mostraram relutantes em atacar, e isso deu aos homens de Wihtgar a oportunidade de elevar sua barreira de pedras até a altura da cintura. Lá os inimigos atiravam lanças por cima do muro grosseiro, mas depois de os primeiros atacantes tentarem passar por cima do monte de pedras e serem recebidos por lanças estocando de baixo para cima, ficaram mais cautelosos. A oeste, porém, o combate era muito mais violento. Lá a pilha de pedras era larga, mas chegava apenas à altura dos joelhos, e os inimigos continuavam chegando, instigados por um homem de barba preta usando malha polida e um elmo reluzente. Ele gritava instigando suas tropas, mas notei que jamais se juntava a elas, que atacavam com escudos erguidos e lanças na horizontal. Ele gritava para que matassem, para que atacassem mais depressa, e isso era um erro. Homens corriam para atravessar a barreira precária e sua pressa os fazia tropeçar nas pedras. Chegavam desencontrados à nossa parede de escudos e eram recebidos por espadas, lanças e machados. Seus corpos caídos formavam uma barreira cada vez maior em cima da primeira, uma nova barreira tornada pior pelos homens que morriam em agonia e eram pisoteados por outros que tentavam atravessar o obstáculo ensanguentado.

— A muralha vai se sustentar — disse Finan. Estávamos de pé na metade da escada, ele observando a luta acima enquanto eu encarava o oeste, olhando para a colina mais alta de Lundene.

— Os homens precisam de cerveja ou água — falei. O dia estava ficando mais quente. O suor ardia nos meus olhos e escorria por dentro da cota de malha.

— Deve haver cerveja na casa da guarda. — Finan se referia a uma das câmaras dentro dos dois bastiões. — Vou pedir que mandem aqui para cima.

Uma lança acertou a pedra entre nós dois. Os saxões ocidentais na muralha a oeste tinham nos visto e vários atiraram lanças, mas essa era a primeira a nos alcançar. Ela resvalou no degrau e caiu na rua.

348

A espada dos reis

— Os desgraçados vão desistir logo — comentou Finan.

Ele estava certo. Os homens que nos atacavam no alto da muralha estavam cansados de morrer e perceberam que outros levariam a luta em frente. E esses homens estavam aparecendo, anunciados por toques de trombetas que nos fizeram olhar por cima da área norte de Lundene. Mais perto de nós, a terra era uma ruína de paredes antigas, depois descia até o riacho Weala, que corria para o Temes. Para além, a terra subia até a colina oeste de Lundene, onde ficavam as ruínas do anfiteatro e, depois dele, os muros da antiga fortaleza romana. E um fluxo de homens vinha de lá. Muitos estavam montados, a maioria vinha a pé, mas todos usavam cota de malha. E, enquanto Finan e eu observávamos, um grupo de cavaleiros atravessou o portão da fortaleza, cercado por porta-estandartes com cores reluzentes ao sol do meio-dia.

— Meu Deus — disse Finan baixinho.

— Nós viemos para cá para lutar — falei.

— Mas quantos homens ele tem? — perguntou Finan, incrédulo, porque a procissão de homens cobertos de malha parecia interminável.

Não respondi. Em vez disso, subi de novo até o topo da muralha e olhei por cima do pasto, para a floresta distante onde não avistava nenhum cavaleiro. Parecia que por enquanto estávamos sozinhos, e, se os homens de Æthelstan não viessem daquela floresta distante, morreríamos sozinhos.

Mandei metade dos homens que defenderam as barricadas para baixo, para reforçar a parede de escudos de Rumwald, depois olhei uma última vez para o norte, tentando ver algum sinal de Æthelstan ou de seus homens. Venha, instiguei em silêncio. Se você quer um reino, venha! Então desci a escada até onde uma batalha precisaria ser travada.

Seria uma batalha para decidir qual bunda real esquentaria um trono, pensei com amargura. E que motivo eu teria para decidir sobre o trono de Wessex? Mas o destino, essa cadela insensível, tinha amarrado os fios da minha vida ao sonho de Alfredo. Será que existia mesmo um céu cristão? Se existisse, o rei Alfredo estaria olhando para baixo neste instante. E o que ele desejaria? Disso eu não tinha dúvida. Ele queria um reino cristão com todos os homens que falavam ænglisc e que esse reino fosse comandado por um rei cristão. Estaria rezando por Æthelstan. Então que se dane, pensei, que se dane

Alfredo e sua devoção, que se dane seu rosto sério, sempre desaprovando, que se dane sua retidão, e maldito seja ele por me fazer lutar por sua causa tanto tempo depois de sua morte. Porque hoje, pensei, se Æthelstan não viesse, eu morreria pelo sonho de Alfredo.

Pensei em Bebbanburg e em seus muros varridos pelo vento, pensei em Eadith, em meu filho e depois em Benedetta, e quis ignorar essa última tristeza, por isso gritei para os homens de Rumwald se prepararem. Eles estavam em três fileiras e tinham formado um pequeno semicírculo em volta do portão aberto. Era uma parede de escudos perigosamente pequena e seria atacada pelo poder de Wessex. Não era mais hora de pensar, de ceder à tristeza ou de indagar sobre o céu cristão, e, sim, de lutar.

— Vocês são mércios! — gritei. — Derrotaram os dinamarqueses, rechaçaram os galeses e agora farão uma nova canção da Mércia! Uma nova vitória! O seu rei está vindo! — Eu sabia que estava mentindo, mas homens diante da batalha não querem a verdade. — O seu rei está vindo! — gritei outra vez. — Fiquem firmes! Eu sou Uhtred! E tenho orgulho de lutar ao lado de vocês! — E os pobres condenados gritaram com empolgação enquanto Finan e eu passávamos entre as fileiras para nos posicionarmos na parede de escudos que atravessava a rua.

— O senhor não deveria estar aqui — murmurou Finan.

— Mas estou aqui.

E ainda sentia dores da surra que Waormund me deu. Meu corpo inteiro doía. Eu sentia dor e estava cansado, enquanto o peso do escudo parecia um trado sendo torcido na junta do meu ombro esquerdo. Baixei o escudo para apoiá-lo no chão, então olhei para o oeste, mas por enquanto nenhum soldado vindo do forte havia saído do vale raso do Weala.

— Se eu morrer... — comecei, falando bem baixo.

— Quieto — rosnou Finan. E depois, muito mais baixo: — O senhor não deveria estar aqui. Vá para a fila de trás.

Não respondi nem me mexi. Em todos os meus anos, eu jamais lutei em qualquer outro lugar que não a primeira fila. Um homem que comanda outros para o portal da morte deve liderar, não seguir. Eu me sentia sufocado, por isso soltei o nó que prendia as peças laterais do elmo, feitas de couro fervido, e as deixei balançar soltas para respirar com mais facilidade.

350
A espada dos reis

O padre Oda andava de um lado para o outro na frente da nossa parede de escudos, falando conosco e parecendo não perceber os anglos orientais atrás dele.

— Deus está conosco! — gritou. — Deus é a nossa força e o nosso escudo! Hoje derrotaremos as forças do mal! Hoje lutamos pelo reino de Deus!

Parei de prestar atenção porque, não muito longe, a oeste, os primeiros estandartes apareceram sobre a borda do vale do Weala. E ouvi tambores tocando. Os batimentos cardíacos da guerra se aproximavam. Um homem a poucos passos de mim, na primeira fila, curvou-se e vomitou.

— Foi alguma coisa que eu comi — explicou ele, mas não era verdade. Nossos escudos estavam apoiados em pernas trêmulas, havia bile nas garganta, os estômagos estavam azedos e as risadas das piadas ruins eram forçadas.

Os primeiros homens de Wessex saíram do vale raso, uma fileira de cinza salpicado pelo brilho da ponta das lanças. Os anglos orientais que nos enfrentaram com tanta hesitação começaram a recuar, como se abrissem espaço para a horda que se aproximava. Estávamos certos, pensei com tristeza. Pelo jeito, os anglos orientais não queriam lutar, nem pelos saxões ocidentais nem por nós.

Os inimigos que haviam saído do forte estavam cada vez mais perto. Seus estandartes tinham cores intensas; estandartes com cruzes, com santos, com o dragão de Wessex, com o cervo de Æthelhelm saltando; e, à frente de todos, um que eu nunca tinha visto. Ele tremulava de um lado para o outro, de modo que podíamos vê-lo com clareza. Exibia um dragão cinzento opaco de Wessex embaixo de um cervo saltando, bordado em escarlate intenso. Havia uma pequena cruz no canto superior.

— Deus está conosco! — gritou Oda. — E o rei de vocês está chegando!

Torci para que ele estivesse certo e não ousei sair da parede de escudos para descobrir. O portão estava aberto e só precisávamos mantê-lo assim até a chegada de Æthelstan.

Rumwald estava à minha direita. Ele tremia um pouco.

— Fiquem juntos! — gritou para seus homens. — Firmes! — Sua voz estava insegura. — Ele está vindo, senhor? — perguntou a mim. — É claro que está. Ele não vai nos decepcionar.

Ele continuou falando sem dizer nada importante, apenas tentando encobrir o medo. A batida dos tambores ficou mais alta. Cavaleiros vinham nos flancos dos saxões ocidentais que se aproximavam, e mais soldados a pé surgiam com as lanças densas. Agora eu via os cervos saltando em seus escudos. A primeira fila, que era irregular porque os homens passavam por cima de restos de paredes, tinha uns vinte guerreiros, mas havia pelo menos vinte fileiras atrás. Era uma assombrosa massa de guerreiros domésticos que avançavam diante de um grupo de cavaleiros. E havia mais guerreiros atrás desses homens montados. Eles começaram a gritar, mas ainda estavam longe demais para que ouvíssemos os insultos.

Peguei meu escudo, encolhendo-me com a pontada de dor, depois desembainhei Ferrão de Vespa, e até mesmo a espada curta parecia pesada. Bati com ela no escudo.

— Æthelstan está vindo! — gritei. — Æthelstan está vindo! — Lembrei-me do menino que eu ensinei a matar, um menino que matou seu primeiro homem por ordem minha. Ele executou um traidor numa vala onde crescia murta-do-pântano. Agora esse menino era um rei guerreiro e minha vida dependia dele. — Æthelstan está vindo! — gritei outra vez e continuei batendo a lâmina de Ferrão de Vespa nas tábuas de salgueiro presas com ferro.

Os homens de Rumwald ficaram repetindo o grito e começaram a bater suas espadas nos escudos. A segunda fileira apenas gritava. Esses homens empunhavam lanças com cabos cortados ao meio por machados. Uma lança precisa de duas mãos, mas uma lança curta pode ser usada com apenas uma. Eles ficariam atrás de nós e enfiariam as lanças entre nossos escudos. A luta em cima da muralha havia parado porque os inimigos de lá, frustrados por nossas barreiras improvisadas, iriam se contentar em observar a força maior nos dominando. Wihtgar tinha trazido vinte homens para baixo e agora esperava com eles sob o arco do portão, pronto para reforçar qualquer parte da nossa parede de escudos que parecesse frágil. Desejei ter Wihtgar ao meu lado, em vez de Rumwald, que ainda falava desnecessariamente. Mas Rumwald tinha fornecido a maior parte dos homens para essa batalha, e eu não podia negar a ele o lugar de honra ao meu lado.

Honra era uma palavra dele, não minha.

352

A espada dos reis

— É uma honra estar numa parede de escudos ao seu lado, senhor — disse mais de uma vez. — Vou contar isso aos meus netos!

E isso me fez tocar o martelo de prata que eu havia tirado de baixo da cota de malha. Toquei-o porque meus netos estavam em Eoferwic e não tínhamos ouvido nenhuma negação dos boatos de peste no norte. Que eles vivam, rezei, e eu não era o único rezando naquela parede de escudos, nem era o único que rezava a Tor. Todos aqueles homens podiam se dizer cristãos, mas em muitos guerreiros espreitava o medo de que os deuses mais antigos fossem igualmente verdadeiros. E, conforme o inimigo se aproxima, os tambores de guerra batem e os escudos pesam, os homens rezam a qualquer deus, a todos os deuses.

— Deus é o nosso escudo! — O padre Oda tinha entrado no semicírculo de homens e agora estava na escada que levava ao topo da muralha. — Nós venceremos! — gritava com a voz rouca, e precisava gritar porque agora os saxões ocidentais estavam muito perto. Um cavaleiro os comandava passando pela nossa frente, impelindo os anglos orientais para mais longe.

Olhei para nossos inimigos. Eram boas tropas, pensei. Suas cotas de malha, seus elmos e suas armas pareciam bem cuidados.

— Guerreiros domésticos de Æthelhelm? — murmurei para Finan.

— Parece que sim.

Estava quente demais para os homens usarem as capas vermelhas de Æthelhelm; além disso, uma capa é um estorvo na batalha; mas todos os escudos eram pintados com o cervo saltando. Eles pararam a quarenta passos, longe demais para um arremesso de lança, viraram-se para nós e começaram a bater com as espadas nos escudos.

— Quatrocentos? — sugeriu Finan, mas eles eram só o começo, porque mais homens vinham bater as espadas nos escudos, alguns pintados com o cervo e outros com símbolos de nobres saxões ocidentais. Esse era o exército de Wessex, forjado por Alfredo para lutar contra os dinamarqueses e agora enfileirado contra seus companheiros saxões, e todos comandados pelos homens a cavalo que, sob seus estandartes espalhafatosos, vinham nos confrontar.

Æthelhelm, usando uma capa vermelha apesar do calor, montava um garanhão baio magnífico. Sua cota de malha fora limpa e polida, e no peito havia uma cruz de ouro. O rosto estava escondido pelas peças laterais do elmo, incrustadas com ouro. Na crista do elmo havia um cervo dourado. O punho da espada reluzia com ouro, os arreios e a barrigueira do garanhão eram adornados com pequenas placas de ouro, e até os estribos tinham enfeites dourados. Seus olhos estavam à sombra do elmo suntuoso, mas eu não duvidava que ele estivesse olhando para nós com desprezo. À direita de Æthelhelm, montando um grande garanhão cinzento e coberto por uma capa branca com borda vermelha, estava seu sobrinho Ælfweard, o único entre os homens que não usava elmo. Tinha um rosto vazio, redondo, de boca frouxa, que agora demonstrava empolgação. O rapaz mal podia esperar para nos ver sendo trucidados, e sem dúvida esperava matar qualquer um de nós que sobrevivesse ao ataque vindouro. Mas a ausência de elmo sugeria que seu tio não desejava que o rapaz participasse da luta. Ele usava uma cota de malha reluzente e uma bainha comprida entrecruzada por tiras de ouro. Mas o que atraía o olhar era o que ele usava no lugar do elmo. Estava com a coroa do rei Alfredo, a coroa de ouro cravejada com as esmeraldas de Wessex.

Dois padres montados em capões e seis lanceiros em garanhões esperavam atrás de Æthelhelm. Os lanceiros estavam obviamente protegendo Ælfweard e seu tio, assim como o cavaleiro cujo garanhão estava à esquerda de Æthelhelm, um cavaleiro que parecia grande demais para o cavalo. Era Waormund, uma figura enorme e maligna que, em contraste com os outros, estava malvestido. Sua malha era opaca, o escudo pintado com o cervo tinha marcas profundas de espadas e o elmo velho não possuía peças laterais. Ele estava rindo. Aquilo era um deleite para Waormund. Ele tinha uma parede de escudos inimiga para romper e homens para matar. E, como se mal pudesse esperar o começo da matança, desceu da sela, olhou para nós com desprezo e cuspiu.

Então desembainhou sua espada. Desembainhou Bafo de Serpente. Desembainhou minha espada, os redemoinhos na lâmina de aço refletindo um raio de sol para me ofuscar. Cuspiu na nossa direção pela segunda vez, depois se virou e ergueu Bafo de Serpente numa saudação a Ælfweard.

— Senhor rei! — gritou.

Pareceu-me que Ælfweard deu uma risadinha em resposta. Não havia dúvida de que ele estava gargalhando enquanto todos os seus soldados gritavam as mesmas palavras.

— Senhor rei! — gritavam eles, ainda batendo com as espadas nos escudos, até que Æthelhelm ergueu a mão com uma luva de couro para silenciá-los e instigou seu garanhão.

— Ele não sabe que o senhor está aqui — murmurou Finan. Ele estava falando de Waormund. As peças laterais do meu elmo estavam abertas, mas eu mantinha o escudo erguido, meio escondendo o rosto.

— Ele vai descobrir — falei, carrancudo.

— Mas eu luto com ele — insistiu Finan —, não o senhor.

— Homens da Mércia! — gritou Æthelhelm, e esperou por silêncio. Por um instante o vi olhar intensamente para o alto da muralha a oeste e percebi que ele esperava algum sinal de que as forças de Æthelstan estivessem vindo. Voltou a olhar para nós, sem revelar nenhum alarme. — Homens da Mércia! — gritou outra vez, depois chamou um porta-estandarte para avançar. O homem balançou a bandeira lentamente, a nova bandeira em que o cervo de Æthelhelm dominava o dragão de Wessex.

Æthelhelm afrouxou as peças laterais do elmo adornadas com ouro, de modo que os homens pudessem ver seu rosto estreito; um rosto bonito, longo e impositivo, barbeado e com olhos castanhos e profundos. Ele apontou para a bandeira.

— Essa bandeira — gritou — é a nova bandeira da Anglaterra! É a nossa bandeira! A sua e a minha bandeira, a bandeira de um reino sob um único rei!

— O rei Æthelstan! — gritou um homem nas nossas fileiras.

Æthelhelm ignorou o grito. Vi quando ele olhou novamente para o alto da muralha, depois outra vez para nós, sem se perturbar.

— Um reino! — disse, a voz chegando com facilidade aos homens no topo da muralha. — Será o nosso reino! De vocês e meu! Não somos inimigos! Os inimigos são os pagãos, e onde estão os pagãos? Onde os odiados nortistas reinam? Na Nortúmbria! Juntem-se a mim e prometo que todo homem aqui irá compartilhar a riqueza daquele reino pagão. Vocês terão terras! Terão prata! Terão mulheres!

Ælfweard abriu um sorriso largo ao ouvir isso e falou alguma coisa para Waormund, que gargalhou. Ele ainda empunhava Bafo de Serpente.

— Seu rei — Æthelhelm apontou para o sobrinho sorridente — é rei de Wessex, rei da Ânglia Oriental, e oferece o perdão e a misericórdia. Oferece a vida! — De novo lançou um olhar breve para a muralha distante. — Juntos faremos um único reino de todos os saxões!

— De todos os cristãos! — gritou o padre Oda.

Æthelhelm olhou para o sacerdote e deve ter reconhecido que era o homem que fugiu de seu serviço enojado, mas não deixou transparecer nenhuma irritação. Apenas sorriu.

— O padre Oda está certo — gritou. — Faremos um reino de todos os cristãos! E a Nortúmbria é o reino de Guthfrith, o Pagão, e juntos tomaremos as terras dele. E vocês, os homens da Mércia, receberão as propriedades deles, as florestas, os rebanhos, as jovens e os pastos!

Guthfrith? Guthfrith! Olhei para Æthelhelm, atordoado. Guthfrith era o irmão de Sigtryggr, e, se ele era mesmo rei, Sigtryggr, meu aliado, estava morto. E, se ele estava morto e se a peste o havia matado, quem mais teria morrido em Eoferwic? O herdeiro de Sigtryggr era meu neto, jovem demais para reinar, mas Guthfrith havia tomado o trono?

— Senhor — murmurou Finan, cutucando-me com o braço que segurava a espada.

— Se lutarem contra mim aqui — gritou Æthelhelm —, vocês estarão lutando contra o rei ungido por Deus! Vocês lutam por um bastardo, nascido de uma prostituta! Mas larguem os escudos e guardem as espadas que eu lhes concedo a terra de nosso verdadeiro inimigo, o inimigo de toda a Anglaterra cristã! Eu lhes dou a Nortúmbria! — Ele fez uma pausa. Houve silêncio, e percebi que os homens de Rumwald estavam escutando. E estavam quase convencidos de que as mentiras ditas por Æthelhelm eram verdades. — Eu lhes darei riqueza! — prometeu. — Eu lhes darei a terra da Nortúmbria!

— Ela não é sua para você dar — vociferei. — Seu desgraçado sem fé, seu earsling, seu filho de uma puta bexiguenta, seu pedaço de bosta de lesma, seu mentiroso! — Finan tentou me conter, mas o empurrei e dei um passo à frente. — Você é a gosma de uma fossa de bosta — cuspi para Æthelhelm — e vou dar suas terras, todas elas, aos homens da Mércia!

Ele me encarou. Ælfweard me encarou, Waormund me encarou, e lentamente os três perceberam que, desgrenhado como estava, eu era seu inimigo. E por um instante juro que vi medo no rosto de Æthelhelm. O medo chegou e se foi, mas ele recuou ligeiramente o cavalo. Não disse nada.

356

A espada dos reis

— Eu sou Uhtred de Bebbanburg! — Agora eu falava com a parede de escudos dos saxões ocidentais. — Muitos de vocês lutaram sob meu estandarte. Nós lutamos por Alfredo, por Eduardo, por Wessex, e agora vocês morreriam por esse pedaço de bosta de fuinha?! — Apontei Ferrão de Vespa para Ælfweard.

— Matem-no! — guinchou Ælfweard.

— Senhor? — rosnou Waormund para seu senhor.

— Mate-o — disse Æthelhelm rispidamente.

Eu estava furioso. Guthfrith reinava? O sofrimento pesava dentro de mim, ameaçava me dominar, mas, além disso, eu estava com raiva. Com raiva porque Æthelhelm pensava em distribuir minhas terras, porque seu sobrinho imundo seria rei dos campos de Bebbanburg. Eu só queria matar.

Mas Waormund também queria, e ele era um homem maior, e eu me lembrava da sua velocidade na luta. Além do mais, ele era hábil, tão hábil quanto os melhores com uma espada, lança ou machado. Era mais novo, mais alto, tinha braços mais longos que os meus e provavelmente era mais rápido. Eu poderia igualar sua velocidade se meu corpo não tivesse sido torturado por seu cavalo me arrastando pelos campos, mas eu estava ferido, sentindo dores e cansado.

Mas também estava com raiva. Era uma raiva fria que mantinha a tristeza distante, uma raiva que queria destruir Waormund e sua reputação criada às minhas custas. Ele andava lentamente na minha direção, as botas pesadas esmagando o cascalho da rua que levava ao portão, o rosto cheio de cicatrizes rindo. Não carregava um escudo, apenas minha espada.

Deixei o escudo cair no chão, empunhei Ferrão de Vespa com a mão esquerda e desembainhei a espada emprestada com a direita. Finan fez um último esforço para me impedir, vindo até mim com o braço estendido.

— Para trás, lixo irlandês — rosnou Waormund —, você é o próximo.

— A luta é minha — declarei a Finan.

— Senhor...

— A luta é minha — repeti, mais alto.

Enquanto andava lentamente até meu inimigo, ocorreu-me que Æthelhelm havia cometido um erro. Por que decidiu esperar? Por que não tentou nos dominar e fechar o portão? E, ao deixar que Waormund lutasse comigo, dava

Bafo de Serpente

mais tempo para Æthelstan nos alcançar. Ou talvez Æthelhelm soubesse mais que eu, talvez soubesse que os homens que ele enviou para os portões a oeste já estavam lutando contra o exército mércio do outro lado da muralha e que Æthelstan estava ocupado demais para vir. Vi Æthelhelm olhar outra vez para o topo da muralha, mas de novo ele não demonstrou alarme.

— Mate-o, Waormund! — gritou.

— Deixe-o aleijado! — ordenou Ælfweard numa voz aguda. — Eu é que devo matá-lo! Só o deixe aleijado para mim!

Waormund parou. Ele me chamou com a mão esquerda.

— Venha! — cantarolou como se eu fosse uma criança. — Venha e seja aleijado.

Por isso eu parei e fiquei imóvel. Se Æthelstan vinha, eu deveria lhe dar o máximo de tempo possível. Assim, esperei. O suor ardia nos meus olhos. O elmo estava quente. Eu sentia dores.

— Você está com medo? — perguntou Waormund, e gargalhou. — Ele está com medo de mim! — Ele tinha se virado e gritava para os saxões ocidentais atrás de Æthelhelm. — Esse é Uhtred de Bebbanburg! E eu já lhe dei uma surra antes! Arrastei-o nu atrás da bunda do meu cavalo! E essa é a espada dele! — Waormund ergueu Bafo de Serpente. — É uma boa espada. — Ele virou seus olhos opacos, cruéis, bestiais para mim. — Você não merece esta espada — rosnou —, seu cagalhão covarde.

— Mate-o! — gritou Æthelhelm.

— Deixe-o aleijado! — exigiu Ælfweard com sua voz estridente.

— Venha, velho. — Mais uma vez Waormund me chamou com um gesto. — Venha!

Os homens olhavam. Não me mexi. Mantive a espada baixa. Ela não tinha nome. O suor escorria pelo meu rosto. Waormund investiu.

Ele investiu de súbito, e, para um homem grande, era rápido. Manteve Bafo de Serpente na mão direita, a esquerda vazia. Waormund queria que a luta acabasse logo, e eu não estava facilitando ao ficar parado. Por isso decidiu me atacar, brandir Bafo de Serpente num golpe portentoso para empurrar minha espada para baixo e depois me acertar com todo seu peso, de modo que eu fosse jogado no chão, onde ele poderia me desarmar e me entregar à mercê

A espada dos reis

de Ælfweard. Portanto, faça o inesperado, eu disse a mim mesmo, e dei meio passo à direita, coisa que Waormund esperava, depois me lancei direto sobre ele. Acertei-o com o ombro esquerdo, e a dor foi repentina e feroz. Eu esperava que Ferrão de Vespa perfurasse sua cota de malha, mas ele se moveu para cima de mim no último instante, e a estocada passou deslizando pela sua cintura enquanto colidíamos. Senti o cheiro de cerveja em seu bafo e o fedor do couro encharcado de suor debaixo da cota de malha. Era como jogar o peso num bezerro, mas eu estava esperando o impacto e tinha me preparado, Waormund não. Ele cambaleou ligeiramente, mas continuou com os pés plantados, depois se virou rápido, investindo com Bafo de Serpente. Aparei-a com Ferrão de Vespa e vi a mão esquerda dele se estendendo para mim, mas ele ainda estava desequilibrado, então me afastei antes que pudesse me agarrar. Virei-me para estocar com a espada emprestada, mas ele era rápido demais e tinha recuado.

— Depressa! — gritou Æthelhelm. Ele devia ter percebido que essa luta era perda de tempo, um tempo que ele poderia não ter, mas também sabia que minha morte iria desanimar os mércios e torná-los mais fáceis de ser trucidados, por isso deixaria Waormund acabar comigo. — Ande logo, homem! — acrescentou, irritado.

— Seu bosta nortista — disse Waormund, e deu um riso de desprezo. — Estão todos mortos no norte! Logo você vai estar também. — Ele deu meio passo na minha direção, com Bafo de Serpente erguida, mas não me mexi. Estivera observando seus olhos e sabia que era uma finta. Ele recuou. — Essa espada é boa — disse. — Um cagalhão como você não a merece.

Então ele avançou outra vez, agora de verdade, estocando com Bafo de Serpente, de novo esperando me derrubar com seu peso, mas usei a espada longa para empurrar Bafo de Serpente para a minha direita e dei um passo à esquerda. Ele trouxe a espada de volta com um golpe com as costas da mão enquanto se virava para mim. Aparei o ataque com minha espada e senti o choque de aço com aço, então dei um passo à direita, ainda perto dele, ficando ao alcance de seu braço da espada, e continuei me movendo. E, enquanto me movia, estoquei com Ferrão de Vespa em sua barriga.

Neste momento, eu soube que estava cometendo um erro, que ele tinha me enganado, que eu estava fazendo exatamente o que ele queria. De repente,

Bafo de Serpente

lembrei-me da luta no terraço perto do Temes e de como ele havia agarrado minha cota de malha. Era assim que ele lutava. Queria que eu estivesse perto para me agarrar e me sacudir como um terrier sacode um rato. Queria que eu estivesse perto, onde sua altura, seu peso e sua força poderiam me dominar, e agora eu estava muito perto. Estava passando por ele, ainda indo para a direita. Vi sua mão esquerda se estendendo para mim e quase me afastei, mas esse pensamento chegou tarde demais. Eu estava comprometido, por isso impeli o seax. Ignorei a dor feroz no ombro esquerdo e simplesmente empurrei Ferrão de Vespa com o máximo de força possível. Doeu aquela estocada, doeu muito. O esforço de cravar Ferrão de Vespa fundo me fez ofegar alto, mas continuei empurrando-a, ignorando a dor.

Waormund estendia a mão para agarrar uma das peças laterais do meu elmo, mas Ferrão de Vespa foi mais rápida. Perfurou malha e couro. Rompeu músculos duros. Cravou metade do comprimento em suas tripas, e a mão que avançava caiu para longe enquanto ele se virava rapidamente, fazendo uma careta, tão rápido que arrancou o cabo de Ferrão de Vespa da minha mão e ela ficou na sua barriga, com o sangue surgindo nos elos da malha que ela havia furado. Recuei.

— Você é lento — comentei, as primeiras palavras que eu lhe dirigia.

— Desgraçado — cuspiu ele.

E, ignorando o seax nas tripas, veio para cima de mim outra vez. Agora estava com raiva. Antes ele estava cheio de desprezo, mas agora era a completa fúria, usando Bafo de Serpente em golpes curtos e violentos, a lâmina ressoando na minha enquanto me forçava a recuar pela pura força dos golpes. Mas sua raiva era quente, fazia com que ele não pensasse, e os golpes, apesar de brutais, eram fáceis de ser aparados. Provoquei-o. Chamei-o de pedaço de bosta com cérebro de minhoca; disse que sua mãe o cagou, em vez de dar à luz; que por toda a Britânia os homens o chamavam de lambe-cu de Æthelhelm.

— Você está morrendo, seu verme — zombei. — Essa espada na sua barriga está matando você! — Ele sabia que era provável que isso fosse verdade. Já vi homens se recuperarem de ferimentos feios, mas raramente de um nas tripas. — Vai ser uma morte lenta e dolorosa. E os homens vão se lembrar de mim como o homem que matou o lambe-cu de Æthelhelm.

360

A espada dos reis

— Desgraçado!

Waormund estava quase chorando de raiva. Ele sabia que provavelmente estava condenado, mas pelo menos poderia me matar antes e salvar sua reputação. Deu outro golpe em arco, e eu aparei Bafo de Serpente, sentindo a força da pancada subir pelo braço. Bafo de Serpente havia despedaçado muitas lâminas, mas por algum milagre a minha, emprestada, não tinha se quebrado com nenhum dos golpes. Ele estocou rápido, eu me retorci para longe, quase tropecei numa pedra solta, e agora Waormund berrava, meio de fúria e meio de dor. Ferrão de Vespa estava cravada fundo nas suas entranhas, tinha rasgado suas tripas, o sangue jorrava pela cota de malha e pingava na rua. Ele tentou soltá-la, mas a carne havia se fechado sobre a lâmina, prendendo-a, e a tentativa apenas causou dor. Ele a deixou no lugar e estocou de novo, porém mais devagar. Defleti Bafo de Serpente para o lado e também estoquei, mirando seu rosto, depois baixando a espada para acertar o cabo de Ferrão de Vespa. Isso doeu, vi nos olhos dele. Waormund cambaleou para trás e tropeçou, então encontrou uma nova fúria e uma nova energia. Atacou freneticamente, impelindo-me para trás com um golpe violento atrás do outro, grunhindo a cada esforço enorme. Aparei alguns golpes, afastei-me de outros, agora satisfeito em deixar que Ferrão de Vespa o matasse lentamente, ganhando tempo para nós. Waormund estava enfraquecendo, mas sua força era prodigiosa e eu era forçado a recuar até a parede de escudos de Rumwald. Os mércios tinham comemorado ao me ver cravar Ferrão de Vespa nas tripas de Waormund, mas agora estavam em silêncio, pasmos com a visão de um guerreiro gigantesco com um cabo de espada se projetando da barriga, atacando com tamanha força desvairada. Ele sentia dor, estava mais lento, e ainda assim tentava me derrubar.

Então uma trombeta soou a oeste. Uma trombeta cheia de urgência. Era tocada no topo da muralha, e o som conteve Waormund ligeiramente.

— Agora! — gritou Æthelhelm. — Agora!

Ele estava mandando sua parede de escudos avançar para nos matar, para fechar o portão.

Mas Waormund tinha se virado momentaneamente ao som da voz de seu senhor, e minha espada emprestada, com os gumes marcados pela violência dos ataques de Bafo de Serpente, deslizou através de sua barba embolada e penetrou no pescoço. O sangue saiu num jato para o ar quente. Ele olhou para mim outra vez, tendo perdido todas as forças, e por um instante apenas me encarou numa aparente incredulidade. Abriu a boca como se fosse falar, mas o sangue se derramou dos seus lábios. E, então, estranhamente devagar, caiu de joelhos no cascalho poeirento encharcado com seu sangue. Ainda olhava para mim, mas agora parecia estar implorando misericórdia, mas eu não tinha misericórdia. Bati de novo no cabo de Ferrão de Vespa e Waormund gemeu, depois tombou de lado.

— Matem todos eles! — gritou Æthelhelm.

Só tive tempo de largar a espada emprestada e com sangue na ponta, curvar-me e arrancar Bafo de Serpente dos dedos cada vez mais fracos de Waormund. Então corri, ou pelo menos cambaleei, de volta à parede de escudos onde Finan me entregou seu escudo emprestado. Os tambores começaram a tocar novamente. A trombeta ainda soava seu alerta urgente. E os guerreiros de Wessex vinham nos matar.

Eles vieram lentamente. Os poetas dizem que os homens correm para a batalha, recebendo a carnificina com a ansiedade de um amante, mas a parede de escudos é uma coisa temível. Os homens de Wessex sabiam que não iriam nos romper com uma carga ensandecida. Eles só chegariam ao portão atrás de nós se mantivessem as fileiras cerradas e os escudos sobrepostos e firmes. Por isso andaram até nós, os rostos atentos e sérios acima da borda de ferro dos escudos pintados com o cervo. Cada terceiro homem carregava uma lança encurtada, os outros vinham com um seax ou um machado. Eu tinha deixado Ferrão de Vespa na barriga de Waormund e precisava dela. Uma espada longa não é arma para se usar numa parede de escudos, mas Bafo de Serpente estava na minha mão e teria de servir.

— Nosso rei está chegando! — gritei. — Segurem-nos!

— Matem! — berrou a voz aguda de Ælfweard. — Trucidem!

As lanças dos saxões ocidentais foram baixadas. Eu achava que as fileiras deles poderiam atirar lanças, mas nenhuma veio. Já os homens de Wihtgar arremessaram lanças por cima das nossas cabeças.

A espada dos reis

— Quebrem a parede deles! — gritou Æthelhelm, e eles avançaram, ainda cautelosos, desviando-se do cadáver enorme de Waormund. Seus escudos estalavam constantemente, borda tocando borda. Agora estavam perto, perto demais. Olhavam nos nossos olhos, nós olhávamos nos deles. Vozes roucas ordenavam que avançassem.

— Matem! — gritava Ælfweard, agitado. Ele tinha desembainhado uma espada, mas permanecia bem longe da batalha.

— Por Deus e pelo rei — gritou um saxão ocidental, então eles vieram.

Eles gritavam, eles berravam, eles avançaram rapidamente os últimos dois passos e nossos escudos bateram com um trovão de madeira se chocando. Meu escudo foi empurrado para trás, eu fiz força. Um machado acertou a parte de cima da borda, errando meu rosto por pouco. Um guerreiro com dentes trincados e um elmo mal remendado fazia uma careta para mim, a centímetros do meu rosto. Tentou enfiar um seax pela borda do meu escudo enquanto o homem do machado forçava meu escudo para baixo, mas a lâmina do machado escorregou do sulco que ele havia aberto e eu fiz força de novo, empurrando para trás o homem da careta. E Finan deve ter cravado seu seax nele porque o sujeito tombou, dando-me espaço para estocar com Bafo de Serpente no homem do machado.

Homens gritavam. Espadas se chocavam. Padres gritavam ao seu deus que nos matasse. Um lanceiro mércio atrás de mim deu uma estocada passando pelo meu escudo. Escutei a voz de Æthelhelm, tocada de pânico, gritando para seus homens, dizendo que eles deveriam fechar o portão. Ergui os olhos quando ele gritou e sustentei seu olhar por um instante.

— Fechem o portão!

Sua voz estava esganiçada. Olhei para longe dele, e um machado acertou meu escudo. Sacudi o escudo, soltando a lâmina, enquanto um mércio enfiava uma lança ao meu lado. Estoquei com Bafo de Serpente, senti quando ela acertou em madeira e estoquei de novo, mas meu cotovelo foi empurrado por Rumwald, que tinha cambaleado para cima de mim. Ele gemia. Então seu escudo caiu e ele tombou. O lanceiro atrás de mim tentou ocupar seu lugar, mas Rumwald estava se sacudindo feito um louco, gritando subitamente em agonia, e o impediu. A lança de um saxão ocidental atravessou a

363

Bafo de Serpente

cota de malha de Rumwald, depois um machado misericordioso rachou seu elmo e despedaçou seu crânio. O lanceiro deu uma estocada no assassino de Rumwald, mas um saxão ocidental agarrou o cabo de freixo e puxou, até que Bafo de Serpente espetou sua axila.

— Matem! — guinchava Ælfweard. — Matem! Matem! Matem todos!

— Vocês precisam fechar o portão! — berrava Æthelhelm.

— Deus está conosco! — A voz do padre Oda estava rouca. Os homens na nossa fileira de trás gritavam, encorajando-nos a matar. Homens feridos gemiam, os agonizantes gritavam, o fedor de sangue e bosta da batalha preenchia minhas narinas.

— Firmes! — gritei.

Uma lança ou um seax desferiu um corte na minha coxa esquerda, e Finan deu uma estocada. O lanceiro da segunda fila tinha passado por cima do corpo de Rumwald e seu escudo encostou no meu. Ele durou tempo suficiente para estocar uma vez com a lança, então o machado inimigo se cravou no seu ombro, abrindo um corte fundo, e ele caiu ao lado de seu senhor. Então o sujeito do machado, um homem de cabelos claros com a barba suja de sangue, tentou me atacar, e eu ergui o escudo para bloquear o golpe, vi a madeira se rachar, baixei o escudo e cravei Bafo de Serpente nos olhos dele. Ele se sacudiu e se afastou. Outro homem havia assumido o lugar do mércio agonizante e golpeou com uma lança encurtada, cravando a ponta na virilha do sujeito do machado. O machado baixou, o homem berrou em agonia e, como Waormund, caiu de joelhos. Havia mortos e agonizantes entre nós e o inimigo, que precisava passar por cima dos corpos para nos alcançar e tentar abrir caminho furando, estocando e cortando até o portão. Os tambores continuavam tocando, escudos rachavam, os saxões ocidentais estavam nos impelindo para trás pela simples força dos números.

Então houve um berro atrás de mim, gritos empolgados, um estardalhaço de cascos e algo se chocou com as minhas costas, jogando-me de joelhos. Ergui os olhos e vi um cavaleiro estocando com uma lança comprida acima da minha cabeça. Mais cavaleiros chegavam. A comemoração dos mércios aumentava. Consegui me levantar. Finan tinha largado seu seax e desembainhado Ladra de Alma porque os cavaleiros estavam impelindo os saxões ocidentais para trás, dando-nos espaço para usar lâminas maiores.

364

A espada dos reis

— Rompam a parede deles! — gritou outra voz, e tive um vislumbre de Æthelstan, com seu elmo que era uma glória de aço polido envolvido por um círculo de ouro, impelindo seu garanhão para as fileiras saxãs ocidentais. O rei guerreiro tinha chegado, glorioso em ouro, implacável em aço, e golpeava com uma espada longa, derrubando os inimigos. Seus homens esporeavam os animais para se juntar a ele, lanças estocando, e de repente a parede do inimigo se rompeu.

Ela simplesmente se rompeu. As lanças mais longas dos cavaleiros mércios tinham penetrado fundo nas fileiras dos saxões ocidentais. Em outro dia, em outro campo de batalha, isso não teria importado. É fácil ferir um cavalo, e um cavalo em pânico não serve ao cavaleiro. Mas naquele dia, junto ao portão dos aleijados, os cavaleiros vieram com uma fúria selvagem, conduzidos por um rei que queria lutar e comandava seus homens à frente deles. Havia sangue no peito de seu garanhão, mas o cavalo continuava avançando, empinando, sacudindo os cascos pesados, e Æthelstan continuava gritando para seus homens seguirem em frente, a espada longa vermelha de sangue. E nossa parede de escudos, salva da morte, encontrou nova paixão. Nossa linha, tão curta e vulnerável, agora avançava. Brihtwulf tinha voltado e se juntado à carga, gritando para seus homens o seguirem. Então os cavaleiros de Æthelstan romperam a parede de escudos inimiga e os saxões ocidentais entraram em pânico.

Porque um rei tinha chegado, e agora um rei fugia.

— Santo Deus — disse Finan.

Estávamos sentados no degrau de baixo da escada que levava ao topo da muralha, que se esvaziava rapidamente dos inimigos. Tirei o elmo e o larguei no chão.

— Está quente demais — falei.

— Verão — disse Finan, exausto.

Mais homens de Æthelstan atravessavam o portão. Os anglos orientais, que foram os primeiros a nos ameaçar, largaram os escudos e pareciam não ter interesse no que acontecia na cidade. Alguns voltaram ao portão procurando cerveja e não ligavam para nós, assim como não ligávamos para eles. Immar tinha trazido Ferrão de Vespa para mim. Ela estava no chão à minha frente, esperando ser limpa. Bafo de Serpente estava no meu colo, e eu ficava tocando sua lâmina, mal conseguindo acreditar que a havia recuperado.

— O senhor estripou aquele filho da mãe — comentou Finan, indicando o cadáver de Waormund com um aceno de cabeça. Restavam talvez quarenta ou cinquenta outros corpos da parede de escudos de Æthelhelm. Os feridos foram ajudados a chegar à sombra, onde gemiam.

— Ele era rápido, mas desajeitado. Eu não esperava isso. Achava que ele era melhor.

— Mas era um desgraçado grande.

— Um desgraçado grande. — Olhei para minha coxa esquerda. Havia parado de sangrar. O ferimento era superficial, e eu comecei a rir.

— Qual é a graça? — perguntou Finan.

— Eu fiz um juramento.

— O senhor sempre foi um tolo.

Assenti, concordando.

— Eu jurei matar Æthelhelm e Ælfweard e não matei.

— Mas tentou.

— Tentei cumprir com o juramento.

— Eles provavelmente já estão mortos, e não estariam mortos se o senhor não tomasse o portão. Portanto, sim, o senhor cumpriu com o juramento. E, se eles ainda não estão mortos, logo estarão.

Olhei para o outro lado da cidade, onde a matança continuava.

— Mas seria bom matar os dois — falei com melancolia.

— Pelo amor de Deus, o senhor já fez o bastante!

— Nós fizemos o bastante — corrigi.

Æthelstan e seus homens estavam caçando pelas ruas e pelos becos de Lundene, procurando Æthelhelm, Ælfweard e seus apoiadores, que eram poucos. Os anglos orientais não queriam lutar por eles, e muitos saxões ocidentais simplesmente largavam os escudos e as armas. O alardeado exército de Æthelhelm, o maior visto na Britânia em muitos anos, tinha se mostrado frágil como uma casca de ovo. Æthelstan era rei.

E naquela noite, com a fumaça sobre Lundene reluzindo vermelha à luz do sol poente, o rei mandou me chamar. Agora ele era rei de Wessex, rei da Ânglia Oriental e rei da Mércia.

— É tudo um único reino — disse para mim naquela noite.

Estávamos no grande salão do palácio de Lundene, originalmente construído para os reis da Mércia, depois ocupado por Alfredo de Wessex, em seguida por seu filho, Eduardo de Wessex, e agora propriedade de Æthelstan. Mas era Æthelstan de quê? Da Anglaterra? Olhei para seus olhos escuros, inteligentes, tão parecidos com os do avô Alfredo, e soube que ele estava pensando no quarto reino saxão, na Nortúmbria.

— O senhor fez um juramento, senhor rei — lembrei a ele.

— Fiz, sim.

Ele não olhava para mim, e, sim, para o salão onde os líderes dos seus guerreiros se reuniam em volta de duas mesas compridas. Finan estava lá com Brihtwulf, assim como Wihtgar e Merewalh, todos bebendo cerveja ou vinho porque aquilo era um banquete, uma comemoração, e os vitoriosos comiam a comida que pertencera aos derrotados. Alguns saxões ocidentais derrotados também estavam presentes, aqueles que se renderam rapidamente e juraram aliança ao conquistador. A maioria dos homens ainda usava cota de malha, mas Æthelstan tinha tirado sua armadura e vestia um suntuoso casaco preto por baixo de uma capa curta tingida num azul profundo e intenso. A bainha da capa era bordada com fio de ouro, no pescoço ele tinha uma corrente de ouro com uma cruz de ouro, e na cabeça ostentava um círculo de ouro simples. Não era mais o menino que protegi durante os longos anos em que seus inimigos tentaram destruí-lo. Agora tinha o rosto sério de um rei guerreiro. E parecia mesmo um rei: era alto, de costas eretas e bonito, mas não era por isso que os inimigos o chamavam de Faeger Cnapa. Eles usavam esse nome irônico porque Æthelstan tinha deixado o cabelo escuro ficar comprido e depois ser torcido em dezenas de pequenos círculos pelos quais passavam fios de ouro. Antes do banquete, quando fui chamado para ficar na mesa alta, ele me viu observando os fios brilhantes por baixo da coroa de ouro e me lançou um olhar de desafio.

— Um rei precisa parecer régio — declarou na defensiva.

Bafo de Serpente

— Deve, sim, senhor rei — concordei. Ele me espiou com aqueles olhos inteligentes, avaliando se eu estava sendo irônico, mas, antes que pudesse dizer mais alguma coisa, eu me abaixei sobre um dos joelhos. — Sinto prazer com sua vitória, senhor rei — falei humildemente.

— E sou grato por tudo que o senhor fez — disse ele, depois me fez levantar e insistiu para que eu me sentasse à sua direita onde, olhando para os guerreiros que comemoravam, eu tinha acabado de lembrar o juramento que ele havia feito a mim.

— Eu fiz mesmo um juramento — disse ele. — Jurei não invadir a Nortúmbria enquanto o senhor vivesse. — Ele fez uma pausa e pegou uma jarra de prata gravada com o cervo de Æthelhelm. — E pode ter certeza de que levo o juramento a sério. — Sua voz estava resguardada e ele continuava olhando para o salão, mas depois se virou para mim e sorriu. — E graças a Deus o senhor vive, senhor Uhtred. — Em seguida, serviu-me vinho da jarra. — Disseram-me que o senhor salvou a rainha Eadgifu. Foi mesmo?

— Salvei, senhor rei. — Eu ainda achava estranho me dirigir a ele como tinha feito com seu avô. — Pelo que sabemos, ela está em segurança em Bebbanburg.

— Muito bem. O senhor pode mandá-la para Cent e garantir a ela que iremos protegê-la.

— E os filhos dela também?

— É claro! — Ele pareceu chateado com a pergunta. — Eles são meus sobrinhos. — Æthelstan tomou vinho, os olhos espiando pensativos as mesas abaixo. — E ouvi dizer que Aethelwulf é seu prisioneiro.

— É sim, senhor rei.

— O senhor vai mandá-lo para mim. E solte o padre. — Ele não esperou meu consentimento, simplesmente presumiu que eu obedeceria. — O que o senhor sabe sobre Guthfrith?

Eu esperava essa pergunta, porque Guthfrith, irmão de Sigtryggr, havia ocupado o trono em Eoferwic. Sigtryggr morreu da peste, e essa era praticamente a única notícia que Æthelstan recebeu do norte. Ouviu dizer que a doença havia acabado e ordenou que as estradas para Eoferwic fossem reabertas, mas sobre Bebbanburg não podia dizer nada. E não sabia qual era o destino da sua irmã, a rainha de Sigtryggr, nem dos meus netos.

368

A espada dos reis

— Só sei, senhor rei — respondi cautelosamente —, que Sigtryggr não gostava do irmão.

— Ele é norueguês.

— É claro.

— E pagão — disse, olhando para o martelo de prata que eu ainda usava.

— E alguns pagãos, senhor rei — falei incisivamente —, ajudaram a manter o Crepelgate aberto para o senhor.

Diante disso ele apenas assentiu, serviu o restante do vinho em sua taça, em seguida se levantou e bateu com a jarra vazia na mesa para silenciar o salão. Bateu pelo menos uma dúzia de vezes antes que o barulho diminuísse e todos os guerreiros estivessem olhando. Ergueu a taça.

— Preciso agradecer ao senhor Uhtred — em seguida se virou e inclinou a cabeça para mim — que neste dia nos deu Lundene!

Os guerreiros gritaram comemorando e eu quis lembrar ao rei que Brihtwulf tinha ajudado, que o pobre Rumwald havia morrido ajudando e que tantos homens bons lutaram no Crepelgate onde esperavam morrer por ele, e alguns morreram. Mas, antes que eu pudesse dizer qualquer coisa, Æthelstan se virou para o padre Oda, sentado à sua esquerda. Eu sabia que ele estava convidando o padre dinamarquês a servir em sua casa, um convite que eu sabia que Oda iria aceitar.

Æthelhelm estava morto. Ele tentou escapar através de um dos portões do oeste. E Merewalh, que tinha se juntado ao exército de Æthelstan, foi um dos que o atravessaram com uma lança. Ælfweard se separou do tio e com apenas quatro homens tentou escapar pela ponte de Lundene, mas descobriu que o forte na extremidade sul estava barrado pelos poucos homens que deixamos lá. Ele implorou para que o deixassem passar, ofereceu ouro, que eles aceitaram, mas, quando passou pelo portão aberto, eles o arrancaram do cavalo e pegaram seu ouro e sua coroa. Seus quatro homens ficaram apenas olhando.

Agora, depois do banquete, enquanto os homens cantavam e um harpista tocava, Ælfweard foi trazido diante de Æthelstan. Velas iluminavam o salão, com as sombras lançadas pelas chamas tremeluzentes saltando nos caibros altos. O rapaz, que tinha 20 anos, mas aparentava seis ou sete a menos, era escoltado por dois guerreiros. Ele parecia aterrorizado, o rosto redondo fran-

369

Bafo de Serpente

zido pelo choro. Não usava mais sua bela cota de malha, vestia uma túnica suja que chegava aos joelhos. Foi empurrado pela escada que subia ao tablado da mesa alta, e o harpista parou de tocar. A cantoria morreu. Æthelstan se levantou e foi até a frente da mesa, de modo que todos os homens no salão agora silencioso pudessem ver esse encontro dos meios-irmãos. Um era alto e imponente, o outro parecia patético demais enquanto se ajoelhava. Um dos homens que vigiava Ælfweard estava segurando a coroa que o rapaz usou na batalha, e agora Æthelstan estendia a mão e a pegava. Virou-a nas mãos, fazendo as esmeraldas brilhar à luz das velas, depois a estendeu para Ælfweard.

— Ponha! — disse ao meio-irmão. — E se levante.

Ælfweard ergueu os olhos, mas não disse nada. Suas mãos tremiam.

Æthelstan sorriu.

— Venha, irmão — disse, e estendeu a mão esquerda para ajudar Ælfweard a se levantar, depois lhe entregou a coroa. — Use-a com orgulho! Foi o presente de seu pai a você.

Ælfweard, que antes parecia atônito, agora abria um sorriso largo porque acreditava que ainda seria rei de Wessex, mesmo que submisso a Æthelstan, pôs a coroa na cabeça.

— Eu serei leal — prometeu ao meio-irmão.

— Claro que será — disse Æthelstan com gentileza. Em seguida, olhou para um dos guardas. — Sua espada — ordenou, e, quando estava com a arma comprida na mão, apontou-a para Ælfweard. — Agora você fará um juramento a mim.

— Com prazer — baliu Ælfweard.

— Toque na espada, irmão — pediu Æthelstan, ainda gentil, e, quando Ælfweard pôs a mão hesitante na lâmina, Æthelstan apenas estocou. Um golpe direto, violento, que despedaçou as costelas do meio-irmão, impeliu-o para trás e rasgou o peito de Ælfweard. Alguns homens ofegaram, uma serviçal gritou, o padre Oda fez o sinal da cruz, mas Æthelstan ficou apenas observando seu irmão morrer. — Levem-no para Wintanceaster — ordenou quando o sangue pulsou pela última vez e o último tremor acabou. Puxou a espada de volta. — Enterrem-no ao lado do pai.

A coroa incrustada com esmeraldas havia rolado por baixo da mesa, batendo no meu tornozelo. Peguei-a e a segurei por alguns instantes. Essa era a coroa de Wessex, a coroa de Alfredo, e me lembro do rei agonizante me dizendo que era uma coroa de espinhos. Coloquei-a na toalha de linho que cobria a tábua e olhei para Æthelstan.

— Sua coroa, senhor rei.

— Não até o arcebispo Athelm me consagrar. — O arcebispo, que tinha sido mantido no palácio como um prisioneiro privilegiado, estava sentado à mesa alta. Ele parecia confuso, as mãos tremendo enquanto comia e bebia, mas assentiu ao ouvir as palavras de Æthelstan. — E você irá à cerimônia, senhor Uhtred — ordenou Æthelstan, querendo dizer que eu deveria comparecer ao momento solene em que o arcebispo de Contwaraburg colocaria o elmo real de Wessex na cabeça do novo rei.

— Com sua permissão, senhor rei, eu gostaria de ir para casa.

Ele hesitou por um instante, depois assentiu abruptamente.

— O senhor tem minha permissão.

Eu ia para casa.

Depois de um tempo, ouvimos dizer que Æthelstan foi coroado. A cerimônia foi realizada em Cyningestun, no Temes, onde o pai dele recebeu o elmo real de Wessex, mas Æthelstan recusou o elmo. Em vez disso, insistiu para que o arcebispo colocasse em seu cabelo trançado com ouro a coroa de esmeraldas. Os ealdormen de três reinos aclamaram aquele momento, e o sonho de Alfredo, de um reino cristão, chegou um passo mais perto de se realizar.

E agora eu estava sentado no alto rochedo de Bebbanburg, com o salão iluminado por chamas ao fundo e o mar prateado pelo luar à frente, e pensei nos mortos. Em Folcbald, morto por um golpe de lança na parede de escudos do Crepelgate. Em Sigtryggr, derrubado por uma febre e morrendo na cama com uma espada na mão. Em seus dois filhos, meus netos, ambos mortos. Em Eadith, que tinha ido para Eoferwic cuidar das crianças, contraído a peste e agora estava enterrada.

— Por que ela foi até lá? — perguntei ao meu filho.

— Ela achou que o senhor ia querer que ela fosse.

Não falei nada, apenas senti culpa. A peste não chegou a Bebbanburg, tão ao norte. Meu filho barrou as estradas, ameaçando viajantes com a morte se tentassem entrar nas nossas terras, e assim a doença devastou desde Lindcolne até Eoferwic, depois se espalhou pelo grande vale de fazendas que cercava a cidade, mas foi mantida longe de Bebbanburg. A peste já havia terminado quando chegamos a Eoferwic na viagem para o norte.

E Guthfrith era rei lá, com a nomeação apoiada pelos jarls dinamarqueses que ainda governavam boa parte da Nortúmbria. Eu estive com ele brevemente. Como o irmão, era um sujeito magro, de cabelos claros e rosto bonito. Mas, diferente de Sigtryggr, era amargo e cheio de suspeitas. Na noite em que o conheci, quando me recebeu relutante com um banquete em seu grande salão, ele exigiu minha aliança, exigiu que eu fizesse um juramento, mas não exigiu isso imediatamente, sugerindo que, quando o festim terminasse, haveria tempo para a breve cerimônia. Então bebeu hidromel e cerveja, exigiu mais hidromel e gritou rouco quando um dos seus rapazes fez uma serviçal se curvar sobre uma mesa.

— Traga-a aqui! — gritou. — Traga a cadela aqui! — Mas, quando a moça foi arrastada para a plataforma onde comíamos, Guthfrith estava vomitando nos juncos do piso e dormiu logo em seguida. Partimos de manhã, montados em cavalos tomados do exército derrotado de Æthelhelm, e eu não tinha feito nenhum juramento.

Cavalguei para casa com meus homens. Com Finan, um irlandês, com Gerbruht, um frísio, com Immar, um dinamarquês, com Vidarr, um norueguês, e com Beornoth e Oswi, ambos saxões. Éramos sete guerreiros, mas também éramos irmãos. E conosco iam as crianças que tínhamos resgatado em Lundene, uma dúzia dos escravos que libertamos do barco de Gunnald e Benedetta.

E Eadith estava morta.

E enfim eu estava em casa, onde o vento do mar varria o rochedo e onde eu pensava nos mortos, onde pensava no futuro e onde pensava nos três reinos que agora eram um e desejavam um quarto.

A espada dos reis

Benedetta se sentou ao meu lado. Alaina, como sempre, estava perto dela. A menina se agachou, olhando quando Benedetta segurou minha mão. Apertei a dela, talvez com força demais, mas ela não reclamou nem a afastou.

— O senhor não queria que ela morresse — comentou Benedetta.

— Queria, sim — falei em voz baixa e num tom sombrio.

— Então Deus vai perdoá-lo. — Ela encostou a cabeça no meu ombro. — Ele nos criou, por isso deve nos aceitar como somos. Esse é o destino d'Ele.

Eu tinha voltado para casa.

Nota histórica

Eduardo, o Velho, como é conhecido agora, morreu em julho de 924. Ele reinou por vinte e cinco anos, sucedendo ao pai, Alfredo, como rei de Wessex, em 899. Nas listas dos reis ele é geralmente seguido por Æthelstan, mas há muitas evidências de que Ælfweard, meio-irmão de Æthelstan, governou Wessex durante cerca de um mês depois da morte do pai. Se for verdade, como presumi obviamente por motivos ficcionais, a morte de Ælfweard foi extremamente conveniente para Æthelstan, que assim se tornou rei dos três reinos do sul da Britânia saxã: Wessex, Ânglia Oriental e Mércia.

Grande parte deste livro é ficcional. Não se sabe como Ælfweard morreu, e é provável que sua morte tenha ocorrido em Oxford, não em Lundene. Um mês se passou até que os saxões ocidentais aceitassem Æthelstan como o novo rei. Naquele mesmo ano ele foi coroado em Kingston upon Thames e foi o primeiro rei a insistir em ser investido com a coroa, e não com um elmo. Boa parte da relutância em aceitar Æthelstan como rei decorria dos boatos de que Eduardo não tinha se casado com a mãe dele, de que ele era mesmo bastardo.

O reino de Eduardo deixou boa parte do sul da Inglaterra livre do flagelo viking. A estratégia do rei Alfredo, de construir burhs — que são cidades muito bem fortificadas —, foi adotada por Eduardo e por sua irmã Æthelflaed na Mércia. A Ânglia Oriental, que foi um reino dinamarquês, foi conquistada e suas cidades foram fortificadas. Eduardo construiu mais burhs ao longo da fronteira com Gales e ao norte da Mércia, para deter ataques do oeste da Nortúmbria, onde havia poderosos assentamentos noruegueses. Sigtryggr, um norueguês, foi rei da Nortúmbria, governando a partir de York, e por objetivos puramente ficcionais adiantei sua morte em três anos.

Sem dúvida o rei Alfredo sonhava com uma Inglaterra, ou Anglaterra, um reino de todos que falavam a língua "ænglisc". Parece simples, mas na verdade um habitante de Kent acharia difícil compreender a fala inglesa de um nortumbriano e vice-versa, e ainda assim era a mesma língua. E essa ambição não estava restrita à língua. Alfredo era conhecido pela devoção, um homem dedicado à Igreja, e todos os cristãos, fossem saxões, dinamarqueses ou norugueses, estavam incluídos no seu sonho. A conversão era tão importante quanto a conquista. Quando assumiu o trono do pai, Æthelstan herdou um reino muito maior, um reino que incluía a maior parte dos falantes da língua inglesa, mas ainda havia aquele incômodo reino ao norte, um reino que era em parte cristão e em parte pagão, em parte saxão e em parte ocupado por dinamarqueses e noruegueses; o reino da Nortúmbria. O destino desse reino precisa esperar outro romance.

Æthelstan governou por quinze anos e completou a unificação dos povos de língua inglesa. Jamais se casou, por isso não deixou herdeiros e foi sucedido primeiro por Edmundo, o filho mais velho de Eduardo e Eadgifu, depois pelo irmão mais novo de Edmundo, Eadred. Coloquei a batalha do fim do romance no Crepelgate, o Portão dos Aleijados — atualmente o bairro de Cripplegate, em Londres —, e, ainda que esse nome não remonte ao período saxão, inventei o decreto de Alfredo permitindo que os aleijados tivessem o direito de pedir esmolas junto ao portão.

A espada dos reis é uma obra de ficção, mas espero que o livro ecoe um processo pouco conhecido; a criação de um reino chamado Inglaterra. Seu nascimento ainda está algum tempo no futuro. E será sangrento, mas Uhtred viverá para vê-lo.

Este livro foi composto na tipografia ITC Stone
Serif Std, em corpo 9,5/16, e impresso em
papel off-white no Sistema Cameron da
Divisão Gráfica da Distribuidora Record.